PANINI BOOKS

AUSSERDEM VON PANINI ERHÄLTLICH

WORLD OF WARCRAFT: Illidan
William King, ISBN 978-3-8332-3265-7

WORLD OF WARCRAFT: Vor dem Sturm
Christie Golden, ISBN 978-3-8332-3537-5

WORLD OF WARCRAFT: Krieg der Ahnen I – Die Quelle der Ewigkeit
Richard A. Knaak, ISBN 978-3-8332-3534-4

WORLD OF WARCRAFT: Krieg der Ahnen II – Die Dämonenseele
Richard A. Knaak, ISBN 978-3-8332-3535-1

WORLD OF WARCRAFT: Krieg der Ahnen III – Das Erwachen
Richard A. Knaak, ISBN 978-3-8332-3536-8

WARCRAFT: Der offizielle Roman zum Film
Christie Golden, ISBN 978-3-8332-3267-1

WARCRAFT: Durotan – Die offizielle Vorgeschichte zum Film
Christie Golden, ISBN 978-3-8332-3266-4

WORLD OF WARCRAFT: Der Lord der Clans
Christie Golden, ISBN 978-3-8332-3444-6

WORLD OF WARCRAFT: Der letzte Wächter
Jeff Grubb, ISBN 978-3-8332-3445-3

WORLD OF WARCRAFT: Der Aufstieg der Horde
Christie Golden, ISBN 978-3-8332-3446-0

WORLD OF WARCRAFT: Kriegsverbrechen
Christie Golden – gebundene Ausgabe, ISBN 978-3-8332-2858-2

WORLD OF WARCRAFT: Der Untergang der Aspekte
Richard A. Knaak – gebundene Ausgabe, ISBN 978-3-8332-2859-9

WORLD OF WARCRAFT: Vol'jin – Schatten der Horde
Michael Stackpole – gebundene Ausgabe, ISBN 978-3-8332-2617-5

WORLD OF WARCRAFT: Jaina Prachtmeer – Gezeiten des Krieges
Christie Golden – gebundene Ausgabe, ISBN 978-3-8332-2523-9

WORLD OF WARCRAFT: Wolfsherz
Richard A. Knaak – gebundene Ausgabe, ISBN 978-3-8332-2233-7

Weitere Titel und Infos unter www.paninibooks.de

AUFSTIEG DER SCHATTEN

ROMAN

von

MADELINE ROUX

Bibliografische Information der Deutschen Nationalbibliothek
Die Deutsche Nationalbibliothek verzeichnet diese Publikation in der Deutschen Nationalbibliografie; detaillierte bibliografische Daten sind im Internet über http://dnb.d-nb.de abrufbar.

Englische Originalausgabe:
„World of Warcraft: Shadows Rising (Shadowlands)“ by Madeleine Roux
published in the US by Del Rey, an imprint of Random House,
a division of Penguin Random House LLC, New York, July 2020.

Deutsche Ausgabe: Panini Verlags GmbH, Schlossstr. 76, 70176 Stuttgart.
Geschäftsführer: Hermann Paul
Head of Editorial: Jo Löffler
Head of Marketing: Holger Wiest (E-Mail: marketing@panini.de)
Presse & PR: Steffen Volkmer

Übersetzung: Andreas Kasprzak
Lektorat: Thomas Gießl
Umschlaggestaltung: tab indivisuell, Stuttgart
Book design by Jo Anne Metsch
Satz und E-Books: Greiner & Reichel, Köln
Druck: GGP Media GmbH, Pößneck
Printed in Germany

YDWCTP017

ISBN 978-3-8332-3954-0
1. Auflage, August 2020

Auch als E-Book erhältlich: ISBN 978-3-7367-9898-4

Findet uns im Netz:
www.paninicomics.de

PaniniComicsDE

Für meine Brüder, die meinen ersten Computer zusammengebaut und mich mit den Wundern von Videospielen bekannt gemacht haben. Und für all die wundervollen Entwickler, Autoren, Künstler und Spieler, die Azeroth so lieben – dieses Buch ist für euch.

NAZMIR
VOL'DUN
ZULDAZAR
ZANDALAR

DER GARTEN
DER LOA
ATAL'DAZAR
XIBALA

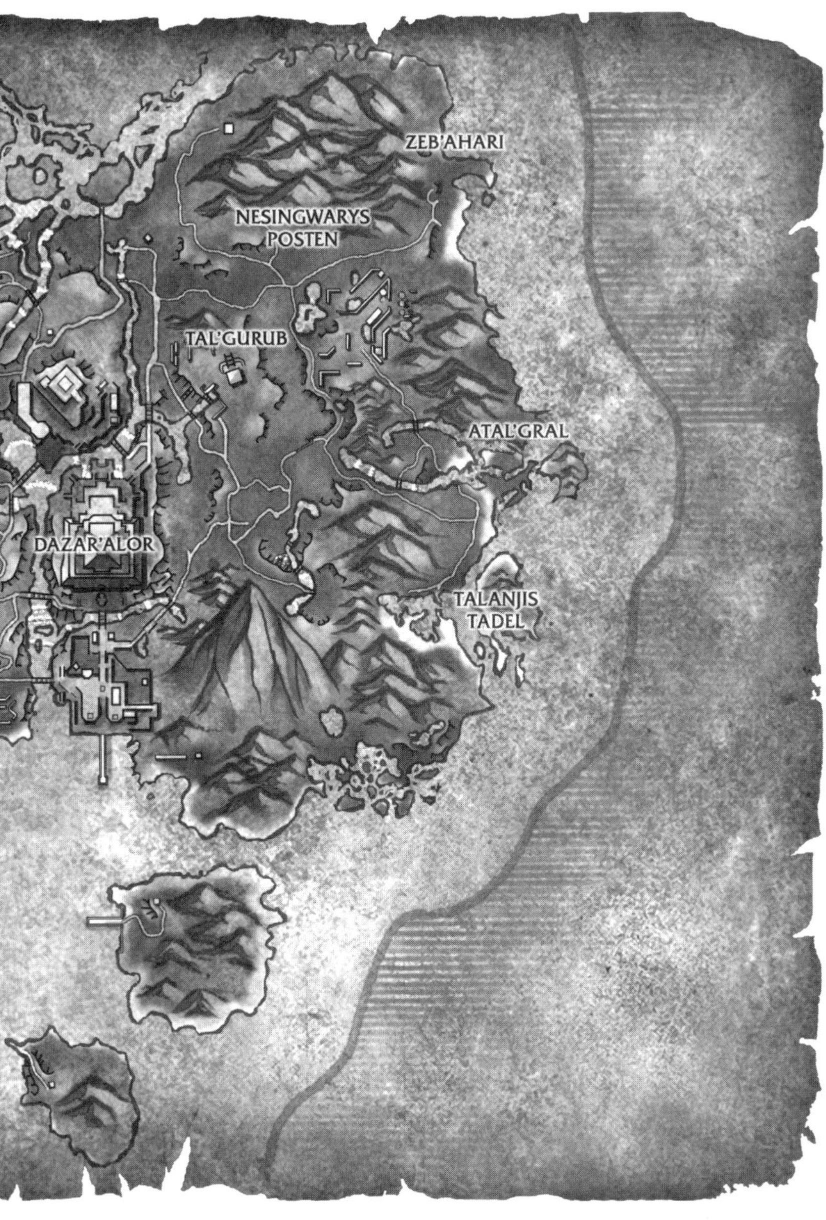
ZEB'AHARI
NESINGWARYS POSTEN
TAL'GURUB
ATAL'GRAL
DAZAR'ALOR
TALANJIS TADEL

PROLOG

Westfall

Anduin Wrynn ritt, als säßen ihm tausend heulende Diener der Leere im Nacken. Am Himmel über ihm grollte der Donner, unter ihm trommelten die Hufe seines Pferdes hart auf den Boden, während es ihn über die verwundeten Ebenen von Westfall trug. Außer seinem loyalen Freund, dem Meisterspion, war niemand hinter ihm, doch das war unwichtig. Die Dunkelheit leckte nach seinen Fersen, und er würde alles tun, damit sie ihn nicht einholte.

Zumindest im Moment. Zumindest für *einen* Moment.

„Sire! Sire! Verdammt, mein Pferd verliert gleich ein Hufeisen!“ Mathias Shaws Stimme übertönte das Grollen am Himmel und den Lärm der Pferde.

Anduin ignorierte ihn und schnalzte mit der Zunge, um Andacht noch weiter anzutreiben. Schneller, immer schneller. Er durfte nicht an Geschwindigkeit verlieren, ganz gleich, weswegen.

In der Ferne erhob sich ein Turm aus Trümmern und Energie wie ein kristallener Dorn aus den sanften Hügeln des Weidelands. Anduin konnte die Augen nicht davon abwenden, während sich die Wolken zusammenzogen und näher heranwallten, um das Land in ihre Schatten zu tauchen. Er wusste noch, einst hatte er es für unmöglich gehalten, dass sich Westfall so dramatisch verändern könnte, aber dann hatte der Kataklysmus hier gewütet, und er hatte keine Rücksicht auf die Nostalgie eines jungen Mannes genommen. Nun erschien ihm seine Kindheit –

die Erinnerungen, die er in seinem Herzen trug – in einem völlig anderen Licht. Damals war er ein unschuldiger Junge gewesen, doch inzwischen war er geschärft wie eine Klinge. Jener unschuldige Junge hatte geglaubt, dass manche Dinge sich nie verändern würden; jetzt wusste er, wie kindisch solche Vorstellungen waren. Nichts währte ewig. Jede Stadt konnte zerbröckeln, gleichzeitig konnte jeder Feind aber auch zu einem Verbündeten werden, ja sogar zu einem Freund. Zynismus barg schließlich auch nicht mehr Weisheit als Optimismus.

„Sire!"

Nun gab er doch nach und zog sanft an Andachts Zügeln. Das anmutige weiße Pferd bremste zu einem leichten Galopp ab, sodass der Meisterspion aufschließen und mit Anduin Schritt halten konnte.

„Verzeiht", seufzte Anduin, während er das Haar zurückstrich, das ihm verschwitzt und störend vor die Augen gefallen war. „Das muss ein anstrengender Ritt für Eure alten Knochen gewesen sein."

„Ihr hattet nicht erwähnt, dass das ein Rennen ist", brummte Shaw. Trotz Anduins Stichelei war der ältere Mann nicht einmal außer Atem. Das Leben hatte seine Spuren an ihm hinterlassen, aber er war noch immer kräftig und gerissen. „Hätte ich im Voraus Bescheid gewusst, würdet Ihr jetzt meinen Staub schlucken, Euer Majestät."

„Ach ja?" Anduin drehte sein Pferd, sodass es dem dichten Wald von Elwynn zugewandt war, jenseits des Flusses hinter ihnen. „Wollen wir doch einmal sehen …"

„Vielleicht möchtet Ihr mir erst einmal verraten, warum Ihr heute wie ein Besessener reitet. Dass Ihr abgeworfen werdet und Euch das königliche Genick brecht, ist so ziemlich das Letzte, was wir jetzt brauchen."

Shaw hatte eine schroffe Art an sich, und seine Stimme war nicht weniger harsch; sie klang so rau, als würde er jeden Morgen Sägemehl gurgeln. Aber für Anduin hatte diese barsche, direkte Art auch etwas Tröstliches. Die meisten bei Hofe verbeugten sich in der Anwesenheit des Königs und krochen auf den Knien herum – Shaw hingegen sagte immer geradeheraus, was er dachte.

Die Wolken über ihnen ballten sich zusammen und drohten ihnen mit einem Regenguss, aber Anduin ignorierte die Vorzeichen und sprang mit der Leichtfüßigkeit eines geübten Reiters aus dem Sattel. Andacht wirkte unruhig und warf seine lange weiße Mähne von einer Seite auf die andere, während er mit den Zähnen knirschte. Der König ging zum Kopf des Pferdes, nahm ein paar Apfelscheiben aus der Tasche und hielt sie seinem Reittier hin. Ah. Die Trense war verrutscht. Das Pferd schmiegte seine warme, weiche Nase an Anduins Schulter, während er das Zaumzeug zurechtrückte, anschließend lehnte er seine Stirn gegen den Fleck zwischen Andachts Augen.

„Weißt du, als ich sehr jung war und gerade das Reiten lernte, da nahm mein Vater mich mit zu den Ställen und gab mir mein erstes Pony. Ein Schecke. Sanft. Dreizehn Handspannen lang. Und ich fragte meinen Vater, warum man die Länge von Pferden in Handspannen misst." Die verblasste Erinnerung entlockte Anduin ein schmales Lächeln. „Er grinste nur und sagte, er wüsste es nicht. Dann fuhr er den Stallburschen an, ob er es denn wisse. Aber niemand konnte die Frage beantworten. Ich glaube, der Stallbursche hat sich eingenässt, so beschämt war er – der arme Bursche war ja kaum älter als ich. Marvin war sein Name, wenn ich mich recht entsinne."

Shaw saß noch immer im Sattel. Jetzt trat plötzlich ein abwesender Ausdruck auf seine Züge. „Den Jungen kannte ich nicht."

Aber Anduin wusste, dass Shaw etwas zurückhielt. Bestimmt hatte er Marvin gekannt, und dem Jungen war irgendetwas zugestoßen – gestorben in irgendeinem Krieg, entweder durch die Axt eines Orcs oder die vergiftete Klinge eines Verlassenen. Oder sein Haus war während des Kataklysmus eingestürzt, und der Boden hatte ihn verschlungen.

Anduin verdrängte den bitteren Gedanken. „Ich war schockiert. Mein Vater, der König von Sturmwind, hatte gerade vor einem Diener seine Unwissenheit zugegeben. Darauf wies ich ihn dann auch hin. Und weißt du, was er gesagt hat?"

Shaw schüttelte den Kopf.

„Er sagte: Nur ein Narr glaubt, er wäre in allen Belangen ein Experte. Der weise Mann steht zu seiner Beschränktheit und versucht, mehr zu lernen."

Einen Moment lang schwiegen sie beide und lauschten dem Sturm, der über die Dolchhügel nach Norden wehte, direkt auf sie zu.

„Ihm zu dienen, war nicht leicht, aber es war immer eine befriedigende Herausforderung. Das kann man nicht von allen Herrschern behaupten."

Anduin verzog das Gesicht. „Autsch."

„Oh, Eurer Krone zu dienen, ist ebenfalls befriedigend, aber es ist auch ... eine *etwas* größere Herausforderung", erwiderte Shaw mit dem unmerklichen Anflug eines Lächelns. Mehr Gefühle gab der rätselhafte Meisterspion nie preis. „Zum Beispiel, wenn Ihr versucht, einer Frage auszuweichen."

„Ich bin deiner Frage nicht ausgewichen, Shaw. Ich habe sie beantwortet." Anduin hielt Andachts Zügel locker mit der linken Hand, mit der Rechten deutete er auf den Wald und auf die Türme von Sturmwind, die sich in der dunstigen Ferne dahinter erhoben. „Ich bin mir meiner Beschränkungen wohl bewusst. Heute war ... Es war ..."

Anduin suchte vergeblich nach dem richtigen Wort. Schwierig? Nein, das reichte nicht. Schrecklich? Deprimierend?

Erdrückend.

Tyrande und Malfurion waren zum Weltenbaum geflohen, und all seine Schreiben an die beiden waren unbeantwortet geblieben. Also hatte er einen Boten losgeschickt, der an diesem Morgen wieder zurückgekehrt war – mit einem ungeöffneten Brief. Der Mann hatte gezittert, umso mehr, als Anduin ihm auftrug, noch einmal zum Weltenbaum zu reisen und es erneut zu versuchen. Anduin suchte Trost in dem Gedanken, dass die Kluft zwischen Menschen und Nachtelfen überbrückt werden konnte, aber die bloße Existenz dieser Kluft reichte aus, um ihn zu entmutigen. Sie sollten vereint stehen, Seite an Seite. Aber er konnte ihnen ihren Groll nicht verübeln. Wäre Sturmwind unter ihrer Herrschaft niedergebrannt, würde er ihnen dann einfach so – oder überhaupt – vergeben können? Er war sich nicht sicher. Unmittelbar westlich von Saldeans Farm stieg eine Rauchwolke brodelnd in den Himmel auf. Den dazugehörigen Knall hätte man vielleicht für einen Donnerschlag halten können, wäre er nicht von dem unverkennbaren Geräusch zersplitternden Holzes begleitet gewesen. Und dem Schrei eines Mannes.

„Was war das?“, murmelte Anduin. Er eilte in Richtung des Lärms und Rauchs los, und Shaw folgte ihm grummelnd.

„Vorsicht“, mahnte der alte Spion. „Es könnte ein Hinterhalt sein.“

„Das sind meine Leute, meine Lande …“

„Das ändert nichts an den Tatsachen.“

Doch Anduin hatte in dem Schrei aus Richtung der Scheune Schmerz gehört, und er wollte nicht hilflos danebenstehen, wenn einer seiner Untertanen Qualen litt. Sie erreichten ein weites Feld, wo das Heu zu runden, mannshohen Ballen zusammengerollt war. Hühner stoben auseinander, als die beiden näher kamen und durch eine Lücke in einem kaputten Zaun auf das Feld schlüpften. Ihre Pferde ließen sie dort zurück, die Zügel der Tiere lose um die gezackten Pfosten gebunden.

„War es vielleicht eine Explosion? Ich hoffe, niemand ist verletzt …“ Anduin beschleunigte seine Schritte, als die lauten Stimmen deutlicher und mehrstimmiger wurden. Der Wind drehte und hüllte ihn und Shaw in den beißenden Rauch.

Anduin wedelte mit der Hand vor seinem Gesicht und blinzelte zu den Überresten des Scheunendachs hoch, das in sich zusammengestürzt war. Davor waren drei Männer in eine hitzige Diskussion verstrickt. Einer von ihnen, der größte, trug kaum mehr als Fetzen; sein Haar war matt und schmutzig, und Splitter von der Explosion hingen in seinem Bart. Die beiden anderen Männer trugen die simple, selbst gewobene Kleidung von

Bauern, übersät von Flicken und Grasflecken. Ihre Gesichter waren ebenfalls von ihrer Arbeit gezeichnet.

„Jago, du elender Volltrottel, ich sagte, du kannst deine Sachen in meiner Scheune unterstellen, nicht sie für deine verrückten Experimente benutzen!"

Nun, da sie näher heran waren und der Rauch sich lichtete, konnte Anduin erkennen, dass die beiden Bauern verwandt waren: Vater und Sohn, letzterer ein kleineres Ebenbild des ersteren, bis hin zum rötlichen Bart – nur mit weniger grauen Strähnen. Der ältere Bauer ging auf Jago los, die Hände geballt, bereit, zuzuschlagen.

Das unverkennbare Geräusch von Stahl, der aus der Scheide glitt, ließ ihn innehalten. Der Mann wirbelte herum, aber er sah sich nicht mit einer Klinge konfrontiert, sondern nur mit Mathias Shaws steinerner Miene. Das Schwert hatte seine Hülle nie verlassen; die Andeutung, dass es zum Einsatz kommen könnte, reichte, um dem Bauer zu denken zu geben.

„Meine Herren", sagte Anduin sanft, die Hände erhoben. „Gibt es hier ein Problem?"

„Er ist kein Herr!", blaffte der Bauer. „Er ist ein lausiger Säufer, der meine Scheune benutzt, um seinen verfluchten Schnaps zu brennen. Seht Euch mein Dach an! Wie soll ich nur die Reparaturen bezahlen?" Er brauchte einen Moment, um zu erkennen, mit wem er gerade sprach, und auch dann unternahm er lediglich einen halbherzigen Versuch, respektvoll das Haupt zu beugen. Sein Sohn hingegen wurde weiß wie ein Bettlaken.

„Ich würde gerne auch seine Seite der Geschichte hören", erklärte Anduin, wobei er sich zu Jago umwandte. Dessen einzige Reaktion bestand jedoch darin, laut und feucht vor seinem König auf den Boden zu spucken. Das allein reichte schon aus, um den Mann beinahe vornüberkippen zu lassen. Sein Schluckauf war so laut, dass man ihn selbst im Schloss von Sturmwind noch hören musste, und nicht einmal der Geruch von verbranntem Holz und Alkohol konnte den verräterischen, säuerlichen Biergestank in seinem Atem überdecken.

„Da“, lallte Jago, den Finger auf seinen trocknenden Speichel gerichtet. „Das is’ meine Seite der Geschichte. Das is’ alles, was mir noch geblieben is’ auf dieser Welt. Meine Knochen, mein Blut und meine Spucke. Nichts … ich habe nichts mehr.“ Kurz weiteten sich seine Augen, und sein Gesicht unter der dicken Rußschicht färbte sich rot. „*Nichts.*“

Unbeholfen sprang er auf Anduin zu, dennoch war Shaw zur Stelle, um ihn abzufangen. Blitzschnell baute der Meisterspion sich vor seinem König auf, seine Waffe weiterhin halb gezogen, und seine freie Hand grub sich in die Schulter des Trunkenboldes.

„Das würde ich bleiben lassen“, knurrte Shaw.

„Tu es! Benutz dein Schwert“, zischte Jago. Über Shaws Schulter hinweg begegnete Anduin dem Blick aus den tränenverquollenen, blutunterlaufenen Augen des Mannes. Je länger er den Kerl betrachtete, desto vertrauter kam er ihm vor. „Ich war da! Ich war da, als die Königin der Verlassenen sich gegen die Ihren wandte!“

Anduin erstarrte, während Jagos Beine unter ihm einknickten und er zu Boden sackte. Die versengten Ascheflocken in der Luft rieselten rings um ihn herab wie schwarzer Schnee.

„Arathi … ich war dort. Ich bin hingegangen. Mein Wilmer. Er war da, und … Er war anders. Einer von ihnen, ganz verrottet und verdreht, aber immer noch Wilmer. Immer noch … immer noch der beste Kerl, den ich je gekannt und geliebt habe.“ Einmal mehr ergriff der Zorn Besitz von Jago, und er zischte, mit dem hochgereckten Finger auf Anduin deutend. „Du hättest sie aufhalten können. Du hättest sie retten können …“

Shaw drückte Jagos Hand sanft nach unten. „So spricht man nicht mit seinem König.“

„Meinem König? Mein König?“ Jago lachte schrill und halb irre. „Der is’ nich’ mein König. Höchstens der König der Narren.“

Anduin zwang sich zu einem ruhigen Tonfall, als er neben den Meisterspion trat. „Schon in Ordnung, Shaw.“ Er kniete sich hin und versuchte dabei das Zittern seiner Knie zu überspielen. Die

Erinnerung an jenen Tag, an sein damaliges Versagen, erfüllte ihn noch immer mit Scham. Er war in gutem Glauben in das Arathihochland gezogen, um die Kluft zu schließen, die sich zwischen jenen, die zu Verlassenen geworden waren, den Untoten, und den menschlichen Familienmitgliedern, die sie zurückgelassen hatten, aufgetan hatte. Die Zusammenführung hatte gut begonnen, aber dann ... Dann hatte die Königin der Verlassenen – Sylvanas, nunmehr die meistgejagte Person in ganz Azeroth – ihre eigenen Leute ermordet und alle Mitglieder ihrer Fraktion abgeschlachtet, die sich für diese Wiedervereinigung entschieden hatten und bei ihren menschlichen Lieben bleiben wollten.

„Es tut mir leid, Jago", sagte Anduin. „Ich ..."

Jago schubste ihn hart zur Seite, dann kämpfte er sich auf die Füße hoch und rannte ein paar Schritte auf das Feld hinaus. Shaw wirbelte herum, um ihm nachzusetzen, aber wie sich herausstellte, war das gar nicht nötig: Jago fiel mit dem Gesicht voran in den Dreck, die Arme seitlich ausgebreitet, und landete wenige Fingerbreit von den spitzen Lederstiefeln von Alleria Windläufer entfernt. Anduin hatte nicht gehört, wie sie näher gekommen war, und es stand auch kein wartendes Pferd neben ihr; andererseits unternahm die Waldläuferin Reisen meist auf eher unkonventionelle Weise.

Sie stieß den umgekippten Mann mit dem Stiefel an und zog die Schultern hoch. „Er atmet noch." „Was für eine Erleichterung", kommentierte der Bauer trocken.

Anduin erhob sich und ging entschlossen auf Alleria zu, während der Bauer Shaw zurückhielt, um sich weiter über sein zerstörtes Scheunendach zu beschweren. „Wie soll ich das nur bezahlen? Jago hat nicht einmal ein Kupferstück im Säckel."

„Sprich mit Hauptmann Danuvin", wies Shaw ihn kühl an. „Er wird dir ein paar Burschen aus der Garnison schicken, um den Schaden zu reparieren."

„Ja, ja", brummte der Bauer. „Da bin ich ganz sicher ..."

Anduin blieb dicht vor Jagos Füßen stehen und starrte Alleria über den ausgestreckten Körper des Trunkenboldes hinweg an.

„Du bist ja früh zurück“, sagte er atemlos. Er durfte Jago nicht ignorieren, jeder Untertan in seinem Reich war wichtig. Aber Allerias Erscheinen hatte ganz direkt mit Jagos Leid zu tun. Die Mörderin, die seinen Wilmer auf dem Gewissen hatte, musste schließlich gefunden und ihrer gerechten Strafe zugeführt werden. Alleria war auf eine dringende Mission entsandt worden – Sylvanas Windläufer aufzuspüren. Doch der König hatte nicht erwartet, sie so bald wiederzusehen. Wilmers Tod war nur eines von Sylvanas' unzähligen Verbrechen. Anduin nahm Alleria am Arm und führte sie von dem Feld fort, zurück zu ihren unruhigen Pferden.

„Ich hoffe, es ist ein gutes Zeichen, dass du schon wieder hier bist“, sagte er.

Alleria Windläufers anmutiges, blasses Gesicht war halb unter ihrer Kapuze verborgen, aber Anduin konnte ihre Enttäuschung deutlich an den zusammengepressten Lippen ablesen. Sie hielt die Augen zu Boden gerichtet, und auch ihre steife Haltung sprach Bände, als sie nebeneinander dahinschritten.

„Nein“, wisperte Alleria. Dieses eine Wort reichte schon, um ihre Stimme vor Emotionen zittern zu lassen. Sie wirkte erschöpft, ausgezehrt, und die dunklen Ringe ließen ihre von der Leere berührten Augen nur umso heller schimmern. „Nein, mein König. Heute bringe ich Euch keine guten Nachrichten.“

Sie hatten die Zäune erreicht. Anduin schloss die Hand um einen der Pfähle und drückte zu, bis das alte, splittrige Holz knirschte. Er wollte es zerquetschen. Er wollte, dass es zerbrach. Eine Woge aus Zorn überkam ihn, und er schloss die Augen, als hätte er Angst davor, was sie Alleria preisgeben könnten.

„Meine Schwester ist kein faules Wildschwein, das über die offenen Felder spaziert“, fuhr Alleria fort. Sie wich ein wenig von ihm zurück und verschränkte die Arme vor dem grün-goldenen Kürass, den sie unter ihrem Umhang trug. „Sie ist gerissen, und sie nutzt ihre dunklen Mächte, um sich im Verborgenen zu halten.“

„Und du bist die beste Jägerin, die ich kenne“, entgegnete

Anduin zwischen zusammengebissenen Zähnen hindurch. „Ich hätte nicht erwartet, dass du versagst. Schließlich kennst du sie besser als jeder andere, Alleria. Du warst unsere größte Hoffnung."

Shaw trat wortlos zu ihnen, sein Blick auf die Elfe gerichtet. Einen Moment lang sagte keiner etwas; da war nur der Sturm, der den Wind aufpeitschte, während er sich weiter dem Grasland näherte. Eine kleine Herde Geiferzähne quiekte alarmiert und galoppierte von den Feldern fort. Über ihren Köpfen zog ein Greif hinweg, gewiss auf die Späherkuppe zu. Das Holz, das noch immer unter Anduins Griff knirschte, erbebte, und dennoch wollte er es weiter zermalmen.

Wie befreiend es sich doch anfühlen würde, etwas zu zerstören.

Sie hatten die Legion besiegt, den Schrecken des Sargeras. Obwohl er Feuer und Vernichtung auf ihre Welt herabregnen ließ, hatten sie sich am Ende durchgesetzt. Wie viele waren durch die Hand jener Legion gefallen? Wie viele Wesen waren durch den Wahnsinn von N'Zoth verdorben und zerfetzt worden? Und doch hatten sie selbst den Alten Gott in die Knie gezwungen. Aber eine Frau ... Eine Frau war ihrer gerechten Strafe bislang entgangen. Die Suche nach ihr schien kaum mehr als eine Bagatelle, und doch hatte sie sich als kostspielige – und vielleicht sogar unmögliche – Aufgabe erwiesen.

„Wir werden es weiter versuchen", erklärte Alleria mit besänftigender Überzeugung. „Sie kann sich nicht ewig verstecken. Schon bald wird sie sich zeigen müssen, und wenn das geschieht, wird sie die ganze Macht ihrer Feinde spüren, wenn wir sie holen kommen."

Anduin öffnete langsam die Augen und drehte den Kopf zu der blonden Elfe herum. Als ihre Blicke sich trafen, spürte er einen kurzen Stich, ein unangenehmes Wispern aus den dunklen Winkeln seines Gedächtnisses. Einst hatte Alleria ihm vorgeschlagen, dass Sylvanas N'Zoth gegenübertreten sollte. Sie und ihre Schwester Vereesa waren überzeugt gewesen, dass dies ihre beste Option sei. Für Anduin hingegen hatte der Vorschlag lächerlich geklungen, und das tat er auch heute noch. Sicher, Blut war Blut, und sie hatten allen Grund gehabt, auf die Fähigkeiten ihrer Schwester zu vertrauen. Warum also nicht ihren schlimmsten Feind gegen einen anderen Feind kämpfen lassen? An der Macht von Sylvanas' Kräften ließ sich natürlich nicht rütteln, trotzdem hatte Anduin sich geweigert. Aber jetzt ... Jetzt ...

Er glaubte, seinen Namen aus Shaws Mund zu hören, aber er war verloren in der dunklen Kraft dieser Erinnerung. Warum hatte Alleria ihn um so etwas gebeten? Wie hatte sie nur so blind sein können, einer derart durchtriebenen Person wie Sylvanas Windläufer eine Chance geben zu wollen? Und nun hatte sie in ihrer einen, ihrer ausdrücklichen Aufgabe versagt, ihre Schwester zu finden, damit sie der Gerechtigkeit Genüge tun konnten.

Verbarg sie vielleicht etwas vor ihm? Schlummerte vielleicht mehr hinter dem goldenen Schimmer ihrer Augen als nur die endlosen Mysterien der Leere? Wie sollte er sicher sein, dass Alleria wirklich loyal zu ihm stand? War es ein Risiko, ein dummes, leichtsinniges Risiko, sie weiter an seiner Seite zu behalten?

Sylvanas im Arathihochland zu vertrauen, war jedenfalls dumm und leichtsinnig gewesen. Damals hatte ein naiver, kindlicher König dem Wort einer Schlange vertraut ... Aber nein. Alleria hatte sich mehr als nur einmal bewiesen, und es stimmte, was sie sagte: Sylvanas war keine einfache Beute. Die Jagd würde weitergehen, und er als König musste einen Weg finden, weiter an ihre Erfolgsaussichten zu glauben. Das war seine Pflicht. Ein Mann musste seine Grenzen kennen, und er durfte sich nicht über diese Grenze hinaustreiben lassen. Zu viele Leute verließen sich auf ihn.

Der Zaunpfahl zersplitterte. Eine weitere Sache, die in Ordnung gebracht werden musste.

Ein weiterer Punkt auf einer langen, langen Liste.

„Kommt", sagte er leise, während er sich von den beiden abwandte. „Der Sturm ist fast schon hier. Kehren wir nach Sturmwind zurück. Wir müssen unsere nächsten Schritte planen. Sylvanas wird nicht rasten, also werden wir das auch nicht tun."

I

Orgrimmar

So sehr es ihn auch überraschte, fühlte er sich doch heimisch in der trockenen Hitze und dem endlosen Lärm von Orgrimmar. Vielleicht war dies ja wirklich wie die Rückkehr zu einer missratenen, verqueren Familie, einer Familie, die Thrall nicht unbedingt gewählt, die er aber doch zu respektieren gelernt hatte. Thrall, der Sohn Durotars und ehemaliger Kriegshäuptling der Horde, hatte erwartet, dass ihn die vertrauten Gerüche und das Chaos der Hordehauptstadt abstoßen würden; stattdessen fügte er sich mit überraschender Mühelosigkeit in ihren Rhythmus ein.

Auf gewisse Weise machte sie ihm Angst, diese Vertrautheit, diese Selbstverständlichkeit. Natürlich hatte sich vieles verändert, so auch die Horde. Sie hatte gar keine andere Wahl gehabt. Heute konnte ein einzelner Kriegshäuptling nicht mehr über sie alle herrschen. Nein, die Horde hatte sich wie eine Familie entwickelt: Sie hatte gelitten, war gewachsen und dann wieder zusammengeschrumpft, und nun, zu guter Letzt, begann sie, sich nicht länger als Nationenbündnis zu verstehen, das von einer einzigen Stimme geführt wurde, sondern als Chor starker Stimmen, die zu einer vereint waren.

Wölfe waren im Rudel am stärksten – dann, wenn sie sich zusammentaten –, und hier, in der Feste Grommash, umgeben vom Rat der Horde, sah Thrall zahlreiche starke Wölfe versammelt.

Mach dir keine Sorgen, dachte er, während er sich in der Runde umsah. *Niemand hier betrachtet dich als Anführer. Du sitzt lediglich in einer Runde Gleichrangiger.*

Sein Stolz wurde durch diesen Gedanken nicht verletzt; im Gegenteil, er hieß ihn willkommen.

Thrall legte die Hände auf seine Knie und beugte sich vor, während die beiden jungen Tauren-Kriegerhelden in der Mitte des Kreises ihren Bericht abschlossen. Sie hatten auf einem Bergkamm im Nördlichen Brachland zwei dunkle Waldläufer entdeckt und eine Patrouille in der Gegend alarmiert, die die Spione daraufhin aufgespürt und gefangen genommen hatte. Die Waldläufer hatten irgendeinen üblen Trunk geschluckt und waren gestorben, ehe man sie verhören konnte, aber immerhin würde die Dunkle Lady nun keine Augen mehr in Durotar haben.

Kurzer Applaus erfüllte den Raum, und die beiden Tauren richteten sich zu ihrer ganzen Größe auf, ihre fellbedeckte Brust vorgereckt, ihre Speere kerzengerade erhoben. Thrall konnte nicht umhin, sich zu fragen, wie lange sie wohl leben würden. Welcher kalte, trostlose, weit entfernte Ort mochte ihr Grab werden? Was für eine Familie würden sie zurücklassen, wenn sie sich in den Fleischwolf des Krieges stürzten?

Nein. *Nein.* Sie arbeiteten daran, all dem ein Ende zu setzen. Das war Sinn und Zweck des Rates: die blutigen Gelüste einzelner zu unterdrücken und ein besonneneres Vorgehen zu garantieren. Nicht wenige zuckten bei der Erwähnung des Wortes Waffenruhe noch immer zusammen, aber Thrall war überzeugt, dass die Horde eine Verschnaufpause bitter nötig hatte.

„Gut gemacht!“, rief Lor’themar Theron den beiden Tauren zu. Der Anführer der Blutelfen mit dem langen, blassen Haar, der schurkischen Augenklappe und dem sorgfältig getrimmten Bart hob seinen Kelch. „Ihr habt genau richtig gehandelt. Ein Hoch auf diese feinen Krieger der Horde. Lok-tar!“

„Lok-tar!“

Thrall hob seinen eigenen Becher, aber sein Blick verharrte auf dem leeren Platz neben dem rotgewandeten Oberhaupt der Blutelfen. Im Laufe dieses Nachmittages hatten sich schon einige Augen auf jenen Platz gerichtet – einschließlich Lor’themars eigenem, heilen Auge. Es wirkte beinahe schon zu paradox: Hier saßen sie nun, ihr Rat eine direkte Reaktion auf Sylvanas Windläufers kontroverse Taten und ihr selbst gewähltes Exil … aber niemand saß auf ihrem Platz, um für die Verlassenen zu sprechen.

Selbst die neue Königin der Zandalari, Talanji, war aus ihrer weit entfernten Heimat angereist, um der Sitzung des Rates beizuwohnen. In dem Stuhlkreis, den sie hier in der Feste aufgestellt hatten, saß sie Thrall fast direkt gegenüber, aber bislang hatte sie kaum etwas gesagt. Etwas, das höchst ungewöhnlich für die ungestüme, junge Königin war, wie Thrall wusste.

Neben ihr, dem Eingang am nächsten, saß der ebenfalls erst jüngst aufgestiegene Handelsprinz des Bilgewasserkartells. Gazlowe mochte von kleiner Gestalt sein, aber seine Präsenz war überlebensgroß, wie er während der Berichte, Diskussionen und Debatten des Tages mehrfach unter Beweis gestellt hatte.

Der Goblin schenkte sich gerade ein wenig Ale nach, als zwei Gestalten durch die offene Tür hereinplatzten. Die Tauren-Kriegerhelden zuckten zusammen, und Gazlowe erschrak so sehr, dass er die Hälfte seines Getränks über sein Hemd verschüttete. Er fluchte und grummelte, und sein einsames Haarbüschel wackelte hin und her, während er energisch an dem Fleck rieb.

Das Ratsmitglied, dessen Abwesenheit solche Aufmerksamkeit erregt hatte, war endlich eingetroffen. Eine schlanke Untote mit goldenen Augen hastete atemlos in die Feste. Ihr Blick huschte hierhin und dorthin, und ihre Haltung ließ darauf schließen, dass sie nicht die Absicht hatte, sich für ihre Verspätung zu entschuldigen. Ihr folgte eine geisterhaft bleiche Frau, ebenfalls untot, deren Auftreten jedoch weit erhabener wirkte. Generell hätte der Kontrast zwischen den beiden nicht größer sein können: die eine von ihrem Fluch gezeichnet und bis auf die Knochen verrottet, die andere wohlgeformt, makellos und von innen heraus in einem faszinierenden Licht glühend.

Die Ankunft von Lillian Voss, der gegenwärtigen Anführerin der Verlassenen, und Calia Menethil fesselten die Aufmerksamkeit jedes atmenden Wesens in der Feste, und die beiden Tauren, die gerade noch ihren Bericht vorgetragen hatten, verlagerten in der plötzlichen Stille unbehaglich das Gewicht von einem Bein auf das andere. Calia verfolgte aufmerksam jede von Lillians Bewegungen, so, als hätte sie Angst, man würde sie später darüber befragen. Schließlich bedeutete Baine Bluthuf den zwei Tauren, Platz zu machen. Die beiden schlurften zu ihm hinüber und knieten sich hinter ihm auf den Boden.

Niemand sprach, und niemand schien zu wissen, was er sagen sollte, schon gar nicht die Neuankömmlinge. Lillian Voss rückte die zerschlissene Tasche über ihrer Schulter zurecht; ihre Stiefel, Beinschienen und ihr Umhang waren mit frischem Schlamm besprenkelt.

Rechts von Thrall hüstelte Thalyssra, die Erste Arkanistin mit den weißen Haaren und den weißen Tätowierungen, dezent in ihre Faust.

Ich bin nicht ihr Anführer. Doch als sich die Stille unangenehm in die Länge zog, stand Thrall schließlich doch auf. Er breitete die Arme aus und setzte ein warmes Lächeln auf, um die Neuankömmlinge zu begrüßen.

„Wir haben Euch schon schmerzhaft vermisst“, dröhnte Thrall. „Ohne die Verlassenen ist die Horde nicht die Horde.“

Lillian nickte und biss sich dabei so fest auf die Unterlippe, dass Thrall schon Angst hatte, ihre Zähne würden die Haut durchbohren. Ihre Begleiterin Calia Menethil, deren Gesicht ebenso weiß war wie ihr Gewand, trat nach vorne und beugte ihr silbernes Haupt. „Wie gütig von Euch.“

„Bitte, gesellt Euch zu uns.“ Thrall kehrte zu seinem Platz zurück und deutete auf die hochlehnigen Stühle, die für die Vertreter ihrer Fraktion reserviert waren.

„Die besten Speisen von Orgrimmar stehen für Euch bereit und so viel Wein oder Met, wie Ihr trinken könnt. Oh … ich meine … Was immer Ihr wünscht“, sagte der Vulpera Kiro, pfotenringend nach diesem Tritt ins Fettnäpfchen. Sein Volk war noch neu in der Horde. Etwas leiser fügte er an: „Bitte, setzt Euch doch.“

Immerhin brach der Fauxpas die Anspannung, und Gazlowe gluckste ausgiebig über den Fehltritt des rotbraunen Vulpera. Untote hatten keine Verwendung für Speise oder Trank. Zu Thralls Erleichterung schienen die Anführer der Verlassenen aber keinen Anstoß an der unbedachten Äußerung zu nehmen. Stattdessen ließen sie sich von dem hünenhaften, federgeschmückten Baine Bluthuf und von Lor'themar in Empfang nehmen, die links und rechts ihrer leeren Stühle saßen.

„Darf ich fragen, was Euch aufgehalten hat?", wollte Lor'themar wissen, nachdem die Damen Platz genommen hatten.

„Unser Volk kann nicht ewig in Orgrimmar bleiben", erwiderte Lillian, die zu guter Letzt ihre Sprache wiedergefunden hatte. Sie wirkte ein wenig entspannter, jetzt, wo sie auf ihrem Platz saß und ihre Tasche abgenommen hatte. Ihre blauen Augen strahlten heller, und sie streckte den Rücken, während sie ihren ledernen Umhang abnahm. „Es ist zu heiß. Wir bevorzugen Schatten und Feuchtigkeit. Es wird nicht einfach, einen Ort für einen Neuanfang zu finden, aber wir mussten mit der Suche beginnen. Jetzt, während des Waffenstillstands, ist die Lage nicht ganz so brenzlig – aber das heißt nicht, dass sich die Schiffe der Allianz freuen, wenn sie unsere Flaggen auf See sehen."

Ihnen gegenüber, auf dem Platz neben dem Handelsprinzen, hatte der Dunkelspeertroll Rokhan gerade sein Messer geschärft, aber nun zischte er und sprang auf die Beine. Seine Hauer glänzten ebenso bedrohlich wie sein Dolch. „Machen sie Euch Ärger?"

„Wir haben einen Bogen um sie herum gemacht", erklärte Lillian. „Darum hat unsere Reise ein paar Tage länger gedauert."

„Vorsicht ist in diesen angespannten Zeiten besser als Nachsicht", merkte Calia leise an. „Wir wollen schließlich keinen diplomatischen Zwischenfall auslösen." Sie zuckte kraftlos mit den Schultern, nahm ihren von der Sonne gebleichten, blauen Schal ab und faltete ihn ordentlich zusammen. „Ich bin mir sicher, wenn wir abgefangen worden wären, hätte Derek Prachtmeer sich für uns eingese..."

„Die Prachtmeers können uns nicht helfen.“

Gerade als Thrall spürte, wie die angespannten Nerven in dem Raum sich zu entspannen begannen, erhob sich die junge Königin der Zandalari in frostiger Steifheit von ihrem Platz. Talanji schnitt mit der Hand durch die Luft. Ihr goldener Schmuck klimperte leise, ebenso wie ihr hochaufragender, juwelenbesetzter Kopfputz, dessen langer Schatten quer durch den Raum fiel und im Schein des Feuers tanzte.

Leder knirschte und Eisen schabte, als die Anwesenden einander anblickten und das Gemurmel begann. Hinter sich konnte Thrall das tiefe Seufzen seines Pagen Zekhan hören.

„Die Horde konnte den Angriff auf Zandalar nich' verhindern. Ich sah über dieses Versagen hinweg, weil ich davon ausging, wir würden gegen die Allianz und die Prachtmeers zurückschlagen, sobald wir uns erholt hätten“, fuhr Talanji fort, ihre Stimme zitternd vor Emotion. „Frieden mit der Allianz bedeutet Frieden mit den Prachtmeers. Frieden mit Jaina. Ich war wohl eine Närrin, zu glauben, dass mein Volk wirklich seine Rache bekomm' würde.“

Thrall massierte seinen Nasenrücken. Und dabei war alles so gut gelaufen. Vielleicht hätte er damit rechnen sollen. Diese Anführer, die hier versammelt saßen, waren alle grundverschieden: Jeder hatte sein eigenes Verständnis davon, was es hieß, Teil der Horde zu sein. Ihre Visionen für die Zukunft eben dieser Horde waren zweifelsohne ebenso grundverschieden. Die Woge der beunruhigten Stimmen begann, sich weiter aufzutürmen.

Bevor er einen Versuch unternehmen konnte, die neue Königin zu beschwichtigen, hatte Lillian bereits das Wort ergriffen. „Derek ist jetzt einer von uns. Das werdet Ihr akzeptieren müssen.“

Talanji zischte und machte einen drohenden Schritt auf die Anführerin der Verlassenen zu. „Ich muss *gar nichts* akzeptieren. Ihr braucht mich, und ich hatte gedacht, wir würden die Horde brauchen – aber jetzt erkenne ich, dass Ihr uns nicht helfen werdet, die Belagerung von Zuldazar zu rächen.“

Ohne auch nur mit der Wimper zu zucken, stand Lillian auf und deutete mit ihrem Finger auf die Trollfrau. „Die Wünsche der Zandalari sind nicht die einzigen, die Gewicht haben! Die Verlassenen wurden lange genug geächtet, bespuckt und ignoriert. Derek ist ein Verlassener, und die Verlassenen gehören zur Horde."

Ein Chor zustimmender Laute machte die Runde durch die Feste.

„Dann gehören vielleicht die Zandalari nicht zur Horde", entgegnete Talanji hitzig. Offensichtlich war sie entschlossen, das Gespräch an sich zu reißen, denn sie trat in die Mitte des Raums und übertönte die zahlreichen gedämpften Diskussionen, die ringsum aufgekommen waren, mit lauter Stimme. „Wo bleibt die Antwort der Horde? Wo bleibt die Unterstützung für mein Volk? Wann werdet Ihr die Wunden anerkenn', die wir erlitten haben?"

„Voreiliges Handeln würde die Waffenruhe gefährden", sagte die Nachtgeborene Arkanistin Thalyssra – ein weiser Einwurf, wie Thrall fand. Thalyssra saß gelassen da, die Beine übereinandergeschlagen, die Hände anmutig auf ihren Oberschenkeln ruhend, während sie beobachtete, wie Königin Talanji und Lillian Voss einer körperlichen Auseinandersetzung immer näher und näher kamen.

„Unsere Ressourcen reichen hinten und vorne nicht", fügte Lor'themar besonnen an. „Wir müssen überlegt vorgehen, falls unsere Flotte Euch unterstützen soll. Vielleicht ist Diplomatie in diesem Fall wirklich die Antwort. Wir könnten eine Delegation nach Kul Tiras schicken, um …"

„Eine Delegation? Diplomatie?", donnerte Rokhan. Er schüttelte den Kopf. „*Pah*. Meine Ahnen würden weinen, könnten sie solch feiges Gerede in der Feste Grommash hör'n."

Bei diesen Worten griffen die Mag'har-Orcs, die neben den Dunkelspeeren saßen, nach ihren Waffen und schlugen mit den Griffen auf den Boden, um ihre Zustimmung zum Ausdruck zu bringen. Einer von ihnen schaffte es sogar, noch lauter zu protestieren als Rokhan.

„Aha!“ Talanji deutete auf Rokhan. „Zumindest einem von Euch hat dieses Friedensgeschwätz also noch nich’ den Mut aus den Knochen gesaugt!“

„Jeder hier hat offene Rechnungen“, erinnerte Baine Bluthuf sie. „Aber diese offenen Rechnungen müssen wir jetzt gegen die Interessen der Horde abwägen. Niemand hat behauptet, dass es einfach wäre, Euer Hoheit, und das ist es auch nicht. Und wenn der richtige Augenblick gekommen ist, werden wir versuchen, das Unrecht zu rächen, das den Zandalari angetan wurde.“

„Der richtige Augenblick“, wisperte sie angewidert.

Erst jetzt wurde Thrall bewusst, dass er einer der wenigen war, die noch auf ihrem Platz saßen. Überall im Raum entbrannten kleine Diskussionen, und Fetzen lange schon schwelender Ressentiments drangen an seine Ohren, während er erst mit Baine Bluthuf und dann mit Lor’themar einen Blick wechselte. Anführer hin oder her, es schien ganz so, als würde ihm die unangenehme Aufgabe zufallen, hier wieder für Ordnung zu sorgen. Baine hatte sein Bestes gegeben, aber jemand musste ihn unterstützen.

Thrall stand auf, gefolgt von Baine, dann Lor’themar und schließlich Thalyssra. Sie erhoben sich wortlos, und es dauerte einen Moment, ehe die anderen überhaupt Notiz davon nahmen. Aber dann verstummten die Stimmen eine nach der anderen, und alle Blicke richteten sich auf sie. Bevor Thrall um Ruhe bitten konnte, stürmte Talanji aus der Runde. Ihre Leibwächter hatten Mühe, mit ihr mitzuhalten, und sie verbeugten sich nervös und halb entschuldigend vor Thrall, während sie hinter ihrer Königin hereilten.

„Perfekt“, seufzte er. „Machen wir eine Pause. Lasst uns essen und trinken. Danach wollen wir uns hier wieder zusammenfinden.“ Falls wir überhaupt zusammenfinden *können*, fügte er wortlos hinzu.

Es war eine verhüllte Warnung, aber sie verfehlte ihre Wirkung nicht. Verlegene Blicke wandten sich von ihm ab, als er zwischen den Anführern und ihrem Gefolge hindurchschritt, und die Menge teilte sich wortlos vor ihm, bis er die Tür erreicht hatte. Er war kein alter Mann, noch nicht, aber jeder Schritt durch die Festung verstärkte die Erschöpfung, die auf seinen Knochen lastete.

Worauf hatte er sich da nur eingelassen? Erneut rieb er seinen Nasenrücken, um gegen die stechenden Kopfschmerzen anzukämpfen, die sich in seinem Hinterkopf zusammengebraut hatten. Er fühlte sich so mitgenommen wie nach einem brutalen Handgemenge. Der Schein der heißen Nachmittagssonne umfing ihn, als er blinzelnd in die Helligkeit hinaustrat, die draußen herrschte, und der Duft von Präriegras und aufgewühlter Erde überschwemmte ihn mit Erinnerungen. Vor gar nicht allzu langer Zeit hatten ihn dieselben Gerüche umweht, als er hoch über dem Tal von Mulgore auf den Klippen von Donnerfels gestanden hatte. Jaina Prachtmeer, Talanjis Nemesis, war an seiner Seite gewesen und hatte ihm versichert, dass eine zerbrechliche Allianz zwischen ihnen jedes Risiko wert wäre, auch wenn es unweigerlich Streit und Blutvergießen nach sich ziehen würde.

„Horde, Allianz“, hatte er zu ihr gesagt. „Wieder und wieder finden wir uns an diesem Scheideweg wieder. Was soll diesmal anders sein?“

Sie hatte ihm sanft die Hand auf den Arm gelegt, eine simple Geste, die ihn trotzdem beinahe mehr gerührt hatte als ihre Worte. „Wir sind anders.“

Thrall hatte ihr geglaubt, aber jetzt, wo er das Gefühl hatte, als würde sein Kopf auseinanderbersten und die Streitereien des Rates in seinen Ohren klingelten … jetzt war er sich nicht mehr so sicher.

Ein Schleier aus Staub umhüllte Orgrimmar und dämpfte die gnadenlose Sonne. Zeremonielle Fackeln säumten den rauchverhangenen Pfad vor der Festung, hin zu einem Dutzend Esstischen, die unter improvisierten roten Zelten mit dem Emblem der Horde aufgestellt waren. Wie nicht anders zu erwarten, warteten zahlreiche Schaulustige vor der Feste; ihr neugieriges Gewisper und interessiertes Keuchen füllte das Tal, als die anderen

Ratsmitglieder hinter Thrall nach draußen traten. Eine festliche Stimmung hing in der Luft, untermalt von Trommeln und Flöten. Wimpel in der Form von geflügelten, gehörnten Windreitern flatterten am Ende von Stäben, die kleine Fäustchen in die Höhe reckten. Viele Eltern hatten ihre Kinder bis in die Nähe der Zelte nach vorne geschoben, und ihre Kleinsten trugen sie auf den Schultern.

Einen Moment lang stand Thrall einfach nur da, während die Sonne seine nackten Schultern wärmte. Reuevoll lächelte er zu den zwei jungen Orcs hinüber, die auf den Armen ihres Vaters balancierten. Während er ihnen noch zuwinkte, trat Zekhan an seine Seite. Einen Moment später schlenderte Lor'themar an ihnen vorbei, die Erste Arkanistin Thalyssra neben sich, der er gebannt lauschte, während sie ihm die Vorzüge des Nachtgeborenen-Weins aufzählte, den sie für das Festmahl mitgebracht hatte.

„Was ist los?“, fragte Thrall. Er konnte stets erkennen, wenn der tapfere junge Trollschamane etwas auf dem Herzen hatte. Der Junge mochte viele Talente besitzen, doch seine Zunge im Zaum zu halten, gehörte ganz sicher nicht dazu.

„Ein Bote vom Irdenen Ring ist hier“, erklärte Zekhan. Die anderen Ratsmitglieder hatten sie inzwischen alle überholt und gingen in einer langsamen Prozession auf die Festzelte zu. Lor'themar ließ sich dabei besonders viel Zeit, um die Bewunderung und das Interesse der Menge zu genießen.

„Es ist Essenszeit“, grollte Thrall.

„Glaubt mir, Ihr wollt hören, was er zu sagen hat.“

Während seiner Zeit als Kriegshäuptling hatte Thrall gelernt, dass „Was ist jetzt schon wieder?“ schnell zu einer dauerhaften Geisteshaltung werden konnte. Er wandte sich von der Menge ab und fand sich Angesicht zu Angesicht mit einem grauhäutigen alten Orc wieder. Seine Züge waren von Pockennarben und einem Bart bedeckt, und eine Narbe teilte seine Lippen.

„Yukha“, sagte Thrall. Er erkannte den Schamanen sofort; sie hatten gemeinsam gegen die Legion gekämpft. Damit war er nicht länger nur irgendein Bote für ihn. Falls Yukha von seinem

Posten am Mahlstrom hergekommen war, dann musste es wichtig sein. „*Throm-Ka*, alter Freund. Was führt dich nach Orgrimmar?“

Sie klopften einander auf die Schulter, dann kaute Yukha einen Moment lang auf der Innenseite seiner Wange herum, bevor er schließlich tief und bedauernd einatmete.

„Die Geister sind in Aufruhr, Thrall. Wo sie einst friedlich mit uns in Verbindung traten, erfüllt sie nun Zorn und Rachsucht. Sie weisen uns zurück, verwehren uns ihre Weisheit. Mein Freund, irgendetwas muss schrecklich im Argen liegen.“

Nervös ließ Yukha seinen mit Schnitzereien verzierten Stab von einer Hand in die andere wandern. Solche Unruhe sah dem alten, kampferprobten Seher gar nicht ähnlich.

„Wann?“, fragte Thrall mit gedämpfter Stimme. Niemand sollte diese Unterhaltung mithören können. Zekhan spürte, dass das auch für ihn galt, und er machte ein paar höfliche Schritte von ihnen fort.

„Ich kam, so schnell ich konnte“, erklärte Yukha. „Die Reise hat meinem Körper viel abverlangt, aber ich wusste, du würdest mich anhören, mein Freund.“

„Natürlich. Wenn du deine müden Knochen bewegst, muss es mindestens um das Ende der Welt gehen“, stichelte Thrall, aber sie teilten nur ein kurzes, trockenes Lachen.

„Du scherzt, aber ich habe noch nie solchen Tumult in der Welt der Geister erlebt. Und du weißt ja, wie viele Winter ich schon auf dem Buckel habe.“

Thrall nickte, seine Hand fest auf dem Oberarm des Schamanen.

„Ich verstehe, Yukha. Der Rat wird davon erfahren, und ich werde persönlich dafür sorgen, dass er deine Bedenken nicht ignoriert.“

Das zauberte ein erleichtertes Lächeln auf die faltigen Züge des Orcs. „Verlier keine Zeit, Sohn von Durotan. Die Ahnen, sie rufen. Und wir müssen ihnen zuhören.“

2

Nazmir

Apari verschränkte die Hände unter dem Kinn und beobachtete, wie der letzte Lebensfunke in den Augen des armen Seshi verblasste. Nein, nicht der arme Seshi. Der *törichte* Seshi. Die alte Wunde an Aparis Bein pochte, aber sie achtete nicht weiter darauf – ihre Arbeit war zu wichtig.

„Du hast den Tod gewählt", sagte sie leise. „Als du *sie* gewählt hast."

„H…Hexe!"

Sein letztes, gekrächztes Wort hallte kurz in der feuchten Höhle wider. Es klang, als hätte ihm der Loa des Todes höchstselbst den Schrei aus der Kehle gerissen. Die blauen Augen des Trolls schimmerten ein letztes Mal hell vor Verzweiflung, dann wurden sie glasig und starrten blicklos zu einer Stelle irgendwo über Aparis Schulter hoch. Auf ihrer anderen Schulter saß eine hungrige Schreckenszecke, die Beine angezogen und sprungbereit. Zweifelsohne konnte sie den Tod schmecken, als sie die Luft in ihr kleines, scharfzahniges Maul sog.

„Nich' ihn, Daz", warnte Apari die Zecke. „Ein Schluck von seinem Blut und deine Innereien würden sich nach außen kehren. Du wärst so platt wie 'ne Münze."

Würgekraut. Davon gab es hier im Urzeitsumpf so viel wie Wolken am Himmel. Seshi lag tot auf einem großen Steinblock – den Überresten einer Säule aus den Ruinen von Zul'jan weiter im Osten. Bereits jetzt ging ein beißender, unangenehmer Geruch von seiner Leiche aus, und seine violette Haut wurde schrumpelig und schlaff wie bei einer getrockneten Frucht. Flüssigkeit tröpfelte in einem stetigen Rinnsal von der Steinplatte herab, passend zum endlosen *Tropf-Tropf-Tropf* des Wassers, das aus Rissen in der Höhlendecke sickerte. Außerdem war da noch das konstante Dröhnen des Wasserfalls, der den Eingang der Höhle verbarg. Nun verzerrte sich dieses Rauschen jedoch einen Moment lang, und dann konnte Apari die beinahe unhörbar leisen Schritte ihrer loyalsten Generalin vernehmen.

„Wird es bei ihr auch so sein?“, fragte Tayo. Sie trat zu Apari an die Leiche heran und rümpfte die Nase. Ein Knochen ragte aus ihrem Brustbein hervor, und ihre lang gezogenen Hauer wurden von scharfkantigen Goldspitzen gekrönt. Schlamm und schwarze Farbe ließen ihren langen Pferdeschwanz aussehen, als bestünde er aus Teer. Seit Yazmas versuchtem Staatsstreich hatte Tayo sich als loyale Freundin und Offizierin erwiesen. Ihre Familie teilte ihre Ansichten und war darum von Talanji verbannt worden, unter der Androhung, man würde sie hinrichten, sollte sie je wieder zurückkehren.

„Würgekraut, gemischt mit Flussknospenwurzeln“, erklärte Apari, wobei sie einen kleinen, mit Pulver gefüllten Beutel hochhielt. „Meine eigne Schöpfung. Ein Heilmittel, das die Fäulnis im Herzen unseres großen Landes ausmerzen sollte, Schwesta.“

Apari kannte sich aus mit Kräutern und Wurzeln, mit Wickeln und Pulvern. Nachdem sie eine schwere Beinverletzung erlitten hatte, hatte sie alles versucht, um die Schmerzen zu lindern, die Schwellung zu verringern und den Gestank der Infektion zu vertreiben. Nichts hatte funktioniert. Die Wunde schmerzte und stank weiter, und zu guter Letzt hatte Apari akzeptieren müssen, dass sie – ebenso wie all die anderen Narben und Enttäuschungen ihres Lebens – eine stete Erinnerung an all das werden würde, was sie verloren hatte. Was diese spezielle Pflanze anging: In den Dschungeldörfern der Zuldazar gab es sie überall, und Heiler nutzten sie, um Kindern zu helfen, wenn sie irgendetwas Giftiges geschluckt hatten. In der richtigen Menge konnten sie Leben retten, aber wenn man sie trocknete, zu Pulver zerrieb und mit Flussknospenwurzel vermengte, dann entwickelte Würgekraut eine tödliche Wirkung.

Und es war nicht gerade ein angenehmer Übergang auf die andere Seite.

Tayo nickte. „Sie hat das Leiden verdient. Wann wird es so weit sein?"

Apari drehte sich herum und musterte ihre Generalin. Der Anblick war weit weniger abstoßend als der vertrocknete Klumpen auf der Steinplatte. „Es soll vor den Augen ihrer hochgeschätzten Horde gescheh'n. Sie hat sie über ihr eigenes Volk gestellt, also soll sie in ihrem Kreis sterben." Sie grinste hämisch. „So die Ahnen es wünschen."

„‚So die Ahnen es wünschen'", wiederholte Tayo, wobei sie die geballte Faust an ihren emaillierten Harnisch hob. Vor ihrer Brust kreuzten sich zwei Gurte, in denen Giftpfeile mit bunter Fiederung steckten. „Noch etwas. Der Fahle Reiter ist hier. Er kam mit einem untoten Elf hier an. Sie woll'n unbedingt mit Euch sprechen."

Mit einem Zischen entwich Luft aus der Leiche hinter ihr, und Apari drehte den Kopf, um zu beobachten, wie sich die Muskeln in den Schultern und der Brust des Trolls verkrümmten. Schwarze Galle quoll zwischen seinen rissigen Lippen hervor. Sie stellte sich vor, wie der gleiche, dickflüssige Schleim aus Talanjis Mund hervorströmte, wie ihre hellen Augen dunkel und hohl wurden ... Würgekraut konnte die Krankheit aus einem Körper herausbrennen, aber hier ging es um weit mehr als eine Krankheit, um weit mehr sogar als um das Leben eines Trolls. Talanji stand als Symbol für alles, was das Zandalari-Imperium ruinierte, und ihre Herrschaft war nichts weiter als ein Schandfleck auf seinem uralten, mächtigen Erbe. Apari wünschte nur, sie könnte dabei sein, um zu sehen, wie die verräterische Königin in hilfloser Verzweiflung die Hände um ihren Hals legte.

„Apari ..."

Sie nickte kurz, und Tayo wandte sich dem Eingang der Höhle mit seinem Vorhang aus rauschendem Wasser zu. Auf Aparis

Schulter krümmte Daz sich derweil vor Hunger. Draußen, jenseits des Wasserfalls und der Schatten, die ihn verbargen, war eine Herde von Saurolisken zu hören, erst brummend, dann kreischend, als eine Bedrohung an ihnen vorüberzog.

„Geh“, sagte Apari leise. „Jage.“

Die Zecke breitete ihre grauen Flügel aus, sodass sie über die Schultern ihrer Herrin schabten, dann glitt das Tier davon, auf die Wand aus herabprasselndem Wasser zu. Apari blickte ihm nach. Der Sonnenschein ließ den Wasserfall schillern und verwandelte ihn in ein Kaleidoskop aus Farben. Sie huschten so schnell vorüber, dass sie ebenso gut nur Aparis Einbildung hätten entspringen können. Aber nein, der Regenbogen brannte sich in ihre Augen ein und färbte die Schatten violett und blau. Ein gutes Omen. Daz flog wie der Ball eines Kindes auf das Sonnenlicht zu, wobei seine weichen Flügel den Schädel des heranschreitenden Mannes streiften.

Sie waren also gekommen. Apari schauderte. Die Dinge waren nun in Bewegung, *wirklich* in Bewegung, und mit einem Mal fühlte sie sich lebendig. Es schien Jahre her – ein ganzes Zeitalter –, seit sie das letzte Mal derartige Aufregung empfunden hatte.

Sie faltete die Hände, sodass ihre schweren Ringe klackten, und humpelte dann ihren Gästen entgegen. Der Mann – er hatte dunkles Haar und rote Augen – schlug verärgert nach der Zecke, dann rückte er den Kragen seines dicken, schwarzen Mantels zurecht. Tayo überragte ihn um einen ganzen Kopf, und sie war in etwa ebenso groß wie die gerüstete Begleiterin des Mannes.

„Fahler Reiter“, rief Apari ihm zu. „Du bist hier willkommen, aber wir brechen in zwei Stunden auf. Wir bleiben nie lange an einem Ort, und die Sonne geht nie zweimal an derselben Stelle über unserem Lager unter.“

„Eine weise Vorsichtsmaßnahme.“ Er blickte sich mit hellen Augen in der Höhle um und entdeckte schließlich die grausige Leiche hinter Apari. Aber er lächelte nur. „Wir sind hier, um unsere ... Vereinbarung zu besprechen. Können wir uns woanders unterhalten, oder ist das hier der gastfreundlichste Ort in Eurem Sumpf?"

„Nein", erwiderte Apari, wobei sie respektvoll den Kopf neigte, ohne sich aber zu verbeugen. Sie verbeugte sich vor niemandem mehr. „Nein, hier geht es nich' um Gastfreundschaft. Hier geht es um Rache."

Der Mann zog eine schwarze Augenbraue hoch, und die Elfe an seiner Seite seufzte ungeduldig. Ihre rosafarbene Haut war fleckig und bleich wie die Schwinge eines Himmelsschreckens, sodass man die Adern darunter erkennen konnte. Unter ihrem Arm hielt sie einen seltsamen Flügelhelm, und Apari wunderte sich, wie sie unter so viel Rüstung überhaupt noch kämpfen konnte. Daran, dass die Elfe gefährlich war, zweifelte sie aber keine Sekunde – das mordlüsterne Funkeln in ihren Augen war bei jedem Volk und in jeder Kultur dasselbe.

„Rache", wiederholte Apari, um die unausgesprochene Frage des Mannes zu beantworten. „Ich habe Shadra, der Giftkönigin, geschworen, dass ich ihre treue Dienerin Yazma rächen würde." Sie zog ein Bündel Würgekraut aus ihrer Tasche und drehte es im Licht hin und her. „Shadra is' fort und Yazma ebenfalls. Aber das Gift? Das Gift bleibt. Das Gift in meinem Herzen", murmelte sie. „Und schon bald wird es durch die Adern der Verräterkönigin fließen."

*

Der Krieg war wie ein riesiger Stiefel, aber Zekhan hatte sich nicht von ihm zertreten lassen. Stattdessen hatte er gelernt, sich nützlich zu machen, nützlich zu bleiben und zu erkennen, wann sich dieser Nutzen erschöpfte. Er war nicht an Varok Saurfangs Seite auf den Zinnen von Lordaeron gestanden, weil er einfach nur Däumchen gedreht oder ein Nickerchen gemacht hatte. Und er blieb auch jetzt nicht untätig, während sich sein Kommandant in ein leises, intensives Gespräch mit dem Schamanen vom Irdenen Ring vertiefte.

Er fiel beiläufig hinter Rokhan in Schritt, dem hochgewachsenen, aufmerksamen Anführer der Dunkelspeertrolle, und nutzte seinen Schatten als eine Art Deckung. Ringsum schrie und jubelte die Menge, während sich die versammelten Ratsmitglieder und ihr Gefolge aus Leibwächtern, Beratern und Mitläufern in die verlockende Kühle der Festzelte zurückzogen, aber Zekhan achtete nicht weiter darauf. Er war nicht naiv genug, um zu glauben, dass auch nur einer dieser Jubelrufe ihm galt. Nein, er war im Schatten, mehr noch, er *war* ein Schatten – erst der seines Vaters, dann der Saurfangs und jetzt der Schatten Thralls.

Und genau wie ein Schatten huschte er dahin, während er nach etwas suchte, das interessant genug sein könnte, um sich die Zeit damit zu vertreiben.

„Deine Hände sollten immer etwas zu tun und deine grauen Zellen immer etwas zum Nachdenken haben“, hatte sein Vater Hekazi ihm eingebläut, seit Zekhan einem Raptor gerade mal bis ans Knie gereicht hatte. „Dann wird dir auch garantiert nich' langweilig.“

An diesem Tag würden Arbeit und Selbstbeschäftigung Hand in Hand gehen müssen. Vor den Zelten hatte sich ein Kreis aus Trommlern aufgebaut, mit einem Trio wilder Tänzerinnen in der Mitte, bereit, die hochgeachteten Gäste willkommen zu heißen. Er beobachtete, wie der Goblin Gazlowe auf die Trommeln zutrat, ein albernes Tänzchen aufführte und die Musiker damit zum Lachen brachte. Der gleichmäßige, ansteckende Rhythmus sprang allmählich auch auf die anderen über, als sie sich dem Zelt näherten: Angespannte Schultern bewegten sich zum Takt, schmale Augen weiteten sich vor Respekt für die talentierten (und nur leicht bekleideten) Tänzerinnen.

Allein Talanji und ihre Zandalari hielten sich abseits, aber das überraschte Zekhan nicht. Der Rat der Horde hatte sie und ihr Volk mit offenen Armen willkommen geheißen, aber ihre Reaktion darauf war bislang überaus frostig ausgefallen. Er hatte sie genau im Auge behalten, aus Interesse, aber wenn er ehrlich sein sollte auch ein wenig aus Betörung – die Königin war wirklich wunderschön. Sie hatte diese zierlichen Hauer, und dann ihre fesselnden, blauen Augen …

Ebenso unübersehbar war jedoch ihr Temperament.

Talanji ging am südlichen Ende der Festtische auf und ab, während ihr ein junges Trollmädchen mit türkisfarbener Haut und gelbem Haar mit einem riesigen Palmwedel kühle Luft zufächelte. Das schien die Königin aber nur noch mehr zu verärgern, und sie scheuchte das Mädchen mit einer Handbewegung zurück. Zekhan zog die Brauen zusammen. Waren bei Talanjis Ankunft nicht mehr Leibwächter bei ihr gewesen? Oder war womöglich eine ihrer Zofen abhandengekommen? Orgrimmar war nicht gerade die verschlungenste Stadt der Welt, aber vielleicht hatte sich einer der Zandalari auf dem Weg zu dieser nachmittäglichen Zusammenkunft ja doch verlaufen.

Vielleicht, überlegte er. Vielleicht. Er spürte eine Gelegenheit und schob sich näher heran. Die Horde brauchte jeden Vorteil, den sie kriegen konnte, und das bedeutete, dass sie sich Talanjis Treue erneut sichern mussten. Sie musste zu ihnen halten, ob nun in Krieg oder Frieden, und sie musste bereit sein, sie mit Truppen zu unterstützen. Sie musste bereit sein, sich dem Rat anzuschließen. Bislang wirkte sie leider nicht sonderlich beeindruckt.

„Darf ich Euch behilflich sein, Majestät?"

Zekhan verbeugte sich tief und setzte sein strahlendstes Lächeln auf. Das Mädchen mit dem Palmwedel gab einen leisen, alarmierten Laut von sich. Die Königin selbst starrte ihn nur an – nein, sie starrte durch ihn hindurch –, dann verdrehte sie die Augen.

„Welche Hilfe könntest du mir schon sein?" Seine schlichte Kleidung und der Schmutz unter seinen Fingernägeln waren ihrem stechenden Blick wohl nicht entgangen. Im Vergleich zu ihm schillerten Talanji und ihre Diener wie Glühwürmchen im Abendrot.

„Euer Gefolge sieht 'n bisschen mager aus. Falls Ihr jemanden braucht, der Euch ein frisches Glas Wein holt …"

Talanji legte den Kopf auf die Seite, sodass ihre Ohrringe leise klirrten, als sie ihn unterbrach. „Willst du mich etwa ausspionieren?"

Das war nicht die Reaktion, auf die er gehofft hatte. Zekhan machte einen Schritt nach hinten und hob die Arme, wie um sich zu ergeben. Im Geiste wappnete er sich bereits für die Standpredigt, die Thrall ihm halten würde, weil er die Königin gestört hatte. Ein kalter Schauder überkam ihn – so als würde jemand mit einer Messerklinge über seinen Rücken streichen. Und dann kippte er nach hinten. In dem einen Moment war er noch ganz gefasst, im nächsten wedelte er wild mit den Armen, bevor seine Ellbogen gegen etwas Hartes prallten. Etwas Hartes und Nasses. Ein Kelch. Talanjis verschollener Diener war zurückgekehrt, und Zekhan war geradewegs mit ihm zusammengeprallt.

Der Kelch landete auf dem Boden, und der Wein ergoss sich über Zekhans Füße und den Saum von Talanjis Kleid.

„Pass doch auf!", rief der Diener, der den Kelch auf einem Tablett getragen hatte und sich nun hinunterbeugte, um das Gefäß rasch wieder aufzuheben. Er war älter als Talanji, mit einem Zickzackmuster aus Narben auf der Nase und einem deutlich sichtbaren Schweißfilm auf der Stirn. „Tollpatschiger Trottel! Das war der Wein der Königin!"

„Ein Versehen", sagte Talanji, während sie gefasst ihren Rock anhob, um den Schaden zu begutachten. „Er hat es nich' absichtlich getan …"

Aber Zekhan hörte ihr schon nicht mehr zu. Stattdessen starrte er den Fleck feinen Weins auf ihrem Kleid an. Mit einem Mal hallte die Stimme der Ersten Arkanistin Thalyssra durch seinen Kopf …

Ich kann es kaum erwarten, bis Ihr unsere Arkfruchtsangria kostet, Lor'themar. Wir haben genug für ganz Orgrimmar mitgebracht …

Der hässliche Fleck auf dem Saum der Königin war von einem bläulichen Violett, und er färbte sich rasch schwarz. Mehr noch, die Lache, die auf dem Boden zurückgeblieben war, roch eindeutig nach *Tod*.

„Ich hole Eurer Majestät sofort einen neuen Kelch", ereiferte sich der Diener, während er mit einer Verbeugung von Talanji zurücktrat.

„Nein." Zekhan kniete sich hin, dann strich er mit dem Finger durch die Lache auf dem Boden und roch daran. Was immer es war, es war kein Wein. Ein Kräutertee vielleicht ... oder etwas Schlimmeres. „Was hast du ihr da gebracht?"

„W...Wein", stammelte der Diener, aber der Schweiß rollte inzwischen in dicken Tropfen über seine Schläfen. „Nur Wein."

Zekhan sprang auf. Er hatte gerade noch genug Zeit, sich zwischen Talanji und den narbigen Diener zu stellen, ehe dieser einen Dolch unter seiner Tunika hervorriss und sich auf die Königin stürzte. Der Tumult erregte die Aufmerksamkeit sämtlicher Ratsmitglieder, und Zekhan konnte spüren, wie in den Zelten ringsum Chaos ausbrach. Die Trommeln verstummten abrupt, gefolgt vom gedämpften Flüstern der Menge draußen.

„Zurück!", rief Zekhan Talanji zu. „Hinter mich!"

Eine Wurfaxt wirbelte dicht über Zekhans Schulter hinweg – dicht genug, um ihm die Haarspitzen zu trimmen. Aber er schüttelte den Schrecken ab und schleuderte der Axt einen Blitz hinterher. Sein Geschoss warf den Diener gegen eine Zeltstange und ließ ihn zu Boden sinken, direkt neben der Stelle, wo sich die Axt in den Boden gegraben hatte. Als Nächstes hörte Zekhan Thralls schwere Schritte, und dann sah er auch schon seinen einschüchternden Schatten, als der Orc an ihnen vorbei auf den Attentäter zu rannte. Das erklärte dann wohl die Axt.

„Packt ihn!", rief jemand, und: „Beschützt die Königin!"

Zekhan schüttelte das Klingeln aus seinen Ohren und stolperte hinter Thrall her, aber sie erreichten den Attentäter einen Moment zu spät. Der Troll hielt noch immer den Dolch in seiner Hand, und nun rammte er ihn sich kurzerhand in den Bauch und drückte die Klinge nach oben.

„Sprich." Thrall packte den Diener am Hals, aber der Dolch hatte sein grausiges Werk bereits vollbracht. „Wer hat dich geschickt? *Wer hat dich geschickt?*"

Der alte, vernarbte Troll hatte gerade noch genug Leben in sich, um eine letzte Drohung zu wispern, dann sackte sein Kopf schlaff nach hinten, und Blut rann zwischen seinen blassen Lippen hervor. „Sie … wird unsere Rache … spüren."

Kaum, dass der Troll seine letzten Worte gesprochen hatte, war Talanji auch schon bei ihnen. Sie schubste Thrall und Zekhan beiseite und kniete sich neben dem Attentäter auf die blutgetränkte Erde. „Er ist ein Zandalari. Einer meiner eigenen Leute. Wie kann das nur sein …?"

„Wir müssen Euer gesamtes Gefolge unter Arrest stellen und befragen", erklärte Thrall streng. „Ein Attentäter kommt selten allein."

„Befrag deine Leute!", schäumte Talanji. Sie sprang auf die Füße, ihre Hände und ihr Kleid mit Blut verschmiert. Und mit Gift. „Wir werden nach Hause zurückkehren, bevor noch mehr Blut vergossen wird."

Thrall seufzte und trat vor, um ihr den Weg zu versperren. „Ich garantiere Euch …"

„Ihr könnt mir nichts garantier'n – keine Schiffe, keine Soldaten, und noch nich' mal meine eigene Sicherheit." Sie hob den Kopf, was bei ihrer Größe ausreichte, um Thrall direkt in die Augen zu blicken. Zekhan hingegen zog den Kopf ein, als eine neue Energie die Luft um die beiden knistern ließ. „Ihr braucht mich hier nich'. Aber Zandalar, meine Heimat, wird mich immer brauchen. Also werde ich jetzt dorthin zurückkehren."

Alle Blicke folgten der Königin der Zandalari, während sie ihre kleine Entourage zusammenrief und stolz und hocherhobenen Hauptes von den Zelten fortmarschierte. Alle Blicke bis auf den von Thrall, wie Zekhan feststellte. Das Ganze war so schnell gegangen: der Attentäter, der Blitz, der Wutausbruch der Königin … Aber seine Gedanken drehten sich noch immer um den Moment, als er den Kelch aus den Händen des Attentäters gestoßen hatte. Er war sicher, dass seine Füße fest auf dem Boden gestanden hatten. Etwas oder jemand musste ihn nach hinten gegen den Zandalari gestoßen haben.

Einer nach dem anderen kamen die Ratsmitglieder herbei, angezogen von dem Aufruhr. Der Dunkelspeerhäuptling Rokhan trat an Zekhans Seite. Kurz hielt er seine gezückten Dolche noch in der Hand, dann steckte er sie wieder ein und klopfte ihm schmunzelnd auf die Schulter. Zekhan war benommen genug von all dem Chaos, dass er unter der Wucht nach vorne taumelte.

„Gut gemacht, Junge. Du hast die Reflexe von Sin'Dall."

Aber ich war das doch gar nich'.

Der Blitz, ja, das war er gewesen. Aber der Kelch? Er runzelte die Stirn und ließ den Blick über die Gesichter der erleichterten Ratsmitglieder schweifen. Allein Thrall schien seine Sorge zu teilen. Er stand im hinteren Teil der Menge, seine Brauen zusammengezogen, seine Augen dunkel und abwesend. Doch die anderen Anführer der Horde scharten sich um Zekhan und schienen Rokhans Einschätzung zu teilen. Schon hörte er jemanden das Wort „Held" in den Mund nehmen, und er schüttelte den Kopf. Nein, nein. Er war kein Held. Mitnichten. Er war nur ein Junge aus den Dschungeln, aus einem Dorf, so klein, dass man es hundertmal innerhalb der Tore von Orgrimmar unterbringen könnte. Er wollte sich nur nützlich machen, nicht irgendwelchen Ruhm ernten.

Einmal mehr erhaschte er einen Blick auf Thralls Gesicht in der Menge, aber seine Miene war unverändert. Sie war wie ein dunkler Fleck an einem andernfalls wolkenlosen Himmel, eine weit entfernte Warnung kommenden Regens. Nur ein paar der Anwesenden nahmen Notiz davon, und kaum einer achtete weiter darauf. Doch wenn der große Anführer in Sorge war, dann tat der weise Krieger gut daran, sich ebenfalls zu sorgen.

Der Häuptling der Dunkelspeere legte ihm die Hand auf die Schulter, aber Zekhan lächelte nicht. Nein, er schauderte.

3

Dazar'alor

Ein heißer, trockener Wind aus dem Norden umwehte Talanji, so als würde Vol'dun selbst ihr seinen Atem entgegenschicken. Sie stand auf dem Großen Siegel und atmete ein, als die Brise sie erfasste, in der Hoffnung, so die Essenz ihrer Heimat wieder in ihren Körper zu saugen. Hier gehörte sie hin. In den Dschungel. In die riesige, goldene Stadt ihrer Vorfahren. Hier zu stehen war, als würde sie am Rand der Welt stehen, vor sich eine endlose Masse von Möglichkeiten und Leben. In einer wolkenlosen Nacht wie dieser konnte sie sogar die Berggipfel im Westen erkennen. Der Blick reichte weiter als bis zum Tempel des Propheten und verlor sich erst an den Spitzen der Berge, die aussahen, als wären sie in smaragdgrünen Samt gehüllt.

Zu Hause. Zikii nahm Talanji eins nach dem anderen ihre schweren Zeremonienarmbänder und -ringe ab und legte sie in ein Kästchen, ausgelegt mit einem Stoff, der ebenso weich aussah wie diese tiefgrünen Berge. Mit jedem Schmuckstück, das ihr abgenommen wurde, fühlte Talanji sich leichter, aber auch … irgendwie seltsam. Verwundbar. Einen Moment lang löste sie ihren Blick vom Dschungel und beobachtete stattdessen Zikiis geschickte, kleine Hände. Wer dem Herrscher des Goldenen Siegels diente, wurde dazu ausgebildet, praktisch unsichtbar zu sein; sie bewegten sich auf lautlosen Füßen, kleideten den königlichen Körper ein, ohne sich wirklich bemerkbar zu machen. Aber jetzt nahm Talanji Notiz von der jungen Trollfrau. Sie betrachtete ihre schlichten Zöpfe dunkelblauen Haares und ihr liebliches junges Gesicht, ganz ohne Ringe, ohne Narben, noch unberührt von Zeit und Leid.

War Talanji je so unschuldig gewesen? Hatte sie je so fröhlich ausgesehen?

Als Zikii fertig war, beobachtete Talanji, wie das Mädchen das Kästchen zuklappte und es dann abstellte, um den mit Jade und Edelsteinen besetzten Mantel glatt zu streichen, den die Königin auf dem Weg nach Orgrimmar getragen hatte. Anschließend wartete sie geduldig, bis Talanji hineinschlüpfte und die weiße Satinkapuze über ihren Kopf streifte.

„Geh“, befahl Talanji ihr. „Ich möchte jetzt alleine sein.“

„Meine Königin, da ist ein Fleck auf Eurem Gewand.“

„Später. Geh jetzt, Zikii.“

Sie musste nicht laut werden. Die junge Trollfrau nickte, sammelte die Sachen der Königin zusammen und verschwand in dem verborgenen Dienstbotengang, der aus dem Thronsaal führte.

Talanji widmete sich wieder dem Dschungel und den Bergen und ging langsam zu ihrem Thron hinüber. Manchmal, wenn sie nur kurz hinsah, konnte sie noch immer die Silhouette ihres Vaters Rastakhan dort sitzen sehen, seine Haut erhellt von den ewig brennenden Fackeln links und rechts von ihm, während seine nachdenklichen Augen unter der schweren, federgeschmückten Krone auf seinem Haupt hervorleuchteten.

Aber Rastakhan war fort. Tot. *Ermordet.*

Ihre Hände ballten sich unweigerlich zu Fäusten, als sie sich dem Thron näherte. Als sie noch ein Kind gewesen war, hatte Rastakhan sie manchmal auf dem gewaltigen Stuhl sitzen lassen, aus dem Dornen wie Sonnenstrahlen bis hoch über ihren Kopf emporragten. Auf den Polstern konnte sie noch immer seine Wärme spüren, so als wäre er ein *Teil* des Throns geworden.

Sie erschauderte und schüttelte sich, als das Tageslicht versiegte und der heiße Wind von Vol'dun schlagartig abkühlte. Sie hatte Orgrimmar hinter sich gelassen, bevor irgendjemand versuchen konnte, sie zum Bleiben zu überreden, und wenngleich sie froh war, wieder zu Hause zu sein, konnte sie sich doch des

Gefühls nicht erwehren, dass es ein Fehler gewesen war, so verfrüht von dem Treffen abzureisen. Wäre sie geblieben, um auf ihren Forderungen zu beharren, dann hätte man ihr vielleicht die Schiffe gegeben, die sie brauchte, um ihre Lande zu verteidigen. Das war alles, was sie von der Horde erwartet hatte. Ihre wertvolle Waffenruhe bedeutete ihnen zu viel; dass sie eigene Wege gehen musste, um für Rastakhan Vergeltung zu üben, war ihr von Anfang an klar gewesen.

Doch nun war sie mit gänzlich leeren Händen aus Orgrimmar zurückgekehrt.

Mit leeren Händen, Furcht im Herzen und einem schwarzen Fleck auf ihrem Kleid. Hätte dieser rothaarige Troll nicht den Attentäter angerempelt und den vergifteten Kelch verschüttet, dann würde sie jetzt vermutlich tot im Sand von Durotar liegen, während Fliegen um ihre Lippen herumsurrten.

„Bwonsamdi“, wisperte sie – der Name des Loa des Todes. Mit seinem letzten Atemzug hatte ihr Vater seinen unheiligen Pakt mit dem Loa auf seine Tochter übertragen, und nun führte Talanji nicht nur seine Blutlinie fort, sondern auch seinen Fluch.

Ein grauer, wogender Nebel trieb über ihre Füße hinweg, kälter noch als die wechselnden Nachtwinde. Dieser Nebel begann, rasend schnell den Thronsaal zu füllen, und dann hörte sie schließlich ein vertrautes Geräusch. Bwonsamdi war gekommen, angekündigt vom abgewürgten Seufzen ihrer Welt – mehr ein Klagegesang als eine Fanfare.

Der Loa der Gräber schwebte über dem zandalarischen Thron, und Ranken blauen Rauchs entfalteten sich rings um ihn. Ein Skelettschädel bedeckte den Großteil seines Gesichts, aber sein ewig selbstgefälliges Grinsen blieb davon unberührt. Weiße Tätowierungen glühten auf seiner Brust, ungezähmtes, schwarzes Haar stand von seinem Kopf ab, so steif und spitz wie Schilf.

„Oh“, lachte Bwonsamdi. „Oh, oh, *oh*. Die Königin hat Sorgen. Warum vertraust du dich nich’ deinem guten Freund Bwonsamdi an?“

Talanji verschränkte die Arme vor der Brust. „Ich bin nicht in der Stimmung, du alter Schwätzer. Einer meiner Leute hat versucht, mich zu vergiften, und zwar vor dem versammelten Rat der Horde. Am helllichten Tag! Meine Feinde werden wagemutiger."

„Ha! Dann hätte ich beinah' deine Seele gehabt! Und darum hast du mich geruf'n?" Er schwebte näher heran, bis sie ihn hinter seiner Maske zwinkern sah. „Die Vorstellung, zu sterben, hat dich an deinen Freund auf der andern Seite denken lassen, hm? Wie schmeichelhaft, Eua Majestät."

„Nein, nein Bwonsamdi, es ist nichts dergleichen", entgegnete Talanji, dann wandte sie sich mit einem Brummen ab. „Ich möchte mit meinem Vater sprechen. Du bist der Hüter der Seelen, der Herr des Todes. Sicher ist er für dich eine besondere Trophäe. Also hol ihn her. Ich brauche seinen Rat."

Der Loa lachte schallend, und der Tempel erzitterte unter ihren Füßen, durchgeschüttelt wie von Donnergrollen. Dann verkrümmte er den Körper, bis sein Gesicht fast um hundertachtzig Grad gedreht war, das Kinn zur Decke hochgerichtet. In dieser Haltung kam er auf sie zu, bis sich ihre Nasen fast berührten. „Was bin ich? Ein Diener, der tun muss, was imma du willst? Glaubst du, ich trag dein' Vadder in meiner Westentasch rum? Mit dem Geist eines Königs spaßt man nich', Mädchen."

„Du spaßt doch mit allem", konterte Talanji, entschlossen, nicht vor ihm zurückzuweichen. „Für dich ist alles ein Spiel."

Bwonsamdis Lächeln verblasste. Er zog geräuschvoll die Nase hoch und schnüffelte an ihr wie ein wilder Eber. „Du stinkst nach Tod. War wohl 'ne enge Kiste, eh? Wirklich eng. Vielleicht möchtest du deinen Vadder ja fragen, wie's so ist auf der anderen Seite."

Talanji winkte ab und marschierte durch den Loa hindurch, der daraufhin außer Sicht verschwand. Sie kehrte auf den Balkon zurück, wo sie ihre Stadt und die Weite des Dschungels dahinter erwarteten. Hunderte Fackeln glühten in der aufziehenden Nacht, hell und neugierig, wie ein Meer aus Augen, das zu ihr hinaufstarrte. Augen, die sie *brauchten*. „Nein. Diese Königin braucht lediglich den Rat eines Älteren, das ist alles, Großer Geist. Zeig mir den König. Bring mir seinen Geist, damit er seine Weisheit mit mir teilen kann."

„Das kann ich nich' tun, Mädchen."

Bwonsamdi erschien wieder an ihrer Seite, lässig gegen eine der breiten, goldenen Säulen gelehnt, auf deren Spitze eine Feuerschale stand.

„Du hast keine Kontrolle über mich", erinnerte er sie. „Ebenso wenig wie ich über dich."

„Meine Feinde sehen das anders", murmelte Talanji. Sie schlang die Arme um ihren Körper. „Halb Zandalar glaubt, ich würde nur tun, was du mir sagst. Falls das so bleibt, werde ich nicht mehr lange an der Macht bleiben. *Pah*. Kein Wunder, dass diese Attentäter mir heute nach dem Leben trachteten – ich habe das Blut meines Vaters, seine Krone, sein' Loa und jetzt auch noch seine Rebellen. Falls ich sie nich' loswerde, ist meine Herrschaft schon so gut wie beendet."

„Immer diese Schwarzmalerei", seufzte Bwonsamdi. Er deutete auf den großen Fleck am Saum ihres Rocks. „Wer, glaubst du wohl, hat dich heute beschützt? Du solltest deinem Retter ruhig ein wenig Dankbarkeit zeig'n."

Talanji schnaubte und bedachte ihn mit einem Seitenblick. „Willst du wirklich die Lorbeeren für die Plumpheit eines Trolls einheimsen?"

Bwonsamdi grinste, und seine Augen hinter der Rush'kah-Maske loderten. „Ich hab' ihn ein bisschen geschubst. Nur ein klitzekleines bisschen. Andererseits: Nichts, was die Mächtigen tun, is' je eine Kleinigkeit. Verstehst du? Und jetzt gerade lernst du, was es heißt, wirklich mächtig zu sein. Ständig will irgendjemand etwas von dir, ständig löchert dich irgendwer mit Fragen, so wie du mich jetzt. Dieser Attentäter wollte dein' Tod, aber da musste ich ihn enttäuschen. Genauso, wie ich dich enttäuschen muss. Du kannst dein' Vadder nich' sehen. Außer ..."

Bwonsamdi zog das Wort in die Länge, bis es klang wie das Zischen einer Schlange.

„Außcr was?“, blaffte Talanji.

„Außer, du willst ’n Geschäft machen. Wär’ doch nur gerecht, oder? Ich rette dein Leben, und du machst ein Geschäft mit deinem Freund Bwonsamdi …“

Talanji schnaubte und trat an den Rand der Terrasse, während sich die Augen des Loa in ihren Hinterkopf brannten. An ihn gebunden zu sein war ein Fluch, und sie hatte nicht vor, sich dafür auch noch bei ihm zu bedanken. „Wirst du auch nächstes Mal da sein, wenn jemand geschubst werden muss? Und das Mal darauf?“ Sie seufzte. „Es herrscht Unruhe in meiner Stadt, und die Horde will nichts dagegen unternehm’. Sie woll’n keine Schiffe oder Truppen schicken – sie tun gar nichts. Das Schicksal von Zandalar liegt in meinen Händen, aber wie soll ich den Leuten Frieden und Wohlstand bringen, wenn sie mir nich’ vertrauen? Mein Vater würde wiss’n, was zu tun is’? Er wusste *immer*, was zu tun war. Oder vielleicht kann mir ja der andre Loa meines Vaters weiterhelfen – Rezan.“

Stille. Die Fackeln knackten und flackerten, und unter Talanji verkündete das Klappern von Rüstungen und näher kommenden Schritten den Wachwechsel. Davon abgesehen wirkte die Stadt unheilvoll still – genauso wie ihr Loa. Sie erwartete eine Stichelei, einen Scherz, eine spöttische Bemerkung, die das Messer ihrer Zweifel in der Wunde herumdrehen sollte … Aber er starrte sie einfach nur an.

Entweder sie wurde verrückt oder das Lodern seiner Augen war schwacher geworden. Er wirkte … düsterer. *Traurig.*

„Was denn?“, fragte sie. „Hast du nichts zu sagen? Kein einziges Wort? Sieht dir gar nich’ ähnlich, Bwonsamdi.“

Zu guter Letzt schüttelte der Loa den Kopf. Der Nebel, der um seine Füße wogte, wurde dichter und hüllte seinen Körper ein, bis nur noch seine seltsamen, blauen Flammenaugen sichtbar waren. „Unser Band is’ stark, kleine Königin, aber das heißt nich’, dass ich dein Diener bin. Ich werde den Geist deines Vadders nich’ beschwören. Heute Nacht, fürchte ich, bis’ du auf dich allein gestellt.“

4

Nazmir

Rückzug war keine Schande, das hatte Sylvanas ihm beigebracht. Ein Rückzug verhinderte nämlich eine totale Niederlage – auch das hatte Sylvanas mehr als deutlich gemacht ... ebenso deutlich wie ihre Verachtung gegenüber der Aussicht auf eine Niederlage. Nathanos trieb seine geflügelte Echse zur Eile an, grub seine Fersen in die ledrigen Seiten des Tieres und ignorierte sein schmerzerfülltes Kreischen. Die Zandalari-Rebellen hatten ihm dieses Biest gegeben, sie nannten es einen Pterrordax. Nicht, dass ihn das Biest kümmerte. Ihn interessierte nur, ob es schnell genug fliegen konnte, um die Patrouille abzuhängen, die ihn in Nazmir entdeckt hatte. Die Echse glitt geschwind und waghalsig durch die Luft, und Nathanos legte die Hand einmal mehr auf seine Jackentasche, um sicherzugehen, dass das Fläschchen noch an seinem Platz und nicht bereits ins Blätterdach des Dschungels hinabgestürzt war. Ah. Ja, da war es. Er knöpfte die Tasche zu, um auf Nummer sicher zu gehen.

Rückzug. Für ihn ein vertrautes Konzept. Es störte ihn nicht länger. Was ihn hingegen ärgerte, war die Unachtsamkeit der Rebellenführerin, Apari Ko'Runn. Wie hatte sie nur die Zandalari-Patrouille übersehen können, als sie sich ihrer Position genähert hatte?

„Benutzt nur eure eigenen Pfeile!", rief er, und der Wind trug seine Stimme zu den Dunklen Waldläufern, die in V-Formation hinter ihm flogen. Ihre Zielgenauigkeit war beeindruckend, und Nathanos beobachtete, wie ein Regen bunter Pfeile mit grausamer Präzision erst auf einen berittenen Zandalari niederging, dann auf den nächsten. Damit blieben noch acht Krieger der Patrouille übrig, aber die waren schlau genug, den Pfad zu verlassen und unter den dichten Baumkronen des Dschungels weiterzureiten.

„Sie dürfen die *Klagelied* nicht erreichen!", rief Sira. Sie war vorausgeflogen, doch jetzt zügelte sie ihre Echse. Die Schwingen der Bestie peitschten rhythmisch durch die Luft, während Sira darauf wartete, dass Nathanos zu ihr aufschloss. „Mit diesen Rebellen zusammenzuarbeiten, war ein Fehler."

Nathanos hielt den Kopf gesenkt damit die Patrouille, die auf dem Boden hinter ihnen herpreschte, sein Gesicht nicht sehen konnte.

„Scharf nach Süden. Die Berge dort sind zu Fuß unpassierbar."

Die Waldläufer, die sie nach Osten zum Meer eskortierten, brachen aus ihrer Formation aus und stießen mit halsbrecherischem Tempo auf den Dschungel hinab. Sie trugen die grob gewebten, zerrissenen Fetzen von Dschungeldörflern, aber falls die Zandalari-Patrouille nahe genug herankam, würde sie trotzdem merken, dass dies keine Trolle waren, die vor ihnen zum Südmeer flohen.

„Verdammt", fluchte Nathanos, während er seine schlichte braune Kapuze tiefer in die Stirn zog. Ein Tier, ähnlich dem, auf dessen Rücken er gerade saß, flatterte aus dem Dschungel hoch und zog einen Schweif aus aufgewirbelten Blättern hinter sich her, während es auf Lelyias zu schnellte – die Dunkle Waldläuferin rechts von Nathanos. Die vermaledeiten Zandalari mussten Druiden sein, um in die Gestalt einer Kreatur wechseln zu können, die besser für die Verfolgung geeignet war.

„Schießt ihn ab!", brüllte er, dann nahm er seinen eigenen Bogen vom Rücken und drehte sich auf dem Sattel herum – auch wenn er dadurch riskierte, dass ihn jemand erkannte, oder schlimmer noch, dass er auf die felsigen Hügel in der Tiefe hinabstürzte.

Lelyias folgte seinem Beispiel und beharkte die grüne, geflügelte Kreatur mit Pfeilen. Ihre Hand verschwamm, so schnell spannte und feuerte sie ihren Bogen ab, und mindestens zwei ihrer Geschosse trafen die Flügel des Zandalari. Er stieß einen gellenden Schrei aus, dann stürzte er vom Himmel, wobei sein Körper sich mit einem seltsamen Schimmern in seine Trollgestalt zurückverwandelte, an den Schultern von Pfeilen durchbohrt.

Danach verlor Nathanos Lelyias und die anderen aus den Augen; er konzentrierte sich ganz darauf, schnellstmöglich den Strand zu erreichen.

„Es bringt nichts!“, zischte Sira. „Sie werden uns entdecken!“

„Niemals“, versicherte er ihr. „Der Wille der Königin muss ausgeführt werden. Flieg voraus. Alarmiere die Mannschaft. Sie soll wenden und in die Bucht segeln … mit feuerbereiten Bogenschützen.“

„Das Schiff an die Küste heransteuern? Bist du verrückt?“

„Tu einfach, was ich dir sage!“

Selbst unter ihrer Kapuze und durch die schmalen Sichtschlitze ihres Helms konnte Nathanos das Flackern von Verärgerung in ihren Augen sehen. Sira Mondhüter mochte keine gebrüllten Befehle. Das heißt, eigentlich mochte sie gar nichts. Sie und die andere untote Kaldorei, Delaryn Sommermond, schienen nur zwei Leidenschaften zu haben, nämlich einander verstohlen zuzuflüstern und ihn böse anzustarren. Manchmal hörte er, wie Sira sie „Del“ nannte – das war aber das einzige Anzeichen dafür, dass sie noch zu Mitgefühl oder Heiterkeit in der Lage war. Und Befehlen schienen die beiden nur dann bereitwillig zu folgen, wenn sie genug Blutvergießen versprachen, um sie bei Laune zu halten. Es gab nichts, worauf sie nicht wütend waren: ihn, ihre Göttin, eine Welt, die sie allein und im Dunkeln zurückgelassen hatte. Er kannte das Gefühl, aber er hatte sich dafür entschieden, es zu akzeptieren und daran zu wachsen. Welche Lösung die beiden Kaldorei gefunden hatten, konnte er nicht sagen. Aber demzufolge, was er sah, hatten sie nur einander, und sonst nichts. Oft wunderte er sich, ob sie Sylvanas gegenüber wirklich loyal waren oder ob ihre Loyalität einfach nur dem Morden selbst galt, weil es ihre Gedanken ablenkte und ihnen ein flüchtiges, aber berauschendes Gefühl der Katharsis bescherte.

Nachdem sie ihm einen letzten, finsteren Blick zugeworfen hatte, tat Sira, wie ihr geheißen. Sie ließ Nathanos hinter sich, segelte in einer waghalsigen Spirale nach unten, bis sie nur noch ein dunkler Fleck vor dem blauen Hintergrund des Meeres war, und raste dann weiter, dem Schiff entgegen, das weit vor der Küste vor Anker lag. Delaryn Sommermond folgte ihr und lenkte ihr Flugtier dabei nicht weniger geschickt durch die Luft.

Nathanos suchte zwischen den Bäumen nach den Waldläufern. Sie eilten auf den Rand des Dschungels zu, ebenso wie ihre Angreifer. Ein Kampf auf offenem Terrain könnte ein Fehler sein. Sollte auch nur einem der Zandalari der Rückzug gelingen, würde das ihre Pläne gefährden. Dies war schließlich ihr Land, und sie wussten, wie sie es verteidigen mussten. Nathanos bezweifelte aber, dass sie in einem fairen Kampf gegen die Dunklen Waldläufer bestehen konnten. Er presste zwei Finger an die Lippen und pfiff dreimal in rascher Folge. Die Dunklen Waldläufer flogen zu ihm, formierten sich neu und ließen das Scharmützel zwischen den Bäumen hinter sich.

„Wir bekämpfen sie auf offenem Feld." Nathanos deutete auf den Strand unter ihnen. „Lasst niemanden am Leben." Es war eine schnelle, aber blutige Lösung. Die Zandalari waren vermutlich zu kampfhungrig und stolz, um jetzt noch aufzugeben, und sie taten genau das, was Nathanos erwartet hatte: Sie brachen aus dem schützenden Dschungel hervor, und ihre Raptor-Reittiere peitschten den Sand, als sie Nathanos und seiner Eskorte hinterherstürmten. Sie hatten den Köder geschluckt. Sporadisch feuerten sie Pfeile ab, und Nathanos duckte sich, um nicht getroffen zu werden, als ein paar davon nah an ihm vorbeizischten.

Der Dschungel von Zuldazar wich welligen, sandigen Hügeln und gezackten Felsen: ein langer Streifen offenen Strands, der die Hügel vom schäumenden Wasserrand trennte. Hungrige Vögel kreisten in Erwartung eines Festmahls über ihnen, und Nathanos hatte nicht vor, sie zu enttäuschen.

„Langsamer", rief er den Reitern zu, dann pfiff er erneut. „Lockt sie näher heran."

Er beobachtete, wie die *Klagelied* näher kam, ihre Segel durch die Farben einfacher Händler ausgetauscht. Ihr Bug hüpfte spielerisch auf und ab, als die Wellen mit aller Wucht auf das Schiff einschlugen. Kapitänin Deliria Dawes wendete das Schiff geschmeidig. Nun war die Breitseite der violett ziselierten Hülle nahe genug, dass man mit bloßem Auge ein Dutzend Dunkler Waldläufer erkennen konnte, die sich an der Reling zusammendrängten, jeder mit einem Bogen in der Hand.

„Landet", befahl er. „Keine Angst. Sie sollen glauben, dass sie eine Chance haben."

Die drei Dunklen Waldläufer, die ihn begleiteten, zögerten keinen Moment: Gemeinsam setzten sie auf dem Sand auf, dann wirbelten sie herum und stellten sich den sieben Reitern, die ihnen entgegenpreschten. Die Trolle waren voller Kampfeslust, ihre Schwerter erhoben, ihre Augen leuchtend vom Versprechen eines Kampfes.

Ein Versprechen, das nie in Erfüllung gehen sollte. Sie fielen, bevor sie auch nur bis auf Schlagdistanz an Nathanos und die anderen heran waren. Die Trolle hatten den Köder geschluckt, und nun zahlten sie den Preis. Ein Sturm aus Pfeilen stieg über dem Schiff hoch, um sich über Nathanos und den anderen Dunklen Waldläufern nach unten zu neigen und dann in einem tödlichen, präzisen Hagel auf die Trolle niederzuprasseln. Er beobachtete, wie sie einer nach dem anderen zu Boden stürzten, dann schickte er Lelyias zur *Klagelied* hinüber.

„Berichte Mondhüter und Sommermond von unserem Sieg hier, dann lass das Schiff startklar machen. Wir werden hier so bald nicht mehr ankern können", erklärte er.

Lelyias nickte abgehackt und gab ihrem Flugtier die Sporen, sodass es in die Luft hochsprang und sie mit einem Regen feinen Sandes überzog.

„Nehmt den Toten ihre Kleider und Waffen ab und werft sie ins Meer. Sorgt dafür, dass niemand sie findet." Nathanos griff nach den Zügeln, um Lelyias zu folgen. Er wusste, die Waldläufer würden seinen Befehlen gehorchen. „Denkt daran: Wir waren niemals hier. Sobald ihr fertig seid, fliegt nach Norden und stoßt dort zu uns."

An Deck hatte Sira alles fest im Griff – so wie immer, wenn er gerade nicht da war. Die Himmelsschrecken waren mit Fleisch und Wasser versorgt und bis zu ihrer nächsten Inselexkursion unter Deck angebunden.

„Gut gesegelt, so wie immer. Jetzt bringt uns aufs offene Meer hinaus", wies er Kapitän Deliria an, als er auf die geräumige Kabine am Heck des Schiffes zuging. Die Kapitänin salutierte zackig, wobei ihr langes, schwarzes Haar vom Meereswind hin und her gepeitscht wurde. Sie war größer als die meisten Waldläufer, mit prägnanten Zügen und elegant geschwungenen Brauen. Mit ihr an Bord zu dienen, war bislang eine ganz erträgliche Erfahrung gewesen.

„Das war knapp", zischte Sira. Sie folgte ihm durch die schmalen Korridore des Schiffes, wobei sie ihren Helm abnahm und ihr Haar ausschüttelte. Delaryn Sommermond blieb oben an Deck, um eine spontane Überprüfung der Mannschaft durchzuführen. Vermutlich suchte sie nach einem Ventil für ihren Zorn, ganz gleich, wie banal. „*Zu* knapp. Ich bin nicht sicher, ob wir dieser Apari Ko'Runn vertrauen können. Es könnte eine Falle gewesen sein."

„Das bezweifle ich", erwiderte Nathanos ruhig. Er schüttelte sich den Sand vom Mantel und nahm ihn anschließend ab. Es würde Stunden dauern, auch das letzte Sandkorn von seinem Mantel und seinen Stiefeln zu wischen. „Ich habe ihr in die Augen gesehen, und der Hass darin war echt. Sie will Talanji und die Horde ebenso sehr loswerden wie wir. Und wir brauchen ihre Hilfe, wenn wir Erfolg haben wollen."

Er öffnete die Kabinentür in einer geschmeidigen Bewegung; Sira hingegen sah aus, als hätte sie sie am liebsten eingetreten.

Die Wächterin stampfte an das helle Koppelfenster und starrte auf die Wellen hinaus.

„Wozu brauchen wir einen Haufen unorganisierter, verzweifelter Rebellen?“ Sie donnerte ihren Helm so fest auf den Banketttisch, dass die Kandelaber wackelten. „Eine Einheit Dunkler Waldläufer ist zweihundert Bauern mit Mistgabeln wert.“ Sie streifte ihre Handschuhe ab und betrachtete ihre Fingernägel. „Und ich allein doppelt so viel.“

„Ich weiß deinen Enthusiasmus wirklich zu schätzen, Sira. Aber unsere Mission hier erfordert nicht nur Präzision, sondern auch höchste Geheimhaltung. Weißt du noch, was ich dir erzählt habe, als du in der Drachenöde an Bord gekommen bist?“

Sie dachte einen Moment über die Frage nach, dann ließ sie sich auf einen Stuhl fallen. „Wir waren nie in Zandalar.“

„Genau“, nickte Nathanos. Er trat zu Sira an den langen Tisch und schob zwei Stühle beiseite, anschließend nahm er eine der zahlreichen Pergamentrollen, die in der Tischmitte lagen. Es war eine Karte der Region, und nachdem er sie ausgebreitet hatte, strich er sorgfältig ihre vier Ecken glatt. „Wir sind nicht hier. Wir werden nie hier sein. Ihre Nachlässigkeit ist gut für uns. *Chaos* ist gut für uns. Unsere neuen Freunde sind der Sturm, und wir sind der Blitz, der daraus herabzuckt.“

Sein Zeigefinger tippte auf den Norden von Nazmir und ließ einen Schmutzfleck auf einem kleinen Rechteck und der dazugehörigen Beschreibung zurück.

DIE NEKROPOLE.

„Ich finde trotzdem, dass meine Talente anderswo bessere Verwindung finden würden.“ Sie drehte sich herum und legte die Unterarme auf die Tischplatte, einen über dem anderen. „Zum Beispiel an der Seite unserer Königin, wo das meiste Blutvergießen stattfindet. Ich habe nichts übrig für Geheimniskrämerei. Das Einzige, was mich befriedigt, ist der Kampf.“

Nichts wird dich je befriedigen, dachte Nathanos. So war es nun einmal mit dem Untod. Doch er zwang sich zu einem Lächeln. „Sira, du musst wirklich gierig sein, wenn dich der Tod eines Gottes nicht befriedigen kann. Bwonsamdi ist der letzte Dorn im Auge unserer Königin, und es ist unsere Aufgabe, diesen Dorn herauszuziehen. Sira, was wir hier tun, ist von größter Bedeutung … könnte ein einfacher Handlanger die Sache erledigen, dann hätte sie auch einen geschickt. Aber unsere Königin hat entschieden, dass du hier gebraucht wirst, und es steht uns nicht zu, ihre Entscheidungen infrage zu stellen."

„Zweifelst du etwa an meiner Loyalität?", grollte Sira. Das Feuer in ihren roten Augen züngelte höher.

„Nein. Du bist schließlich hier, und das bedeutet, dass du nicht den einfachen Weg gewählt hast, sondern den richtigen. Wir müssen diese Welt vor sich selbst retten, auch wenn das bedeutet, dass wir das Bittere mit dem Süßen nehmen müssen. Ich weiß, dass du den Tod liebst, Sira, aber vorerst wirst du ihn hier säen müssen." Nathanos lehnte sich zurück, und die Karte rollte sich wieder zusammen. „Wie gesagt, wären deine Talente hier nicht gefragt, hätte Sylvanas dich auch nicht hergeschickt."

Sira stieß müde den Atem aus. „Diese Mission ist eine Ehre, und ich werde sie auch als solche betrachten. Aber …"

Nathanos unterdrückte ein Stöhnen. Sira musste ihre Rolle im Plan der Dunklen Lady akzeptieren. Nur konzentriert und engagiert würde sie ihm hier von Nutzen sein.

„Aber … findest du nicht, dass wir an ihrer Seite sein sollten? Sowohl die Allianz als auch die Horde machen Jagd auf sie. Sollten sie ihren Aufenthaltsort in Erfahrung bringen …"

„Werden sie aber nicht", unterbrach Nathanos sie streng. „Sie wird über beide triumphieren. Und weißt du auch, warum?"

Sira starrte ihn wortlos an, rutschte aber auf ihrem Stuhl ein klein wenig nach vorne. Sie hörte ihm also zumindest zu.

„Weil die Anführer der Allianz sich gegenseitig nicht trauen. Ihr Bund ist zersplittert, in Auflösung begriffen. Und die Horde? Die Horde ist sogar noch inkompetenter. Acht Stimmen, jede mit eigenen Hintergedanken, eigenen Geheimnissen, eigenen Absichten … Das kann gar nicht funktionieren. Sie werden nie etwas auf die Beine stellen. Nein, nein. Wir werden hier dringender gebraucht. Das hat sie entschieden, und daran werden wir uns halten."

Nach einem kurzen Moment lächelte Sira trocken. „Na schön, Pestrufer. Ich bin überzeugt."

„Gut. Sieh zu, dass das auch so bleibt. Bwonsamdi ist eine Bedrohung. Er weiß zu viel. Sobald er tot und der Plan der Dunklen Lady in Gang gesetzt ist, wird es keinen Schmerz mehr geben. Wir werden frei sein von der Grausamkeit dieser Welt." Er machte eine Pause und beobachtete, wie die Dunkle Wächterin ihren Helm nahm und sich zum Gehen bereit machte. „Das hier *ist* eine Ehre, Sira. Die Königin hat nicht mehr viele loyale Diener, und wir, die wir noch übrig sind, dürfen sie nicht enttäuschen."

„Meine Göttin mag mich im Stich gelassen haben, aber Sylvanas würde es niemals tun", sagte sie, als sie kurz an der Tür stehen blieb. Das Schiff neigte sich unter den Wellen von einer Seite auf die andere, und die Planken knarrten leise. „Dessen bin ich sicher."

Und da war sie nicht die Einzige. Nathanos stand auf und ging zu dem geschwungenen Fenster hinüber, um aufs Meer hinauszublicken. Ein Schauder durchzuckte ihn, als seine Gedanken – wie üblich – zu seiner dunklen Königin wanderten. So weit von ihr entfernt zu sein, bereitete ihm geradezu körperlichen Schmerz. Es war, als wäre das Band zwischen ihnen durch die Entfernung zerfasert und zum Zerreißen gespannt. Und jede Sekunde, die verstrich, zupfte an diesem Band und spannte es noch weiter. Nathanos schloss die Augen und stellte sich die gnadenlosen, weißen und silbernen Böen eines Schneesturms vor, und zwei hellrote Augen, die daraus hervorstachen.

„Ich werde Euch nicht enttäuschen", flüsterte er.

Ein lautes Klopfen ertönte von der Tür, und er tadelte sich mit zusammengezogenen Brauen für seine Sentimentalität. Allein die Mission war von Bedeutung. Allein die Vision der Königin.

„Herein."

Die Kerzen, die in der großen Kabine brannten, erhellten das weiche, blasse Gesicht von Visrynn, als sie sich vorbeugte und ihre Kapuze zurückschlug. Sie war eine Dunkle Waldläuferin der Kaldorei, und die Blätter, die auf ihr Gesicht tätowiert waren, leuchteten im selben Rot wie ihre stechenden Augen.

„Ah. Da bist du ja. Hat dich jemand gesehen?“ Nathanos hatte schon lange auf Nachricht von der Waldläuferin gewartet. Zu sehen, dass sie heil zurückgekehrt war, nahm ein großes Gewicht von seinen Schultern.

„Ich bin zuversichtlich, dass ich das Hochland unbemerkt passiert habe“, erwiderte Visrynn mit weicher Stimme.

„Du bist *zuversichtlich*?“, schnaubte er. Schlagartig war das Gewicht wieder da, und als er sie eingehender musterte, fiel ihm ein zerfranster, blutiger Verband an ihrem linken Handgelenk auf. „Deine Zuversicht reicht mir nicht. Es gibt keinen Raum für Fehler, Visrynn. Wie hast du dich verletzt?“

„Ich wurde im Hochland von wilden Tieren angefallen. Nichts Ernstes. Aber es gibt Dringenderes zu besprechen, Waldläuferlord. Lelyias sagte mir, eine Botschaft der Rebellen wäre eingetroffen.“

„Und?“

„Aparis Plan ist gescheitert. Unsere Spione melden, dass Königin Talanji heute Abend in ihren Palast zurückgekehrt ist. Einige behaupten, sie hätte einen großen Fleck auf ihrem Kleid gehabt. Vielleicht wurde sie während des versuchten Attentats verletzt.“

Nathanos war entschlossen, sich seine Enttäuschung nicht anmerken zu lassen, aber ein kurzes Zucken seines Kiefers konnte er doch nicht unterdrücken. Kurz überlegte er, wie er das Beste aus der Situation machen könnte. Sie arbeiteten bereits mit den Rebellen zusammen, wieso also das Feuer nicht durch ein paar falsche Informationen weiter anfachen? „Dann haben wir morgen früh einiges zu erledigen. Ruf die Waldläufer zusammen, Visrynn, und kontaktiere unsere Spione in der Stadt. Sie sollen das Gerücht verbreiten, dass die Horde das Vertrauen in die Königin verloren hat. Vielleicht hat sie sogar vor, das Königreich zu erobern.“

„Aber …“

„Wir sind nicht hier, um den Leuten die Wahrheit zu sagen“, schnappte er, und seine Faust donnerte mit einem lauten Knall auf die Tischplatte. „Wir sind hier, um ihre Herzen mit Furcht zu erfüllen. Sie sollen zweifeln und hadern. Sie sollen in Panik verfallen. Wenn wir fertig sind, wird dieses Mädchen bereuen, dass es der Bansheekönigin je den Rücken zugekehrt hat.“

5

Orgrimmar

Hoch über den staubigen Straßen von Orgrimmar sah Zekhan sich einem fordernden Publikum gegenüber. Eigentlich hatte er gehofft, den Nachmittag hier am Westlichen Erdschrein in Ruhe verbringen zu können. Normalerweise war der Ort eine Enklave der Stille und des Friedens, erfüllt von der Macht der alten Steine und Säulen, die dort in blauem Feuer glühten, und durchdrungen vom Lachen angehender Schamanen, die dort ihre Fertigkeiten übten.

Selbst im Schatten des niedrigen Zeltes war die Sonne unerträglich heiß, und Zekhan wischte sich den Schweiß von der Stirn, während er im Schneidersitz auf dem Boden saß. In Momenten wie diesen sehnte er sich in den kühlen Schatten der Bäume auf den Echoinseln zurück; die kleinen Flecken von Dschungel dort waren wie Oasen, und wenn man die Arbeit des Nachmittags vollbracht hatte, winkte ein Bad im Meer als Belohnung.

Doch seine heimischen Dschungel wirkten nun weiter entfernt denn je. Zekhan wurde das Gefühl nicht los, dass er etwas Falsches getan hatte, und sein Körper wollte einfach nicht mit dem Schwitzen aufhören.

„Wäre sie wirklich gestorben?“, wollte ein Orcjunge wissen, der Zekhan kaum bis ans Knie reichte.

Seine Fragesteller kannten keine Gnade. Die Nachricht von seiner Rolle bei dem versuchten Attentat hatte sich schnell herumgesprochen, und anstatt sich ihren Übungen zu widmen, hatten die kindlichen Schamanen Zekhan umzingelt und in die Ecke gedrängt. Jetzt starrten sie ihn mit großen Augen an, die Hände neugierig unter das Kinn gehoben.

„Ich wette, sie ist die schönste Trollfrau auf der ganzen Welt!", murmelte ein Pandaren-Mädchen.

„Ich hörte, du wurdest verletzt!"

„Zeig uns, wo du verletzt wurdest!"

„Kinder, Kinder …", lachte Zekhan, beide Hände erhoben, um die Flut ihrer Fragen einzudämmen. „Zekhan wird euch die Geschichte erzähl'n. Aber vorsichtig, für junge Ohren könnte sie vielleicht zu schockierend sein …"

„Pff! So schnell kriegen wir keine Angst", rief der Orcjunge Aggu. „Außer Yu Yi vielleicht. Sie ist nur ein großes, dummes Baby."

„Bin ich nicht!" Bei Yu Yi stellte sich vor Wut das Fell auf, und sie streckte ihm die Zunge heraus.

„Bist du wohl!"

Zekhan lachte erneut, dann nahm er ein Stück Stoff aus seiner Tasche und wischte sich damit über die Stirn. „Ich werde euch nichts erzähl'n, solange ihr weiter so streitet."

Der zukünftige Stolz des Irdenen Rings verstummte schlagartig, aber Zekhan konnte sich noch gut genug an seine eigene Kindheit erinnern, um zu wissen, dass es später noch ein paar Vergeltungsstreiche geben würde. Die sechs Kinder und Zekhan schreckten hoch, als sich zwischen den Büschen vor dem Zelt plötzlich ein Riss auftat. Das Portal wuchs in die Breite, knisternd vor blauer Energie, und ein Paar in violette Seide gehüllter Beine trat daraus hervor. Einen Moment später war auch der Rest des Nachtgeborenen aus dem Portal aufgetaucht und klopfte sich den Staub von seiner erlesenen Kleidung.

Zekhan erkannte den weißhaarigen Elf mit dem schmalen Gesicht; er erledigte oft Botengänge und überbrachte Nachrichten im Namen der Ersten Arkanistin. Zuvor mochte Zekhan nervös geschwitzt haben – jetzt war er förmlich durchnässt. Was immer der Nachtgeborene hier wollte, es musste dringend sein, andernfalls hätte er die Strecke von der Feste Grommash zur Enklave der Schamanen vermutlich zu Fuß zurückgelegt.

„Verzeih, falls ich störe“, lächelte Lorlidrel. Er sah aber nicht aus, als täte es ihm wirklich leid. „Der Rat erwünscht deine Anwesenheit, Zekhan. Jetzt gleich.“

„Neeeeiiin!“, wimmerte Yu Yi, wobei sie den Nachtgeborenen schmollend anblickte. „Du kannst ihn jetzt nicht mitnehmen!“

„Seine Geschichte wurde gerade interessant“, fügte Aggu hinzu. „Lass ihn zu Ende erzählen!“

„Das geht nicht.“ Lorlidrel krümmte die Lippen, um Yu Yis finstere Miene zu imitieren. Verängstigt wandte das Mädchen den Blick ab. „Zekhan muss sich um etwas Wichtigeres kümmern als das Bespaßen von Kindern. Ich schlage vor, ihr widmet euch wieder euren Übungen und vergesst diesen Unsinn.“

Zekhan eilte zu dem Elf und seinem Portal hinüber und sagte mit gedämpfter Stimme: „Es gibt keinen Grund, ihnen Angst zu machen. Sie sind nur Kinder.“

Der Nachtgeborene erwiderte nichts darauf, und Zekhan war schlau genug, es dabei zu belassen. Jede Faser seines Körpers wollte lieber hier bei den Schreinen bleiben und die Jünglinge unterhalten, aber er wagte es nicht, Thrall und die anderen warten zu lassen. Also straffte er die Schultern, trat durch das Portal und wappnete sich für den Ruck, der gleich seine Eingeweide durcheinanderwirbeln würde. Es fühlte sich jedes Mal an, als würde sein Inneres nach außen gekehrt werden. Aber nur einen Moment später materialisierten sie auch schon in der Feste Grommash.

Nichts störte ihre Ankunft. Die Festung war seltsam still – ein sicheres Zeichen, dass sie auf ihn gewartet hatten, schloss Zekhan. Der Rat der Horde saß in voller Stärke vor ihm versammelt: der kleine, spitzohrige grüne Goblin Gazlowe, Baine Bluthuf, die Erste Arkanistin Thalryssa, die gebückte Verlassene Lillian Voss, der Houjin-Mönch Ji Feuerpfote, dann der ehemalige Kriegshäuptling Thrall, der nahe der Mitte des Halbkreises saß, und schließlich noch Lor’themar und Rokhan von den Dunkelspeeren.

Ein wahrlich einschüchternder Anblick.

„Danke, Lorlidrel", sagte die Erste Arkanistin Thalryssa sanft. „Effizient wie immer."

„Willkommen, Zekhan." Ji Feuerpfote, der Sprecher der Pandaren im Rat, streckte anmutig die Hand aus. Seine rote Lederkleidung schimmerte hell im Licht der Fackeln. Zekhan hatte nicht oft mit dem Pandaren-Mönch zu tun gehabt, aber Feuerpfote hatte ihn stets mit Respekt behandelt. „Du hast uns gestern einen großen Dienst erwiesen, indem du die Königin der Zandalari gerettet hast, aber ich fürchte, wir müssen noch mehr von dir verlangen."

„Ich habe nur getan, was ich für das Richtige hielt", sagte Zekhan, ein wenig nervös. In diesem Moment, da er der geballten Macht und Weisheit der Horde-Anführer gegenüberstand, fühlte er sich mit einem Mal wie ein kleines Kind. Sicher, er zählte einige von ihnen zu seinen Freunden, trotzdem schlotterten ihm die Knie, und sein Magen zog sich zusammen. Verglichen mit ihnen war er nichts weiter als einer der Schamanen-Jünglinge, die Ärger bekamen, weil sie verschliefen oder einem Rivalen die Haare anzündeten.

„Und, wie bereits gesagt", fuhr er fort, „eigentlich war es nur ein Zufall."

Ein amüsiertes Lachen hallte ihm von den acht versammelten Anführern entgegen. Thrall, der eine zentrale Position in dem Halbkreis einnahm, stützte die Ellbogen auf die Knie und beugte sich vor. „Vielleicht. Aber als dieser Troll sein Messer zog, da hast du nicht gezögert und dich zwischen die Klinge und die Königin gestellt. Ein ehrenhafter Instinkt. Eine ehrenhafte Reaktion."

Zekhan lächelte schmal und ließ den angehaltenen Atem entweichen. Dann war er also nicht in Schwierigkeiten. Gut. Vielleicht wollten sie ihm eine Art Belobigung aussprechen. Oder ihn befördern.

„Keine gute Tat bleibt unbestraft", sagte Lor'themar, dann lehnte er sich auf seinem Stuhl zurück und legte die Fingerspitzen aneinander.

Zekhan schluckte laut.

„B...Bestraft?"

„Macht dem Jungen keine Angst", tadelte die Erste Arkanistin Thalyssra leise, und ihre Augen funkelten, während sie durch den Raum zu Lor'themar hinüberblickte. Dann wandte sie sich an Zekhan: „Wir lassen dir eine große Ehre zuteilwerden. Eine Gelegenheit, dich dem Rat zu beweisen und der Horde als Abgesandter in Zandalar zu dienen."

Zekhan prustete los, aber keiner der anderen lachte mit ihm. „Oh ... Oh, Ihr meint das ernst?"

„So ernst wie ein Attentat." Links von ihm erbarmte sich zumindest Gazlowe, der Goblin-Handelsprinz, zu einem Glucksen. „Ja, Kleiner, wir meinen es ernst. Pack deine Sachen. Du gehst nach Zuldazar."

Sein erster Instinkt war, sich hilfesuchend Thrall und Rokhan zuzuwenden – den beiden Ratsmitgliedern, die er am besten kannte. Rokhan erwiderte seinen Blick einen Moment lang reglos, dann nickte der alte Schattenjäger mit den mächtigen Hauern und den schwarzen Knopfaugen Zekhan aufmunternd zu.

„Ich ... ich war noch nie ein Abgesandter", erwiderte Zekhan, während er hinter dem Rücken die Hände wrang.

„Wir brauchen Talanji auf unserer Seite", erklärte Thrall langsam und gedehnt, so als würde er befürchten, der Schock seiner Ernennung hätte Zekhans Geist verwirrt. „Sie hat das Vertrauen in uns verloren, aber du ... Du hast dein Leben riskiert, um sie zu schützen. Deine Jugend und Unerfahrenheit werden dir in diesem Fall zum Vorteil gereichen, Zekhan."

„Ja, sie wird dich unterschätzen – nutze das aus. Sei unsere Augen und Ohren", fügte die Erste Arkanistin Thalyssra an.

„Mach Meldung, so oft du kannst", sagte Lor'themar. „Wenn ihre Stimmung umschlägt, wenn etwas Seltsames in der Stadt geschieht ... Jede noch so kleine Information hilft uns. Wir dürfen sie nicht als potenzielle Verbündete verlieren. Ihre Stadt ist als Versorgungspunkt für unsere Schiffe von größtem strategischem Wert."

Zekhan lauschte so angestrengt, dass seine Ohren schmerzten. Schließlich kehrte wieder Stille in dem Raum ein, und er musste sich zusammenreißen, um nicht zurückzuweichen.

„Nimmst du die Aufgabe an?", wollte Thalyssra wissen. „Wir brauchen sofort eine Antwort. Die Zeit drängt."

Hatte er denn eine Wahl? Zekhan stellte die Frage nicht laut, aber er wusste, dass sie auch die anderen beschäftigte. Bislang hatte er geglaubt, nach Orgrimmar zu kommen und Thralls Gunst zu gewinnen, wäre das Größte, was er je erreichen könnte.

In der Vergangenheit hatte er sich einfach vom Krieg dahinwirbeln lassen, von zerbröckelnden Festungsmauern in der Gesellschaft eines legendären Soldaten wie Varok Saurfang bis hin zu dem brutalen Mak'gora vor den Toren Orgrimmars, wo der Orc schließlich sein Leben verloren hatte.

Es fühlte sich an, als wäre zwischen der ersten Schlacht auf den Feldern von Tirisfal und jenem Moment, als Saurfang der bösen Magie der Bansheekönigin erlegen war, ein ganzes Lebensalter vergangen. Er wunderte sich, was der grimmige, alte Veteran wohl sagen würde, könnte er Zekhan jetzt sehen, wie er hier vor dem Rat stand und nicht wusste, ob er diese Ehre akzeptieren sollte, die er vielleicht oder vielleicht auch nicht verdient hatte.

Wie zur Antwort auf diese Frage spürte er das Echo seines Ahnen. Das erging ihm oft so in Augenblicken der Verwirrung; dann war da plötzlich eine Stimme und eine Präsenz in ihm, die seinem Geist neuen Mut schenkte. Jetzt hatte er das Gefühl, eine schwere Hand in einem noch schwereren Kampfhandschuh würde sich auf seine Schulter legen, aber es war nicht die Energie seines Vaters, die ihn aufforderte, den Kopf oben zu halten. Stattdessen fühlte er Saurfangs Gegenwart, und seine Stärke und seine Erfahrung waren so unumstößlich wie ein Bollwerk. Manchmal hatte er Müdigkeit und Bedauern in Saurfangs Augen gesehen, ja – aber niemals Schwäche.

„Ist … alles in Ordnung? Talanji ist eine Freundin, oder? Warum spionier'n wir sie dann aus?", fragte Zekhan, während er unruhig von einem Bein aufs andere trat.

„Wir schicken dich nicht zu ihr, um ihr zu schaden", versicherte Rokhan ihm. „Aber solange wir nich' wissen, was sie denkt, können wir ihr auch nich' helfen."

Zekhan starrte ihn einen langen Moment lang an, aber Rokhan wirkte so ruhig, so zuversichtlich, ohne den leisesten Schimmer von Verschmitztheit in seinen Augen. „Wenn das so is' … werde ich es tun."

„Dann ist diese Ratssitzung damit beendet", verkündete die Erste Arkanistin Thalyssra. „Wir wünschen dir schnelles und gutes Gelingen, Zekhan. Wir wissen, du wirst uns nicht enttäuschen."

Bevor er etwas darauf erwidern konnte, hatten sich alle bereits erhoben. Nachdem Talanji den Gipfel so überhastet verlassen hatte, hatten sich die Anführer der Horde in der Feste Grommash eingeschlossen, ohne Pagen, ohne Berater, ohne Assistenten. Zekhans Mutter hatte bei seinen Brüdern eine ähnliche Methode angewandt, wenn sie einander als Kinder geärgert hatten. Sie hatte sie gezwungen, in der Familienhütte zusammenzusitzen, und sie hatten gestritten und geschrien, bis aller Ärger verraucht war und das Leben weitergehen konnte. Der Rat hatte etliche Stunden in der Feste verbracht, und offensichtlich hatte das Streiten und Schreien bei ihnen auch gewirkt. Einer nach dem anderen schritten die Anführer an ihm vorbei zum Ausgang; ein paar legten ihm als Zeichen ihres Vertrauens die Hand auf den Unterarm, andere nickten nur, und Gazlowe schließlich zwinkerte ihm zu.

Thrall und Rokhan von den Dunkelspeeren waren die letzten in der Reihe, und sie blieben noch kurz bei ihm stehen, während sich der Saal leerte. Die einzigen Laute, die Zekhan nun noch hören konnte, waren das Rauschen des Blutes in seinen Ohren und das Zischen und Knacken der Fackeln. Schließlich stieß Rokhan einen schweren Seufzer aus, begleitet von einem Seitenblick in Thralls Richtung.

„Glaubt Ihr, er kriegt das hin?“, fragte er, so als wäre Zekhan überhaupt nicht hier.

„Ich glaube, die junge Königin wird weniger Anstoß an seiner Gegenwart nehmen als an meiner oder Eurer“, sagte Thrall, nur halb im Scherz.

„Warum?“ Zekhans Mund fühlte sich knochentrocken an. „Warum könnt Ihr nicht gehen? Ich bin … ein Niemand.“

„Das sah Saurfang aber anders“, entgegnete Thrall. „Und ich ebenfalls. Außerdem gibt es Dinge, die ich erledigen, und Orte, die ich besuchen muss. Yukha hat schlechte Neuigkeiten vom Irdenen Ring mitgebracht, ich werde also meine eigene Reise unternehmen, während du deine Aufgabe bei den Zandalari erfüllst. Der Rat hat entschieden, dass ein paar von uns Yukha bei Nordrassil unterstützen sollten, um den Aufruhr in der Welt der Geister zu erforschen. Ich werde … Nun, sagen wir, es ist besser, etwas zu unternehmen, als einfach nur das Beste zu hoffen.“

Thrall legte Zekhan die Hand auf die Schulter, und sie fühlte sich genauso an wie die Präsenz, die er vor ein paar Sekunden wahrgenommen hatte. Dann ging der Orc davon. Bei jedem schweren Schritt schwangen seine Zöpfe hin und her, und seine Brust war leicht nach vorne gebeugt, so als wären das Gewicht seiner Aufgabe und die Erschöpfung zu guter Letzt doch zu groß für seine Schultern geworden.

„Nimm das mit.“ Rokhan zog einen Dolch zwischen den zahlreichen Klingen an seinem Gürtel hervor. Er war leicht und perfekt ausbalanciert, mit einer Reihe emaillierter Runen auf der Parierstange. „Wir schicken dich in ein Schlangennest, Junge. Dort erwarten dich sicher noch mehr Attentäter und Gefahr’n. Du magst die Fähigkeiten eines Schaman’ besitzen, aber mit ’ner Klinge an deinem Gürtel bis’ du nie wehrlos, auch wenn dein Mana mal erschöpft is’.“

Zekhan nahm den Dolch und hielt ihn vorsichtig in beiden Händen. „Danke, Rokhan, aber ich weiß nich’, wie man mit so etwas kämpft.“

Der Dunkelspeertroll tippte fest mit dem Daumen gegen Zekhans Schläfe.

„Alles Instinkt. Denk wie ein Schamane, Junge." Er nickte zu dem Dolch hinab. „Kämpfe wie ein Soldat. Und um deinetwillen: Sei verstohl'n wie ein Schatten."

6

Sturmwind

„Wie viele?“

Der König von Sturmwind lauschte den letzten Glockenschlägen der Kathedrale, durch deren Buntglasfenster über seinem Kopf gerade die letzten Sonnenstrahlen des Tages hereinsickerten. Dann wartete er im verklingenden Nachhall der Glocken, während der sanftmütige Bischof Arthur – ganz in cremefarbene, schwarze und goldene Kleidung gehüllt – die Tür aufschloss, die zur Krypta unter der Kathedrale des Lichts hinabführte.

„Sechs.“ Es war Genn Graumähne, der die Frage beantwortete, ein enger Freund und verlässlicher Berater Anduins und außerdem König von Gilneas. „Das heißt, der SI:7 hat jedenfalls sechs entdeckt. Niemand kann sagen, wie viele von den Gezeiten fortgeschwemmt wurden.“

„Und weitere könnten noch irgendwo versteckt sein“, gab Hochexarch Turalyon zu bedenken. Selbst ohne die imposante Silhouette seiner lichtgeschmiedeten Rüstung aus poliertem Silber und Gold wäre er eine hochaufgerichtete, breitschultrige Erscheinung gewesen. Sein Bart und seine Narben ließen keinen Zweifel daran, dass es sich hier um einen erfahrenen, kampfgestählten Krieger handelte. Die beiden Männer folgten Anduin durch den gewundenen Gang, der sich in die Katakomben hinabschlängelte. „Shaw hat mindestens ein Dutzend Leute losgeschickt, um die Gewässer zwischen der zandalarischen Küste und den Östlichen Königreichen zu überwachen.“

„Genug gesagt, meine Herren“, wisperte Anduin ihnen zu. „Zumindest, bis wir einen Ort erreicht haben, wo es keine neugierigen Ohren gibt.“

Obwohl sich die Kathedrale nach dem abendlichen Gottesdienst größtenteils geleert hatte, waren doch immer noch ein paar Brüder und Priester anwesend. Und natürlich starrten sie herüber; wer würde schließlich nicht starren, wenn der König von Sturmwind zugegen war, noch dazu, wenn er sich in Gesellschaft zweier so illustrer Krieger befand? Für die Bewohner von Sturmwind war Turalyon praktisch eine Legende, sein Konterfei verewigt vor den Stadtmauern in Form einer Statue, die über der Brücke nach Sturmwind aufragte. Er hatte mitgeholfen, die Ritter der Silbernen Hand zu gründen, hatte an der Seite von Helden wie Uther dem Lichtbringer oder Tirion Fordring gekämpft, die heute in Liedern besungen wurden.

Die drei Männer unterbrachen ihre Unterhaltung und machten sich an den langen, wortlosen Abstieg in die Krypta. Anduin ging raschen Schrittes dahin, obwohl ihm vor dem graute, was ihn dort unten erwartete. Aber diese Männer waren in seinem Namen entsandt worden, und somit war es seine Pflicht, nachzusehen, welchem Schicksal sie anheimgefallen waren.

Die Luft wurde kühler, und der Geruch von Schlamm und Stein erinnerte ihn an regnerische Herbsttage. Kurz darauf roch er den schwachen Gestank von Würmern und Verfall und schließlich ein dezentes Parfüm aus getrockneten Blumen und Kräutern, aber es war nur eine schwache Verteidigung gegen den unverkennbaren Geruch des Todes.

Am Fuß der Krypta war es so kalt, dass man selbst in einem dicken Pelzmantel frieren würde. Hier fanden sie mehrere Leichen vor, nebeneinander aufgereiht, noch immer in ihrer durchnässten Kleidung. Ihre Haut war verfärbt, ihre Lippen zu einem gequälten Todesschrei verzerrt. Turalyon nahm eine Fackel von der Wand und ging voran, um die Leichen mit dem Flammenschein zu erhellen. Sein stoisches, charismatisches Gesicht war sorgenvoll verzerrt.

„Seht euch die Präzision der Wunden an", brummte er, als er vor einem jungen Zwerg stehen blieb, dessen rötlicher Bart voll von Sand und Algenfetzen war. „Ein Schuss, direkt ins Herz."

Graumähne trat neben den Paladin und inspizierte den Pfeil, der noch immer aus der Brust des Zwerges emporragte. „Es ist bei allen dasselbe: Ein einziger, tödlicher Schuss. Und seht euch die Befiederung der Pfeile an, hier und hier. Sie wurde abgeschnitten."

„Darum hat Shaw auch befohlen, sie herzubringen", fuhr Turalyon fort. Er blickte zu Anduin hinüber, der auf der anderen Seite des toten Zwerges stand. Der König hatte den kriegsgehärteten Paladin noch nie verängstigt erlebt, und auch das, was er nun in seinen Augen sah, war keine Furcht – es war Zorn.

„Kann mir das jemand erklären?", fragte Anduin mit gefurchter Stirn.

„Das sind Zandalari-Pfeile", sagte Turalyon. „Aber es ist keine Zandalari-Taktik."

„Allerdings nicht! Dies ist ein Streich ... ein finsterer Streich, den ich noch nicht durchschaut habe." Graumähne begann, auf und ab zu gehen, die Lippen zurückgezogen, als könnte jeden Moment das tiefe Knurren eines Worgen aus seiner Kehle dringen. „Es gibt nur wenige Bogenschützen auf der Welt, die solche Treffer landen könnten, mein König, und die einzigen, die ich kenne, haben sich mit dieser teuflischen Bansheekönigin verbündet."

„Dunkle Waldläufer?", murmelte Anduin, während sein Blick zwischen den beiden anderen Männern hin und her huschte. „Können wir da sicher sein?"

„Sicher? Nein, aber ich habe das Werk ihrer Schützen schon oft gesehen, und der Stil ist der gleiche, ebenso wie die Präzision", schnaubte Graumähne. Er beschleunigte seine Schritte und wirkte nun noch mehr wie ein eingesperrter, zorniger Wolf.

„Was könnten Dunkle Waldläufer hier wollen? Die Zandalari sind Verbündete der Horde, und das würde sie nicht gerade zu Freunden von Sylvanas und ihren Waldläufern machen." Anduin hätte beinahe die Hand auf den Stiefel eines der Soldaten gelegt. Abgelenkt, wie er war, hatte er beinahe vergessen, dass sie sich hier in der Gegenwart von Toten befanden. Doch als er nun ein zweites Mal auf den Mann hinabblickte, spürte er den Stich in seiner Brust umso deutlicher. *Beim Licht, sie waren alle so schrecklich jung …*

Er fand ein wenig kalten Trost bei dem Gedanken, dass die Soldaten nun zumindest zu Hause waren, geschützt in einem Sanktuarium des Lichts.

„Vielleicht war es eine Warnung von Sylvanas. Vielleicht hat sie ihre Waldläufer ausgesandt, um die neue Königin zu bestrafen. Die Dunkle Lady war noch immer Kriegshäuptling, als sie ihr Bündnis schlossen, aber unsere Spione glauben, dass Königin Talanji jegliche Unterstützung zurückgezogen hat und jetzt größtenteils unabhängig agiert. Wir wissen ja alle, wie extrem Sylvanas reagiert, wenn sie sich verraten fühlt …"

Anduin nickte. Er versuchte, die Sache aus dem Blickwinkel des Paladins zu betrachten, aber Graumähne ließ ihm keine Gelegenheit, denn er riss in einer frustrierten Bewegung die Hände hoch.

„Das ist unsere Gelegenheit. Anduin, seht Ihr es nicht? Wo Sylvanas ist, sind ihre Dunklen Waldläufer nicht weit. Sie könnte ganz in der Nähe sein. In dem Fall sind diese Morde womöglich der Fehler, der ihr das Genick bricht. Wir sollten sofort alle Truppen sammeln, die wir entbehren können, und nach Westen segeln. Ob sie mit den Zandalari unter einer Decke steckt oder sie bekämpft, ist unwichtig. Dies ist eine Gelegenheit, diese Sache ein für alle Mal zu Ende zu bringen, und wir dürfen sie nicht vergeuden."

Sein ohnehin schon dröhnender Bariton wurde bei diesen letzten Worten noch durchdringender, aber Anduin rührte sich nicht. Stattdessen blickte er entschlossen zu Turalyon hinüber, der auch nicht gerade überzeugt von dem Vorschlag schien. Der Paladin verlagerte das Gewicht unter seiner schweren Rüstung, und eine tiefe Sorgenfalte teilte seine Stirn.

„Dies ist ein Moment, um zu planen, mein König, nicht um blind zu reagieren. Es gibt noch immer Spione im Feld, über deren Verbleib wir keine Gewissheit haben, außerdem dürfen wir die Waffenruhe nicht vergessen. Zandalar ist ein großer Kontinent, sicher, aber im Großen und Ganzen wird dort der Horde die Treue gehalten, nicht der Bansheekönigin." Nachdenklich schob er die Faust unter sein Kinn. „Die Horde will sie ebenso tot sehen wie wir, und falls wir uns nicht darauf verlassen können, dass sie Informationen über Sylvanas mit uns teilen würden, dann ist die Waffenruhe, die Ihr unterzeichnet habt, wertlos."

„Die Waffenruhe", zischte Graumähne. Er ließ keinen Zweifel daran, wie wenig er davon hielt. „Wenn es um die Horde geht, können wir uns auf gar nichts verlassen. Wie oft müsst Ihr diese Lektion noch lernen, Anduin? Ihr wisst es doch besser."

Anduin hatte in der Tat seine Lektion gelernt. Es war nicht so, als würde er der Horde wirklich vertrauen, aber er maß sie an ihren Taten. Würden ihre Anführer nicht zu ihrem Wort stehen, dann hätten sie Anduin und die Generäle der Allianz vor oder nach dem Mak'gora vor den Toren Orgrimmars ermorden lassen.

Er wartete einen Moment, in der Hoffnung, dass Graumähne sich beruhigen würde, aber das Gesicht des Mannes hatte sich vor Zorn rot verfärbt, und sein dichter weißer Schnurrbart zitterte vor Emotion.

„Genn ..." Anduin riss den Blick von seinem Berater und Freund los und ließ ihn stattdessen über die Leichen auf dem Boden vor ihm schweifen. „Überhastetes Handeln hat schon öfter zu Leid geführt als Vorsicht und Sorgfalt. Ich werde meine Truppen nicht wegen etwas mobilisieren, was nur ein Ablenkungsmanöver sein könnte."

Hochexarch Turalyon nickte zustimmend.

„Die Frage, die wir uns selbst stellen müssen, lautet: Was könnte Sylvanas in Zandalar wollen? Warum sollte es sie dorthin verschlagen?"

„Wen kümmert das?“, donnerte Graumähne. „Ihr habt es selbst gesagt, Turalyon: Die Zandalari-Königin hat zuerst Sylvanas die Treue geschworen. Vielleicht gilt dieser Schwur ja noch immer. Vielleicht hat sie der Horde den Rücken gekehrt und gewährt nun der Verräterin und ihren Soldaten Unterschlupf.“ Er deutete auf die gefallenen Spione. „Vielleicht wurden diese tapferen Seelen ermordet, weil sie die Wahrheit entdeckten.“

Anduin war der Wahrheit verpflichtet, ganz gleich, wie sie aussehen mochte. Er schätzte die Meinung beider Männer, aber er konnte nicht leugnen, dass Turalyons Einschätzung ihm mehr zusagte. Trotzdem. *Trotzdem …*

„Wisst Ihr, woran ich gerade denken musste?“, begann er leise. „An einen Tag, gar nicht so lange her, an einem Ort, gar nicht so weit entfernt. Ein idyllischer Ort im Arathihochland. Es sollte ein friedliches Treffen werden, um Familien wieder zusammenzuführen, die auseinandergerissen worden waren – durch Kräfte, die niemand hätte voraussehen können …“ Er seufzte, lehnte sich vor und stützte die Knöchel auf den Rand einer Steinplatte. „Menschen und Verlassene versammelten sich ohne böse Absicht und suchten nach einer gemeinsamen Grundlage und geteilter Liebe. Nicht wenige fanden sie sogar. Doch die Belohnung für ihr Vertrauen, für ihre Güte war ein Blutbad.“ Er blickte zu Graumähne hoch, der gnädigerweise stumm geblieben war und dessen Gesicht wieder seine normale Farbe annahm. „Ich schätze Euren Rat, den des einen ebenso wie den des anderen. Turalyon, nehmt Alleria Windläufer mit und findet mehr über diese Morde heraus.“

Anduin richtete sich auf und presste die Hand auf sein Herz. Dann sah er, dass Turalyon ihn mit einem Lächeln musterte, und er lächelte zurück. „Ich ernenne Euch zum Oberkommandanten der Allianztruppen. Eure Aufgabe – Eure alleinige Aufgabe – ist es, Sylvanas Windläufer zu finden, auf dass wir der Gerechtigkeit Genüge tun können. Jagt sie bei Tag und bei Nacht. Tut, was immer nötig ist.“

Turalyon neigte den Kopf mit eingeübter Eleganz und nahm die ehrenvolle Aufgabe mit den bescheidenen Worten „Mein Herz und mein Schwert für die Sache“ an.

Gemeinsam beobachteten die Könige von Sturmwind und Gilneas, wie der Paladin davonschritt. Seine Rüstung klackte leise, während er zu seiner geschworenen Mission aufbrach, und die Fackeln tauchten ihn von Kopf bis Fuß in goldenen Schein.

„Eine weise Wahl, Euer Majestät.“ Graumähne verschränkte die Hände, als sie allein in der düsteren Kälte waren. „Wer weiß, welche teuflischen Tricks Königin Talanji sich von Sylvanas abgeschaut hat. In jedem Königreich findet man Insekten unter Steinen, selbst in Eurem.“

„Ich bete, dass Ihr Euch irrt“, erwiderte Anduin. Er verspürte den seltsamen Wunsch, noch länger in der Krypta zu verweilen – sich zwischen die Toten zu setzen und mehr über ihren Schmerz und ihre Geschichte zu erfahren. Das schien einfacher, als sich einem weiteren Tag voller Frustration und Fehlschlägen zu stellen. Aber die Leichen mussten gewaschen und den entsprechenden Riten unterzogen werden. „Beim Licht, Genn, ich werde dafür sorgen, dass Ihnen die gebührende Ehre erwiesen wird. Könnte ich den Namen jedes Soldaten in Stein auf die Sterne schreiben, damit niemand sie je vergisst, ich würde es tun.“

„Sie kannten ihre Pflicht, Anduin. Keiner von ihnen erwartete das Leben eines Bäckers oder Schneiders“, sagte Genn, wobei er Anduin versöhnlich eine Hand auf den Rücken legte. „Sie wussten um das Risiko.“

Anduin wandte sich weg und streifte die Hand des anderen Mannes ab. Er fühlte die Kälte in seinen Knochen, während er die Sicherheit des Fackelscheins verließ. „Nein, Genn. Ich glaube nicht, dass sie es wussten. Und wir tun es auch nicht. Keiner von uns weiß, was uns im Tod erwartet. Keiner von uns weiß, was in dieser Nacht ohne Morgen lauert.“

7

Dazar'alor

„Dem Antrag der Bittstellerin wird hiermit ...“ Talanji ließ die Zuschauer und Gaffer erwartungsvoll den Atem einsaugen, während sie den Moment in die Länge zog. Sie genoss es, die ungeteilte Aufmerksamkeit zu haben; von den zahllosen Aufgaben einer Königin war diese vielleicht ihre liebste. „Stattgegeben.“

Das Wort regnete von ihrem Thron herab wie eine Handvoll großzügig hingeworfener Münzen und ließ die Zuschauer in der Ratskammer in lauten Jubel ausbrechen. Und dann war da noch die Bittstellerin selbst, ein junges Mädchen, das unmöglich älter als siebzehn Jahre alt sein konnte. Sie errötete, als sie die lautstarke Unterstützung der Menge vernahm, dann eilte ihre Familie nach vorn, um sie zu umarmen. Ihr Vater, Bezime, drückte sie fester als alle anderen, nachdem er zuvor ein leidenschaftliches Plädoyer für seine Tochter gehalten hatte. „Falls Ihr jemand bestrafen müsst, dann bestraft mich, Königin Talanji, aber bestraft nich' meine Tochter. Sie ist mein Licht. Sie is' das Herz dieser Familie. All unsere Hoffnungen ruh'n auf ihr.“

Seine offensichtliche Liebe für seine Tochter hatte Talanji gerührt und sie daran erinnert, wie sehr sie ihren eigenen Vater vermisste. Das Mädchen hatte Gold gebraucht, und davon hatte Talanji mehr als genug. Soldaten und Schiffe – das war eine andere Sache. Aber Gold war kein Problem, und es gab etliche niedere Adelshäuser, die den pyramidenförmigen Palast bewohnten. Aber natürlich nur die unteren Ebenen; der obere Teil war den

Mitgliedern des Zanchuli-Rates, den Palastwachen und der königlichen Familie vorbehalten.

Das Mädchen, Nav'rae, strahlte von einem ringbehangenen Ohr zum anderen und verbeugte sich mehrere Male vor dem Thron, ehe sie von einer Woge des Wohlwollens aus dem Raum getragen wurde. Sie gehörte zum notgeplagten Adelshaus von Pakash, einer Familie, die wegen ihrer Verbindung zur Verräterin Yazma bestraft und geächtet worden war. Während Talanji nach Orgrimmar gereist war, um mit der Horde zu verhandeln, hatte der Zanchuli-Rat – bestehend aus Kriegern, Priestern und Beratern, die loyal zu Talanji standen – den Fall untersucht und die Pakash-Familie von jeglichem Fehlverhalten freigesprochen. Ihr Urteil hatte die leere Kasse der Familie jedoch nicht wieder mit Gold gefüllt, und die junge Trollfrau Nav'rae war zu arm gewesen, als dass ihre Geliebte, ein Mitglied des mächtigeren und wohlhabenderen Hauses Ro'kac sie ehrenvoll hätte heiraten können.

Besagte Geliebte, Khila, hatte draußen auf dem Balkon gewartet, als Zeichen ihrer Zuversicht einen wunderschönen Perlenmantel über den Schultern, die Hände aber trotzdem nervös unter dem Kinn gefaltet. Nun hielt nichts mehr die beiden jungen Frauen von einer Hochzeit ab, und ein Gefühl der Wärme durchströmte Talanjis Herz, als die Bittsteller ihren triumphalen Abschied nahmen und Blumen und Saatkörner fröhlich über ihnen in die Luft geworfen wurden. Khila hatte also doch den richtigen Umhang gewählt.

„Glück und Gesundheit sei mit ihnen", murmelte Lashk, der erste und einzige Tortollaner im Rat.

„Glückliche, junge Dinger", fügte Jo'nok, Bollwerk von Torcali, hinzu. Der Terrortroll war viel zu groß für die Ratsstühle und stand darum links von Lashk. „Schön, so was zu seh'n. Langweilig, aber schön."

Ungefähr zwei Dutzend Zandalari standen noch immer im Ratssaal herum, durch die hohen Stufen von den Ratsmitgliedern selbst getrennt. Eine Reihe einfach erklimmbarer Stufen führte in der Mitte des Raums zu dem Bereich hinauf, wo Talanji und die anderen sich die Bitten und Klagen ihrer Untertanen anhörten und ihr Urteil fällten. Der Saal war nach außen hin offen, sodass man hinter den Vorhängen dort den makellos blauen Himmel sehen konnte – und die Himmelsschrecken, die majestätisch ihre Kreise über der Stadt zogen.

Es war ein langer Tag gewesen. Ein zermürbender Tag. Bittsteller um Bittsteller, Antrag um Antrag. Die Zeit einer Königin gehörte nie wirklich ihr selbst.

„Das Licht der Loa scheine auf uns herab. Ich glaube, das war die Letzte", seufzte Hochprälatin Rata, dann stand sie auf und streckte sich. Gelbliche Knochen schützten ihren Brustkorb und ihre Schultern, und ein ungewaschener Schopf blauen Haares fiel über eins ihrer Augen herab. Talanji hatte gesehen, dass sie kurz eingenickt war, während Nav'rae ihre Argumente vorgetragen hatte. Eine Liebesgeschichte in den unteren Häusern war nicht gerade die Art Fall, die Rata fesseln konnte.

Plötzlich teilte sich die Menge unter ihnen, und Rufe wurden laut. Jemand bahnte sich mit wedelnden Armen und lauter Stimme einen Weg nach vorne, und all jene, die noch im großen Saal zurückgeblieben waren, drehten sich zu ihm herum.

Mit einem Seufzen sank die Kriegsdruidin Loti auf ihren Stuhl zurück, wobei ihre mit Reißzähnen verzierten Schulterplatten über die golden emaillierte Rückenlehne schabten. „Gonk bewahre mich, hat das denn nie ein Ende …"

„Ist es wahr?" Der Troll, der sich nach vorne gedrängt hatte, war hochgewachsen, dünn, mit vier Stacheln grünen Haares auf dem Kopf. Sein sonnenverbranntes, schwieliges Aussehen zeichnete ihn als Arbeiter aus, und er trug eine schwere Tasche auf dem Rücken. „Ist es wahr, was die Leute sagen? Die Horde hat versucht, die Königin zu töten! Sie woll'n sie aus dem Weg räumen, um die Stadt selbst zu beherrschen!"

Die Hoffnung, den Anwesenden Zuversicht zu vermitteln, war damit zerstört. Rechts von Talanji stieß Lashk ein hörbares Seufzen aus, und er vergrub seinen grünen Schnabel in den Händen.

„Gerechtigkeit!“, schrie jemand vom Fuß der Stufen. „Ist es wahr? Dann brauchen wir Gerechtigkeit!“

„Diese niederträchtigen Schurken! Horde-Verräter!“

Talanji sprang auf die Füße. „Ruhe! Sofort. Kein Wort mehr. Diese Gerüchte sind allein das – Gerüchte.“ Müde und erschöpft, wie sie war, suchte sie nach den richtigen Worten. Den Worten, die diese Sache im Keim ersticken könnten. Das Letzte, was sie jetzt brauchte, war noch mehr Unruhe in der Stadt. Generalin Rakera hatte ihr an diesem Morgen düstere Neuigkeiten gebracht: Nicht nur, dass sich die Kunde von dem versuchten Attentat bis nach Dazar'alor herumgesprochen hatte, es gab auch Getuschel über verschollene Patrouillen und Gewalt in der Nähe der nördlichen Grenzen.

„Dann is' die Horde noch immer unser Verbündeter?“, hallte eine Stimme von unten herauf.

„Wer hat versucht, unsere Königin zu ermorden?“, fragte eine andere.

„Ich könnte sie alle niederstechen, falls Ihr das wünscht“, wisperte Generalin Rakera mit einem Schnauben.

Talanji warf ihr einen Seitenblick zu und lächelte trocken. „Wir stehen zur Horde, aber nur, wenn sie uns entsprechend unterstützt“, verkündete sie mit lauter Stimme, aber das irritierende Getuschel wollte einfach nicht verstummen. Die Leute witterten einen Skandal, und für sie war das wie Blut für einen Jagdhund. „Sie werden unsere Forderungen erfüllen – die Forderungen von Zandalar. Wir werden sie nicht unterstützen, solange sie uns nicht auch unterstützen.“

„Da!“

„Schaut! Einer von ihnen! Der gehört nicht zu uns – kein Zandalari …“

„Ein Attentäter!“

Die Rufe und schockierten Schreie schwollen erneut zu einer grässlichen Woge an, während die Bittsteller am Fuß der Treppe auseinanderstoben und eine wogende Barriere um den Neuankömmling formten. Talanji kniff die Augen zusammen, um zu erkennen, wer da gerade den Ratssaal betreten hatte. Er wurde von zwei königlichen Wachen flankiert, ihre Rüstungen kunstvoll und majestätisch, wohingegen die Kleidung des Fremden schlichter und unscheinbarer nicht hätte sein können. Aber irgendetwas an ihm ließ Talanjis Kopf prickeln. Sie kannte ihn. Nur woher?

„Der Kerl ist von der Horde! Er soll sich erklär'n! Warum habt ihr unsre Königin nich' beschützt? Warum hast du sie nich' beschützt!" Der Unruhestifter mit der Tasche und dem sonnengegerbten Gesicht verlor keine Zeit, auf den Fremden loszugehen. Er schubste ihn, und das grellrote Haar des Trolls schwang hin und her, während er zur Seite stolperte. Die Wachen gingen dazwischen, aber das machte die Menge nur noch wütender. Schon bald sah Talanji nur noch das hochstehende Haar ihres Besuchers und die Hellebarden der königlichen Wachen über dem aggressiven Mob aufragen.

Dann erklang irgendwo aus dieser wogenden Masse von Leibern ein abgewürgter Schrei. Talanji konnte sich keine toten Horde-Abgesandten leisten. Sie hatte alle Hände voll zu tun mit der wachsenden Rebellion in ihrer Stadt, nicht zu vergessen die Kul Tiraner, die ihre Küsten verdunkelten ... Nein. Es war gut möglich, dass sie die Horde noch brauchte.

„Genug!"

Ein weiterer Schrei. Selbst die Wachen schienen inzwischen von dem Tumult verschluckt worden zu sein.

„*Genug!* Lasst ihn durch."

Endlich erzielte ihre Stimme den gewünschten Effekt. Alle Anwesenden erstarrten, durchzuckt von der Macht der Königin. Die Menge beruhigte sich, dann schob sie sich auseinander und machte eine schmale Lücke frei, durch die der Horde-Troll hastig nach vorne eilte. Er klopfte seine Schultern und Arme ab und warf einen verängstigten Blick zurück auf das Gewimmel, bevor er es wagte, ein paar schlurfende Schritte auf die Ratsstufen zuzumachen.

„Ich kenn dich", sagte Talanji leise, als ihre Erinnerung an den

Troll endlich klarer wurde. Sie winkte den Wachen zu, die noch immer hinter ihm gingen. „Eskortiert die Bittsteller hinaus. Diese Ratssitzung ist beendet. Ich werde diesem … diesem Reisenden eine Audienz gewähr'n."

Sie hatte es so eilig gehabt, Orgrimmar zu verlassen, dass sie nicht einmal nach dem Namen des Trolls gefragt hatte. Jetzt sah sie, dass das ein Fehler gewesen war. Ihre Beziehung mit dem Rat der Horde mochte noch immer in der Schwebe hängen, aber dieser Dschungeltroll hatte ihr Leben gerettet, und daran ließ sich nicht rütteln.

„Los", rief sie ihm zu. „Sag, was du hier willst."

Der rothaarige Troll verbeugte sich unbeholfen, aber enthusiastisch. „Ich bin … Ich bin hier, um als Abgesandter der Horde zu dien'. Mein Name ist Zekhan. A…Abgesandter Zekhan …"

Talanji zog eine Braue hoch.

„Abgesandter?" Generalin Rakera spuckte das Wort förmlich aus. „Oder doch eher *Spion*?"

Zekhan nickte und deutete auf die verdutzte Generalin. „Ja. Spion. Abgesandter. Augen und Ohren." Mit einem hilflosen Lachen zog er die Schultern hoch. „Von mir aus auch Nase und Mund. Die Horde is' in Sorge um Euch. Mehr noch, Sie will Eure Freundschaft, Königin Talanji, und sie is' nicht bereit, schon aufzugeb'n."

„Offensichtlich", murmelte sie, während sie ihn von Kopf bis Fuß musterte. „Na ja. Sie hätten eine schlechtere Wahl treffen könn'."

Zum Beispiel, falls Sie Thrall geschickt hätten. Thrall, dem sie wegen seiner starrköpfigen Loyalität zu Jaina Prachtmeer niemals vertrauen würde.

Der Troll am Fuß der Stufen stieß ein nervöses Lachen aus. „Ich nehm' das mal als Kompliment."

„Wenn Ihr wollt, ich ihn zerquetsche", bot Jo'nok an. Es wäre ein Kinderspiel für ihn gewesen, seine Worte in die Tat umzusetzen; mit seinem hünenhaften Körper sah er aus wie ein Elekk umgeben von Ameisen.

„Nein, Jo'nok, er steht unter meinem Schutz."

Talanji presste die Handflächen zusammen und inspizierte den „Abgesandten" eingehender. Ihr Instinkt riet ihr, ihn fortzuschicken, aber das wäre ein schlechter Dank dafür, dass er den vergifteten Kelch aus der Hand des Attentäters gestoßen und sich dann vor seine tödliche Klinge gestellt hatte. Sie hatte das Gefühl, als würde der brennende Blick ihres Vaters sie durchbohren. Brennend und enttäuscht. Er hatte auf ihr Urteil vertraut, als sie die Horde nach Zandalar eingeladen hatte; er hatte an sie geglaubt, obwohl sie ihn getäuscht hatte, um ihr Ziel zu erreichen. So ungern sie es auch zugab, dieser Troll verdiente eine Chance. Er war zappelig, nervös, jung, aber sie würde schon eine Verwendung für ihn finden. Und falls nicht, könnte sie zumindest seine Unerfahrenheit ausnutzen, um ihm Informationen über ihre Verbündeten aus der Nase zu ziehen.

„Tritt näher, Abgesandter Zekhan. Falls du in diesem Palast dien' willst, musst du seine zahlreichen verschlungenen Korridore kennenlern'." Sie konnte deutlich hören, wie Generalin Rakera angewidert den Atem einsog, aber Talanji ignorierte sie. „Komm, steig die Stufen hinauf. Ich werde dich herumführ'n."

*

„Ich dachte, Orgrimmar wäre beeindruckend, aber das hier ..."

Talanji schmunzelte, als sich der Dschungeltroll im Kreis drehte, sein Mund zu einem O der Verwunderung geöffnet. Manchmal vergaß sie selbst die Schönheit des Palastes mit seinen Sälen aus Gold und Türkis, seinen friedlichen Becken, wo duftende Lilien blühten, und seinen Bodenfliesen, die wie geschliffene Edelsteine funkelten. Und zuzusehen, wie ein Dschungelbursche aus der Provinz durch diese Hallen uralter Pracht stolperte, war ein Vergnügen, gegen das nicht einmal sie immun war.

„Auf den Echoinseln haben wir so was nich'", schob Zekhan nach. „Ruinen schon, sicher. Und wir haben auch 'ne große Arena. Aber das hier – das is' wie in einem Traum."

In den unteren Hallen des Palastes, tief unter der brennenden Sonne, die die oberen Räume und den Thronsaal erhellte, herrschte die schattige Kühle einer Höhle. Seichte Rinnen, in denen Wasser plätscherte, führten neben ihnen dahin, und unter ihren Füßen erstreckten sich bunte Mosaike. Der Dschungeltroll schien einfach alles faszinierend zu finden, und mehr als einmal verspürte Talanji den Drang, den Arm auszustrecken und seinen herabhängenden Kiefer nach oben zu drücken.

„Der Palast war schon immer mein Zuhause", erklärte sie ihm. Zwei königliche Wachen flankierten sie, wahrten aber respektvollen Abstand. „Da vergesse ich manchmal, welchen Eindruck er auf Fremde machen kann."

„Ha." Zekhan presste die Hände auf den Bauch und lachte. „Mein Palast bestand aus Sand und Büschen. Mein ganzes Dorf hätte mühelos im königlichen Kleiderschrank Platz."

Talanji grinste, während sie eine Ecke umrundeten. Abgelenkt, wie sie war, hatte sie gar nicht gemerkt, dass sie das Herz der Pyramide erreicht hatten. Ihre Schritte stockten, und sie hatte Mühe, ihr Lächeln aufrechtzuerhalten. Normalerweise tat sie alles, um diesen Flügel des Palastes zu meiden. Allein, durch den Korridor in die hohe, goldene Halle vor ihnen zu blicken, füllte ihr Herz mit Grauen.

„Stimmt was nich'?", fragte Zekhan mit zusammengezogenen Brauen. „Euer Majestät?"

„Es is' ... Früher habe ich diesen Ort geliebt. Diese Halle ..." Talanji zwang sich, einen Schritt nach vorne zu machen, und dann noch einen. Sie zitterte, als die Erinnerung sie übermannte und in Finsternis stürzte. Der Boden war natürlich gesäubert, das Blut schon vor langer Zeit entfernt worden, trotzdem würde der Ort, wo ihr Vater gestorben war, immer befleckt bleiben. Sie konnte noch immer spüren, wie die Wärme aus seinem Körper wich, während sie ihn hielt – wie das sternenhelle Leuchten seiner Augen verblasste und seine Hände erschlafften, als Bwonsamdi seine Seele holen kam. Ihn in den Armen zu halten, während die Kälte der Fliesen in ihre Knie biss, ihre Kehle zugeschnürt vor Zorn … Damals hatte sie gelernt, was wahre Einsamkeit war. Ihr ganzes Leben lang hatte Rastakhan über sie gewacht, sie gelehrt, sie geliebt und mit aller Macht ihr Erbe und ihr Land verteidigt. Seine Tochter zu enttäuschen, war seine einzige Furcht gewesen, das wusste sie nun.

Aber letztendlich … letztendlich …

„Ich habe als Kind hier gespielt", sagte Talanji leise. Andere, angenehmere Erinnerungen stiegen in ihr auf, zum Beispiel an ihren Lehrmeister, wie er eine Harfe spielte, während Talanji die Luft anhielt und versuchte, sich unter dem Wasser des Beckens zu verstecken. „Stundenlang haben ich und meine Freundin Parri uns hier herumgescheucht. Wir haben Verstecken gespielt, und sie hat immer gewonn'. Immer konnte sie ihren Atem unter Wasser ein wenig länger anhalten …" Mit einem Seufzen schüttelte sie den Kopf. „Als mein Vater starb, hatte ich das Gefühl, ich wäre wieder dieses Mädchen. Ich fühlte mich klein – ein Kind, dem man eine Krone aufgesetzt hat. Als würde ich das Regieren nur spielen."

Der Abgesandte sagte nichts, starrte sie nur an.

„So lernte ich die wahre Grausamkeit der Allianz und ihrer verfluchten Hexe Jaina Prachtmeer kennen. Sie war schon immer eine Schlange – hinterhältig und selbstsüchtig. Ich spucke auf die Waffenruhe, die dein Rat ausgehandelt hat, denn sie kehrt den Schmerz meines Volkes einfach unter den Teppich. Sie ignoriert unser Leid."

Erst zögerte Zekhan händeringend, dann plapperte er wild drauflos. „A…Aber Prachtmeer hat uns geholfen, Baine zu befreien. Und sie hat sich an unserer Seite gegen Azshara gestellt. Ihr sagt, Ihr habt Euch wie ein kleines Mädchen gefühlt, als Ihr die Krone annahmt, aber Ihr habt Euch verändert. Das is' bei allen Leuten so. Sie verändern sich." Er ließ den Kopf hängen und verschränkte die Hände lose vor seinem Gürtel. „Jetzt seid Ihr eine echte Königin. Ich hab' es mit meinen eigenen Augen geseh'n. Die Art, wie Ihr Leuten Befehle gebt, wie Ihr sprecht … Eure Leute hör'n Euch zu. Und die Horde auch."

Talanji wirbelte zu ihm herum. „Hast du vor, Ihnen zu erzählen, was ich gerade gesagt habe?"

Der Dschungeltroll zog die Schultern hoch, dann ging er langsam auf sie zu und dann an ihr vorbei in den Raum im Herzen der Pyramide. Seine Augen wanderten zur Decke hinauf, während er sich umblickte. „Nein, Euer Majestät. Eure Trauer geht niemanden was an." Er beugte sich vor, um seine Hand in eines der kristallenen Becken zu tauchen. Einen Moment lang glaubte Talanji, ein abgelenktes Lächeln über sein Gesicht huschen zu sehen. „Ich hab' auch Leute verlor'n. Erst einen Vater, dann einen anderen."

„Einen anderen?", fragte sie.

„Unser Hochfürst, der beim Mak'gora durch die Magie der Bansheekönigin fiel. Er ... Er war nich' vollkommen. Er war ein Mörder, das weiß ich. Und nicht *nur* ein Mörder. Was er den Elfen antat, und ihrem Baum, das geht zu tief, als dass ich ein Urteil drüber fällen könnte. Aber er hat mir beigebracht, ein Soldat zu sein. Wie man gerade dasteht. Seine Lektionen sind eisern, aber ich? Ich ... Ich weiß nich'. Ich seh' das Mak'gora wieder und wieder von meinem geistigen Auge, und jedes Mal wundre ich mich, ob es anders hätte ausgeh'n können. Ob ich was hätte unternehmen könn'." Zekhan richtete sich wieder auf und benetzte sein Gesicht mit dem klaren Wasser. „Aber Euer Bwonsamdi hat Saurfang und nichts kann etwas dran ändern."

Talanji versteifte sich. „Er is' nich' *mein* Bwonsamdi."

„Nein?" Zekhan legte den Kopf schräg. „Der Loa der Gräber is' nie weit von Eurem Thron, oder zumindest heißt es so."

„Wer sagt das?"

Die Augen des Trolls weiteten sich verwirrt. „Jeder, Euer Majestät. Alle."

Müde ließ die Königin die Schultern hängen. Es wäre töricht, mit ihm darüber zu streiten, sich zornig vor der Wahrheit zu verschließen. Sie fragte sich nur, wie viel die Horde wohl über ihren Blutspakt mit dem Loa wusste.

„Hmm. Du bist überzeugungskräftiger, als du aussiehst, Abgesandter“, bemerkte Talanji, wobei sie ihn genau betrachtete.

Bevor der Troll etwas erwidern konnte, bemerkte sie eine Bewegung hinter ihrer Schulter. Die beiden königlichen Wachen an der offenen Tür des Raums waren hochgeschreckt; nun huschte einer von ihnen in den Korridor hinaus, den Kopf vorgereckt, die Waffe erhoben.

„Was ist?“, wollte Talanji wissen. Sie ließ Zekhan stehen und marschierte auf ihre Männer zu.

„Meine Königin …“

Der Speer traf die Wache in die unglückselige Lücke zwischen Helm und Brustplatte. Die andere Soldatin wirbelte herum, um den Eingang des Raums zu versperren, wobei sie sich aber von der Stelle fernhielt, wo ihr Kamerad den Tod gefunden hatte.

Talanji kreischte. Ihr erster Gedanke war: *Wie kann das sein?* Wie hatten Rebellen es geschafft, so tief in ihren Palast vorzudringen? Doch bereits ihr zweiter Gedanke war von Entschlossenheit erfüllt. *Ich werde hier nicht sterben. Nicht hier, wo mein Vater seinen letzten Atemzug tat …*

„Bleibt hinter mir!“, rief die Wache ihnen zu. Talanji hatte Mühe, sich an den Namen der Zandalari zu erinnern. Sie hatte Mühe, sich an überhaupt *irgendetwas* zu erinnern. *Atme. Atme.* Ihr Name war Mah’ral, und sie hatte während der Invasion der Bluttrolle und später auch beim Überfall der Allianz auf den Palast in vorderster Reihe gekämpft. Eine Veteranin. Zuverlässig.

Talanji sprang vor und schloss sich Mah’ral an der Tür an. Zekhan folgte ihr dicht auf den Fersen. Stimmen hallten vom Korridor herein, blutrünstiges Gejohle, das schließlich zu einem vereinten, unheimlichen Singsang abebbte: „Jagt die Königin! Jagt die Königin! Jagt die Königin!“

„Gibt es noch einen anderen Weg hier heraus?“, wisperte Zekhan, nachdem er mehrmals über die Schulter geblickt hatte.

„Nein.“ Talanji schloss die Augen und sammelte ihre Kräfte in ihren Händen. Die Loa würden sie beschützen. Dies war ihre Heimat, ihr Territorium, und die Stärke der Ahnen und ihrer

Götter würden ihnen den Rücken stärken. „Wir bleiben hier und kämpfen."

„Wie die Königin befiehlt." Wie sich nun herausstellte, war Zekhan nicht ganz wehrlos; er zog einen Dolch aus seinem Gürtel, dessen Klinge von Blitzen umzuckt wurde, als er sie in die Höhe hielt und mit Energie erfüllte.

„Sie komm'!", rief Mah'ral.

Zu viele, dachte Talanji. *Es sind zu viele!*

In dem folgenden Chaos hatte sie keine Zeit, nachzuzählen, aber es mussten mindestens ein Dutzend leicht gerüsteter, speerschwingender Trolle sein, die in den Raum stürmten. Die ersten beiden wurden von Mah'rals Hellebarde nach hinten geschleudert und landeten direkt zwischen ihren Komplizen, was den Weg für einen Gegenangriff frei machte.

„Mögen die Loa uns schützen!", brüllte Talanji. Ein schimmernder Schild dehnte sich von ihren offenen Handflächen aus und hüllte sie, Mah'ral und Zekhan in Sekundenschnelle ein. Ein Speer prallte wirkungslos davon ab und landete klappernd auf dem Boden.

Mah'ral schwang ihre Hellebarde nach unten und schickte die nächsten beiden Trolle zu Boden, deren Gesichter mit Streifen weißer und schwarzer Farbe bemalt waren. Eine Blutlache breitete sich um sie herum aus, aber die anderen ließen sich davon nicht schrecken. Zwei von ihnen sprangen ohne Zögern über ihre gefallenen Kameraden hinweg und stürzten sich auf die königliche Wache. Dabei ließen die beiden ihre Waffen fallen, damit sie den langen, soliden Griff von Mah'rals Hellebarde packen und sie in den Händen der Kriegerin verdrehen konnten, bis ihr Griff um die Waffe sich lockerte. Mah'ral blieb nichts anderes übrig, als sich hinter Talanjis schützenden Schild zurückzuziehen.

„Zieht die Köpfe ein!" Die Flammen, die Zekhan in seinem Dolch gebündelt hatte, barsten aus der Klinge hervor und trafen einen der Hellebardendiebe, bevor er reagieren konnte. Der andere behielt Mah'rals Waffe in der Hand und benutzte sie wie einen Speer, um damit die rechtmäßige Besitzerin zu durchbohren. Die duckte sich aber und zog ein kleines Messer aus dem goldenen Gürtel um ihre Mitte.

Wildes Gebrüll vom Korridor ließ Talanjis Herz schwerer schlagen. Diese Handvoll Rebellen konnten sie vielleicht in Schach halten, aber falls sie Verstärkung bekamen, wäre der Kampf bereits verloren.

Doch die Rebellen formierten sich nicht neu, und sie jubelten auch nicht. Stattdessen stoben sie vor Talanjis Augen auseinander und gerieten in Panik, als königliche Wachen aus anderen Teilen des Palastes herbeirannten. Der Hellebardendieb fluchte und warf sich nach vorne, um zwischen seinen vermeintlichen Opfern hindurchzustürmen, aber Mah'ral entriss ihm ihre Waffe und benutzte den Griff, um ihm einen heftigen Schlag gegen die Stirn zu verpassen.

Bevor ein Gemetzel ausbrechen konnte, rief Talanji ihren Wachen zu: „Ich will sie lebend!"

Die vermeintlichen Attentäter ergaben sich jedoch nicht. Sie rannten direkt auf die Wachen zu und warfen sich auf ihre scharfen, kampfbereit vorgereckten Hellebarden. Talanji knirschte mit den Zähnen, wütend und frustriert, dann sog sie den Atem ein, als der letzte Rebell, der noch auf den Beinen stand, ihnen entgegenschnellte. Er trug eine seltsame, schwarze Maske mit weißen Streifen, und seine Augen blitzten wie irr hinter den Sichtschlitzen. Seltsame, grüne Flammen loderten um seinen Körper herum auf, und Talanjis schützender Schild zerbrach in der Mitte. Ein Schritt weiter, und der Kerl war bei ihr. Sein gezacktes, kleines Messer presste sich gegen ihre Kehle.

„Der Witwenbiss wartet auf dich, Verräterkönigin", flüsterte er, während er sie grob zu Boden drückte. „Er is' immer in deiner Nähe!"

Aus dem Nichts stieg eine blaue Rauchwolke hinter ihnen auf. Es wurde schlagartig kälter in dem Saal, und dann erklang ein seltsamer, rasselnder Laut, als würde jemand seinen letzten Atemzug tun … Ein großer, knochiger Finger tippte dem maskierten Troll auf die Schulter und ließ ihn erschrocken herumwirbeln.

Die grausige Fratze von Bwonsamdi hing direkt vor dem Gesicht des Trolls.

„Buh."

So plötzlich, wie er aufgetaucht war, verschwand er auch wieder, aber Bwonsamdis kurzes Gastspiel war Ablenkung genug. Der Mund des Trolls verzerrte sich, dann hing er schlaff offen, und das Licht in seinen Augen erlosch. Talanji hörte das Schmatzen eines Dolches, aber es war nicht ihre Kehle, die von der Klinge durchschnitten wurde, sondern seine. Kleine Blitze tanzten über seine Maske und dann über sein Haar, als Zekhan seinen Dolch aus dem Hals des Rebellen zog.

Talanji stieß den Toten von sich und schnappte nach Luft, als der schwere Körper neben ihr leblos auf den Boden sackte.

Der Witwenbiss. Ungläubig schüttelte sie den Kopf. Dann waren das also Anhänger von Shadra und Yazma, aber beide Loa waren tot, und ihre Hohepriesterinnen ebenfalls.

„Die Königin!", riefen ihre Wachen, die nun an ihre Seite eilten. „Die Königin!"

„*Pah*. Mir is' nichts passiert", brummte sie, während sie sich aufsetzte. „Ich hoffe, es gibt Überlebende."

„Keinen einzigen." Mah'ral hielt ihr die Hand hin. „Sie haben sich auf unsere Klingen gestürzt und sich so selbst getötet."

Talanji ließ sich von der Wache auf die Beine hochziehen und sah sich um. Einmal mehr war der Boden im Herzen des Imperiums von Blut und Tod befleckt. Thrall hatte recht. Bwonsamdi hatte recht. Die Attentäter würden nicht einfach so klein beigeben. Wie konnte sie sich die wahre Königin der Zandalari nennen, wenn ihr Volk gespalten blieb? Alle, die sie beschützen wollte, würden weiter in Gefahr schweben, solange diese Rebellion fortwährte.

„Genau wie der Attentäter", murmelte sie, nachdem sie sich hingekniet hatte, um den maskierten Rebellen zu inspizieren. Das Feuer war erloschen, aber erst, nachdem es die Hälfte seines

Gesichts zerfressen hatte. „Sie sind bereit, zu sterben … um mich zu töten." Langsam wich sie vor dem Blut zurück, das sich um den toten Troll ausbreitete. Dann, ebenso langsam, drehte sie sich um und musterte den Abgesandten der Horde. Die Horde. Als ihr Vater in diesem Raum gestorben war, war sie allein gewesen, aber jetzt sah sie einen Verbündeten vor sich. Einen, der sie inzwischen schon zweimal beschützt hatte.

„Verdoppelt die Patrouillen. Riegelt den Palast ab. Zekhan, ich muss mit dem Rat sprechen. Wir haben einiges zu bereden."

8

Dazar'alor

„Schau uns nur an! Was für'n Team wir abgeben, kleiner Rotschopf."

Zekhan presste sich flach gegen die Tür des Ratssaales. Instinktiv hielt er dem Loa, der sich vor ihm befand, seinen Dolch hin, einen mickrigen, improvisierten Tribut. Er zitterte. Hatte … Hatte der Loa der Gräber ihn gerade *Rotschopf* genannt? Nicht, dass er vorhatte, zu protestieren. Vor ihm stand schließlich ein Gott. Aus dem Inneren des Saales hallten Stimmen herbei, aber Zekhans einzige Sorge galt im Augenblick dem Blut, das auf seiner Hand trocknete, und dem Loa der Gräber, Bwonsamdi, der mit einem Lächeln vor einem goldenen Pflanzkübel schwebte. Talanji hatte Zekhan angewiesen, draußen zu warten, während sie mit dem besorgten Zanchuli-Rat über den Angriff sprach, aber sie hatte ihn nicht gewarnt, dass ein Gott ihm dabei Gesellschaft leisten würde.

„Ihr … Ihr seid Bwonsamdi. Was k…könntet Ihr von mir woll'n?", stammelte Zekhan. Bwonsamdi schien kein Interesse an seinem Dolch zu haben, und es fühlte sich seltsam an, ihn weiter vor sich zu halten, also steckte er die Klinge behutsam wieder an seinen Gürtel.

„Ah, dein Mundwerk funktioniert also doch. Und deine Augen auch. Gut, Junge. Vielleicht gibt's ja doch was, was ich von dir will. Zum Beispiel, dir danken."

Zekhan war nicht sicher, ob er richtig gehört hatte. „Ihr … dankt mir? Wofür?"

„Dass du meine Investition beschützt."

Zekhans Mund war staubtrocken. Ein hohes, surrendes Geräusch erfüllte seine Ohren wie eine andauernde Warnung. Aus Angst, etwas Falsches zu sagen oder zu tun, beschloss er, sich einfach nur aufs Starren zu beschränken. Er hatte schließlich einen Loa vor sich. Die Geschichten, die Zekhan in seiner Kindheit über den Trickster unter den Loa gehört hatte, hatten ihn nicht darauf vorbereitet, ihm in Wirklichkeit gegenüberzustehen. Bwonsamdi war riesig, und Zekhan verspürte eine leichte Übelkeit in seiner Nähe, was nicht zuletzt an der Aura von Verwesung und Dunkelheit lag, die um den Loa herumwirbelte.

Bwonsamdi schnaubte, dann seufzte er theatralisch. „Eure Leb'n sind so herzerwärmend kurz. Ihr kommt und ihr geht, aber ein paar von euch komm' und geh'n auf etwas interessantere Weise als der Rest." Er neigte den Kopf in Richtung des Ratssaales.

Talanji.

„Ich weiß nicht …" Zekhan kratzte sich nervös am Hinterkopf, dann fiel ihm ein, dass seine Hand mit Blut bedeckt war, und er hörte rasch wieder auf. „Für mich fühlt es sich an, als wär' ich einfach nur zur rechten Zeit am richtigen Ort."

„Und?" Bwonsamdi stieß ein gellendes Lachen aus. „Wie glaubst du, kommen die Mächtigen wohl an ihre Macht? Sicher nich', weil sie so schlau sind, das kannst du mir glauben."

Zekhan schüttelte den Kopf, sein Rücken war noch immer fest gegen die Tür gepresst. Die Stimmen von der anderen Seite wurden lauter, aufgebrachter. „Ich will keine Macht. Ich will einfach nur den Rat der Horde zufriedenstell'n. Er hat mich hergeschickt, um auf die Königin aufzupassen, und das ist alles, was ich tun will."

Bwonsamdi rieb nachdenklich sein Kinn. Als er sich in Richtung des Pflanzkübels lehnte, bogen sich die Blumen darin von ihm fort und verwelkten. „Was hältst du denn vor ihr – von unsrer Königin?"

Zekhan hob die Hand – die, die noch immer mit dem Blut des maskierten Attentäters befleckt war. „Ich glaube, sie steckt in Schwierigkeiten."

„Da denkste richtig, Junge", erwiderte der Loa. Seine blau brennenden Augen loderten heißer, und Zekhan spürte, wie die Übelkeit in seiner Magengrube zunahm. „Überall braut sich Ärger zusamm'. Eine Krankheit greift um sich. Hier. Bei deiner Horde. Und auch in meinem eignen Reich …"

Zekhan schluckte, und es fühlte sich an, als wäre seine Kehle mit Dornengestrüpp verstopft. Der Loa kam näher, musterte ihn von Kopf bis Fuß, und der Gestank des Verfalls, der dem Gott folgte, wurde so penetrant wie das Parfüm eines Blutelfen. Zekhan versuchte, sich auf die Worte des Loa zu konzentrieren. Die Schattenlande … Er hatte gehört, wie Yukha Thrall von einem Aufruhr im Geisterreich berichtet hatte. Ging es dabei vielleicht um dasselbe Problem?

Seine Augen mussten ihn verraten haben, denn der Loa lachte leise und beugte sich zu dem Troll hinab, bis sie Nasenspitze an Nasenspitze standen.

„Deine Augen verraten mir alles", grollte Bwonsamdi. „Es is' Zeit, dass ich dir meine Dankbarkeit zeige. Du hast jetzt schon zweimal geholfen, die Königin zu retten, und dafür hast du ein Geschenk verdient. Wirst du es annehm'?"

Er schluckte geräuschvoll und starrte auf seine Füße hinab. „Was für ein Geschenk?"

„Kann ich dir nich' verraten. Nur so viel: Es is' eine Vision des Todes. Eine Vision, die du garantiert seh'n willst. Wie wär's mit einem Geschenk für ein Geschenk?" Bwonsamdis knochiges Grinsen ließ Zekhan das Mark zu Eis erstarren. „Du bekommst von mir eine Vision des Todes, und im Gegenzug tust du mir einen Gefall'n …"

„Wenn ich etwas dafür tun muss, is' es kein Geschenk", murmelte Zekhan.

„Willst du's nun oder nich'?", donnerte Bwonsamdi. Der gesamte Korridor erzitterte, und die Stimmen im Ratssaal verstummten, als hätten auch sie den wütenden Ausbruch des Loa gehört.

„W…Was muss ich tun?“, fragte Zekhan. *Habe ich überhaupt eine Wahl?* Es war das zweite Mal innerhalb ebenso vieler Tage, dass er sich mit der Frage konfrontiert sah.

„Die Zandalari müssen in der Horde bleiben. *Sie* muss im Rat sitzen. Setz all dein' Charme ein, Junge, und zeig ihr, dass es der einzige Weg is'. Es ist das Beste für Zandalar, und – besser noch – das Beste für *mich*.“ Während er sprach, nickte der Loa langsam, so, als hoffte er, den Troll so ebenfalls zum Nicken verleiten zu können.

War das alles ein Trick oder nicht? Zekhan sollte auf Talanji aufpassen und sie auf die Seite der Horde zurückziehen? Genau zu diesem Zweck hatte man ihn überhaupt hergeschickt. *Das ist zu einfach*, dachte er mit verzerrtem Gesicht. Außerdem: eine Vision des Todes? Wessen Tod? Würde er seinen Vater sehen, Hekazi, oder vielleicht seinen Mentor Saurfang?

„Warum könnt Ihr sie nich' einfach selbst überzeug'n?“, presste Zekhan hervor.

Mit einem hämischen Grinsen schwebte der Loa von ihm fort, um die Blumen zu betrachten, die durch seine Nähe verwelkt waren. „Die Königin ist im Moment nicht am Rat des guten, alten Bwonsamdi interessiert. Aber auf dich hört sie vielleicht, hm?“

Zekhan atmete tief ein. Hoffentlich konnte seine Großmutter ihn nicht aus dem Jenseits sehen, denn andernfalls würde sie jetzt schwer von ihm enttäuscht sein. „Zeig mir die Vision“, sagte er.

Bwonsamdi grinste, und die Welt wurde dunkel.

Is' das der Tod? Hat er mich getötet?

Einen langen Moment war alles still, und er krümmte sich hilflos in einer Leere, die sich endlos um ihn herum ausstreckte. Etwas Kühles und Feuchtes rann an der Innenseite seiner Arme und an seinem Hals herab, dann erschien ein blendender Sonnenstrahl. Er explodierte wie Goblin-Dynamit und sprengte ein

Loch in die trübe Finsternis über Zekhan. Die gedämpften Geräusche ernster Stimmen und klappernder Speere wurden lauter und leiser, und dann erhob sich die beruhigende Geräuschkulisse der Natur: Insekten surrten, Flügel strichen sanft über ein Meer aus Gras, das ebenso weit reichte wie zuvor die formlose Leere.

Zekhan erhob sich und streckte die Hand aus, um mit ihr durch das raue, hohe Gras zu streichen, aber er musste feststellen, dass es nicht seine Hand war. *Diese* Hand war viel größer, viel stärker, gezeichnet von den Narben des Krieges. Vor ihm wuchsen ein paar vereinzelte Berge aus dem Boden, dann kamen sie zur Ruhe. Vor dem Horizont stob eine Herde von Talbuks auseinander, als hätte etwas sie erschreckt ... nein, jemand ...

„Vater! Das war ein leichter Schuss. Was ist denn? Hat das Alter dich weich gemacht?"

Ein sonnengebräunter Orc mit einem Büschel schwarzen Haares auf dem Kopf trottete ihm entgegen, seine goldenen Augen von den Falten eines Lächelns umspielt. Sein Gesicht war das eines Orcs in seinen besten Jahren – und es kam Zekhan schrecklich vertraut vor. Nein, herrlich vertraut.

„Dranosh ..."

Der Orc griff nach einem Pfeil aus dem Lederköcher, der über seiner Schulter hing. „Wach auf, eine weitere Herde ist auf dem Weg hierher. Mutter wird uns das Fell über die Ohren ziehen, wenn wir mit leeren Händen zurückkommen."

„Mutter ... Dranosh ..." Erinnerungen stürmten auf ihn ein, aber es waren nicht seine eigenen – nicht die von Zekhan –, sondern die von Varok Saurfang. Diese Ebenen und jeder Fels, jedes Erdloch und jede verborgene Quelle darin waren ihm so vertraut wie der Griff seiner liebsten Axt. *Zu Hause*. Er war nach Hause zurückgekehrt.

„Remda", wisperte er, seine Brust überflutet von Schmerz, der aber rasch abflaute und sich in Freude verwandelte. Sie würden wiedervereint werden, und im Schein eines festlich gedeckten Tisches und der Feuerstelle würde er ihr Gesicht berühren, mit dem Daumen über die Lippen streichen, die er so lange vermisst und beinahe schon vergessen hatte.

„Vater?“ Sein wartender Sohn musterte ihn, als wüsste er nicht, ob er verwundet oder senil war.

„Ja. Ich bin bereit, Dranosh. Geh voraus.“

Vater und Sohn wandten sich der orangenen Sonne zu, die schon halb vom Horizont verschlungen war. Mit gezückten Bogen schritten sie dahin, ihre Schritte aneinander angepasst, der Jagd entgegen, die sie auf den trostlosen Ebenen von Draenor erwartete.

Dieselbe Sonne blendete ihn erneut und brannte die Vision davon. Zekhan fiel zurück in die formlose Leere, in der er zuvor schon gefangen gewesen war. Sie pulsierte mit einem eigenen Puls, träge aber rhythmisch, und dann spürte er, wie der Fliesenboden des Palastes ihm mit einem Übelkeit erregenden Klatschen ins Gesicht schlug. Benommen griff er nach seinem Gesicht und stellte fest, dass es nun wieder trollförmig war. Außerdem spürte er Tränen, die er wohl vergossen haben musste, ohne es zu merken. In seinen Körper und das Reich der Lebenden zurückzukehren, fühlte sich an wie eine warme Umarmung. Erleichterung brandete in ihm auf, und er lehnte sich dankbar gegen die Tür des Ratssaales. Bwonsamdi starrte ihn mit der sichtbaren Ungeduld eines Gefangenen an, der auf das Urteil des Richters wartete.

„Wird es für mich auch so sein?“, fragte er schließlich. „Wird mein Vadder auch auf mich warten?“

Bwonsamdi wackelte mit dem knochigen Finger. „Wir woll’n doch nich’ die Überraschung verderben. Hast du geseh’n, was du seh’n solltest?“

Zekhan nickte. „Ich … Ich glaube schon.“

Und indem er sich der Vision geöffnet hatte, war er auch auf Bwonsamdis Geschäft eingegangen. Zekhan schauderte.

Lachend vollführte der Loa eine dramatische Verbeugung vor ihm. „Der kleine Zekhan, unterwegs in den Fußstapfen von Riesen. Aber halt die Augen offen, eh? Manchmal geraten nämlich sogar Riesen ins Stolpern.“

9

Arathihochland

„Ich weiß, dass du es bist, Schwester. Versteck dich nicht, Sylvanas. Du kannst mir nicht entkommen … Nicht diesmal. *Nicht diesmal.*“

Rot glühende Augen durchbohrten die Schatten und machten Jagd auf Alleria Windläufer. Sie durchstreifte einen finsteren Wald, wo abgestorbene Bäume mit ihren abgebrochenen Ästen an ihrem Umhang zupften und ihre Wangen zerkratzten, bis Blut durch die aufgerissene Haut rann. Bislang hatte sie sich für die Jägerin gehalten, die die Präsenz ihrer niederträchtigen Schwester spürte und ihrer Spur folgte, aber jetzt war sie sich da nicht mehr so sicher.

Jetzt hatte sie erkannt, dass sie in Wirklichkeit die Gejagte war.

Dicke Ranken aus violettem Rauch krümmten sich an den Rändern ihres Blickfelds. Der Wald, ihre Schwester – ihre eigenen, verfluchten Augen … alles versuchte, sie zu behindern. Doch sie gab nicht auf, huschte weiter mit präzisen Sprüngen von Baum zu Baum, und hin und wieder erhaschte sie einen Blick auf den Saum eines Umhangs vor ihr. Wie oft hatten sie dieses Spiel als Kinder gespielt? Damals waren sie lachend mit ihrer Schwester Vereesa durch die silbernen Wälder von Quel'Thalas gerannt, und jede hatte die Jägerin sein wollen. Jede hatte ihre Scharfsinnigkeit und Lautlosigkeit unter Beweis stellen wollen.

„Du bist ganz nah“, hörte sie Sylvanas durch das knorrige Gewirr von Büschen und Bäumen wispern. Ihre Stimme war kaum mehr als ein seidener Faden, der ihr den Weg wies. „So nah, Schwester …“

„Ich werde nicht aufhören, dich zu jagen“, murmelte Alleria. „Ich werde niemals aufgeben.“

„Worauf wartest du dann?“

Ihre Stimme füllte Allerias Kopf wie ein Donnerschlag. Sylvanas rannte nicht länger vor ihr durch den Wald, stattdessen war sie direkt hinter ihr erschienen. Ein weiteres Beispiel der dunklen Magie, die sie bereits benutzt hatte, um das Mak'gora zu gewinnen. Ihre untote Schwester schrie, und Schatten quollen aus ihrem Mund, um den Wald zu füllen. Sie schlangen sich um Alleria, würgten sie mit eisigem Griff.

„Die flüsternden Stimmen hatten recht“, brachte Alleria hervor. Die Schatten drückten fester zu, raubten ihr die Luft. Jeder Atemzug fühlte sich an, als würde sie zerstoßenes Glas in ihre Lungen saugen. „Die Alten … Sie sagten mir, dass du mich töten würdest. Ich hätte auf sie hören sollen.“

Sylvanas trat von ihr zurück, bis sie nur noch ein ruhiges, vernarbtes Gesicht war, eingerahmt von Dunkelheit. „Du warst mir noch nie gewachsen, Schwester. Das Ende wird ganz schnell kommen, du wirst sehen.“

Der Tod kroch näher. Die Leere rief nach Alleria und forderte sie auf, ihre Seele aufzugeben, zu einer Manifestation der Macht zu werden, die sogar ihre Schwester überflügelte. Ein verlockendes Angebot. Äußerst verlockend sogar.

Lass dein Fleisch hinter dir, wisperten die Stimmen. *Vergiss dein Fleisch.*

Sie keuchte verzweifelt nach einem letzten Mundvoll Luft, damit sie ihre Entscheidung treffen konnte. Doch dann wurde sie dieser Entscheidung beraubt, als sich zwei Gestalten mühsam durch die Schatten um Sylvanas hindurchkämpften. Eine davon war schlank und blond, mit ebenso schmaler Nase und ebenso spitzem Kinn wie Alleria – ein Halbelf mit langem, güldenem Haar und Augen, die leuchteten wie die Sonne. Die andere war ein Mensch, so breit und gebräunt wie der Schild eines Paladins.

„Arator!“ Sollten dies ihre letzten Worte sein, wären es zumindest die Namen derer, die sie auf dieser Welt am meisten liebte. „Turalyon ... Tu ihnen nichts!“

Der Halbelf und der Mensch schienen sie überhaupt nicht zu sehen. Ihre Augen waren starr geradeaus gerichtet, ihr Blick glasig vor Grauen. Die Adern an ihrem Hals und in ihrem Gesicht zeichneten sich schwarz ab, ihre Haut wurde grau und äschern, ihre Augen sanken immer tiefer in ihre Schädel, bis nur noch leere Höhlen übrig waren. Einst gesunde Körper verschrumpelten, bis ihre Rüstungen ihre mitleiderregenden Skelette verschluckten, und dann, einen Wimpernschlag später, waren sie nur noch Staub.

Die Schatten um Alleria hatten sich inzwischen so eng um sie zusammengezogen, dass ihre Augen aus den Höhlen quollen. Diesmal würde sie nicht gewinnen. Der Nervenkitzel der Jagd war vorbei.

Sylvanas. Sie sah nur noch Sylvanas und das grausame Vergnügen, das in ihren scharlachroten Augen funkelte.

„Haben deine wispernden Stimmen dir auch hiervon erzählt, Alleria?“, spottete ihre Schwester, dann wandte sie sich ab und verschwand in der Nacht. „Haben sie dich gewarnt, dass dies der Preis dafür ist, sich gegen mich zu stellen?“

„NEIN!“

Alleria schrie sich wach und kippte auf ihrem Sattel nach rechts. Ihr Pferd wieherte erschrocken, und während sie das Delirium ihres Traums noch abschüttelte, packte eine Hand ihre Schulter, um sie zu stützen. Turalyon. Seine Berührung war wie warmer Balsam, auch wenn der Stolz ihr verbot, das zuzugeben. Ihr Verhältnis war in letzter Zeit alles andere als einfach gewesen. Aber immerhin war er noch hier und lebendig, auch wenn sein Gesicht vor Schreck verzerrt war – verständlicherweise. Rasch zog er die Hand zurück, so als würde die Berührung ihm Schmerzen bereiten.

„Wir sind die ganze Nacht geritten“, sagte er steif. „Du bist im Sattel eingeschlafen, Alleria. Und so schweigsam, wie du die ganze Zeit warst, ist es mir erst jetzt aufgefallen. Das muss ja wirklich ein übler Albtraum gewesen sein."

Sie seufzte. Könnte sie ihm doch nur mehr erzählen. Aber sie wusste, dass er nicht bereit dafür war, und sie auch nicht. „Wenn du nur wüsstest."

„Wir sollten bald anhalten", sagte Turalyon, den Blick wieder nach vorne gerichtet. Seine Haut schien den Mondschein zu absorbieren, der durch die mitternächtlichen Wolken herabsickerte, und in angenehmem Schein zu glühen. Sie waren gerade erst zum Thandolübergang zurückgekehrt, nachdem sie zuvor mit zwei Dutzend Soldaten die Hochlande durchkämmt hatten, auf der Suche nach Hordeangehörigen, die von Burg Stromgarde geflohen waren. Während ihrer Reise schliefen sie und Turalyon in getrennten Zelten, auch wenn Alleria meist wach lag und die Entfernung zwischen ihnen maß. Wenn sie so voneinander getrennt waren, vermisste sie ihn, aber wenn er ihr nahe war, so wie jetzt, dann hatte sie keine Ahnung, was sie tun sollte. Einst hatte sie sich gefragt, ob der Tod das Erbe der Familie Windläufer wäre, aber mit Turalyon hatte sie neues Leben geschaffen, und dieses Wissen würde ihr stets als Schild gegen die lauernden Zweifel dienen.

Er schien nicht zu merken, wie ihr Blick plötzlich in die Ferne schweifte. „Die Männer sind erschöpft. Eine kurze Pause wird gut für sie sein. Ich könnte selbst ein wenig Ruhe gebrauchen."

„Nein", erwiderte Alleria eisern. „Sie können sich erholen, wenn wir diese Flüchtigen gefunden haben."

„Alleria …"

„Wir reiten weiter." Sie blickte kurz in seine Richtung, und was immer Turalyon in ihren Augen sah, es überzeugte ihn, die Sache ruhen zu lassen. Genau deswegen hatte ihre Liebe vielleicht noch eine Chance; weil er die Dunkelheit in ihr sah und sie akzeptierte. Viele hätten ihre Beziehung für unmöglich gehalten – Turalyon, geschmiedet im strahlenden Licht Xe'ras, und Alleria, erfüllt von der Leerenenergie L'uras. Allein ihrem Aussehen nach waren sie zu unterschiedlich, um in Frieden miteinander zu leben. Aber Alleria sah die Poesie in ihrer Beziehung. Es konnte kein Licht ohne Schatten geben, und ein Band wie ihres, gehärtet durch die Flammen von Tragödie und Streit, ließ sich nicht so leicht zerbrechen.

„Mylady! Mylord!" Der Hauptmann der Leerenelfen, Celosel Nachtspender, erschien direkt vor ihnen aus einem Riss im Raum, begleitet von einem von Turalyons getreuen Leutnants, einer lichtgeschmiedeten Draenei, die sich einfach nur Senn nannte. Sie wahrte Distanz zu Nachtspender und schauderte vor Abscheu, als sie den Riss hastig hinter sich ließ; vermutlich hatte sie schon befürchtet, dass er sie nie wieder ausspucken würde.

„Was habt ihr gefunden?", fragte Alleria. Sie gab ihrem Pferd die Sporen, um den beiden entgegenzureiten. Die Reiter hinter ihr folgten ihrem Beispiel, aber nicht gar so schnell – gewiss ein Zeichen der Müdigkeit nach einer fast achtstündigen Patrouille ohne Pause.

Das violette Licht des Risses hüllte Celosel und Senn noch immer ein, als sie in der Straßenmitte zusammenkamen. Der Leerenelf deutete auf die Hügel, die sich nördlich des Übergangs erhoben. Als Alleria in die Nacht spähte, entdeckte sie dort eine schmale Säule aus Rauch, die sich zu den Monden hochkräuselte.

„Genau, wie Trollbann sagte", hörte sie Turalyon sagen, als er im leichten Galopp an ihre Seite ritt.

„Sind sie schon wieder unterwegs?", wollte Alleria wissen.

Die Draenei, deren perlmuttartiges Haar hinter ihren Hörnern zu einer Krone von Zöpfen hochgeflochten war, ging zu der Kolonne von Reitern zurück, um ihr Pferd zu holen. „Nein. Es sieht so aus, als wollten sie länger dortbleiben. Wir konnten nur wenige Wachen sehen; die meisten scheinen Frauen und Kinder zu sein. Das sind keine Soldaten, Mylady."

„Dann schnappen wir sie uns jetzt, bevor sie sich im Hügelland verteilen können."

„Sollten wir nicht vorsichtig sein?", entgegnete Turalyon. Er passte sich ihrem Tempo an, als sie ihr Pferd zum Galopp antrieb. Der Wind riss ihm die Worte von den Lippen, während er ihr über das laute Trommeln der Hufe zurief. „Falls wirklich eine Dunkle Waldläuferin bei ihnen sein sollte …“

„Eine Dunkle Waldläuferin würde sich besser verstecken“, rief Alleria zurück. „Falls sie doch bei ihnen ist, dann müssen wir schnell und hart zuschlagen, ehe sie Gelegenheit zur Flucht erhält.“

Sie schlugen schnell zu, aber nicht allzu hart. Zunächst preschten sie nach Norden, am Rand der Hügel entlang, bis sie eine flache Lichtung erreichten. Dort fanden sie im Schatten eines Berges ein improvisiertes Lager aus Zelten und hölzernen Unterständen vor, das von der Straße und dem Übergang aus nicht einzusehen war, aber doch nahe genug an einer Wasserquelle lag, um längerfristigen Nutzen zu haben. Weisenfische und Raptorschenkel trockneten auf einem behelfsmäßigen Gestell, und der Haufen von Hasenknochen daneben musste das Überbleibsel eines mageren Abendmahls sein.

Hauptmann Celosel überwältigte den verschlafenen Troll, der als Einziger Wache hielt, indem er ihm eine Woge konzentrierten Frosts gegen die Brust schmetterte. Das setzte den Troll außer Gefecht, ohne ihn jedoch wirklich zu verletzen. Schließlich hatten sie es hier mit Bauern und Familien zu tun, wie ihre Späher ihnen versichert hatten. Nicht einer von ihnen war ein ausgebildeter Kämpfer. Eine Hälfte des Allianztrupps stieg von den Pferden, während der andere Teil einen engen Kreis um das Lager formte und alle potenziellen Fluchtwege abschnitt. Turalyon, Alleria und die Draenei Senn marschierten unterdessen auf die zentrale Feuerstelle zu, die erst vor Kurzem gelöscht worden war und noch immer rauchte.

„Keinem von euch wird etwas geschehen, solange ihr ruhig bleibt und unsere Fragen beantwortet“, rief Alleria über den Chor verängstigter Schreie hinweg. Sie beobachtete, wie sich ein in Roben gehüllter Verlassener schützend vor einer Familie verängstigter Orcs aufbaute: einer Mutter mit einem Kind auf dem Arm, einem untröstlich heulenden Säugling, während sich ein zweites Kleinkind – ein Junge, dem die meisten Zähne erst noch wachsen mussten – neben ihr zusammenkauerte. Ihre Augen waren weit und hohl vor Hunger.

Alleria verstummte und ließ die Flüchtlinge einen Moment untereinander flüstern. Turalyon stand neben ihr, das Gewicht auf eine Seite verlagert, die Hände auf dem Schwertgriff.

„Das könnte eine Sackgasse sein“, bemerkte er leise.

Sie schüttelte entschieden den Kopf. „Danath Trollbann hat mir versichert, dass seine Vorhut hier eine Frau mit roten Augen gesehen hat, bewaffnet und in einen Umhang gekleidet. Sie war bei dieser Gruppe, ganz sicher.“ Unauffällig, so, dass die Flüchtlinge es nicht sehen konnten, deutete sie nach Südwesten. „Die Spione der Allianz wurden nicht weit von hier angespült, und die Beschreibung des Reiters von Trollbann passt verdächtig gut zu einer Dunklen Waldläuferin hier in der Region …“

„Ja. Das kann eigentlich kaum ein Zufall sein.“

„Einer von ihnen muss etwas wissen“, sagte Alleria, während sie sich herumdrehte und die nervösen Mienen vor ihr betrachtete. „Und einer von ihnen wird reden.“

„Allianzhunde!“ Der Verlassene in der schweren, dunklen Robe schob sich nach vorne. Früher einmal war er ein hochgewachsener, stämmiger Mann gewesen, aber der Fluch der Untoten und die Zeit hatten seinen Rücken in extremem Maße gekrümmt. Die Überreste eines schwarzen Bartes hingen von seinem bloß liegenden Kieferknochen herab. „Wo ist euer Mitgefühl? Das hier sind Unschuldige, heimatlos und hungernd. Opfer in eurem endlosen Krieg.“

„Sprichst du für sie alle?“, fragte Alleria, und ihr Blick fokussierte sich auf den Verlassenen. Dabei fielen ihr die Flecken von Kräutern an seinem Kragen auf, außerdem waren seine knochigen Finger von einer Art grüner Paste verfärbt.

Das Gewisper begann, so wie immer, kalt und zischend, und so formlos wie ein Schatten. *Verdreh ihm die spröden Knochen, bis er redet. Brich sie entzwei, und seine Geheimnisse werden ebenso aus ihm herausquellen wie sein Mark …*

„Ich spreche, das ist alles“, grollte der Verlassene. „Und ich habe keine Angst, euch die Stirn zu bieten.“

„Wir haben nicht vor, heute Nacht Blut zu vergießen“, erklärte Turalyon, ruhig aber entschlossen. „Verratet uns, was wir wissen wollen, und ihr könnt weiterziehen. Wir werden euch sogar alles an Decken und Vorräten mitgeben, was wir entbehren können.“

Daraufhin wechselten die versammelten Zivilisten verstohlene Blicke, manche hoffnungsvoll, andere misstrauisch.

Während Turalyon sich mit dem vorlauten Verlassenen beschäftigte, lenkte ein Anflug von Neugier Allerias Blick auf die Orcmutter und ihre Kinder. Die Leere lenkte ihre Sinne oft auf diese Weise, stets auf der Suche nach Verrat, auf der Jagd nach der Dunkelheit, die jede Kreatur in ihrem Inneren trug. Zuvor hatte Alleria nur den Hunger der Mutter gesehen, aber jetzt sah sie noch etwas anderes: Die Orcfrau stand gebückt, wippte vor und zurück, und sie wagte es nicht, den umstehenden Soldaten ins Gesicht zu blicken. Ausweichend. Nervös.

Alleria war so abgelenkt, dass sie fast nicht bemerkte, wie der kleine Orcjunge in seinem Lendenschurz aufsprang. Die dünne Decke, die um seine Schultern lag, flatterte wie ein Umhang, als er vorstürmte, seine winzigen Hauer in kriegerischem Gebrüll gebleckt.

„Zun! Nein!“, schrie die Mutter.

Turalyon kniete sich hin, hob den Orc hoch und schwang ihn einmal durch die Luft, bevor er ihn mit einem leisen Lachen wieder im Gras absetzte.

„Nicht heute, Junge.“

„Verschont ihn! Bitte!“ Die Orcmutter presste ihren Säugling an sich und schluchzte in seine Decke. Alleria ging in die Hocke und legte dem Orcjungen beide Hände auf die Schultern, um ihn festzuhalten, bis sich seine großen, braunen Augen schließlich auf sie richteten. Er hatte Angst, keine Frage, aber da war auch ein wilder, kindlicher Mut in ihm.

„Kannst du mich verstehen?“, fragte sie.

Der Junge Zun nickte einmal.

„Dann lass mich dir sagen, was ich meinem Sohn gesagt habe, als er das erste Mal ein Schwert in die Hand genommen hat, um Soldat zu spielen“, fuhr sie sanft fort. Sie erinnerte sich so deutlich an jenen Moment, als würde sie ihn gerade ein zweites Mal durchleben: ein frostiger Wintertag, der Hof der Festung Sturmwind erhellt von den Strahlen eines fahlen Sonnenscheins … Arators schelmisches Lächeln, während er das Holzschwert hoch über seinem Kopf schwang. Er hatte auf einen Frosch gezielt, traf stattdessen aber eine Säule. Das Herz einer anderen Frau wäre vor Stolz übergequollen, aber alles, was Alleria empfunden hatte, war Trauer. „Was immer die anderen Erwachsenen dir sagen, im Krieg geht es nicht um Ruhm. Im Krieg geht es darum, die Leute von ihrer schlimmsten Seite zu sehen und sie trotzdem zu beschützen. Geh zurück zu deiner Mutter und vergiss nicht, was ich dir gesagt habe.“

Sie drehte Zun herum und ließ ihn an Turalyon und dem Verlassenen vorbei in die dankbaren Arme der wartenden Orcfrau rennen. Jetzt endlich blickte sie Alleria in die Augen, und das Wispern wurde lauter, drängender, bis sein überzeugtes Raunen Alleria zu betäuben drohte.

Sie. Sie. Sie.

„Sie ist es“, sagte Alleria frostig, sodass nur Turalyon es hören konnte. „Ich werde allein mit ihr reden.“

„Alleria, warte …“ Turalyon drehte sich zu Celosel herum und deutete auf die gefangenen Flüchtlinge. „Sorg dafür, dass sie ruhig bleiben, Hauptmann. Falls es nicht anders geht, gib ihnen Essen und Trinken. Ich muss kurz mit Ihrer Ladyschaft sprechen.“

Celosel salutierte und nahm seinen Platz an der Spitze der Soldaten ein.

„Lasst uns in Ruhe!“, hörte Alleria den Verlassenen rufen, während sie und Turalyon sich ein Stück den Hügel hinab zurückzogen. Schließlich blieben die Stimmen hinter ihnen zurück, und sie standen mehr oder weniger allein im verschleierten Mondlicht.

Turalyon seufzte und wischte sich mit der Hand übers Gesicht, seine Augen auf die Szene oberhalb von ihnen gerichtet. „Wie sollen wir vorgehen?“

„Wir tun, was immer wir tun müssen“, erwiderte sie sofort. Der Traum, der sie während des Rittes durch das Arathihochland heimgesucht hatte, kehrte in ihre Gedanken zurück, und ein eisiger Schauder rann durch ihren Körper. Es fühlte sich an, als würde der Finger des Todes höchstselbst über ihren Rücken streichen. „Die Mutter weiß etwas. Warum hast du Celosel gesagt, er soll ihnen Essen geben? Wir sollten ihr Lager niedertrampeln. Der Befehl des Königs ist eindeutig – wir sollen Sylvanas unter allen Umständen finden, und ihre Dunklen Waldläufer werden uns zu ihr führen.“

Turalyon nickte grimmig. Ein Schatten, vielleicht der des Zweifels, legte sich über seine Augen. „Das Licht gebietet mir, Gnade zu zeigen, Alleria, aber ich weiß, was du meinst. Außerdem habe ich gehört, was du zu dem Jungen gesagt hast. Ist das hier gerade unsere schlimmste Seite?“

Sie seufzte und starrte geradeaus. „Die Leere hat mir eine Vision der Zukunft gezeigt, sollten wir Sylvanas nicht aufhalten. Und falls ich mich meiner schlimmsten Seite hingeben muss, um diese Zukunft abzuwenden, dann werde ich es tun. Wir haben unsere Befehle. Es bereitet mir keine Freude, Zivilisten zu verhören, Turalyon, aber welche Wahl haben wir sonst?“

„Lass mich mit ihr reden. Bitte. Gib mir eine Chance, das auf die richtige Weise zu tun. Wir haben vielleicht nicht viel Zeit, und unsere Mission mag grausig sein, aber wir dürfen nicht vergessen, wer wir sind und welche Prinzipien uns von Sylvanas und ihresgleichen unterscheiden.“

Er streckte die Hand nach ihr aus. Alleria spürte, wie die Entfernung zwischen ihnen zusammenschmolz, körperlich ebenso wie in ihrer Verbindung, und sie gab nach. Wäre sie in ihrer Leerenform gewesen, hätte die Berührung ihn verkohlt wie ein Brandeisen, aber so fühlte sie sich herrlich heilsam an. „Na schön. Sprich du mit der Mutter.“

Turalyon brachte ein flüchtiges Lächeln zustande, dann marschierte er zurück zu der Orcmutter und beugte sich zu ihr vor. Er blieb von Alleria abgewandt, während er mit ihr sprach, also schob sie sich ein wenig näher heran, wobei sie so tat, als würde sie die Umgebung des Lagers inspizieren. Tatsächlich lauschte sie aber aufmerksam dem Wortwechsel der beiden, nur dass es nicht wirklich ein Wortwechsel war. Größtenteils sprach nur Turalyon, und seine Worte verpufften an einer Mauer der Schweigsamkeit.

„Bitte, verrate mir deinen Namen“, bat er leise. „Wenn du willst, sage ich dir zuerst auch meinen. Ich bin Hochexarch Turalyon, General der Allianztruppen. Aber du musst keine Angst vor mir haben. Wir wollen kein Blutvergießen, nur Informationen. Also, bitte, sag mir deinen Namen.“

Die Orcfrau zögerte eine ganze Weile, dann murmelte sie etwas, das Alleria nicht verstehen konnte.

„Danke. Darf ich dir ein paar Fragen stellen?“

„Dann frag“, war alles, was sie sagte.

Und Turalyon fragte. Mehrmals. Erst höflich, dann direkter und schließlich mit wachsender Ungeduld. Er versuchte, sie mit einer Eskorte zu bestechen, bot ihr sicheres Geleit an, wohin immer sie und ihre Familie wollten. Nichts. Er rief Senn herüber und ließ sie der Mutter einen Schlauch Wein und Früchte aus den Vorräten der Soldaten bringen. Doch die Orcfrau weigerte sich standhaft, zu reden, und wich sogar den einfachsten Fragen aus. Sie trank den Wein und schlang die Früchte hinunter, und dann starrte sie Turalyon an, als wäre er so naiv wie ihr Neugeborenes. Irritiert erinnerte Turalyon sie daran, dass die Allianz verschwinden und sie in Ruhe lassen würde, wenn sie sich nur kooperativer zeigte, aber auch das entlockte der Mutter nichts weiter als ein Schulterzucken. Als sich die Einstellung der Orcfrau nach fast einer Stunde noch immer nicht verändert hatte, richtete Turalyon sich mit knacksenden Knien auf und kehrte zu Alleria zurück. Er sah aus, als wäre er in den vergangenen fünfzig Minuten um ebenso viele Jahre gealtert.

„Ihr Mund ist so fest verschlossen wie eine Dunkelwassermuschel."

„Habe ich bemerkt", murmelte Alleria. „Was tun wir jetzt?"

Sie hatte bereits eine genaue Vorstellung davon, was sie tun würde – nein, was sie tun musste –, aber sie wollte es erst aus Turalyons Mund hören. Er musterte sie unter seinen Wimpern hinweg und rieb sich das stoppelige Kinn.

„Es wäre leicht, jetzt zu sagen: ‚Was immer nötig ist', aber das wäre nicht die Wahrheit, oder?"

„Turalyon … Wie viele Stunden sollen wir noch hier vergeuden? Sie weiß etwas. Das beweist allein ihre Sturheit. Sie weigert sich zu sprechen, weil sie weiß, dass sie sich und die anderen damit in Schwierigkeiten bringen könnte." Alleria deutete auf ihre Truppen, die noch immer die Flüchtlinge der Horde bewachten.

„Wir könnten die anderen befragen", warf er hilflos ein. „Oder …"

„Oder wir holen uns die Informationen, die wir brauchen", erwiderte Alleria. „Jetzt gleich."

Er warf ihr einen Seitenblick zu. „Ist das wirklich, was aus uns geworden ist?"

Unter anderen Umständen, unter einem anderen Mond, hätten seine Worte wehgetan, aber hier und jetzt schüttelte Alleria sie ohne Zögern ab.

„Meine Schwester hatte schon lange keinen würdigen Gegner mehr", flüsterte sie. „Sie hat uns übertölpelt und an der Nase herumgeführt, weil sie sich nicht an die Regeln von Gut oder Böse hält. Sie hat sich davon befreit, indem sie den Erfolg ihrer Mission über alles andere stellt."

„Höre ich da Bewunderung in deiner Stimme?"

Alleria seufzte. „Meine Schwester hat nichts mehr, was man noch bewundern könnte. Wäre sie jetzt hier, würde ich ihren Kopf mit schaurigen Visionen füllen, bis er platzt wie eine Pestbeule."

Das schien Turalyon zu reichen. Er wandte sich ab und stapfte langsam wieder den Hügel hinauf.

„Was immer nötig ist, also“, murmelte er.

„Was immer nötig ist.“

Als sie in das Lager zurückkehrten, hatten die Soldaten ein paar Pferdedecken und Brotlaibe verteilt, aber sie standen noch immer in einem engen Kreis, und ihre Fackeln erhellten die Gesichter der zehn nervösen Flüchtlinge. Der Geruch von ungewaschenen Leibern und Rauch hüllte diese Flüchtlinge ein, aber Alleria legte alles Mitgefühl beiseite, während sie auf die Orcmutter zuging und sich drohend vor ihr aufbaute.

„Wie heißt du?“, verlangte sie zu wissen.

Die Orcfrau reichte ihrem Jungen ein kleines Stück Schwarzbrot und winkte ihn fort. Der Verlassene eilte mit finsterem Blick herüber, um ihr den Säugling abzunehmen und das ältere Kind schützend hinter seine robenverhüllte Gestalt zu schieben.

„Hmpf.“ Anstatt zu antworten, setzte sich die Orcfrau im Schneidersitz vor Allerias Füße.

„Ihr Name ist Gowzis“, erklärte Turalyon.

„Sag mir, was du über die Dunkle Waldläuferin weißt, die vor Kurzem mit euch reiste“, sagte Alleria. Sie spürte eine Woge dunkler Energie, die von ihren Zehen in ihre Finger stieg. Die Leere rief ihr zu, spornte sie an, alle Geheimnisse ans Licht zu bringen. Sie sollte forschen, sie sollte nachbohren, und sie sollte dafür ihre von der Leere geschenkten Fähigkeiten nutzen.

Gowzis wandte mit einem Brummen den Blick ab, aber das unkontrollierte Zucken ihres Knies verriet sie. „Was sollte eine Dunkle Waldläuferin von uns wollen?“

„Eine ausgezeichnete Frage.“ Turalyon stellte sich Schulter an Schulter neben Alleria. „Was hat sie von euch gewollt? Antworte, und wir verschwinden.“

Gowzis brummte erneut, dann spuckte sie auf den Boden, wobei sie Allerias spitzen Stiefel nur knapp verfehlte.

„Falsche Antwort.“

Die Leere drang mühelos in den Geist der Orcfrau ein, geleitet von Allerias erfahrenen Händen, angetrieben von ihrem Wissen um die eigenen Fähigkeiten. Die Alten konnten den kleinsten

Gedanken nutzen, um eine Person in den Wahnsinn zu treiben oder um einem widerwilligen, gequälten Subjekt sämtliche Informationen zu entreißen. Gowzis presste sich die Hände an den Schädel und riss keuchend ihre Augen auf, die plötzlich in einem unheimlichen Schein leuchteten.

„Halt sie fest“, flüsterte Alleria.

Turalyon kam der Aufforderung nach und ließ sie weiter im Geist der Orcfrau herumwühlen. Sie durchforstete ihre Erinnerungen und Gedanken, so wie man mit den Fingern durch Sand strich, und jede Sekunde stürzte ihr Opfer in noch größere Pein.

Das ist der Preis. Das ist der Preis …

Es würde sie den Rest ihres Lebens verfolgen, aber das war der Preis. Alleria wusste nicht, ob sie diesen Gedanken selbst dachte oder ob es die Leere war, die in ihr wogte.

Ein Paar roter Augen erregte ihre Aufmerksamkeit; eine klare Erinnerung an eine Frau mit bleicher Haut, blau gelocktem Haar und roten Blumen, die um ihre Augen tätowiert waren. Eine Kaldorei, verdorben durch die untote Berührung ihrer Schwester. Sie und ihresgleichen waren bei der Verteidigung Teldrassils gestorben, als der Baum niedergebrannt war, aber die Würde ewigen Friedens war ihnen verwehrt geblieben.

Stattdessen waren sie auferstanden, um einem Monster zu dienen.

Die Orcfrau schrie. Tränen strömten über ihr Gesicht, und ihre Wirbelsäule krümmte sich in unnatürlichen Winkeln, während sie gegen Schmerz ankämpfte, der sich durch ihren Geist fraß.

„Genug! Aufhören! Um Himmels willen, lasst sie! Ich werde euch alles über die Dunkle Waldläuferin sagen. Ich musste versprechen, ihr Geheimnis zu hüten, aber ich werde euch verraten, was immer ihr wissen wollt!“

Alleria taumelte nach hinten, losgerissen von ihrer Suche und der Orcfrau. Ihr Atem kam in kurzen, schnellen Stößen, und es dauerte ein wenig, bis sich das Bild vor ihren Augen klärte und die Schatten davonhuschten. Eine tröstende Hand streifte ihren

Rücken. Turalyon. Sobald sie wieder zu Atem gekommen war, wirbelte sie zu dem Verlassenen mit dem Bart herum, denn er war es gewesen, der sie unterbrochen hatte.

Gowzis brach derweil auf dem Boden zusammen. Ihr junger Sohn rannte zu ihr und zerrte an ihrem Ärmel.

„Wir begegneten ihr letzte Woche, aber sie reiste nicht einmal einen halben Tag mit uns", fuhr der Verlassene hastig fort, wobei er besorgte Blicke in Richtung der zitternden Orcfrau warf. Er hielt noch immer ihren Säugling auf dem Arm; das Baby hatte aufgehört, zu schreien, und sich in die Armbeuge seiner Robe gekuschelt. „Bitte, tut ihr nicht mehr weh. Ich werde euch alles erzählen. Alles!"

„Wir wollen nur die Wahrheit", sagte Alleria, nun wieder gefasst und kühl.

„Wo habt ihr sie getroffen?", hakte Turalyon nach.

Der Verlassene deutete nach Norden. „In der Nähe von Stromgarde, ein Stück abseits der Straße. Sie kam aus dem Hügelland, oder zumindest hat sie das behauptet. Sie hatte wohl Schwierigkeiten mit ihrem Pferd; es warf sie ab, und sie brach sich dabei den Knöchel. Und dann versuchten Raptoren, sie zu fressen." Er griff unter seine Robe, und alle Soldaten in der Nähe legten die Hände auf ihre Waffen. Doch was der Verlassene hervorzog, war lediglich eine kleine, rote Tasche. „Ich bin ein Heiler, seht ihr. Ein Apotheker. Apotheker Cotley. Ich kümmere mich um die Leute, die ihr hier seht, und ich kümmerte mich auch um sie."

Alleria nickte. Das war gut. Endlich machten sie Fortschritte. „Und weiter? Was geschah, nachdem du sie geheilt hattest? Hat sie irgendetwas gesagt?"

„Sie war nicht sonderlich gesprächig, aber ich richtete und verband den Knochen. Danach zog sie wieder ihres Weges", erklärte er. „Sie sagte, sie müsse nach Süden, und dass sie es eilig hätte. Zur Faldirbucht wollte sie. Offenbar wartete dort ein Boot zu den Trollinseln auf sie."

„Irgendwelche Namen?" Alleria konnte die Aufregung in Turalyons Stimme hören, und sie teilte die Emotion. Dies war eine solide Spur – sofern der Apotheker die Wahrheit sprach. Doch sie spürte keinen Verrat in ihm, nur Furcht.

Apotheker Cotley furchte die Stirn und rieb sich den kahlen Hinterkopf, während er den Säugling geistesabwesend auf seinem rechten Arm auf und ab wiegte. „Nur ihren. Vis-irgendwas. Vis … Visrynn."

„Danke." Turalyon neigte respektvoll den Kopf. „Du warst uns eine große Hilfe, Apotheker. Es tut mir leid, dass das geschehen musste."

Sie wandten sich ab, und im selben Moment eilte der Verlassene zu der Orcfrau und kniete sich hin, um ihren Puls zu überprüfen. Sie schlug ächzend um sich, schwach, aber lebendig. Ihr Geist würde sich im Lauf der Zeit erholen, aber es würde ein langsamer und unangenehmer Heilungsprozess sein. Eigentlich war in Allerias Herz kein Platz für Bedauern, aber nun fraß es sich doch hinein, kalt und unablässig, und mit jedem Schritt versetzte es ihr einen weiteren Stich.

Hauptmann Celosel trat auf sie zu, und seine Fackel tauchte sie in helle Wärme. „Eure Befehle?"

„Gebt ihnen mehr Nahrung und Decken und alles, was wir an Wasser entbehren können", antwortete Alleria, als sie den kurzen Rückweg zu ihren Pferden antrat. „Und macht ihnen klar, dass sie sich einen anderen Lagerplatz suchen müssen. Hier ist es nur eine Frage der Zeit, bis die Bleichborken sie finden und überfallen."

„Und der Apotheker?", rief Celosel ihnen nach.

„Den bringst du nach Sturmwind. Er weiß vielleicht noch mehr, und jedes kleine Detail könnte entscheidend sein."

10

Nazmir

Apari Ko'Runn entzündete die letzte Weihrauchkerze, dann wedelte sie den duftenden Rauch in ihr Gesicht und atmete tief ein. Ihre Lungen schmerzten, aber Schmerz war eben ein Bestandteil des Rituals.

Das dumpfe Pochen in ihrem rechten Bein war inzwischen ein beständiger Begleiter. Nichts konnte ihre Qualen lindern, aber sie nutzte das als Antrieb, genauso, wie das Blut der Verräter ihre Magie verstärkte. Tayo schwor, eine Vulpera-Knochensägerin zu kennen, die geschickt genug wäre, das Bein sauber am Knie zu amputieren, aber Apari wollte nichts davon hören. Stattdessen ließ sie die Gliedmaße absterben und nahm die dunklen Flecken, die das Bein nun überzogen, als Symbol dafür, dass die Zeit für niemanden stehen blieb und kein Moment vergeudet werden durfte.

Sie hatte keine Ahnung, wie lange sie noch in der Lage sein würde, zu gehen.

„Is' alles bereit?"

Tayos Stimme schnitt laut durch den Wind, der über dem Sträflingspass dahinpfiff. Von den blubbernden Teergruben unterhalb stieg übler Gestank auf, der jedoch vom Weihrauch abgemildert wurde. Apari kämpfte sich auf die Füße hoch, ohne den hartnäckigen Schmerz in ihrem Bein zu beachten. Tayo machte keine Anstalten, ihr zu helfen, denn sie wusste, dass Apari jede dargereichte Hand ohnehin nur beiseite schlagen würde. Die Anhänger des Witwenbisses versammelten sich in einem lockeren Kreis um sie herum, und keiner von ihnen sollte sehen, wie schwach ihre Anführerin war.

„Ich bin bereit“, erklärte Apari der größeren Trollfrau. Tayos Haar war so schwarz gefärbt wie der Teer in den Gruben. „Unser Attentat schlug fehl, und die Horde wird komm’, um nach Antworten zu suchen. Schließlich haben wir die Königin auf ihrem Territorium angegriffen. Aber wir können sie nicht auf unserem Boden dulden. Sie haben zu viele Leute, und sie würden uns und den Fahlen Reiter überwältigen, bevor wir unsere Rache bekomm’.“

„Der Sturm wird sie im Zaum halten, Apari. Diese Magie is’ alt – so alt wie das Imperium selbst“, versicherte Tayo ihr. „Wir werden nich’ scheitern. Noch is’ nich’ alles verloren.“

Apari schnaubte. „Wenn der Fahle Reiter davon erfährt, wird er wieder an uns zweifeln. Er glaubt, er is’ mächtig, aber er hat keine Ahnung von echter Macht. Das hier … Das hier wird sein’ Klagen ein für alle Mal ein Ende setzen und ihm zeigen, wie weit der Arm des Witwenbisses reicht.“

Anschließend ließ Apari den Blick über die anderen Rebellen schweifen, die sich vor ihr versammelt hatten. Ihre Zahl wuchs jeden Tag weiter, und langsam aber sicher verließen immer mehr Zandalari ihr Zuhause in Dazar’alor und den umliegenden Dörfern, um sich der Bewegung anzuschließen. Die Nachricht von ihrem Angriff auf den Palast hatte sich schnell herumgesprochen, und Talanji hatte danach einen öffentlichen Auftritt auf dem Marktplatz absolvieren müssen, um die Gerüchte einzudämmen, dass sie während des Attentats gestorben sei. Nun redeten die Leute stattdessen darüber, wie mitgenommen sie aussah.

Falls der Witwenbiss die Königin selbst in Angst versetzen konnte, dann waren sie nicht nur Möchtegern-Rebellen, sondern eine echte Gefahr für die Krone. Sie durften nicht zulassen, dass Talanji irgendwelche Verbündeten an ihre Seite rief. Zandalar musste vom Rest der Welt abgeschnitten werden, sodass es isoliert und verwundbar wäre. Nur so würden sie es später zu seiner alten Größe zurückführen können.

„Wir sind alle bereit." Apari hob die Arme, und die Mitglieder des Witwenbisses verstummten voller Ehrfurcht. „Um das Meer zu erschüttern und den Wolken zu gebieten, werden wir all unsere Macht benötigen. All unsere beträchtliche Macht."

Vor ihr lag ein Adeliger aus dem Palast auf einer flachen, polierten Platte aus schwarzem Fels. Er wand sich hin und her, während Daz, Aparis Schreckenszecke, mit klickenden Fängen auf seiner Brust hockte. Die Augen des alten Trolls waren groß und rund wie Monde, und sein Protest drang nur gedämpft durch den Knebel, den sie ihm angelegt hatten. Apari konnte ihn mühelos übertönen. Seine feinen Roben und seinen Schmuck hatten sie bereits bei reisenden Händlern gegen Nahrung und Waffen eingetauscht.

„Stimmt nun mit mir den Gesang an, Brüda und Schwestern. Ich brauche eure Stimmen! Der Himmel soll euch hör'n. Verleiht euerm Will'n Ausdruck!"

Die knapp dreißig Trolle, die in einem Kreis um Apari versammelt waren, saßen mit dem Rücken zu den Geiern, die über dem Pass kreisten. Der Mond strahlte hell und rot, als wäre er in Blut getaucht – als hätte er ihre Absichten vorausgesehen. Aparis Anhänger trugen weite, schwarze Hemden und Lendenschurze mit weißen Strichen, die die zahlreichen Beine einer Spinne symbolisierten. Einige hatten zudem Talismane angelegt, während die Furchtloseren unter ihnen fette, pelzige Taranteln frei über ihre Schultern krabbeln ließen.

Der Gesang schwoll langsam an, wobei Apari ihre Anhänger mit ausladenden Armbewegungen dirigierte. Tayo schritt derweil den Kreis ab, der auf den dunklen, flachen Steinboden gemalt war; das gesamte schmale Plateau diente ihnen als natürlicher Altar. Ein Stück weiter unten hatten sie im Schatten der Felsen ein kurzfristiges Lager errichtet; ihre Sumpfhöhlen waren wegen der zunehmenden Paranoia der königlichen Patrouillen nicht mehr sicher gewesen.

Apari musterte ihre getreuen Anhänger. Sie waren von einem Ende Zuldazars ans andere gejagt worden und dementsprechend müde und hungrig – viele hatten seit Tagen nichts außer Knochenbrühe und papierdünnen Fledermausflügeln gegessen. Doch nichts konnte sie beirren. Nichts konnte sie aufhalten. Ihre ausgehungerten Bäuche machten sie nur wilder und skrupelloser, und das passte Apari ganz vortrefflich. Bald würde der Fahle Reiter Nathanos mit seinen Waldläufern zu ihnen stoßen, um den finalen Schlag gegen Talanji und ihren verfluchten Loa zu planen, und dann würde es für die Verräterkönigin kein Entkommen mehr geben.

Der Witwenbiss würde in seinem Zorn selbst das Meer aufpeitschen.

Apari humpelte zu dem alten Troll in der Mitte des weißen Kreises, während Tayo die acht Ritualfackeln entzündete. Weiße Flammen erblühten wie bleiche Blumen, und ihr bitterer Rauch vermischte sich mit dem Weihrauch und Schweißgestank, der dem Adeligen entströmte. Apari hielt inne, den Dolch an ihrer Seite, und fragte sich, was ihr Opfer wohl von ihr hielt. Sie kannte ihn, kannte seine Familie, aber das war nicht wichtig. Nicht mehr. Einst war sie genauso reich und hochangesehen gewesen und genauso schön wie die junge Tochter des alten Trolls; man hatte sie sogar für noch begehrenswerter gehalten als Talanji selbst. Ihr Haar war wie ein klarer, silberner Wasserfall über ihre Schultern gefallen, kunstvoll zu Zöpfen geflochten, mit rosafarbenen Blumen und Perlen, die zwischen die Strähnen gebunden waren. General Jakra'zet hatte oft ihre glatte, grüne Haut und ihre schlanken Glieder gepriesen.

„Arme, wie gemacht fürs Tanzen“, hatte er stets gesagt, während sie die Korridore des Palastes entlangtrippelte.

Doch diese Kommentare, diese glatten, schlanken Glieder, diese blumenverzierten Zöpfe … all das erschien ihr nun wie ein grausamer Scherz. Inzwischen wusch sie ihr silbernes Haar nicht mehr, und ihr hübsches Gesicht blieb hinter einer Maske verborgen. Die Wunde an ihrem Bein eiterte und nässte übel riechend. Weder sie noch irgendeiner der Heiler hatte je so eine Infektion gesehen. Sie war unempfindlich gegen Magie und Salben, und mehrere Schamanen hatten ihr ins Gesicht gesagt, dass diese Wunde mehr Aparis Herz und Seele entsprang als ihrem Körper – so als trüge aus irgendeinem Grund sie die Schuld daran, dass ihr Körper nicht heilen wollte. Es war erst ein paar Monate her, dass ihre Welt in sich zusammengestürzt war, seit man ihr die Zukunft gestohlen und ihren Körper gebrochen hatte, aber nie hatte sie die Zeit bewusster wahrgenommen als während dieser Monate. Sie hatten sie neu definiert. Jetzt gab es keine Frivolitäten mehr. Keine Spiele mehr. Der Witwenbiss war ihr alleiniger Lebensinhalt, das Erbe ihrer Mutter ihr einziges Ziel.

„Das wirst du nich' mehr brauchen", sagte Apari, nachdem sie sich unter Schmerzen hingekniet hatte. Sie zog den Knebel aus dem Mund des Trolls, und sofort begann er, zu betteln.

„Ihr müsst das nich' tun! Wollt ihr Gold? Ich kann euch Gold geben! B...Bitte ... Bitte, Parri. Ich kenne dich. Ich bin's, Bezime! Du ... Du musst mich doch wiedererkenn'! Das is' alles nich' nötig! Ich kann euch geben, was immer ihr wollt! Meine Tochter heiratet bald. Lass mich leben, damit ich dabei sein kann!"

„Ah." Apari lächelte grausam. „Du hast die Hand deiner Tochter vergeben. Das sollte dir Trost genug sein. Behalt dein Gold und deine Versprechen, Opfer. Sei nur nich' geizig mit dein' Schreien."

Sie hob das Ritualmesser und rammte es in einem kräftigen Hieb nach unten, sodass die Klinge das Herz durchbohrte und Blut hervorsprudelte. Denn Blut war der der Preis dieser Magie.

„Nav'rae ... Vergib ... mir ..." Seine dünne Stimme verstummte, seine Augen rollten nach oben, und das Blut, das den Sturm befeuern würde, rann in die Rillen, die sie in den Stein geritzt hatten.

Apari nahm den Schmerz in ihrem Bein kaum noch wahr. Eine Energiewoge traf sie wie ein Blitz und riss sie auf die Beine. Diese Arme, die angeblich fürs Tanzen gemacht waren, streckten sich dem Mond entgegen, und die aufgeregten Rufe ihrer Anhänger berauschten sie fast ebenso sehr wie die Blutmagie selbst.

„Gral, teil deine Weisheit mit uns, auf dass wir die Geheimnisse deines großen Meers erlern'!“, donnerte Apari. Tayo reckte ihre Fackel rhythmisch nach oben, sodass die Flammen jedes Mal ihren höchsten Punkt erreichten, wenn die Menge intonierte: „Gral, Gral, Gral ...“

Das Blut, das durch die Rinnen dem aufgemalten Symbol entgegenströmte, entzündete sich knisternd, und der Boden rings um Apari begann zu summen und zu glühen.

„Akunda, teil deine Macht mit uns, auf dass wir die Wolken in Wallung versetzen!“

„Akunda, Akunda, Akunda ...“

„Blut ist Feuer. Das Feuer brennt hell. Erhelle den Himmel und zeig uns deine Macht!“ Apari schloss die Hände zu Fäusten, während ringsum die weißen Flammen emporzüngelten. Sie fraßen sich durch die Rinnen zu dem weißen Symbol vor und dann wieder zurück zu dem Opfer in der Mitte des Altars. Aparis Kleider fingen Feuer und verschrumpelten. Tayo hielt ihre Fackel hocherhoben, und der Gesang wurde ungleichmäßiger, als ihre Anhänger aufsprangen und lachend und zuckend zu tanzen begannen. Abrupt erloschen die Flammen wieder. Einen Moment später erstarb der Wind. Mit einem Mal war alles still. Dann leuchtete das Feuer wieder auf, nun aber in Aparis Händen.

Ein Grollen weit entfernt im Osten verkündete ihren Erfolg. In wenigen Minuten würden schwarze Wolken am Himmel über der zandalarischen Küste aufziehen, und die Wellen würden sich höher auftürmen als die Masten jedes Schiffes.

Apari presste die Handflächen zusammen, um die Magie zu ersticken, bis sie schließlich mit einem Zischen verblasste. In diesem Moment, während die Energie noch durch ihre Adern strömte und ihre Anhänger noch tanzten, spürte sie echte Freude.

Die Leiche vor ihr lag reglos und verkohlt; sie taugte jetzt nur noch als Geschenk für die Bussarde.

Tayo kam mit ihrer Fackel und einem Lächeln herüber und legte Apari die freie Hand auf die Schulter – wie immer zeigte sie ihre Freude auf eine subtilere Weise. „Yazma wäre stolz.“

Apari nickte, dann blickte sie zu ihrer Schreckenszecke hinab, die lustlos neben der rauchenden Leiche hin und her stakste.

„Ich weiß." Seufzend schnalzte sie mit der Zunge, und die Zecke summte in die Luft hinauf. Ihr weitschweifiger Kurs führte sie zu Aparis Schulter, wo sie landete und an ihrem Ohr knabberte. „Geduld, mein Kleiner. Sei nich' traurig. Wenn die Verräter erst tot vor uns liegen, erwartet dich ein Festmahl."

11

Arathihochland

„Alleria! Turalyon ... Was hat das zu bedeuten?“

Der surrende Strudel des Portals schloss sich hinter ihr, und Jaina Prachtmeer trat auf den Sand hinaus, wo sie von Salz und Gischt begrüßt wurde. Sie war in großer Hast hergereist, entsandt vom König von Sturmwind, weil er unzufrieden mit den mangelhaften Fortschritten von Turalyon und Alleria war. Tage waren vergangen, seit die beiden zuletzt Bericht erstattet hatten; er wusste nicht einmal, ob sich der Hinweis bewahrheitet hatte, dem sie ins Hochland gefolgt waren. Jaina hatte versucht, ihn zu größerer Geduld zu bewegen, aber keine ihrer Zusicherungen oder Argumente hatte sein aufgewühltes Herz beruhigen können.

Ein Mensch lag ausgestreckt und hilflos zitternd vor ihr, während eine dunkle, schattenhafte Wolke seinen Kopf verhüllte und goldene Fesseln ihn am Boden hielten.

Turalyon war der Erste, der sich zu Jaina herumdrehte. Als seine Konzentration brach, verschwanden die glitzernden Ketten, die den Mann an den Sand fesselten, in einem dumpfen Lichtblitz. Jaina Prachtmeer hätte nie gedacht, dass Licht und Dunkel einmal in Harmonie zusammenwirken würden, aber genau dieses Zusammenspiel war es, das sich ihren Augen hier darbot. *Schrecklich*, dachte sie. *Was ist nur in sie gefahren?*

Vielleicht war es doch klug von Anduin gewesen, sie herzuschicken.

„Dieser Mann und seine Familie haben einer der Dunklen

Waldläuferinnen der Bansheekönigin Unterschlupf gewährt und ihr geholfen, ein Boot zu erreichen", erklärte Turalyon.

Alleria reagierte nicht auf ihre Gegenwart. Offenbar war sie zu sehr damit beschäftigt, dem Schmuggler einen gequälten Schrei zu entlocken, um innezuhalten und Jainas Frage zu beantworten. Unweit des Strandes war ein kleiner Außenposten errichtet worden, und mehrere Allianzsoldaten warteten am offenen Eingang. In der anderen Richtung, den Strand hinab, bewachten mehrere Leerenelfen zwei auf den Knien kauernde Gestalten, vermutlich die Familie des Schmugglers.

„Und woher wollt ihr das wissen?", hakte Jaina nach, während sie zu Turalyon und Alleria auf den feuchten, weichen Sand in der Nähe der Brandung trat. „Hat er Widerstand geleistet?"

„Der Vater weigerte sich, unsere Fragen zu beantworten, aber wir fanden einen interessanten Dolch bei ihm." An dieser Stelle zog Turalyon eine Klinge hervor, deren Griff mit einem vorstehenden, silbernen Schädel und violett glänzenden Edelsteinen verziert war. „Findest du nicht auch, dass der ganz ausgezeichnet in die Scheide eines Verlassenen passen würde?"

Jaina ließ sich das Beweisstück geben und betrachtete es eingehend. Der Dolch ähnelte den Waffen, die Sylvanas und ihre Wachen benutzten, das ließ sich nicht leugnen.

„Eine Gruppe von Flüchtlingen hat uns auf diese Spur geführt. Ihr Apotheker behandelte die Wunden der Waldläuferin, dann brach sie in Richtung Küste auf. Ihr Name ist Visrynn. Hast du schon einmal von ihr gehört?", fragte Turalyon.

Ein schneidender Wind aus dem Süden stach in Jainas Haut und bauschte ihren blaugoldenen Umhang auf. Er entlockte ihr ein Frösteln, aber sie war bereits zuvor erschauert, aus Misstrauen gegenüber dem Schatten und aus Abscheu vor dem, was Alleria gerade dem Schmuggler antat.

Viele weitere beobachteten die Ereignisse ebenfalls, einschließlich Turalyons Truppen, und nicht wenige schienen Jainas Unbehagen zu teilen, denn sie drehten und wanden sich vor Widerwillen.

„Ich kenne sie nicht“, antwortete Jaina, nachdem sie ihm die Klinge zurückgegeben hatte.

„Ist vermutlich auch unwichtig“, sagte er mit einem Schulterzucken. „Wir werden sie schon bald gefunden haben.“

Der Schmuggler hörte auf, zu schreien und sich zu bewegen. War er womöglich tot? Zu einem Ball zusammengerollt lag er im Sand, während der Schaum der Wellen nach seinen Stiefeln leckte. Nun, da ihr grausiges Werk vollendet war, atmete Alleria tief ein, ihre Augen erfüllt von einer seltsamen Aufregung, während sie sich zu ihnen herumdrehte.

„Ja, wir werden sie bald finden“, erklärte sie zufrieden nickend. „Sie haben ihr ein kleines Segelboot gegeben, stabil genug, um damit tiefe Gewässer zu durchqueren. Die Waldläuferin war sehr konkret in ihren Forderungen. Sie wollte ein Boot, das sie nach Westen bringen könnte.“ Allerias Blick wanderte zwischen Turalyon und Jaina hin und her. „Der einzig logische Zielpunkt direkt westlich von hier ist die zandalarische Küste.“

An den Ergebnissen, die ihr Einsatz von Licht und Schatten erbracht hatte, ließ sich nicht rütteln, trotzdem konnte Jaina sich für derlei Methoden nicht erwärmen. Die beiden wirkten abwesend, taub, so als hätten sie nur widerwillig zu diesen Maßnahmen gegriffen, und Jaina hoffte inständig, dass dies für sie nicht zur neuen Norm werden würde – dass es wirklich nur eine Verzweiflungstat gewesen war, geboren aus extremem Zeitmangel. Und sie hatten *definitiv* keine Zeit. Jeden Winkel Azeroths zu durchkämmen, war ein gewaltiges Unterfangen, und je länger sich die Suche fortsetzte, desto geringer wurde die Chance, Sylvanas zu finden, bevor sie noch mehr Tod und Chaos säen konnte.

„Weiß der König, dass ihr diese …“ Jaina suchte nach einer diplomatischen Umschreibung. „Taktiken anwendet?“

Endlich rührte der arme Teufel auf dem Boden sich wieder. Seine Hände krallten sich kraftlos in den nassen Sand. Der Wind trug das bitterliche Schluchzen seiner Frau und seines Sohns an ihre Ohren.

„Die Befehle des Königs waren eindeutig“, antwortete Alleria. „Wir sollen tun, was immer nötig ist, um an Informationen zu gelangen. Jetzt wissen wir, dass Sylvanas Pläne auf Zandalar verfolgt. Das schränkt unsere Suche stark ein, und ich bin sicher, dass König Anduin zufrieden sein wird.“

„Falls wir zu solchen Mitteln greifen müssen, um den Sieg zu erringen, wird er wohl kaum zufrieden sein“, versicherte Jaina ihnen in scharfem Ton. Sie deutete auf den gebrochenen Schmuggler. „Ich bin es jedenfalls nicht.“

„Beruhige dich, Jaina.“ Turalyon ergriff das Wort, bevor Alleria loswerden konnte, was immer ihr auf der Zunge lag. Das Gesicht der Leerenelfe erstarrte dennoch zu einer wütenden Grimasse. „Alleria hat ihm keinen schweren Schaden zugefügt, und das Licht wird alle Spuren heilen, die zurückgeblieben sein mögen. Darum werde ich mich persönlich kümmern. Ich hätte nie zugelassen, dass die Leere in ihr außer Kontrolle gerät.“

„Ich brauche niemanden, der mich kontrolliert.“

„Das sehe ich.“ Jaina schob sich an ihnen vorbei und kniete sich neben den zitternden Schmuggler, um ihn vorsichtig auf den Rücken zu rollen. Anschließend schob sie die Hand unter seinen Kopf und suchte in seinem Gesicht nach Anzeichen, dass er seine Umgebung wieder wahrnahm.

„Er hat mir alles verraten“, fuhr Alleria ungeduldig fort. „Sich weiter mit ihm aufzuhalten, ist eine Verschwendung kostbarer Zeit.“

„Es tut mir leid ...“ Die Worte tröpfelten zwischen schmalen, bläulichen Lippen hervor – es sah fast aus, als hätte Alleria seinem Körper jegliche Spur von Wärme entzogen. „Meine Familie ... Ich konnte s...sie nicht versorgen. Die Stürme haben die Fische f...ferngehalten ...“

Alleria seufzte. Doch der Schmuggler in Jainas Armen krallte die Hände in die Luft und nickte panisch.

„Sie ... Die Waldläuferin ... Sie muss ihr Ziel erreichen, bevor die Weiße Dame voll ist“, wimmerte er. Seine Augen rollten nach oben. „Danach ... werden keine Schiffe mehr durchkommen.“

„Was hat er gesagt?“, wollte Turalyon wissen. Seine schweren Stiefel wühlten den Sand auf, als er zu ihnen eilte. „Was hat er über das Meer gesagt?“

Jaina runzelte die Stirn, nachdem sie den Kopf des Mannes behutsam auf das harte Kissen des Strandes gebettet hatte. *Keine Schiffe werden mehr durchkommen.* Es war Mitgefühl, das ihm diese letzte Warnung entlockt hatte, nicht Folter. Vielleicht hätte er ihnen alles aus freien Stücken erzählt, hätten sie nur ein wenig mehr Geduld gehabt. „Wann ist der nächste Vollmond?“

Das verwirrte Turalyon. Er murmelte leise vor sich hin, während er mit gefurchter Stirn nachrechnete. „In sechs Tagen.“

Jaina erhob sich, sorgsam darauf bedacht, den Schmuggler nicht wieder aufzuschrecken, dann ging sie zurück zu Alleria. Die Leerenelfe hatte die Arme vor der Brust verschränkt und blickte der Magierin mit offenem Misstrauen entgegen, eine zarte Augenbraue hochgezogen, die Lippen zu einem schiefen Lächeln verzerrt.

„Falls wir Zandalar sicher erreichen wollen, bleiben uns noch sechs Tage“, wiederholte Jaina. „Ich werde unverzüglich nach Sturmwind zurückkehren und den König über alles informieren.“

Die subtile Betonung des Wortes „alles“ blieb Alleria natürlich nicht verborgen. Sie machte einen Schritt nach rechts und baute sich genau dort auf, wo Jaina ihr Portal hatte öffnen wollen. Die beiden Frauen starrten einander an, und Jaina spürte ein eisiges Prickeln in ihren Handflächen – eine Warnung ihrer eigenen Instinkte, dass dieser Streit eskalieren könnte, falls sie nicht bald von hier verschwand.

„Ist das wirklich unsere oberste Priorität, Jaina?“, flüsterte Alleria. Zumindest hatte sie nicht vergessen, dass sie von den Soldaten beobachtet wurden. „Tratsch zu verbreiten?“

Jaina schüttelte ihren langen, geflochtenen Zopf nach hinten und beschwor das Portal. Es öffnete sich gefährlich nahe hinter Allerias Rücken.

„Beruhige dich, Alleria“, imitierte sie Turalyons herablassenden Beschwichtigungsversuch von vorhin. „Ich gehe nur, um König Anduin von eurem Fortschritt zu berichten.“ *Und um Tratsch zu verbreiten.* Jaina wartete, bis die Leerenelfe zur Seite getreten war, dann ging sie schnellen Schrittes auf das Portal zu. Sie traute der Leere nicht, und sie konnte auch niemandem trauen, der praktisch davon besessen war.

Es war völlig ausgeschlossen, dass Anduin wusste, was Alleria und Turalyon in seinem Namen trieben – derartige Taten würde er niemals dulden. Die beiden schufen einen gefährlichen Präzedenzfall. Blaue und silberne und rosafarbene Lichter blendeten Jainas Augen, als das Portal sie von der Faldirbucht nach Süden in die Stadt Sturmwind transportierte. Ihre Gedanken rasten ebenso schnell, wie ihr Körper durch den Raum raste, aber sie verwirrten sich zu einem sorgenvollen Knoten, und das leicht desorientierende Gefühl, das einen stets umfing, wenn man ein Portal benutzte, half nicht gerade dabei, diesen Knoten zu lösen.

Wie konnten Licht und Schatten auf diese Weise koexistieren? Ein Paladin von Turalyons Erfahrung und Weisheit sollte es besser wissen. Und Alleria sollte es ebenfalls besser wissen. Aber trotzdem ... Trotzdem ... hatten ihre unheimliche Alchemie aus Licht und Dunkel die nützlichsten Informationen zutage gefördert, die ihre Jagd auf Sylvanas bislang erbracht hatte.

Jaina stürmte in den Thronsaal von Sturmwind, aber Anduin war nicht dort, um den Eingaben seiner Untertanen zu lauschen. Die beiden bewaffneten Wachen in blauer und goldener Kleidung, die nahe dem Thron standen, schickten sie zum Kartenraum. Jaina Prachtmeer war schließlich ein vielgesehener Gast hier im Schloss und bekannt als Freundin und Beraterin des jungen Königs. Ihr Umhang wallte hinter ihr her, während sie sich einen Weg durch den Schwarm von Adeligen, Soldaten und Besuchern bahnte, die den Thronsaal fast rund um die Uhr bevölkerten.

Es überraschte sie nicht, dass sie Anduin über eine riesige, vergilbte Karte von Azeroth gebeugt vorfand. Ringsherum waren

Bücher und kleinere Karten verstreut, und der König von Gilneas war ebenfalls zugegen. Es widerstrebte Jaina, in seiner Gegenwart zu berichten, was sie gesehen hatte, denn Genn Graumähne hatte ein unbändiges Temperament, und seit der Waffenruhe war es noch feuriger geworden. Doch Anduin lächelte, als er sie sah, und in seinen blauen Augen funkelte etwas, das bitter ersehnte Hoffnung zu sein schien.

„Bitte", war sein erstes Wort an sie. Jaina straffte die Schultern. „Bitte, sagt mir, dass Ihr gute Neuigkeiten habt."

Mit einer Bewegung ihrer rechten Hand ließ Jaina ihren Stab mit der Kristallspitze erscheinen, dann schnappte sie ihn gekonnt aus der Luft und deutete mit dem Messingende auf das Meer, das die Östlichen Königreiche von dem Trollkontinent Zandalar trennte.

„Wir haben sechs Tage, um ein Fischerboot zu finden, das zum östlichen Teil Zandalars unterwegs ist", erklärte sie ihnen mit knapper Effizienz. Die makabre Methode, mittels derer sie diese Informationen erlangt hatten, konnten sie später noch besprechen. „Nach Vollmond werden die Gewässer in diesem Bereich unpassierbar. Eine Dunkle Waldläuferin namens Visrynn hat all dies einem Schmuggler erzählt, der sie mit einem Boot ausgestattet hat."

Anduins Augen leuchteten noch heller, und er schlug euphorisch mit der Faust auf den Kartentisch. „Endlich. Endlich! Wir werden Mathias Shaw zurückrufen. Er ist am besten geeignet, um ihr zu folgen. Durch unseren langen Feldzug in Kul Tiras hat er richtige Seemannsbeine bekommen."

Graumähne pflichtete ihm schroff bei. „Dagegen habe ich nichts einzuwenden. Aber sollten wir nicht vielleicht eine größere Streitmacht schicken?"

„Die Horde darf nicht wissen, dass wir dort sind", warf Jaina ein. „Zandalar steht noch immer unter ihrem Schutz. Schiffe in der Region zu haben, ist eine Sache, aber falls wir an Land gehen, könnte das als Akt der Aggression aufgefasst werden."

„Jaina hat recht. Die Waffenruhe ist zerbrechlich, und noch einen Krieg gegen die Horde und eine unabhängige Sylvanas würden wir nicht überleben. Wir müssen vorsichtig sein, und wenn Mathias will, kann er so unauffällig sein wie ein Schatten." Der König klopfte Genn Graumähne mehrmals auf den Rücken. „Geht. Findet ihn. Mit seinem Scharfsinn und der Magie eines Gezeitenweisen gelingt es uns vielleicht, diese Dunkle Waldläuferin noch rechtzeitig zu schnappen. Wir müssen für gutes und schnelles Gelingen beten."

Graumähne verbeugte sich auf dem Weg zur Tür noch vor Jaina, begleitet von einem zackigen „Mylady". Sie drehte den ankerförmigen Anhänger, der um ihren Hals hing, zwischen den Fingern, während sie bedachtsam ihre nächsten Worte wählte. Anduin beugte sich derweil aufgeregt über die Karte, so tief, dass seine Nase beinahe das Große Meer berührte.

Zeit, sein kurzes Hochgefühl wieder zunichtezumachen …

„Anduin …" Sie sprach leise, damit kein neugieriges Ohr oder Auge, das auf der anderen Seite der Tür lauern mochte, etwas mitbekam. „Ich habe Bedenken."

„Die haben wir alle. Dies sind besorgniserregende Zeiten." Fast hätte Anduin gelacht, aber dann drehte er den Kopf herum, seinen Oberkörper noch immer tief über die Karte gebeugt. „Jaina, was ist? Ihr seht ja regelrecht alarmiert aus."

Seufzend atmete sie durch die Nase aus. Es hatte keinen Sinn, die Sache noch weiter hinauszuzögern. Er musste wissen, was sie gesehen hatte. Anduin war zwar mit der Stärke des Löwen gesegnet, aber er hatte auch ein mitfühlendes Herz – eine Kombination, die nur wenige Anführer besaßen. Sie hasste es, schlecht über jene sprechen zu müssen, die er respektierte.

„Alleria und Turalyon haben den Schmuggler vor meinen Augen gefoltert. Alleria benutzte die Leere, um in seinen Geist einzudringen, während er ihn mit Ketten des Lichts gefangen hielt. Es sah unvorstellbar schmerzhaft aus." Sie umrundete den Tisch und suchte seine Augen. „Mein König … Ich befürchte, dass ihre Methoden ein schlechtes Licht auf Euch werfen könnten. Jeder von uns, jeder Soldat, steht im Dienst der Krone. Wir stehen unter Eurem Banner, und falls derartige Taten unter Eurer Herrschaft geduldet werden, was sagt das dann über uns aus?"

Geraume Zeit herrschte Schweigen. Anduins Lächeln verblasste, und er wandte sich kopfschüttelnd von ihr ab, um auf dem prachtvollen, grünen Teppich auf und ab zu stapfen. Schließlich ging er zu der großen Feuerschale in der Ecke hinüber, aus der gesunde Flammen emporzüngelten. Anduin streckte die flache Hand aus und bewegte sie knapp außer Reichweite des Feuers hin und her.

„Was es über uns aussagt?", wiederholte er ihre Worte. Er klang beinahe empört, dass sie die Frage gestellt hatte. „Es sagt aus, dass wir alles Nötige tun, um Mörder ihrer gerechten Strafe zuzuführen. Es sagt aus, dass wir die Opfer des Krieges nicht vergessen. Es sagt aus, dass wir Teldrassil nicht vergessen, und auch nicht Lordaeron. Es sagt aus, dass wir das Mak'gora nicht vergessen. Es sagt aus, dass wir die Flammen über dem Verhüllten Meer nicht vergessen, oder die Spiegelung der Flammen in den Augen Tausender trauernder Kinder." Seine Hand ballte sich zur Faust, und mit jedem Wort wurde sein Ton nachdrücklicher, bis seine Stimme schließlich dröhnte wie ein Brüllen. Dann blickte er aus den Augenwinkeln zu ihr herüber, und seine Stimme verwandelte sich in ein Flüstern. „Es ist noch gar nicht so lange her, da hattet Ihr keine Bedenken, den schweren Hammer der Vergeltung zu schwingen. Ich habe es nicht vergessen, Jaina. Ihr etwa?"

Oh, großer Löwe, dein Herz wird zu Stahl. Mit ihrem Herzen war einst dasselbe geschehen, verhärtet durch die Bombe, die Theramore zerstört hatte. Diese Härte hatte sie lange Zeit beherrscht, hatte nicht nur ihre Kräfte, sondern ihre Seele und ihren Geist in einem tiefen Frost eingeschlossen. Sie erinnerte sich noch lebhaft daran, wie sie Varian mit deutlichen Worten erklärt hatte, dass die Horde vollständig ausgemerzt werden müsste. Es hatte lange gedauert, bis sie wieder aufgetaut war, und selbst heute gab es noch Überreste dieses eisigen Zorns, die tief in ihr lauerten. Nicht zuletzt ihretwegen vermochte Jaina, eben jenen Zorn in anderen wahrzunehmen. Nun sah sie ihn in Anduin; seine Trauer war wie eine alles erstickende Kälte.

„Jaina“, sagte er auffordernd, aber sie verspürte keine Lust, ihm zu antworten.

Sie hielt ihren Stab umklammert, während das rote Licht aus der Feuerschale über Anduins Gesicht tanzte. Wortlos wandte sie sich um und betrachtete Azeroth, wie es auf dem Tisch vor ihr ausgebreitet war. Eine Karte konnte Länder darstellen, aber sie konnte ihre Völker nicht beschreiben, die kleinen, winzigen Dinge, aus denen diese Welt wirklich bestand.

„Ich habe es nicht vergessen“, murmelte sie, ihren Blick fest auf Zandalar gerichtet. „Aber ich weiß auch noch, dass Euer Vater Vol’jin einst warnte, Ehre walten zu lassen oder zu sterben. Ich wünsche mir sehnlichst, dass Eure Herrschaft lange währen möge und dass die Nachwelt voller Freude daran zurückdenkt. Und mehr als alles wünsche ich mir, dass man sie im selben Atemzug preist wie die Eures Vaters.“

„Wir müssen schwere Entscheidungen treffen, und ich bin sicher, Turalyon und Alleria wissen, wo die Linie des Anstands liegt, die sie nicht überschreiten dürfen.“ Jaina erwartete, dass das Gespräch damit beendet wäre, aber Anduin blieb reglos stehen und musterte sie durchdringend. Seine Augen strahlten wie die eines Jungen, der es seinem Meister recht machen wollte. Nur, wer war in diesem Szenario der Meister? Sie? Er selbst? „Würden ihre Statuen denn über unserer Stadt aufragen, wenn sie keine Ehre hätten?“

Jaina musste nur kurz die Augen schließen, und sie fühlte sich, als wäre sie wieder in Donnerfels, erfüllt von dem Triumph und dem Optimismus, der diese Erinnerung so oft begleitete. Schließlich hatten sie damals Baine Bluthuf aus den Kerkern unter Orgrimmar befreit – eine Aktion, die viele für unmöglich gehalten hatten. Und doch hatten sie es geschafft. Allein Thrall hatte ihren Optimismus nicht geteilt; ihr Wunsch nach einem kurzfristigen Bündnis hatte ihn mit Misstrauen erfüllt.

Was ist diesmal anders?

Wir. Wir sind anders.

„Leute ändern sich“, erklärte sie aufgewühlt. Sie zog die Schultern nach hinten, stolz auf ihre eigene Veränderung, auf das, wozu sie geworden war. Und stolz auch auf das, was Anduin ihrer Meinung nach war.

Der König schien darüber nachzudenken, aber er zog sich weiter in die Ecke zurück und hielt die Hände über die Feuerschale, als hätten ihre Worte ihn frösteln lassen. Der dichte Vorhang seines goldenen Haars fiel vor sein Gesicht und verbarg seine Miene. „Leute ändern sich, ja. Aber ich vertraue Alleria und Turalyon, egal, welche Schicksalsschläge sie ereilt haben mögen. Ohne sie würde Sturmwind heute nicht mehr stehen. Sie sind untrennbar mit unseren größten Geschichten verwoben.“

Es war offensichtlich, dass er sich nicht von seiner Ansicht würde abbringen lassen. Also wandte Jaina sich zum Gehen. Was sie zurückließ, war eine letzte, gemurmelte Warnung. „Letztlich werden diese Geschichten von der Zeit geschrieben, Anduin. Wer gut oder böse ist, entscheiden allein Distanz und Klarheit. Glaubt mir, ich weiß, wovon ich spreche.“

12

Atal'Gral

„Was hältst du von ihr? Die *Wackere Arva*! Sprich mir nach: Die *Wackere Arva*. Das klingt doch nach was, oder?“ Finn Schönwind lachte und schlug energisch gegen den Hauptmast, dann drehte er sich in den Wind und atmete tief ein, einen fröhlichen, fast schon religiösen Glanz auf seinem Gesicht. „Hab ihr den Namen selbst gegeben. Der alte Name war ... seien wir ganz ehrlich, er war grässlich. Ich meine, die Prose? Ist das zu fassen? Tut mir leid, aber im Ernst – die *Prose*?“

Mathias Shaw starrte geradeaus, überzeugt, dass Schönwind mit seinem endlosen Geplapper aufhören würde, falls er nicht darauf einging und den Seemann ignorierte – so ähnlich wie bei einem Gorgonen der verzweifelt darauf wartete, dass man ihn anblickte.

Doch er irrte sich.

„Was soll das überhaupt bedeuten? Prose? Herrje. Klingt wie etwas, womit man sich Essen zwischen den Zähnen hervorpult. Nein, so ist es viel besser. Kaum zu glauben, dass ich sie bei einem Würfelspiel gewonnen habe, hm? Ich meine, wer ist schon dumm genug, so ein hübsches Mädchen aufs Spiel zu setzen?“

„Du“, sagte Mathias, ohne nachzudenken. Na ja, und wo er sein Schweigen somit gebrochen hatte: „Wenn du genug getrunken hast.“

„Ja. Ja! So richtig sternhagelvoll! Ha!“ Schönwind brach in noch mehr gestelztes Gelächter aus und hielt sich den Bauch, während er an Deck auf und ab stolzierte. „Ja, ja. Du scheinst ja viel über mich zu wissen, Shaw. Hast wohl ein paar Nachforschungen angestellt, bevor du an Bord gekommen bist. Was steht in euren Dossiers denn so über mich drin? Dass ich teuflisch gut aussehe? Dass ich auf jede nur erdenkliche Weise unwiderstehlich bin? Ein Weltklasseseemann? Tödlich mit einer Donnerbüchse?“

Die Wahrheit war deutlich weniger glamourös, aber sie musste jetzt warten. *Krack!* Ein Blitz, weiß wie Alabaster, spaltete den Horizont, und einen Moment später prügelten die Wellen bereits so brutal auf die *Wackere Arva* ein, dass Finn Arme und Beine um den Mast schlingen musste, um auf den Füßen zu bleiben. Matrosen riefen durcheinander, Pfeifen schrillten. Ein paar Meilen vom Bug entfernt brauten sich Wolken von der Farbe nassen Schiefers zusammen, dicht und bedrohlich. Shaw stolperte zur Reling, und dort, wo er sich einst das Schienbein gebrochen hatte, rumorte der Knochen, als wollte er aus seinem Körper springen. Keine Frage, ihnen stand ein höllischer Sturm bevor.

„Hoffentlich überstehen wir das“, presste er zwischen zusammengebissenen Zähnen hervor.

„Das Wetter will unseren Überlebenswillen auf die Probe stellen!“ Schönwind war nüchtern genug, um zu rufen: „Grigsby, ans Steuer! Geschwindigkeit halten, meine Damen und Herren. Wir müssen seichtes Gewässer erreichen! Sturmsegel setzen, und an Deck die Augen offen halten! Unter meinem Kommando geht hier niemand über Bord!“

Mathias wagte es nicht, seinen Griff um die Reling zu lösen. Er hatte während seines Dienstes in Kul Tiras mehr als genug Stürme erlebt, und sie hatten ihn gelehrt, dass nur die Vorsichtigen überlebten. Beim Licht, wie er die Schifffahrt hasste! Warum konnte er kein altmodisches Büro hinter einem falschen Bücherregal haben? Ein knisterndes Feuer und ein großer Schreibtisch waren alles, was ein Meisterspion wirklich brauchte. Sein Magen drehte sich um, sein Kiefer verkrampfte, sein ganzer Körper protestierte gegen das plötzliche Schlingern des Schiffes, als eine besonders stürmische Woge an seinem Bug zerschellte.

„Die Gezeiten seien uns gnädig, ich hoffe, meine Mannschaft ist schnell genug." Schönwind rutschte an der Reling entlang zu Mathias, und der Papagei, den er sich jüngst zugelegt hatte, versuchte panisch flatternd von seiner Schulter zu fliehen, während sie vom nahenden Sturm hin und her geschleudert wurden. „Ich will ehrlich mit dir sein: Das ist übel. Ganz, ganz übel. Falls die Sturmsegel nicht bald gehisst sind, sind wir alle am …"

Eine Welle spülte ihm die Worte aus dem Mund, und beide Männer wurden quer über das Deck geschleudert. Schönwind prallte mit einem schmerzerfüllten Ächzen gegen die gegenüberliegende Reling, aber Mathias hatte weit weniger Glück; seine Finger kratzten über die Planken, die so glatt wie Eis waren, während er zwischen den Reling-Pfosten hindurchschlitterte, geradewegs über den Rand des Schiffes hinaus. Unter ihm war nichts außer brodelndem Wasser. Über sich konnte er einen Gnom sehen, ein Tau in den erhobenen Händen, sein Mund zu einem Ruf aufgerissen, welcher aber vom Donnern der zwanzig Fuß hohen Wellen übertönt wurde.

Bevor Mathias' tiefer Sturz ins Meer beginnen konnte, packte Schönwind sein Handgelenk und begann, ihn hochzuziehen. Mathias prallte mit der Brust gegen die Seite des Schiffsrumpfes, hart genug, dass ihm die Luft aus den Lungen gepresst wurde und er Sterne sah. Er sammelte sich und tastete mit der freien Hand in den Ritzen der Schiffshülle nach Halt. Schönwind stemmte die Füße gegen die Pfosten links und rechts der Lücke und schnaufte und schwitzte und fluchte, bis er schließlich genügend Halt hatte, um Mathias zurück an Bord zu hieven.

„Unter Deck!", brüllte Schönwind. „Sofort! Du hast nicht die Beine für so einen Sturm, und ich bin eindeutig zu betrunken. Aber siehst du? Unter meinem Kommando geht niemand über Bord."

Mathias trat den unrühmlichen Rückzug zur Treppe an. Da jeden Moment eine weitere Woge über das Deck spülen konnte, war das Krabbeln auf Händen und Knien die sicherste Option; aber er sprang sofort auf die Füße, als er die relative Sicherheit des Korridors erreichte, der zum unteren Deck hinabführte. Wasser gluckerte an seinen Stiefeln vorbei die Treppe hinunter, aber zumindest im Moment waren noch keine Spuren einer Überflutung zu sehen.

Als er sich nach ein paar Stufen herumdrehte, packte Schönwind gerade einen vorbeihastenden Matrosen. Mathias mochte das Geschehen an Deck wie völliges Chaos erscheinen, aber in Wirklichkeit ging jeder Mann und jede Frau entschlossen und gründlich seiner oder ihrer Aufgabe nach – es sah nur aus, als würden sie blind in alle Richtungen durcheinanderrennen.

„Die Untiefen …“ Schönwind schüttelte den Matrosen an den Jackenaufschlägen.

„Der Nebel ist dicht, aber Nalor hat vom Krähennest aus eine Lücke entdeckt. Wir wenden und schieben uns durch. Danach sollten wir im Norden ruhige Gewässer vor uns haben.“

„Und Melli?“

Obwohl von Kopf bis Fuß durchnässt, nickte der Matrose mit einem Grinsen. „Ich hab in meinem ganzen Leben noch nie jemanden so schnell arbeiten gesehen, Käpt'n.“

Er sprach von Melli Spalding, einer der besten Gezeitenweisen von Kul Tiras, die in Windeseile von der Prachtmeer-Flotte hierher versetzt worden war. Zunächst hatte es ausgesehen, als würde sie nicht in die Mannschaft passen – nicht zuletzt, weil sie einen Kopf größer war als der durchschnittliche Matrose an Bord –, und sie war die meiste Zeit für sich geblieben. Doch dann hatte Grigsby eines Abends seine Flöte hervorgezogen, und Melli war aufgetaut. Sie hatte die Mannschaft mit einer ganzen Reihe von Seemannsliedern betört, so schön, dass den meisten Matrosen danach die Tränen in den Augen standen. Ihre Stimme war so klar und eindringlich wie die surrenden Winde am Schmelzenden Gletscher.

„Werden wir überleben?“, fragte Mathias, wobei er den Kopf aus dem engen Treppenaufgang in den kaum breiteren Korridor hinaufreckte. Anschließend musste er sich sofort wieder flach gegen die Wand pressen, um einen Seemann vorbeizulassen.

Schönwind eilte die Stufen zu ihm hinab und folgte ihm, als Mathias mit der Schulter die Tür der Kapitänskabine aufdrückte. Der Anblick, der sich ihm jenseits der Fenster darbot, drehte Mathias den Magen um, denn das Schiff war gerade auf die Kuppe einer Woge hochgetragen worden und stürzte nun ins nächste Wellental hinab.

„Sicher, alles in bester Ordnung, Shaw. Kein Problem. Wir leben für Stürme wie diesen. Sie halten uns auf Trab." Schönwind lachte bellend, dann wischte er sich das Salzwasser aus dem rötlich braunen Schnurrbart. „Eine Mannschaft wie diese findet man nicht oft. Melli und Nalor werden uns sicher ans Ziel bringen, du wirst schon sehen." Wie nicht anders zu erwarten, ging er direkt zum gut bestückten Getränkeschrank in der Ecke und fischte eine Flasche Alkohol heraus, während sich das Schiff aufbäumte wie ein wild gewordenes Splitterhorn.

„Nur, damit sich mein Magen beruhigt", versicherte Schönwind ihm, bevor er den Kopf in den Nacken warf und einen großen Schluck aus der Flasche nahm.

„Ja, klar", seufzte Mathias. „Wir hätten mehr Zeit haben sollen."

Der Seemann schmatzte mit den Lippen und stakste zu den Fenstern hinüber, um das wilde Toben der Wellen zu beobachten. Ein Blick nach draußen reichte schon, damit sich Übelkeit in Mathias ausbreitete.

„Vielleicht hat deine Quelle gelogen."

„Vielleicht ..." Er rieb sich das stoppelige Kinn. „Oder vielleicht ist das hier nur der Anfang. Vielleicht hat das eigentliche Spektakel noch gar nicht begonnen."

„Daran ... hatte ich gar nicht gedacht." Schönwind umklammerte seine Flasche. „Falls deine Quelle recht hatte, dann kann das hier nur ein Vorgeschmack sein. Das Meer sollte doch unpassierbar sein, oder? Ta-daa! Wir haben es gerade passiert!"

Das letzte Wort wurde unterstrichen von einem lauten Knacken und unheilvollen Rufen und Schreien, abgerundet durch ein panisches Klopfen an der Tür.

„Vielleicht war ich ein bisschen voreilig."

„Herein!", brüllte Mathias.

Der Matrose, der auf der Treppe an ihm vorbeigeeilt war, schlitterte in die Kabine. Seine Kleider waren ebenso durchnässt wie ihre, aus irgendeinem Grund aber auch versengt.

„Feuer!?" Schönwind knallte die Flasche auf den Tisch und eilte zu dem Seemann hinüber. Er war ein klein gewachsener Kerl, unmöglich älter als zwanzig Sommer, mit einem pockennarbigen Gesicht und kleinen, aber schnell hin und her huschenden, blauen Augen. „Feuer, Schwann? Wie kann es ein Feuer geben?"

„B…Blitzschlag, Käpt'n, u…und …"

„Schon gut!" Der Kapitän schob den Matrosen zur Seite und stolperte auf den Korridor hinaus. Mathias eilte ihm nach. Auch er wollte wissen, wie sein Schiff inmitten eines kataklysmischen Sturms in Flammen stehen konnte. Es mochte ja sein, dass ein Blitz eingeschlagen hatte, aber sollten die Wellen das Feuer nicht sofort wieder gelöscht haben?

An Deck angekommen sahen sie, dass Flammen von dem verkohlten Hauptmast auf die Fässer übergesprungen waren, die darunter aufgereiht standen. Der Regen und die Wellen hatten das Schiff durchnässt, aber auch anfällig gemacht. Mathias selbst wusste nicht, wie viel Schwarzpulver und Pech an Bord lagerten, aber falls sie sich entzündeten, würde die Explosion sie alle aus dem Wasser sprengen.

„Hm, also mit einem Feuer habe ich wirklich nicht gerechnet", räumte Schönwind ein, das Kinn auf seinen gekrümmten Zeigefinger gestützt.

Vielleicht hätte Mathias ihn vor den näher kommenden Schritten warnen sollen, aber er tat es nicht, beeilte sich nur, selbst auszuweichen. Einen Moment später schubste die Frau Schönwind beiseite wie einen Sack voll Federn. Melli Spalding schlitterte über das gischtglatte Deck und baute sich mit dem Rücken zu ihnen auf, den Kopf gesenkt, die Arme erhoben. Ihre wundersame Gezeitenmagie ließ Wasser über die Seiten des Schiffes hochströmen, um dann sanft auf das Deck herabzuregnen. Eines nach dem anderen erloschen die Feuer, und Jubel brach unter den Matrosen aus, während die *Wackere Arva* langsamer wurde und anmutig aus dem Gebirge blauschwarzer Sturmwogen heraussegelte.

„Gut gemacht, Melli! Gut gemacht!"

Mathias war nicht in der Stimmung für solchen Jubel. Er betrachtete den beschädigten Mast, die verbrannten Segel und ihre qualmenden Vorräte, dann den Sturm, der wie ein Krebsgeschwür auf der anderen Seite des Sunds heranwuchs. Sie hatten es in zandalarische Gewässer geschafft, aber er wurde das Gefühl nicht los, dass dieser Sturm eigens heraufbeschworen worden war, um sie von hier fernzuhalten. Wer beherrschte derartige Magie? Und wo würden sie diese Person finden?

„Sir! Eine Nachricht für Euch, Sir! Ich, äh, ich meine, ein Hai ... Dingens für Euch, Sir!" Schon wieder Schwann, nunmehr nass, versengt und mit einem Aufziehhai auf den Armen – Gnomentechnologie, entwickelt, damit man selbst auf See geheime Nachrichten austauschen konnte. Diese Gerätschaften waren längst nicht so leicht aufzuspüren wie Brieftauben.

„Das ist ganz normal für dich, oder?", lachte Schönwind, während Mathias den Hai aufklappte und das Bündel winziger, zusammengerollter Notizen in seinem Inneren enthüllte.

„Dies sind angespannte Zeiten", murmelte Mathias. „Nur, weil ich auf einem Schiff bin, heißt das nicht, dass ich kein Meisterspion mehr bin."

Er vertraute darauf, dass die Seemänner sich um die Schäden an ihrem Schiff kümmern würden, also zog er sich unter Deck zurück, um nachzusehen, was seine Spione im Ausland herausgefunden hatten. So etwas tat er natürlich nicht in Blickweite neugieriger Augen. Anduin hatte ihm zwar versichert, dass die gesamte Mannschaft überprüft worden war, aber Mathias wusste auch, wie überhastet diese Operation auf die Beine gestellt worden war. Zeit für eine wirklich sorgfältige Überprüfung hatte es da wohl kaum gegeben.

„Ein wenig paranoid, findest du nicht?"

Schönwind war ihm gefolgt, und er hatte sich dabei nicht gerade unauffällig angestellt; vielmehr hatte er laut gegen jede Tür und Wand in Reichweite getrommelt, während er betrunken dahingetorkelt war. Und falls er weiter so vor sich hin seufzte, würde er bald sämtliche atembare Luft unter Deck aufgebraucht haben. Also beschleunigte Mathias seine Schritte und hielt auf die Kabine zu, wo er hoffentlich einen verhältnismäßig stabilen Stuhl und Gelegenheit zum Nachdenken finden würde.

„Bekommst du Liebesbriefe von deiner Freundin?"

Mathias schnaubte. „Wohl kaum. Geheimdienstberichte von meinen Agenten bei der Horde."

„Oooh, wie aufregend!" Schönwind kicherte und tat sich dann erneut an seiner geliebten Flasche gütlich. Als er den Alkohol schließlich beiseitegestellt hatte, räusperte er sich und ließ den Blick durch den Raum schweifen. „Und paranoid."

Mathias musterte den Piraten über den Rand der ersten entrollten Nachricht hinweg. „Nur, weil wir eine Waffenruhe mit der Horde unterzeichnet haben, heißt das nicht, dass wir sie nicht weiter im Auge behalten. Nur ein Narr verwechselt Frieden mit einer Gelegenheit zum Ausruhen."

„Na schön, und was gibt es Neues von der Horde? Braut sich dort Verrat zusammen?"

Mathias überflog die Nachrichten in rascher Folge. Sie waren in einem Code verfasst, den nur jemand entschlüsseln konnte, der in dieser speziellen Form von Kurzschrift ausgebildet war. Effizient und vorsichtig. Sie hatten nicht genügend Agenten bei der Horde einschleusen können, um alle Mitglieder des Rates abzudecken, aber er war zuversichtlich gewesen, dass sie ihre Ziele weise wählen würden, sobald sie Orgrimmar erreicht hätten.

Narsilla Scharfauge, Codename Lanze, hatte beschlossen, sich auf Lor'themar Theron zu konzentrieren. Lanze, eine Blutelfe von den Ungekrönten, gehörte schon lange zu seinen Kontaktpersonen. Sie empfand der Horde gegenüber ebenso wenig

Loyalität wie der Allianz, sie interessierte allein Gold, und Mathias sorgte dafür, dass sie regelmäßig welches bekam. Ihre Informationen waren den Preis stets wert. Während Schönwind gebannt lauschte, las er die Nachricht laut vor, von Zeile zu Zeile springend.

Lor'themar widmet seine Tage dem Studium von Büchern, auch wenn ich ihn oft dabei beobachte, wie er lustlos ins Nichts starrt und dann irgendetwas auf den Seitenrand kritzelt. Er liest. Er liest.

Die Notizen eines Agenten wurden knapper, wenn sich nichts von Bedeutung ereignete.

Fünf weitere Tage, und alles, was er tut, ist, zu lesen. Keine Fortschritte. Endlich konnte ich mir eins seiner Bücher ansehen, nachdem er zum Abendessen gegangen war. Es scheint, als würde er Gedichte und Notizen von intimer Natur auf die Seiten schreiben. Unter einen Abschnitt über heilige Energie hat er angehängt: ‚Jeden Tag neigt sich meine violette Blüte weiter der Sonne entgegen.'

Schönwind brach in Gelächter aus. „Violette Blüte? Hmm. Das ist … verwirrend. Aber auch faszinierend. Steht da noch mehr?"

„Nichts über Blüten, fürchte ich. Aber er beschreibt einen Zwischenfall mit der zandalarischen Königin bei einem Treffen des Horderates. Endlich etwas Handfestes. Ein versuchtes Attentat durch einen Troll … Also möchte jemand in den Reihen der Horde Königin Talanji tot sehen." Mathias legte die Nachricht beiseite. Dass seine Leute Zeugen dieses Attentats geworden waren, erfüllte ihn mit professionellem Stolz.

„Das könnte die Stürme erklären", überlegte Schönwind. Er fuhr mit dem Finger die Öffnung seiner Flasche nach.

„Inwiefern?"

„Falls jemand den Tod der Königin will, dann hat sie vielleicht den gesamten Kontinent abriegeln lassen. Niemand soll hinein- oder hinauskommen, bis sie die Attentäter gefunden hat."

Mathias runzelte die Stirn. „Das klingt … überraschend einleuchtend."

„Vielen Dank.“

„Die nächste Nachricht stammt von einer Kontaktperson bei den Goblins, Krazzet dem Bischof.“

Schönwind spuckte einen halben Mundvoll Alkohol aus. „Krazzet? *Der* Krazzet? Den kenne ich! Ein unheimlicher kleiner Kerl. Hat oft in Freihafen um Geld gespielt! Man nennt ihn den Bischof, weil er sich gerne mal einen zu viel hinter die Binde gekippt hat, und dann, wenn er richtig betrunken war, sagte er ‚Leute, ich glaub, ich bin besoffen!‘ Nur klang es immer wie ‚Ich bin n’ Bischof‘!“

Mathias knirschte mit den Zähnen, aber er zwang sich, ruhig zu bleiben und Schönwind nicht den Stuhl unter dem Hintern wegzutreten. Bedauerlicherweise hatte der Pirat nämlich recht. Genau diese Begründung für Krazzets Spitznamen war in seiner Akte vermerkt.

„Ich vermisse den Kerl!“, fuhr Schönwind fort. „Hab bei einem Kartenspiel meinen alten Papagei an ihn verloren – Bongbong. Ich hab mich immer gewundert, was wohl aus ihm geworden ist …“

„Nun, Kraz glaubt jedenfalls, dass das versuchte Attentat der Horde einiges an Kopfzerbrechen bereitet“, informierte Mathias ihn, nachdem er die Nachricht studiert und übersetzt hatte. „Die Königin zog wütend von dannen, und die Horde hat ihr einen Spion hinterhergeschickt, einen Trollschamanen namens Zekhan. Interessant. Ihr Bündnis steht wohl auf wackligeren Beinen, als wir annahmen …“

„Falls ich fragen dürfte: Wie habt ihr Krazzet dazu gebracht, die Seiten zu wechseln und für euch zu spionieren?“, störte ein schmunzelnder Schönwind seine Gedankengänge.

Das Ganze lag so lange zurück, dass Mathias Mühe hatte, sich zu erinnern. „Papageien. Eine bizarre Menge Papageien.“

Der Pirat zuckte mit den Schultern und presste den Alkohol an seine Brust. „Dann hat er sich kein bisschen verändert. Aber ist das nicht ein wenig übertrieben? Dass sie der Trollkönigin einen Spion hinterhergeschickt haben, meine ich. Sie wäre beinahe gestorben, und jetzt trauen sie ihr nicht? Oder steckt sie vielleicht tatsächlich mit Sylvanas unter einer Decke? Das ist doch auch der Grund, weshalb wir hier sind, oder? Um das herauszufinden. Und falls die Horde ihr so wenig Vertrauen schenkt, haben wir vielleicht alle denselben Verdacht!"

Eigentlich hatte er keine Zeit, Schönwind einen Einsteigerkurs in Sachen Spionage zu geben oder auch nur hervorzuheben, dass nicht „wir" irgendeinen Verdacht hegten, sondern der Geheimdienst der Allianz, aber angesichts ihrer Situation konnte er wenig mehr tun, als zu warten und an seiner Strategie zu feilen. „Die Horde mag nicht unser Freund sein, aber sie ist nicht dumm. Meiner Erfahrung nach ist eine Verschwörung ganz leicht zu entdecken, wenn man nur weiß, wonach man suchen muss. Vermutlich haben sie den Spion einfach als Vorsichtsmaßnahme geschickt. Gewiss ist er einer ihrer besten."

Ein leises, nervöses Klopfen ertönte von der Tür.

„Wer stört …"

„Herein!"

Mathias starrte den Piraten finster an, aber Schönwind grinste bereits von Ohr zu Ohr und legte vergnügt die Stiefel auf den Tisch. Die Gezeitenweise Melli streckte den Kopf herein. Sie war hochgewachsen und kräftig, mit rötlich braunem Haar, das sorgsam zu einer Krone geflochten war. Die Spuren eines Sonnenbrands röteten ihre dunkle Haut.

„Verzeihung", murmelte sie. „Aber ein weiterer Sturm zieht auf. Ich wollte mit Euch darüber reden, über dieses Wetter … Das kann kein Zufall sein, und es ist auch keine mir bekannte Magie. Es ist, als wüssten sie, wo wir sind – als würden sie diese Sturmfronten gezielt auf uns hetzen."

13

Nazmir

„Was für ein Loch", schnaubte Sira Mondhüter, während sie ihren Fuß aus dem Schlamm zog und dabei dem lauten Schmatzen lauschte. „Zum Glück bleiben wir nicht lange hier."

Nathanos neben ihr stand reglos und ignorierte sogar die deutlich sichtbaren Wolken von Stechmücken, die um seinen Kopf herumschwirrten. Wie so oft hatte er ein dezentes Duftwasser aufgetragen, um den Geruch zu übertünchen, der damit einherging, dass er weder lebendig noch tot war. Vielen Verlassenen war ihr eigener Geruch unangenehm; Sira hatte sich selbst erst kürzlich mit ihrem abgefunden. Mit den Mücken hingegen konnte sie sich partout nicht anfreunden, und sie schlug nach ihnen, während sie in immer dichteren Schwärmen zusammenströmten.

„Wo sind sie?", schob sie ungehalten nach.

„Geduld, Sira. Geduld."

Davon hatte sie selbst an einem guten Tag nicht viel, und noch viel weniger, wenn sie bis zu den Knien in einem verrottenden Sumpf stehen musste. Die Froschmarschen erinnerten sie auf seltsam schmerzhafte Weise daran, wie untot sie wirklich war. Hier wimmelte es überall von Leben: von den feucht glänzenden Bäumen und dem daran herabhängenden Vorhang aus grünem Moos bis hin zu den Krebsen, die klackend hinter ihnen über den Strand staksten, und dem ohrenbetäubenden Chor der Frösche und Insekten, der jede Hoffnung auf einen ruhigen Gedanken zunichtemachte.

Leben. Es war überall. Ungestümes, furchtloses Leben. Es *roch* sogar grün. Und kein Zentimeter weit und breit, der nicht von Ranken oder Pilzen oder Tümpelschleim bedeckt war. Vor ihnen schnaubte und stampfte eine Herde Flussbestien zwischen den Bäumen dahin – die Bläsersektion in diesem wuselnden Orchester zirpender, zwitschernder und quakender Kreaturen.

Mit einem Wort: Es war abstoßend.

„Wir werden hier noch bei lebendigem Leib aufgefressen", zischte sie, und bevor das letzte Wort ihre Lippen verließ, hatte sie bereits ein Dutzend weitere Mücken erschlagen.

„Da." Nathanos deutete auf dieselben Bäume, die die Flussbestien verbargen. Die langen, tropfenden Stränge Moos, die ringsum herabhingen, verliehen dem Strand etwas Klaustrophobisches. Vier Dunkle Waldläufer hatten sich dazwischen verteilt, um Wache zu stehen, und sie erduldeten die Stiche der Mücken und den Gestank des Sumpfes in stummem Pflichtbewusstsein.

„Siehst du sie?", fragte er.

Sira kniff die Augen zusammen.

„Sie bewegen sich wie Schatten über den Waldboden, und als Schatten können sie uns von Nutzen sein."

Sira entdeckte eine Bewegung zwischen den Wurzeln, die am Fuß der Bäume hervorragten. Es waren Trolle, die sich – gar nicht dumm – mit Schlamm eingerieben hatten. Inmitten der Büsche und umgekippten Baumstämme des Sumpfes waren sie so beinahe unsichtbar, während sie in die Richtung der Dunklen Waldläufer krochen. Dass sie nützlich sein konnten, wollte Sira gar nicht infrage stellen; schon gar nicht jetzt, wo sie die *Klagelied* in seichtere Gewässer hatten bringen müssen, um den tödlichen Stürmen entlang der Küste zu entgehen.

„Warum verstecken sie sich?", schnappte sie. „Sie haben doch um dieses Treffen gebeten!"

„Das stimmt." Mit einem Schmunzeln hob Nathanos die Finger an den Mund und pfiff – ein Zeichen an die Zandalari-Rebellen, dass er sie bemerkt hatte. Einer nach dem anderen erhoben sich die Trolle, unter ihnen auch ihre Anführerin, die nun langsam und stark humpelnd zu ihnen herübermarschierte. Auf gewisse Weise mochte Sira die Hexe Apari Ko'Runn sogar; vielleicht lag es daran, dass sie beide das Einzige verraten hatten, was ihr ganzes voriges Leben bestimmt hatte. In Siras Fall war es die Anbetung der Göttin Elune. Bei Apari war es die Loyalität gegenüber der zandalarischen Krone.

Dafür, dass sie eine so schwere Verletzung hatte, bewegte Apari sich überaus geschickt durch den Sumpf. Sie kamen auf einer Lichtung unweit des Strandes zusammen, die Anführerin des Witwenbisses mit ihrer rundlichen Schoßzecke auf der Schulter und einem kleinen Gefolge von ungefähr zwölf Wachen hinter sich. Außerdem ihr Leutnant, die hochgewachsene, schwarzhaarige Trollfrau Tayo, die nie weit von ihrer Seite zu sein schien.

Aparis weißes Haar war mit Schlamm verschmiert, um ihre Identität zu verbergen. Auch trug keiner der Trolle die auffälligen weißen und schwarzen Roben der Rebellion, sondern nichtssagende Fetzen und Rüstungsteile.

Apari und ihre Leibwächterin Tayo waren die Einzigen, die vortraten, um mit ihnen zu sprechen. Die Trollhexe verlagerte das Gewicht auf ihr heiles Bein und hob die Handfläche über ihr Herz. „Sei gegrüßt, Fahler Reiter."

„Endlich", erwiderte Nathanos nur. „Ich weiß, der Weg war für jemanden in deinem Zustand sicher nicht leicht, aber nächstes Mal erwarte ich Pünktlichkeit."

Ihre Augen blitzten. „Um mein' Zustand musst du dir keine Sorgen machen, Fahler Reiter."

„Nun gut. Zumindest hast du verstanden, wie wichtig Geheimhaltung ist. Wir können uns nicht tiefer ins Inland vorwagen. Sollten die Zandalari-Loyalisten uns entdecken, wären all unsere Pläne dahin."

Die Hexe tat seine Worte mit einer ungeduldigen Handbewegung ab. „Hast du unsere Bezahlung?"

„Du bist wohl kaum in der Position, Forderungen zu stellen", schnaubte Nathanos. „Aber ich möchte nicht länger als nötig in diesem Sumpf verweilen."

Er drehte den Oberkörper und winkte Visrynn nach vorne. Die dunkelhaarige Waldläuferin trug eine kleine, glänzende Truhe herbei und stellte sie wortlos auf neutralem Boden zwischen den Trollen und Pestrufer ab. Auf dem Schiff hatte Sira gesehen, wie sie Aparis Bezahlung vorbereitet hatten: ein Haufen Edelsteine, Schmuck, elegant gehämmerte Plattenketten, kleine Fläschchen mit seltenen Alkoholen und Dolche. Angesichts ihrer schwindenden Ressourcen kam ihr die Vergütung ein wenig übertrieben vor, aber Nathanos war überzeugt, dass dies der Preis für eine erfolgreiche Mission war.

„Wenn wir unser Ziel erreichen“, so hatte er ihr vor nicht einmal einer Stunde an Bord der *Klagelied* versichert, „wird solcher Tand keinerlei Bedeutung mehr für uns haben.“

Sira klatschte einen weiteren Schwarm Insekten an ihrem Hals tot und beobachtete, wie die Leibwächterin der Hexe sich hinkniete und die Truhe mit einem Finger aufklappte. Kein Lächeln. Kein Dank für ihre Großzügigkeit. Überhaupt keine Reaktion. Innerlich vor Zorn brodelnd, blickte Sira zu Nathanos hinüber, aber er gab ebenso wenig Emotionen preis wie die schwarzhaarige Trollfrau.

„Das ist nicht, was ich will.“ Apari Ko’Runn schüttelte mit abfällig verzerrten Lippen den Kopf. „Das ist nicht, was wir vereinbart hatten.“

Nathanos räusperte sich und bedeutete Visrynn, wieder nach vorne zu kommen. Sie kam der Aufforderung nach, hob die Truhe bereitwillig auf und kehrte damit zu ihren Schwestern zurück.

„Empörend“, murmelte Sira. Vielleicht hätte sie sich den Kommentar verkneifen sollen, denn die Hexe richtete den stechenden Blick ihrer türkisfarbenen Augen sofort auf sie. Einen Moment später verspürte Sira ein Gefühl, als würden tausend Spinnen ihren Rücken hinabkrabbeln. Sie schauderte, weigerte sich aber, den Blick abzuwenden. Das war nur ein Hexentrick, sagte sie sich. Nichts weiter.

„Aber, aber“, ging Nathanos dazwischen. „Ein simples Missverständnis. Was möchtest du denn stattdessen von uns?“

Apari grinste und zeigte ihre gelben, scharf zugeschliffenen Zähne, die Spitzen geschwärzt von dem übel riechenden, starken Alkohol, den die Zandalari in verkohlten Bottichen brannten. Sie humpelte vorwärts und musterte Nathanos dabei von Kopf bis Fuß, als wäre er ein Stück Fleisch an einem Marktstand. Was immer als Nächstes kommen würde, Sira war sicher, dass es ihm nicht gefallen würde.

„Euer Bote sagte, ihr wollt ’nen Loa umbring’.“ Apari neigte den Kopf, und ihre Augen leuchteten hell; die Vorstellung gefiel ihr offensichtlich. „Ihr wollt *Bwonsamdi* töten, aber das schafft ihr nich’, nich’ ohne uns. Es is’ nämlich alles andre als leicht. Zuerst mal müsst ihr ihn schwächen. Seine Anhänger und ihre Tribute geben ihm Kraft – aber ohne treue Gläubige wäre er verwundbar. Mächtige Magie schützt seine Schreine, und der Tribut, den ich von dir fordere, wird diese Magie aufheben.“

Jetzt wirkte selbst Nathanos sichtlich ungeduldig, und er drängte die Trollfrau: „Weiter.“

„Dafür brauch ich was Wertvolles“, fuhr Apari fort. Sie deutete auf Visrynn und die Truhe, dann drehte sie die Hand um und zog die Schultern hoch. „Das mag für manche Leute wertvoll sein, aber nich’ für *dich*. Du musst mir etwas geben, wovon du dich nur ungern, unter Qualen trennst. Etwas Unersetzliches.“

„Was wir euch anbieten, sollte mehr als ausreichend sein“, beharrte Nathanos. „Du bist nicht in der Position, um mit mir zu feilschen.“

Die Hexe war unglaublich dreist, das musste Sira ihr lassen. Mit einem theatralischen Seufzen wandte die Trollfrau sich ab, wobei sie darauf achtete, nicht ihr verletztes Bein zu belasten. Ihre Leibwächterin bot ihr Hilfe an, aber Apari ignorierte sie und wandte sich den Mitgliedern des Witwenbisses zu. Zunächst glaubte Sira noch, dass sie bluffte, aber nein, die Trolle sammelten sich und zogen langsam wieder ins dichte Grün des Sumpfes davon.

„Einen Moment.“

Die Trolle hielten inne und blickten ihre Anführerin an. Apari hielt ebenfalls inne, warf aber nur einen kurzen Blick über die rechte Schulter. Bevor Nathanos ihrer Forderung nachgeben konnte, griff Sira nach seinem Ellbogen. Mit gesenkter Stimme und vorgebeugtem Kopf flüsterte sie: „Warte …"

Doch er zog bereits eine Kette unter seinem schweren, schwarzen Mantel hervor, an deren Ende ein grün-goldenes Abzeichen hing, vom Alter verformt und verblasst. Das Abzeichen eines Offiziers? Ein Überbleibsel aus einem seit langer Zeit vergessenen Krieg? Sira war sich nicht sicher. Nathanos und Sylvanas hatten einst Silbermond gedient, und dank seines taktischen Geschicks hatte er sich bis zur Position des Waldläuferlords bei den Weltenwanderern hochgearbeitet – eine Leistung, die noch kein Mensch vor ihm vollbracht hatte. Und es war die Dunkle Lady höchstselbst gewesen, die ihn auf diesen Posten befördert hatte. Könnte dies das Abzeichen sein, das er damals erhalten hatte? Obwohl seine Augen stets in demselben karmesinfarbenen Schein pulsierten, sah Sira, wie sie einen kurzen Moment dunkler wurden; sie verblassten genauso wie sein altes, verformtes Andenken.

„Was tust du da?", flüsterte Sira. „Wir können nicht einfach jeder ihrer Forderungen nachgeben und uns wie dressierte Hunde auf den Rücken rollen. Wo ist deine Würde?"

Nathanos fletschte die Zähne, als er das hörte, und seine Augen brannten mit einem Mal hell und heiß vor auflodernder Zorn. Dann schien er sich mit mehreren tiefen Atemzügen zu sammeln. An seiner Würde ließ er also nicht rütteln. Beinahe wäre Sira vor ihm zurückgewichen, aber stattdessen strich sie nur ihr Haar aus der Stirn und hielt seinem Blick, der sich in ihren Schädel bohrte, mit derselben lodernden Intensität stand.

„Entweder du lernst den Wert des Schweigens oder ich werde ihn dir beibringen." Damit schien seinem Zorn genüge getan, denn als er sie wieder ansah, war es, als wäre sie nur eine Pustel an seinem Fuß – etwas, das er voller Verachtung zur Kenntnis nahm, auch wenn er es am liebsten ignorieren würde.

Sira kochte in trotzigem Schweigen, während er die Kette um seinen Hals straff zog und abriss. Anschließend ging er zu der Trollhexe hinüber und hielt ihr das Abzeichen hin. Apari Ko'Runn mochte schwer verwundet sein, aber in diesem Moment bewegte sie sich blitzschnell: Ihr Arm verschwamm förmlich, als sie versuchte, ihm die Kette aus der Handfläche zu schnappen. Nathanos war jedoch darauf vorbereitet und packte ihre Hand, bevor sie ihre Bezahlung an sich reißen konnte.

„Das ist kein billiger Tand, Hexe. Falls du die Schreine des Loa nicht wie versprochen zerstören kannst, wird das Konsequenzen für dich haben. Du magst ein paar Wolken vor der Küste heraufbeschworen haben, aber um diesen Preis zu verdienen, musst du echte Resultate erbringen."

Sira grinste. Na also. Das war der Pestrufer, den sie kannte. Während die Hexe den Kopf in den Nacken warf und lachte, fiel Sira ein Schatten auf, der sich hinter Apari Ko'Runn und ihrer Leibwächterin bewegte. War er schon vorhin dort gewesen? Sie schob die Hand zur Seite und umschloss einen ihrer Dolche, bereit, vorzuspringen. Im selben Moment katapultierte sich der Schemen in die Luft hinauf, um anschließend wieder nach unten zu sinken und mit einem lauten Platschen in einer Pfütze zu landen. Sira lächelte. Nur ein Frosch. Er wartete einen Moment, dann vollführte er einen weiteren wenig anmutigen Sprung.

„Das …" Apari nickte, ihre angespitzten Zähne hinter einem feierlichen Lächeln verborgen. Selbst ihre Hauer waren gelb und schlammverschmiert, aber in diesem Moment wirkten sie seltsam schön, beinahe engelsgleich, so als hätte die Berührung des Abzeichens sie von innen heraus erblühen lassen. „Genau das brauche ich für den Zauber. Die Macht des Verlangens und des Schmerzes haftet ihm an. Das wird reich'n, Fahler Reiter. Das wird reich'n. Wir greifen den ersten Schrein heut' Nacht an. Bwonsamdis' Bildnisse werden brenn', und mit jedem zerstörten Schrein wird sein letztes Stündchen näher rücken."

Lachend drehte sie sich zu ihrer Leibwächterin herum, um die Kette mit dem Abzeichen vorzuzeigen.

„Was sollte das?“, fragte Sira. Sie marschierte hinter Nathanos her, als dieser die Dunklen Waldläufer zusammenrief, um sich auf den Rückweg zum Ruderboot zu machen. Er konnte drohen, ihr den Wert des Schweigens beizubringen, so oft er nur wollte, aber er würde sie nicht davon abhalten, ihre Meinung zu sagen. Seine Schultern waren nach vorne gebeugt, als hätte er gerade eine verheerende Niederlage erlitten.

„Das ist jetzt unwichtig.“

„Es gehörte ihr, nicht wahr?“

Nathanos blieb stehen und schnaubte, dann rückte er den Riemen des Köchers zurecht, der quer über seine Brust verlief. „Wenn all das hier vorbei ist, erinnere mich daran, die Hexe in diesem Sumpf zu ertränken.“

Ein Rascheln im wuchernden Dickicht ließ sie beide erstarren, und ihre Blicke ruckten zu einem zitternden Busch herum, nicht weit von Aparis Füßen entfernt.

„Hinterhalt!“, brüllte einer ihrer Begleiter. Sira zog ihre Klinge, die Waldläufer legten ihre Pfeile an, und Nathanos griff nach seinem mächtigen, von Schnitzereien verzierten Langbogen.

Ein Speer zischte durch das Schilf und bohrte sich in den Busch. Tayo hatte ihn geschleudert, mit absolut tödlicher Zielsicherheit. Nun eilte sie hinüber und zog ihre Waffe aus dem Dickicht. Eine fette, feuchte Kröte hing leblos von der Spitze des Speers herab.

„Krag’wa der Riesige lebt in diesen Sümpfen, und er steht auf der Seite der Verräterkönigin.“ Tayo spuckte aus und hielt den aufgespießten Frosch hoch, damit alle ihn sehen konnten. „Seine klein’ Spione sind überall. Vielleicht war’s nur diese eine Kröte, vielleicht hüpft er gerade selbst davon, um uns Ärger zu machen.“ Sie kicherte und leckte sich die schlammverkrusteten Lippen. „Wie dem auch sei, wer hat Hunger?“

14

Orgrimmar

Thrall schob den Teller mit dampfendem Fleisch von sich fort. In dem Moment, als Yukha an seinen Tisch getreten war, hatte er jeglichen Appetit verloren. Zekhan hatte ihm bereits aus Zandalar berichtet, dass die Attentäter ein weiteres Mal versucht hatten, Königin Talanji zu ermorden. Sie waren sogar organisiert genug, um sich einen Namen zu geben – der Witwenbiss –, und sie hatten es geschafft, mehrere Wachen im Palast zu verletzen und zwei Zivilisten zu entführen.

Zekhans Nachricht lag zusammengerollt neben Thralls unberührtem Teller. Er hatte ein kleines Haus im Tal der Geister bezogen, nur wenig mehr als eine Hütte, angefüllt mit seinen Habseligkeiten und einem Bett. Die anderen Ratsmitglieder hätten ihm auch eine luxuriösere Unterkunft zugesprochen, aber er zog dieses bescheidene Häuschen vor; ein größeres Heim hätte sich nur leer angefühlt und ihn an die Abwesenheit seiner Frau Aggra und seiner Kinder Durak und Rehze erinnert.

Nein, eine simple Hütte reichte vollkommen, bis seine Familie sich ihm anschließen konnte oder die Horde seine Dienste nicht länger benötigte.

„Willst du das etwa nicht essen?“ Yukha lehnte sich auf seinen Schamanenstab und zwirbelte nachdenklich seinen grauen Bart.

„Bist du gekommen, um deine Arbeit zu tun oder mir mein Abendessen zu klauen, Yukha?“

Der Schamane lächelte, aber dieses Lächeln drang nicht bis zu den Falten um seine Augen vor. „Alter Freund, deine Nachricht hat Nordrassil erreicht, und ich bin hier, um dir die Antwort zu überbringen. Die Nachtkriegerin ist bereit, dich willkommen zu heißen – unter einer Bedingung."

Thrall verlagerte sein Gewicht. Jetzt hatte er noch weniger Hunger als zuvor. „Und? Nun spuck's schon aus."

„Sie sagt, du musst mitbringen, was du schuldig bist."

Thrall kratzte sich stirnrunzelnd am Kinn. „Was hat sie sonst noch gesagt?"

„Nichts." Yukha zog die Schultern hoch und griff nach dem Eberschenkel, der auf dem Tisch erkaltete, zupfte ein Stück gebratene Haut ab und schob es sich in den Mund. „Sie meinte, du würdest wissen, was das bedeutet."

„Ich verstehe. Was hat sie für einen Eindruck gemacht?"

Ermutigt von Thralls Desinteresse riss Yukha sich ein größeres Stück Eberfleisch ab. „Ihre Wut ist nicht abgekühlt, falls du das meinst."

Natürlich nicht. Wären die Rollen vertauscht, würde mein Zorn in tausend Jahren noch brodeln.

„Also schön. Ich kann hier nicht länger herumsitzen und die Streitereien des Rates schlichten, während wir auf Boten warten." Er seufzte. „Und das hier wird nur die nächste Streiterei auslösen."

Thrall schob den Stuhl vom Tisch zurück und ging zur Tür. „Junge!", rief er.

Der Kopf eines hageren Orc-Pagen schob sich durch den ledernen Vorhang vor dem Eingang.

„Lauf so schnell du kannst zur Feste. Gib Calia Menethil und Baine Bluthuf Bescheid – wir brechen noch vor Sonnenuntergang Richtung Nordrassil auf."

„Schon dabei!"

Sobald der Junge verschwunden war, wandte Thrall sich der großen, uralten Truhe neben dem Gästebett zu. Sie enthielt all seine Habseligkeiten, und er fischte einen sauberen Lederharnisch und einen wollenen, roten Umhang heraus – den hatte Aggra angefertigt, als sie den Kindern das Weben beigebracht hatte.

Ein subtiles Muster aus Gelb und dunklerem Karmesinrot zierte den Saum, und Thrall fuhr es mit den Fingern nach. *Zuhause.*

Während er in den Harnisch schlüpfte und den Umhang über die Schultern warf, rieb Yukha sich das Kinn. „Hmm. Die Untote und der Oberhäuptling. Bist du sicher, dass das eine gute Idee ist? Werden die beiden sie nicht an die Bansheekönigin erinnern, jeder auf seine eigene Weise?“

„Baine verachtet Sylvanas, und das Gefühl beruht auf Gegenseitigkeit“, erwiderte Thrall. Er verließ die Hütte, und der Schamane folgte ihm dichtauf. Es war wohlbekannt, dass Sylvanas Windläufer Baine als Gefahr betrachtete, und zwar schon lange, bevor er beschlossen hatte, sie zu stürzen. Ihr Hass auf den Tauren hatte ihn Thrall sofort sympathisch gemacht, und als er Baine besser kennengelernt und erfahren hatte, was für ein treuer Diener der Erdenmutter und der Geister er war, war sein Respekt vor dem Häuptling nur noch größer geworden.

Ein dunstiger Staubschleier dämpfte das Licht der Sonne, die auf die Stadt herabbrannte, und schon bald sehnte Thrall sich nach den kühlen, schattigen Teichen, die das Land um seinen Hof in Nagrand sprenkelten. Er konnte förmlich das Lachen seiner Kinder hören, während sie im Wasser planschten …

„Und die Frau?“, hakte Yukha nach.

„Calia Menethil möchte die Kluft zwischen den Verlassenen und den Kaldorei schließen, die jüngst von den Toten zurückgekehrt sind. Ich sehe daran nichts Schlimmes.“

Sie standen nun Seite an Seite, der alte Schamane schwer auf seinen Stab gestützt, während Thrall das Straßenlabyrinth unterhalb des Schamanenquartiers betrachtete. Überall waren Läden und Schmieden, und Ambosse klirrten Tag und Nacht, während die Schmiede versuchten, die Waffen und Rüstungen zu ersetzen, die während des Blutkrieges zerstört worden waren.

Yukha schüttelte sich, als er die Worte hörte.

„Siehst du das etwa anders?“ Thrall folgte der Spur des Pagen Gunk, der sich ein Stück voraus einen Weg durch die chaotische Geschäftigkeit der Straßen bahnte.

„Ich fände es besser, du würdest allein gehen."

„Der halbe Rat ist überzeugt, dass mich in Nordrassil ein Hinterhalt erwartet, ich musste also ein kleines Zugeständnis machen", erklärte Thrall. Zu guter Letzt verschwand Gunk vor ihnen außer Sicht, während er mit fliegenden, nackten Füßen zum Tal der Stärke rannte. „Wenn es dich so sehr stört, kannst du ja zurückgehen und den Rest meines Abendessens herunterschlingen."

Yukha lachte bellend. „Ha, Erdbinder. Ohne mich zu gehen, wäre ganz sicher dein Untergang. Ich habe mit den Druiden, die den Weltenbaum bewachen, sicheres Geleit ausgehandelt. Sie werden erwarten, dass ich dich und deine Mitstreiter begleite."

„Ah. Jetzt fühle ich mich schon viel sicherer."

Yukha ignorierte den Seitenhieb. „Tiala hat mir versichert, dass wir unbehelligt zum Weltenbaum vorgelassen werden. Ich soll dich erst dorthin führen und dann zu Tyrande. Und danach? Danach bist du auf dich allein gestellt."

Du musst mitbringen, was du schuldig bist.

Thrall war kein Narr. Sicher verlangten Tyrande Wisperwind und Malfurion Sturmgrimm nach einer Geste der Wiedergutmachung für die Kriegsverbrechen, denen Teldrassil zum Opfer gefallen war. Obwohl er damals weit weg in Nagrand gewesen war und seine Verbindung zu seinen Schamanenkräften unterbrochen gewesen war, hatte er gespürt, wie sich die Welt verschob und der Zorn von Sylvanas Windläufer die Hauptstadt der Kaldorei in Feuer tauchte. Es war leise und weit entfernt gewesen, aber er hatte den kollektiven Aufschrei gehört, und einen kurzen, schrecklichen Augenblick lang hatte er sogar Rauch in der Luft gerochen, obwohl nirgends etwas brannte.

Was war er schuldig?

Wie sollte er diese Frage beantworten? Er war nicht Teil des Hordekriegs gewesen, der zu diesen Gräueltaten geführt hatte – andernfalls hätten Tyrande und Malfurion einem Treffen vermutlich gar nicht erst zugestimmt. Unschuld an einem einzelnen Verbrechen war jedoch ein schwacher Schild. Aber vielleicht hatte er ja noch mehr vorzuweisen. Sein Blick schweifte über die erhöhten Plateaus und wehenden Banner von Orgrimmar, und er stellte sich vor, sie würden in Flammen stehen. Er stellte sich vor, die Stadt, die einst die Quelle von so viel Leben und Freude gewesen war, würde durch Krieg und Pein zu qualmenden Trümmern niedergebrannt. Was würde er in so einer Situation wollen? Was würde er brauchen?

Welcher Balsam könnte eine so unglaublich tiefe Wunde lindern?

*

Bei Valormok wechselten sie die Reittiere und ließen ihre langmähnigen Windreiter zurück, um die Reise mit vier gesattelten, rastlosen Hippogryphen fortzusetzen, deren Federn wie ein strahlender Regenbogen aus Blau, Violett und Grün schillerten. Zum Glück war das größte der Tiere kräftig genug, um Baines gewaltige Körpermasse zu tragen. Thrall bestritt den erschöpfenden Flug in nachdenklicher Stille, sodass ihm die offenen Narben der Minen vor Orgrimmar kaum auffielen, und ebenso wenig der idyllischere Anblick des Südstroms. Die brünierten Bäume von Azshara verschwammen zu einem blutigen Streifen auf dem Land, als die Hippogryphen sie höher in die Luft emportrugen und dem Pfad eines schäumenden Flusses folgten, bis sich schließlich der Berg Hyjal aus dem abendlichen Nebel schälte.

Der Himmel verdunkelte sich zu einem tiefen, feierlichen Amethystblau, und sie erhaschten einen ersten Blick auf den Weltenbaum, dessen Wurzeln wie knorrige Hände an den Seiten des Berges hinabreichten.

„Oh“, hörte er Calia Menethil zu seiner Rechten seufzen. „Oh, wie *wunderschön* er ist.“

„Nordrassil“, fügte Baine Bluthuf hinzu. Sein Ton spiegelte dieselbe Freude wider. „Die Krone des Himmels. Was für ein Geschenk, im Schatten des Weltenbaums wandeln zu dürfen.“

„Schaut!“ Calia deutete auf zwei Feendrachen, die sich über dem See am Fuße Nordrassils spielerisch hin und her jagten. Erst flogen sie in einer Spirale, dann schnellten sie zurück zu den Hügeln und der Lichtung, wo auch Thrall, Calia, Baine und Yukha zur Landung ansetzten. Die Drachen flogen keine Armspanne von Calia entfernt vorbei, und ihre violetten und rosafarbenen Flügel zerzausten ihr das Haar.

Sie stiegen ab – unbehelligt, genauso, wie Yukha versprochen hatte. Dann nahm man ihnen die Hippogryphen ab und führte die Tiere davon, während die vier Besucher in beinahe erdrückender Stille warteten.

„Das Licht hier ist ganz anders – wie es auf die Blätter fällt …“, murmelte Calia. Sie starrte zum Weltenbaum hinauf, dessen Spitze die Wolken selbst vor den schärfsten Augen verbargen. „Und die Blumen! Habt ihr jemals so blaue Blüten gesehen?“

„Beim Geist meines Vaters, dies ist wirklich ein Geschenk der Erdenmutter.“ Baine kniete sich hin, um eine der Blumen zu bewundern, und die Perlen, mit denen seine Hörner und seine Rüstung verziert waren, klimperten leise, als er ihren Duft einsog.

Thrall beobachtete, wie das Dunkel der Nacht auf sie zukroch, bis nur noch helle, azurblau brennende Feuerschalen an der Spitze der Säulen die Düsternis von der Lichtung fernhielten. Trotz der frischen Luft und der hübschen Blumen gestattete Thrall sich keine Entspannung.

„Eine Wolke liegt über diesem Ort“, sagte er leise. Vor dem Gasthaus, das sich an die Wurzeln des Baumes schmiegte, hielt ein Wächter des Hyjal – gekleidet in Braun und Grün und das Siegel von Nordrassil – Nachtwache.

Yukha war der Einzige, der Thrall hörte. „Wir sollten keine Zeit verlieren. Kommt.“

Der Schamane führte sie um das graue Gasthaus herum und dann einen seicht abfallenden Hang hinunter zum Ufer des kristallklaren Sees. Dort angekommen, klopfte er einmal mit dem Ende seines Stabes auf die feuchte Erde, und ein Pfad verhärtete das Wasser vor ihnen so weit, dass man darauf gehen konnte.

Anschließend marschierte Yukha weiter, so schnell seine alten Beine ihn trugen.

„Drückt euch vorsichtig aus“, warnte Thrall Baine und Calia.

„Vielleicht ist es besser, zunächst einmal nur zuzuhören“, erwiderte Baine mit einem ernsten Nicken. „Geplapper heilt nur selten alte Wunden.“

„Ja, könnt ihr die Dunkelheit spüren, die über diesem Ort hängt?“

„Trauer …“ Calias Worte waren ein Wispern, und ihre Schritte auf dem gefrorenen Pfad so leicht wie Regentropfen. „Erst ist es mir nicht aufgefallen – die Schönheit des Weltenbaums ist einfach überwältigend. Aber Thrall hat recht. Dies ist ein Ort des Kummers, und wir stören ihn in seiner Trauer.“

Thrall nickte. Dass die beiden den Ernst der Lage verstanden, ermutigte ihn; er hatte seine Begleiter weise gewählt.

„Eigentlich wollte ich gar nicht herkommen, aber das Geisterreich ist zersplittert, und unsere Schamanen können keinen Grund dafür finden. Dieses Problem wiegt zu schwer, als dass man es ignorieren könnte“, sagte Thrall. Dasselbe Argument hatte er auch vor dem Rat angeführt, um diese Reise zum Weltenbaum zu rechtfertigen.

Auf der anderen Seite des Sees erhob sich ein weiterer Hügel, dieser gekrönt von drei silbernen Zelten. Man hatte kunstvoll Blätter in ihre Stangen geschnitzt und sie mit Monden bemalt, und davor waren dicke Decken und Felle ausgebreitet. Da war auch eine gepolsterte Sitzbank, deren Armlehnen die Form von Eulen hatten, und unter dieser Bank saß ein Nachtelfenmädchen, das wehmütig an einer Laute zupfte.

Thrall nahm die traurige Musik allerdings kaum wahr; seine Konzentration galt ganz den beiden anmutigen Gestalten, die auf der Eulenbank saßen. Als sie näher kamen, stand eine dieser Gestalten auf und blickte ihnen entgegen, aber sie machte keine Anstalten, sich zu verbeugen oder auf andere Weise Respekt auszudrücken. Der Erzdruide Malfurion Sturmgrimm war eine beeindruckende Erscheinung, hochgewachsen und kräftig wie ein Baum, sein Kopf gekrönt vom Geweih eines Hirsches. Federn sprossen aus seinen Armen, und der smaragdgrüne Bart, der von seinem Kinn hing, war sogar noch länger und voller als der von Yukha.

Während Malfurion eine Verkörperung des Waldes und seiner Tiere darstellte, war seine Frau Tyrande Wisperwind eine makellose Manifestation von Elune, der Göttin des Mondes. Ihre weiß glänzende, goldziselierte Rüstung sah aus, als wäre sie aus reinem Sternenlicht gewoben. Zwei gleichmäßige, türkisfarbene Zöpfe rahmten ihr Gesicht ein, aber die elegante Reinheit ihrer Kleidung und ihres Haares ließ die geschwärzten Gruben ihrer Augen umso unheimlicher erscheinen.

Malfurion und Tyrande waren nicht allein, und Thrall stellte verblüfft fest, dass sich auch Maiev Schattensang und Shandris Mondfeder auf dem Hügel eingefunden hatten. Die beiden Nachtelfen hatten sich flüsternd neben den Zelten unterhalten, verstummten aber rasch, als die Hordemitglieder näher kamen. Maievs stählerner Helm mit seinen Flügeln und scharfen Linien stellte einen unheimlichen Kontrast zur harmonischen, natürlichen Schönheit der anderen dar. Allein ihr smaragdgrüner Umhang schien sich in die festliche Umgebung einzufügen. Shandris Mondfeder war ebenso wie ihre Begleiterin in voller Rüstung und Bewaffnung erschienen. Ein Schweif ihres blauen Haares wogte aus der Oberseite des Lederhelmes hervor, der ihre Augen verbarg. Thrall musste sie aber nicht sehen, um zu wissen, dass sie ihm nicht freundlich gesonnen waren.

Yukha verharrte mehrere Schritte vom Rand der Teppiche entfernt, und Thrall stellte sich neben ihn. Calia, die beinahe zwei Köpfe kleiner war als der Orc, wartete rechts hinter ihm, Baine links hinter ihm.

In Erwartung eines frostigen Empfangs vollführte Thrall eine tiefe Verbeugung. Zu seiner Erleichterung folgten die beiden anderen Ratsmitglieder seinem Beispiel.

„Wie versprochen.“ Yukha bekundete den Anführern der Kaldorei ebenfalls seinen Respekt. „Thrall, Sohn von Durotan, Baine

Bluthuf, Oberhäuptling der Tauren, und Calia Menethil, Prinzessin von Lordaeron und Repräsentantin der Verlassenen in der Horde. Sie sind hier, um über die Störungen zu sprechen, die die Schamanen des Irdenen Rings und die Druiden der Mondlichtung festgestellt haben."

Tyrande tippte lediglich der kleinen Musikerin auf die Schulter. Das Mädchen zupfte ein letztes Mal an den Saiten, dann verstummte die Musik. Stattdessen konnte man nun das nächtliche Lied der Insekten hören, aber es vermochte die unbehagliche Stille nicht zu füllen. Thrall hielt den Blick auf Tyrande gerichtet, da sie ihn ihrerseits musterte und keine Anstalten machte, die Augen abzuwenden.

„Danke, dass Ihr Euch zu diesem Treffen bereit erklärt habt", begann Thrall, überrascht darüber, wie rau seine Stimme klang. Er räusperte sich, ehe er fortfuhr. „Yukha und einige andere vermuten eine finstere Störung im Geisterreich. Unsere Toten finden keine Ruhe, und die Versuche der Schamanen, sie zu führen, bleiben unbeantwortet."

Nichts. Keiner von ihnen blinzelte auch nur. Bei Maiev und Shandris ließ es sich wegen ihrer Helme nicht eindeutig sagen, aber Thrall wäre jede Wette eingegangen, dass er mit dieser Annahme richtig lag.

„Yukha berichtete mir, Eure Priesterinnen hätten ähnliche Entdeckungen gemacht", fuhr er ein wenig verärgert fort. Seine Wangen brannten angesichts ihres demütigenden Empfangs. Zu einer anderen Zeit, als er noch jünger gewesen war, hätte er sich eine solche Beleidigung nicht bieten lassen. „Es wäre das Beste, wenn unsere Völker zusammenarbeiten. Seht Ihr das nicht auch so?"

Nichts. Frostiges, starres Schweigen. Rechts von ihm verlagerte Calia nervös das Gewicht.

Thrall sammelte sich, ehe ihm eine unüberlegte Bemerkung herausrutschen konnte. Einmal mehr blickte er Tyrande an, stellte er sich der hypnotisierenden Aura der Dunkelheit in den ewig glühenden Kohlebecken ihrer Augen. Er musste wieder an diesen Moment in Nagrand denken, als er Rauch gerochen und weit entfernten Schmerz gespürt hatte. Für sie war dieser Schmerz alles andere als weit entfernt, auch jetzt nicht. Er war genauso unerbittlich und stark wie an jenem Tag, an dem Teldrassil niedergebrannt war. Einst hatten sie Seite an Seite gestanden, er, Tyrande und Malfurion, als sie zu dritt an der Verteidigung Nordrassils mitgewirkt hatten. Diesen Baum hatten sie retten können. Doch das Verbrechen, dem sein Schwesterbaum zum Opfer gefallen war, ließ sich nicht ignorieren.

„Ich habe Euch gebracht, was Ihr wolltet – was ich Euch schuldig bin“, erklärte Thrall, und zu guter Letzt sah er einen Funken von Leben in ihren Augen. „Ich bringe Euch die aufrichtige Entschuldigung der Horde. Wir sind keine geeinte Stimme mehr, die durch den Mund eines Kriegshäuptlings spricht, sondern eine Vielzahl von Stimmen. Wir haben einen Rat gebildet, damit nie wieder ein Einzelner die Macht ergreifen und missbrauchen kann, so, wie Sylvanas es tat. So ... So, wie Sylvanas Euer Volk missbrauchte.“

Er hätte schwören können, dass der Mond über ihnen in diesem Moment heller schien, so als hätte allein die Erwähnung der Bansheekönigin seinen Zorn geweckt.

„Calia Menethil ist hier als Exempel für die Veränderung, nach der wir streben“, fuhr Thrall unbeirrt fort. Calia nickte, tat ihm aber den Gefallen, stumm zu bleiben. „Lillian Voss vertritt die Verlassenen, die einen Neuanfang suchen, frei von Sylvanas, frei von ihrem giftigen Einfluss. Jene, die Sympathien für die Verräterin hegen, wurden verbannt oder hingerichtet, und ihre Loyalisten wurden an der Wurzel aus unserer Mitte gerissen. Baine Bluthuf hier versuchte sogar, Sylvanas zu stürzen und sie als Kriegshäuptling abzusetzen. Sein Versuch kam nur ein wenig zu spät, und zu wenige hörten auf ihn.“

Redete er gegen eine Wand? Konnte Tryrande denn nichts zu einer Reaktion bewegen? Selbst Malfurion bedachte ihn mit einem unmerklichen Nicken, wenn auch vielleicht nur, um anzuzeigen, dass er zuhörte.

Zu seiner Überraschung nahm Shandris Mondfeder ihren Helm ab, sodass ihre roten Tätowierungen und ihre stechenden, weißen Augen zum Vorschein kamen. „Ich bin sicher, Ihr versteht unser Zögern, Thrall. Schließlich haben unsere eigenen Verbündeten ihre Versprechen gebrochen. Ich werde mir anhören, was Ihr zu sagen habt, aber nur, weil ich ebenso nach Gerechtigkeit dürste wie nach einer Heilung für unser Volk."

Maiev schnaubte. „Vorsicht, Shandris. Falls du seinen honigsüßen Worten lauschst, tust du es auf eigene Gefahr. Falls du ihm glaubst, tust du es auf eigene Gefahr. Falls du dich mit der Horde zusammentust, um Sylvanas zu jagen, tust du das auf eigene Gefahr. Denn sei versichert, sobald diese Sache vorbei ist, wirst du einmal mehr ein Messer in deinem Rücken spüren."

Bei diesen Worten hätte Tyrande beinahe gelächelt.

Shandris' zarte Brauen zogen sich frustriert zusammen. „Ich glaube, dass man handeln muss, wenn man Gerechtigkeit will, Maiev. Ich dachte, das hätte ich schon erklärt."

„Wessen Handeln?", fragte Maiev. Ihr scharfer Ton schnitt durch die friedliche Lichtung. „Das der Horde? Und wessen Gerechtigkeit? Ich für meinen Teil werde mich nämlich nicht damit zufriedengeben, dass nur Sylvanas Windläufer bestraft wird. Sie war es nicht allein, die Teldrassil verbrannt hat."

„Baine wurde eingesperrt, weil er sich Sylvanas widersetzte", erinnerte Thrall sie. „Nicht die ganze Horde stand an jenem Tag hinter ihr."

„Und doch hat sie im Namen Eurer Seite gesprochen – im Namen Eurer Seite gehandelt", schnappte Maiev zurück. „Der Kriegshäuptling ist die Stimme der Horde, die Hand der Horde. Und danach habt Ihr Euch auf einen Rat verteilt, um die Schuld von Euch zu weisen. Das ist nichts weiter als ein feiger Versuch, die Geschichte umzuschreiben – eine Geschichte, die wir nicht vergessen werden!"

Sie unterstrich ihren Zorn, indem sie einen Schritt auf ihn zumachte. Behutsam zog Shandris sie wieder zurück.

„Du würdest doch auch nicht wollen, dass man dich für jeden Fehler und jedes Verbrechen der Allianz verantwortlich macht, oder?“, fragte Shandris in beschwichtigendem Tonfall.

„Richtig“, meldete Baine sich zu Wort. „Wie würdet Ihr für Gerechtigkeit sorgen? Müsste Donnerfels niederbrennen? Und Orgrimmar? Würde der Tod von Unschuldigen Euch zufriedenstellen – oder wisst Ihr, dass Schmerz einfach nur mehr Schmerz gebiert?“

„Hochfürst Saurfang hat die Belagerung gemeinsam mit Sylvanas geleitet, auch wenn er nie vorhatte, den Weltenbaum zu zerstören“, fügte Thrall an. „Seine Rolle in dieser Tragödie darf nicht vergessen werden. Aber er liegt jetzt in seinem Grab, gestorben durch die Hand seines eigenen Kriegshäuptlings.“

Calia Menethil blickte zu ihren größeren, kräftigeren Begleitern hoch, dann schloss sie sich ihren Argumenten an, mit leiser, aber nichtsdestotrotz fester und sicherer Stimme. „Dieser Streit lenkt uns nur ab. Um die Eine zu finden, die den Befehl gab, müssen wir die Kluft zwischen uns überwinden.“

Maiev drehte sich herum und wartete auf eine Reaktion von Tyrande oder Malfurion, aber keiner der beiden sagte etwas. In diese fortwährende Stille hinein verkündete Shandris einmal mehr ihre eigene Meinung.

„Falls wir uns zu einer … vorübergehenden Einigung bereit erklären“, sagte sie, wobei sie ihre Worte genau abwog, „dann hieße das nicht, dass wir die Horde von jeder Schuld freisprechen. Es wäre nur im Moment die vorteilhafteste Strategie. Ich sehe keinen Grund, warum das nicht möglich sein sollte.“

„Ich sehe einige Gründe“, murmelte Maiev.

Tyrande hatte noch immer kein Interesse daran, ihr Schweigen zu brechen.

Das Elfenmädchen begann, wieder seine Laute zu spielen, doch Tyrande ließ ihre Hand auf die eulenförmige Armlehne der Bank herabsausen, und sofort kehrte wieder Stille ein. War der Mond am Himmel gerade größer geworden? War er irgendwie näher gerückt? Er wirkte regelrecht bedrohlich …

„Es war noch zu früh.“ Malfurions tiefer Bariton erfüllte die Lichtung. Er beugte sich zu seiner Frau hinab und legte eine fellbedeckte, klauenbewehrte Hand auf ihre Schulter. „Das hat keinen Sinn. Lassen wir sie gehen.“

Tyrande schlug die Beine übereinander und lehnte sich auf der Bank zurück, wobei sie die Hand ihres Mannes mit einer angespannten Grimasse abschüttelte.

Und dann, ganz plötzlich, brach sie doch ihr Schweigen.

„Wenn ihr euch das Blut von eintausend verbrannten, abgeschlachteten Kaldorei vom Leib gewaschen habt, wenn ihr auf die Knie gefallen seid und die Füße von eintausend trauernden Seelen geküsst habt, wenn ihr ihnen in die Augen blickt und ihnen versprecht, dass ‚die Horde sich verändert hat‘ und sie euch *wirklich* glauben ... Dann, und nur dann, werde ich eure Entschuldigung akzeptieren und euch wie Gleichberechtigte behandeln.“ Tyrandes Stimme war so scharf wie Stahl, und ihre Worte saugten die Luft aus der Lichtung. „Meine Brüder und Schwestern hier sind vielleicht bereit, sich eure leeren Versprechungen von Gerechtigkeit und Hilfe anzuhören, aber ich kenne euch zu gut. Ich habe meine Lektion gelernt.“

Dann stand sie auf, und jetzt befürchtete Thrall wirklich, dass der Mond vom Himmel herabstürzen könnte, um sie auf Tyrandes Kommando zu zerschmettern. Obwohl ihre Augen dunkel waren, schienen sie doch zu glühen, und bei jedem Wort ließ Elunes Zorn ihre Haut heller und kälter lodern. Farbe und Leben schienen aus ihrer Umgebung zu weichen, so als hätte sie alle Energie aus der Natur gesaugt. Als wären die Bäume vertrocknet und die Blumen und das Gras zu Staub verwelkt.

„Wie viele Kinder hat eure Horde zu Waisen gemacht?“ Tyrande schnitt mit der flachen Hand vertikal durch die Luft. „Während diese Kinder heranwachsen, werden sie jeden Morgen beim Aufwachen den Geschmack von Asche im Mund haben, und eines Tages werden sie euch holen. Oh, sie werden euch holen, und dann werden sie euch dieselbe Asche schmecken lassen. Und dann, erst dann, werdet ihr wissen, was Gerechtigkeit ist.“ Sie sank wieder nach hinten, als hätte sie sich vollkommen verausgabt. Das Licht kehrte auf die Lichtung zurück, und die Blumen ringsum waren einmal mehr grün und gesund.

„Los“, murmelte Yukha, während er den anderen zuwinkte. „Wir sollten gehen … Es war ein Fehler. Ich hätte euch nie herbringen sollen.“

Baine und Calia ließen sich von Yukha vor sich her scheuchen, zurück zu dem Pfad über das schillernde Wasser. Thrall hingegen machte nur langsame, vorsichtige Schritte, und er achtete darauf, Tyrande nicht den Rücken zuzukehren. Vermutlich deswegen richtete sie ihre letzten Worte direkt an ihn.

„Du wirst herausfinden, dass Gerechtigkeit weit weniger süß schmeckt als die erbärmliche Bestrafung, der du dich einst gegenübersahst. Und wenn diese Gerechtigkeit kommt, wird dich keine Waffenruhe retten können.“

Thrall spürte, wie Yukha seinen Arm packte und daran zerrte. Aber er teilte die Einschätzung des Schamanen nicht. Es war wichtig und richtig, dass sie hergekommen waren. Thrall hatte geglaubt, zu wissen, was Tyrande wollte – dass er ihr Reue schuldig war –, aber nun hatte er seinen Fehler erkannt. Er schüttelte Yukhas Hand ab und presste die Faust an seine Brust, um den Ernst seiner Worte zu unterstreichen.

„Ich werde Euch bringen, was ich Euch schuldig bin. Keine Worte, keine Versprechen, sondern den Kopf von Sylvanas Windläufer.“

Der unmerkliche Hauch eines Lächelns huschte über das Gesicht von Tyrande Wisperwind. „Dann tu es, oder sprich nie wieder zu mir.“

15

Dazar'alor

Die Albträume kamen inzwischen häufig genug, dass Talanji sie als solche erkennen konnte. Doch sie erkennen zu können, war nicht dasselbe, wie ihnen entkommen zu können. Und so schrie sie noch immer, unfähig, sich zu verteidigen, während Gift von Fängen tropfte, so dick und weiß wie die Stoßzähne von Flussbestien. Dann landete der erste Tropfen auf ihrer Schulter, und die Spinne ragte über ihr auf. Ihre Fänge kamen näher, rasiermesserscharf. Näher und näher … Talanji schlug und trat um sich, krümmte sich, wand sich, aber nichts half. Es war hoffnungslos …

Das Monster, das Shadras Abbild nachempfunden war, drückte Talanji auf ihr Bett, und seine acht Beine sperrten sie ein wie ein lebendes Gefängnis. Sein Unterleib zog sich zusammen, dann füllte es den Raum mit seidenen Fäden – einem tödlichen Kokon. Talanjis Mausoleum. Einmal mehr schrie sie, als die riesige Spinne ihren feucht tropfenden Schlund weit aufriss. Während sie versuchte, zu entkommen, sah sie im Inneren dieses Rachens das Gesicht von Bezime, dem untröstlichen Vater, der die Königin um Milde gebeten hatte, damit eine junge Ehe erblühen könnte. Doch der Witwenbiss hatte ihn während seines nächtlichen Angriffs auf die Stadt entführt, und später hatten Talanjis Patrouillen Bezimes Leiche am Rand von Nazmir gefunden, so verkohlt, dass sie fast nicht mehr zu identifizieren war.

Der Troll krallte seine Hände in die Innereien der Spinne, während er verzweifelt versuchte, nach draußen zu klettern.

„Helft mir! Meine Königin! Meine Königin, helft mir!“

„Ich kann nicht … Ich …“ Talanji schlug noch fester um sich. Falls dies das Ende war, falls all ihre Fehler sie heimsuchten, dann wollte sie nicht einfach still daliegen und kampflos sterben. Ein Name könnte sie noch retten. Ein Hilferuf könnte diesem Albtraum tatsächlich ein Ende machen. Tränen strömten über Bezimes panisches Gesicht, dann begann seine Haut, Blasen zu werfen. Er verbrannte, und sein Flehen wurde im Bauch der Spinne erstickt, als die Bestie ihre Kiefer zuklappte und sich auf Talanji herabfallen ließ.

„Bwonsamdi!“

Das Bild von Shadra erstarrte, dann zersplitterte es in kleine Wölkchen blauen Rauchs, die allmählich verblassten und wie der ganz normale Rauch von Kerzen zur Decke hochstiegen. Es war nur ein weiterer Traum gewesen. Ein weiterer *Albtraum*. Dennoch schnappte Talanji nach Luft, während sie aus dem Bett sprang, das Laken um ihren Körper schlang und sich den überaus realen Schweiß vom Gesicht wischte. Als sie die Hand von ihrer Stirn nahm, sah sie tiefe Linien darauf – Falten, die am Tag zuvor noch nicht da gewesen waren. Wie konnte das sein? Saugte das Herrschen wirklich so schnell das Leben aus ihr heraus?

„Du hast gerufen?“

Sie atmete aus und setzte sich wieder auf den Rand ihres Bettes, wohlwissend, dass Bwonsamdi auf der anderen Seite der großen, goldenen Plattform wartete. Ein gnädiger Windhauch wehte vom offenen Balkonfenster herüber, feucht, aber kühl, und Talanji drehte ihr Gesicht herum, begierig nach der Linderung, die der Luftzug mit sich brachte.

„Es war … nur ein Albtraum“, sagte sie. „Shadra wollte mich töten, und der arme Vater, den sie aus dem Palast entführt hatten, war in ihrem Bauch. Es fühlte sich schrecklich real an.“

„Weil deine Schuldgefühle real sind.“ Das azurblaue Feuer hinter Bwonsamdis Maske glühte dumpf, als er vor ihr erschien. „Wirf mal ’nen Blick nach draußen, meine Königin. Dein Albtraum is’ noch nich’ vorbei. Etwas muss gescheh’n, und zwar schnell.“

Talanji zischte, aber sie presste das Laken an ihre Brust und schlurfte auf nackten Füßen zum Rand des Balkons hinüber, wobei sie versuchte, nicht auf ihre sichtlich gealterten Hände zu starren. Der Loa der Gräber hatte die Wahrheit gesagt. In den Dschungeln unter ihr brannten Feuer: acht Stecknadelköpfe aus Licht inmitten der Dunkelheit. Entweder sie war noch immer nicht ganz wach, oder Bwonsamdis Gestalt erschien zittrig und leicht durchscheinend, so als wäre er nur halb hier.

„Wie kann das sein?“ Talanji biss sich fest auf die Lippe, als Zorn in ihr hochloderte, aber es gab nur zwei Möglichkeiten: Entweder sie gab diesem Zorn ein Ventil, oder er würde sie verschlingen. „Meine Soldaten patrouillieren unermüdlich in den Dschungeln, und doch entwischen die Rebellen ihnen jedes Mal. Sie überfallen meine Stadt, greifen meinen Palast an, greifen *mich* an … Wie konnten sie so schnell so stark werden?“

Bwonsamdi schwebte neben sie und betrachtete das Werk des Witwenbisses. Talanji war nicht untätig gewesen; sie hatte sich jeden Tag mit ihrem Rat zusammengesetzt, um neue Taktiken und Ansätze zu besprechen. Sie hatten die größere Streitmacht und größere Ressourcen, aber ihr eigenes Land arbeitete gegen sie, denn in den Dschungeln konnte der Witwenbiss untertauchen, solange er wollte. Ihre geringe, verstreute Zahl verschaffte den Rebellen einen Vorteil, wohingegen die Armee sich weit verteilen musste, um ganz Zuldazar abzudecken. Und wie Talanji wusste, gab es selbst innerhalb der Stadt viele, die ihrer Herrschaft argwöhnisch gegenüberstanden. Ihre Ohren waren den Worten der Rebellen geöffnet, und schon bald könnten auch ihre eigenen Münder die Lügen und den Schrecken der Gruppe weiterverbreiten und die Stabilität von Talanjis Regentschaft untergraben.

„Was soll’n wir tun?“, murmelte sie. „Wie soll ich aufhalten, was ich nich’ seh’n kann? Sie haben keine Festung, nich’ mal Lager. Wenn meine Wachen ihre Verstecke find’n, sind sie längst fort. Wir jagen Phantomen hinterher, kämpfen gegen Feuer, die bereits zu glimmender Kohle heruntergebrannt sind."

„Sie greifen dich wegen dem Pakt an, den dein Vadder eingegang' ist", erklärte Bwonsamdi. Er deutete mit der Hand auf das Chaos unter ihnen. „Sie glauben, ich kontrolliere dich, und sie haben Angst, was meine Königin, eine Königin des Todes, tun könnte."

Talanji starrte ihn finster an. „Ich bin *nicht* deine Königin."

„Sag das denen." Er lachte grimmig. „Sie verbrenn' meine Schreine, brechen die Magie, die sie schützt, und töten meine Priester. Falls sie noch mehr verbrenn', werde ich dir keine große Hilfe mehr sein. Ein Loa is' nichts ohne seine Anhänger und ihre Gebete."

„Sie schaden dir", keuchte Talanji. „Du wirst schwächer."

Der Loa nickte ernst. „Und du auch."

„Ich?" In hilfloser Frustration ließ sie sich an der Wand des Balkons nach unten gleiten. Dann hob sie ihre Hände zum Licht der Feuerschalen hoch und zwang sich, sie zu betrachten. „Meine ... Meine Hände. Was geschieht mit mir, Bwonsamdi?"

„Wir sind miteinander verbunden, kleine Königin." Er seufzte. „Wir teilen ein Schicksal. Falls ich keine Anhänger mehr habe, falls es keine Tribute und kein' Glauben mehr gibt, dann verschwinde ich. Meine Kraft lässt nach, und da wir ein Band teil'n, verlässt dich auch deine Energie."

Talanji fluchte und verbarg die Hände unter dem Laken. „Und dieses Zittern, dieses Stechen in meiner Brust ..."

„Es wird schlimmer werden, Talanji. Es sei denn, du beschützt mich. Du *musst* mich beschützen."

Sie konnte die wahre Furcht in seiner Stimme hören, und sie fragte sich, wie sie stark und mutig sein sollte, wenn selbst ein Gott in Angst verfiel. „Ich ... Ich kann das nich' akzeptieren."

„Ob du's akzeptierst oder nich'." Bwonsamdi neigte den Kopf, die Flammen in seinen Augen wirkten noch fahler als zuvor. „Es is' die Wahrheit."

Talanji sog zittrig den Atem ein. „Falls es stimmt ... Wie soll ich dann gegen diese Rebellen kämpfen? Kannst du mir nich' helfen?"

Der Loa lachte, aber es war ein Laut bar jeder Belustigung. „Du hast die Soldaten, Talanji, und du könntest noch viel, viel mehr haben. Ich glaube, du weißt bereits, wie du diese Rebellen besiegen kannst."

Die Horde. Natürlich. Der Abgesandte Zekhan drängte sie unablässig, nach Orgrimmar zurückzukehren und einen Sitz im Rat der Horde einzunehmen. Die Frage war nur, was genau würde diese Position ihr bringen? Sie brauchte Truppen und Schiffe, keine leeren Versprechen. Aber ihre Sturheit würde die Feuer dort draußen in den Dschungeln nicht löschen, und der Zanchuli-Rat konnte ihr keine Lösungen bieten, nur immer aufs Neue wiedergekäute Bedenken. Es lag alles in ihrer Hand. So, wie es immer war. Nur, dass es diesmal um ihr Leben ging.

„Ich werde niemals ein' Frieden mit der Allianz akzeptier'n", sagte sie steinern. „Aber ich werde die Horde um Hilfe bitten. Diese Sache … übersteigt unsere Fähigkeiten."

„Gut, gut." Jetzt grinste Bwonsamdi wieder. „Ein Angriff auf mich ist ein Angriff auf dich. Und falls sie uns beide zerstör'n, wer soll dann Zandalar beschützen?"

Talanjis Augen wurden schmal, sein Grinsen machte sie skeptisch. „Was du da von mir verlangst, ist keine Kleinigkeit. Die Horde arbeitet mit der Hexe zusamm', die mein Vadder auf dem Gewiss'n hat. Sie sieht geflissentlich über die Verbrech'n von Jaina Prachtmeer hinweg, aber ich werde das nie tun. Falls du bekommst, was du willst, Loa, dann werde ich auch nich' mit leeren Händen dastehen."

„Mit leeren Händ'n?" Bwonsamdi lachte gackernd, und ein grausames Lächeln verzerrte seine Lippen. „Du kriegst ein Königreich und dein Leben. Ich würde sagen, das ist mehr als gerecht."

„*Und* du löst das Band zwischen uns, Bwonsamdi. Rastakhans Pakt – ich habe genug davon, und falls ich mein' Stolz hinunterschlucken und zur Horde geh'n muss, dann wirst du mich aus diesem Pakt entlassen. Mein Leben gehört mir, und es soll an niemand andren gebunden sein."

Talanji spürte, wie ihr Atem stockte. Es kam nicht oft vor, dass man einem Loa ein Ultimatum stellte, und die Grimasse auf Bwonsamdis Gesicht verriet, wie wenig ihm diese Forderung gefiel. Aber sie machte keinen Rückzieher. Falls der Loa des Todes sie so dringend brauchte, dann konnte er auch einen Kompromiss eingehen. Das war nur gerecht. Außerdem war es höchste Zeit, dass sie die Bedingungen stellte.

„Ha. Wohl kaum, kleine Königin."

„Er ... Er lässt sich nich' rückgängig machen? Unser Pakt?", fragte sie. „Würde ich sterben, falls ich ihn breche?"

„Nein, Talanji, aber du würdest es bereu'n. Du hast den Loa der Gräber auf deiner Seite – die Loyalität eines Gottes. Dachtest du wirklich, dass es da keine Kehrseite gibt?"

Der Wind pfiff zwischen ihnen hindurch, geschwängert vom Knistern der Flammen, als die Feuer im Dschungel eine weitere Baumgruppe verschlangen und umstürzten. Schreie durchdrangen die Nacht.

Der Raum hinter ihr wurde frostig und neblig, dann ließ eine Woge aus Energie Talanji nach hinten gegen ihr Bett taumeln, als Bwonsamdi das Wenige an Macht beschwor, was ihm noch geblieben war. Sein Zorn ließ seine Gestalt ins Riesenhafte wachsen, bis sein Haar die Decke streifte, aber nur kurz, dann schrumpfte er wieder zusammen, und seine Augen brannten schwächer und blasser denn je. „Mueh'zala würde dich bei lebendigem Leib auffressen!"

Allein die Erwähnung des anderen Loa ließ Bwonsamdis Körper flackern und verschwimmen.

„Und trotzdem würde ich ihm dasselbe sagen", verkündete Talanji trotzig. Sie mochte nur eine junge Trollfrau sein, eingewickelt in ein Bettlaken, ohne Krone, ohne Juwelen, ohne Waffe, aber sie war noch immer die Königin.

„Du wirst das bereu'n", versicherte Bwonsamdi ihr, während er weiter schrumpfte. „Na schön, die Abmachung gilt, Mädchen. Du passt auf meine Schreine auf und beschützt uns, und wenn ich wieder erstarkt bin, werde ich unsern Pakt aufheben. Du bekommst dein Leben zurück, ganz für dich. Aber glaub mir, es wird dir nich' gefallen, wenn du rausfindest, wie es is'. Wie es is', ganz allein zu sein."

16

Dazar'alor

Zekhan trat von einem Bein aufs andere und wartete darauf, dass man ihm das Wort erteilte. Der Zanchuli-Rat hatte bei Morgengrauen eine Notfallsitzung einberufen, um die wachsende Bedrohung durch den Witwenbiss zu diskutieren, und ein Punkt auf der Agenda befasste sich mit ihm selbst.

Es war das erste Mal, dass er offiziell vor einer Menge bedeutsamer Fremder sprechen würde, und der Druck schien ihn aus allen Richtungen gleichzeitig zerquetschen zu wollen. So wie er die Sache sah, war die Antwort ganz einfach: Talanji brauchte die Hilfe der Horde, die Horde wollte ihr helfen, und jetzt musste die Königin nur noch überzeugt werden, dass ihre persönlichen Vendetten nicht so wichtig waren wie die Sicherheit und Zukunft von Zandalar.

Nur leider musste er sie erst noch von diesem Standpunkt überzeugen, und die Wahrscheinlichkeit, dass ihm das gelang schien kleiner und kleiner zu werden, je länger sie vor den Ratsmitgliedern auf ihren vornehmen, goldenen Stühlen hin und her ging. Ihre Stimme war klar und entschieden, und die anderen goutierten beinahe jedes Wort mit einem Nicken.

„Der Witwenbiss will uns glauben machen, dass sie überall und nirgends sind“, sagte Talanji gerade. „Aber das stimmt nich'. Sie haben einen Fehler gemacht. Wir wissen jetzt, was sie woll'n: Sie woll'n Bwonsamdi schwächen, weil sie glauben, dadurch *mich* zu schwächen.“

Die Diener, die mit glänzendem Kopfschmuck und gefiederten Röcken hinter den Ratsmitgliedern saßen, machten hektisch Notizen auf ihren Tafeln, während Talanji weiter zu ihrem stillen, faszinierten Publikum sprach.

„Sie werden weiterhin Orte von Bwonsamdis Macht ins Visier nehm'. Seine Schreine natürlich und – wichtiger noch – die Nekropole. Sie darf nicht fallen, aber da wir nun wissen, wo die Rebellen zuschlagen werden, heißt das auch, dass wir dieser Sache endlich ein Ende machen könn'." Sie verstummte und wandte sich mit hocherhobenem Haupt ihrem Rat zu. „Indem wir die Schreine beschützen und die Nekropole verteidigen, zwingen wir den Witwenbiss in einen offenen Konflikt."

Zekhan war gerührt, und er begann schon zu klatschen, aber dann stellte er fest, dass er als Einziger applaudierte. Davon ganz abgesehen war er nicht hier, um ihre Pläne zu unterstützen, jedenfalls nicht wirklich; er sollte sie dazu bringen, mit der Horde zusammenzuarbeiten. *Das* war der Hauptgrund, warum Thrall Zekhan überhaupt hierhergeschickt hatte. Also räusperte er sich verlegen und wich rasch tiefer in die Schatten hinter den Säulen des großen Ratssaales zurück.

Häuptling Rokhan stand auf. Sein roter Überwurf und seine Lederrüstung stellten einen krassen Kontrast zur blauen, violetten und goldenen Kleidung der anderen Ratsmitglieder dar.

„Ich stimme Eurer Einschätzung zu, Königin Talanji", begann er. „Aber wir sollten diese Patrouillen am besten jetzt gleich losschicken. Die Stimmung in der Stadt ist nicht gut, Euer Majestät. Diese Angriffe lassen Euch schwach und inkompetent ausseh'n."

Talanji zuckte nicht mit der Wimper, das musste man ihr lassen.

„Dann wollen wir eine Streitmacht zusammenstell'n", brüllte Natal'hakata mit den blauen Haaren und den goldenen Hauern. „Die Nekropole is' riesig, mit etlichen Tunneln, wo sich kleine Spinnen versteck'n könnten. Wir werden viele Krieger brauchen, um sie zu sichern."

Es war Zeit, sich zu Wort zu melden. Eigentlich sollte Zekhan erst zum Rat sprechen, nachdem Zolani ihr Anliegen vorgebracht hatte, aber er wusste: Dies war seine einzige Chance, einzugreifen, bevor ihr Enthusiasmus und ihre Selbstsicherheit zu groß wurden, um sie noch umzustimmen. Und es war schließlich nicht nur seine Pflicht der Horde gegenüber, ihre Interessen zu vertreten; nein, der Loa der Gräber selbst hatte ihn gebeten, Talanjis Meinung zu ändern.

Ganz ruhig. Mach dir keinen Druck. Oh, mögen die Ahnen mich beschützen ...

„F...Falls ich dürfte?"

Die abrupte, frostige Stille, die darauf folgte, war so tief, dass Zekhan sicher war, er könnte einen sechs Meilen entfernten Papagei mit den Flügeln schlagen hören. Auf Zehenspitzen schob er sich aus seinem Versteck hinter der Säule hervor und stellte sich stattdessen in Talanjis Schatten. Die Königin verschränkte erwartungsvoll die Arme.

„Ah, Zekhan. Tritt vor, Junge. Was hast du zu sagen?" Rokhan winkte ihn näher heran. „Hör'n wir uns an, was der Abgesandte der Horde zu sagen hat."

„Ich will mich kurzfassen." Zekhan eilte in die Mitte des Saales, der ihn in seiner Größe an die Feste Grommash erinnerte. Wie viele wichtige Entscheidungen waren hier drinnen wohl schon gefallen? Wie viele Hinrichtungen hatte man hier beschlossen, wie viele Kriege erklärt? Und hier war er nun, ein Dschungeltrampel von der Küste der Echoinseln ...

Varok Saurfang hatte ihn gelehrt, den Krieg mit anderen Augen zu sehen, ihn als das vermeidbare Grauen zu erkennen, das er wirklich war. Zekhan ballte die Faust und hielt diesen Gedanken darin fest wie einen Talisman. Seine nächsten Worte könnten vielen Zandalari-Kriegern das Leben retten. Auf lange Sicht könnten sie sogar Leben in der Horde retten, falls Talanji sich bereit erklärte, sie zu unterstützen.

„Nun sprich schon, Junge", verlangte Natal'hakata ungeduldig.

„Schickt Eure Soldaten nich' zur Nekropole", platzte es aus Zekhan heraus. Ein schlechter Start. Er verzerrte das Gesicht und setzte von Neuem an, diesmal ein wenig langsamer. „Die Königin hat recht. Bwonsamdi muss beschützt werden, und die Bewohner von Zandalar ebenso. Aber allein schafft Ihr das nich'."

„Das ist eine Angelegenheit Zandalars." Talanji trat vor ihn, so dicht, dass sich beinahe ihre Hauer berührten. „Aber ich will nich' unvernünftig erschein'. Ich bin zu einem Kompromiss bereit. Die Horde darf ihre Truppen schicken, falls sie sich bereit erklärt, mir dieselben Truppen auch im Kampf gegen die Prachtmeers zur Verfügung zu stellen."

„Nein. Nein, nein, nein, dazu werden sie sich nie bereit erklär'n", entgegnete Zekhan. „Und was dann? Wenn Euer Volk Euch jetzt schon für schwach hält, was wird es dann denken, wenn Ihr nich' mal Eure eigenen Schreine und Tempel vor einer Bande Rebellen beschützen könnt?"

Ein Murmeln aus den Reihen des Rates. Ein *interessiertes* Murmeln.

Zekhan spürte, dass dies sein Moment war, also sprach er hastig weiter. „Ihr bekommt nur eine Chance, das Ende dieser Geschichte zu schreiben. Bislang hat Euer Volk Niederlage um Niederlage geseh'n. Könnt Ihr's Euch leisten, ihm noch eine mehr zuzumuten? Und warum überhaupt das Risiko eingeh'n? Die Horde ist bereit, Euch zu helfen. Mit ihr an Eurer Seite, mit ihrer Stärke, könn' wir ein gutes Ende schreiben, ein siegreiches Ende – gleich hier und jetzt."

Talanji sah aus, als wollte sie ihn erwürgen, aber sie wahrte die Contenance, auch wenn ihre Brust sich immer schneller hob und senkte. „Das is' … Das is' Propaganda!"

„Der Junge hat nich' unrecht." Rokhan rieb sich nachdenklich das Kinn. „Die einzige Propaganda, die ich sehe, ist die, die der Witwenbiss gegen uns einsetzt, meine Königin. Uns rutsch'n die Zügel aus der Hand, und ohne ein' entscheidenden Sieg könnten die Rebellen die ganze Stadt gegen Euch wenden."

„Falls die Herrschaft der Königin gefährdet ist", meldete sich der Tortollaner Lashk zu Wort, wobei er seinen Kopf weiter aus seinem Panzer streckte, „dann könnte es ein Fehler sein, die Truppen der Horde erneut hierher einzuladen. Ich will Euch nicht beleidigen, Rokhan, aber was, wenn Eure Generäle eine Gelegenheit zur Invasion wittern?“

„Lashk hat recht“, nickte Talanji. „Es gibt bereits solche Gerüchte in der Stadt. Falls wir die Horde rufen, brauchen wir bestimmte Zusicherungen. Gerechtigkeit für die Stadt, Rache für die Belagerung durch die Allianz.“

„Diese Gerüchte …“ Häuptling Rokhan stand auf und stieg von der erhöhten Plattform herunter, auf der die Ratsmitglieder saßen. Er blickte erst Talanji an, dann Zekhan, und sein Tonfall war schwer vor Sorge. „Ich habe meine Zweifel, was diese Rebellen angeht. Sie agier'n zu schnell, zu schlau. Vielleicht hilft ihn' ein Loa. Oder was anderes.“

Zekhan blinzelte. „Was anderes?“

„Ich weiß es noch nich', Junge. Aber ich habe vor, es rauszufinden.“ Rokhan schob sich zwischen ihnen beiden hindurch und verließ den Ratssaal mit langsamen, gemessenen Schritten. Der rote Dolch an seinem Gürtel blitzte vor Magie. „Aber bis wir mehr wissen, kann ich Euch meine Unterstützung nich' geben, Königin Talanji. Der Abgesandte hat recht – wir haben nur eine Chance.“

Talanji ging ebenfalls davon, und dann auch die anderen Ratsmitglieder, wobei sie in hitzige Diskussionen verfielen. Die Sitzung war zu Ende, ohne offiziell beendet worden zu sein. Alle waren in Aufruhr. Zekhan starrte sie sprachlos an, während er von den davonstapfenden Ratsmitgliedern mal hierhin geschubst wurde, dann dorthin. Er versuchte, sich in ihre Unterhaltungen einzuschalten, auch wenn offensichtlich niemand seine Meinung hören wollte. Doch bevor ihm etwas einfiel, womit er sie alle hätte zurückhalten können, war der Saal bereits leer; sogar die Pagen mit ihren Notiztafeln waren gegangen.

Zekhan kratzte sich am Kopf. Was war da gerade geschehen? Er hatte einige der Mitglieder überzeugt, zumindest ein bisschen, aber zu Talanji konnte er einfach nicht durchdringen. Und er hatte schon gedacht, ihre eiserne Einstellung der Horde gegenüber würde aufweichen. Was wäre dazu nötig? Was würde sie zu der Erkenntnis führen, dass sie sich dieser Sache nicht allein stellen musste?

„Danke fürs Zuhör'n!“, rief er dem längst verschwundenen Rat nach. „Oder so.“

„Oh, sie haben dir zugehört, Junge. Sie haben dir zugehört. Gut gemacht.“

Die Stimme legte sich um ihn wie ein Schraubstock und wrang sämtliche Freude und Unbeschwertheit aus seinem Körper, ehe er wieder atmen konnte. Bwonsamdi. Der Loa war gekommen, um ihm einen weiteren Besuch abzustatten. Seine maskierte Präsenz wirkte aber aus irgendeinem Grund schwächer, so als würden seine Kräfte schwinden – als würde der Quell seiner Macht versiegen.

„Nein, das war nich' gut.“ Zekhan schlurfte zu der Plattform hinüber und setzte sich auf ihren Rand, dicht unterhalb der Stelle, wo das gehämmerte Gold und die Edelsteine der Ratsstühle glänzten. „Talanji vertraut mir einfach nich'. Sie vertraut der Horde nich'. Und uns läuft die Zeit davon.“

Bwonsamdis Rüstung und seine Knochen klapperten um die Wette, als er herabschwebte und sich zu seiner Rechten niederließ. Seine Präsenz schien auf alles einen Schatten zu werfen; selbst die Sonne draußen büßte einen Teil ihres Lichts und ihrer Wärme ein. Trotzdem war sein Abbild erschreckend schwach, wie zerschlissene Leinenhosen kurz vor dem Zerfasern. „Das is' alles noch neu für dich. Sei nich' so streng mit dir, Kleiner. Ein paar Ratsmitglieder haben dir zugehört, und das will was heißen. Ich glaube, sie seh'n etwas in dir, etwas Mächtiges.“

Bei diesen Worten straffte Zekhan unwillkürlich die Schultern. Ein Loa, ein Gott, lobte seinen Einsatz? Mehr noch, er glaubte, dass er etwas Mächtiges in sich trug? Es wirkte surreal, aber er hatte die Worte ganz klar gehört, und sie richteten seine niedergedrückte Stimmung wieder auf. Es ließ sich nicht leugnen, dass ihn viele einflussreiche Wesen ihrer Gegenwart für würdig erachteten. Vielleicht hatte Bwonsamdi ja recht. Vielleicht trug er wirklich etwas Besonderes in sich.

Ahnen, ihr lasst mich nie im Stich.

„Und was seh'n sie?“, lachte Zekhan. „Abgeseh'n von meinem Versagen?“

„Sie seh'n jemanden, den sie auf ihrer Seite haben woll'n.“

Zekhan sprang auf und strich die Farben der Horde glatt, die über seine Schulter drapiert waren. „Ihr habt recht. Der Rat hat zugehört, und falls er mir zuhört, dann tut die Königin es vielleicht auch. Ich darf nicht aufgeben.“ Er spürte, wie der Loa im Gleichschritt mit ihm auf den weit offenen Durchgang zumarschierte, hinter dem der grüne Teppich des zandalarischen Dschungels zu sehen war. Die Feuer waren inzwischen gelöscht, aber Rauchsäulen hingen noch immer wie grimmige Warnzeichen in der Luft. Zekhan schloss die Hand einmal mehr zur Faust und klammerte sich an diesem Moment fest, an dem Wissen, dass der Loa im Gleichschritt mit ihm ging. Er musste an sich glauben und dem Gott vertrauen.

„Gib nich' auf, Junge.“ Bwonsamdis amüsiertes Lachen erfüllte den Raum, auch wenn ein betrübter Unterton darin mitschwang. Trotzdem stärkte es Zekhans Entschlossenheit. Der Loa musste beschützt werden, und er würde ihn nicht enttäuschen.

„Gib nich' auf.“ Die Worte des Loa hallten hinter ihm her, während Bwonsamdi langsam verschwand, bis nur noch das blaue Feuer seiner Augen im blendend grellen Licht des Morgens zu sehen war. „Das is' die richtige Einstellung.“

17

Nazmir

„Neuer Plan!“ Finn Schönwind konnte nur hoffen, dass seine Mannschaft ihn über die Kriegstrommeln des Donners am Himmel hörte. „Wir gehen an Land und zwar schnellstmöglich! Sofern wir an Land gehen können … Oh, bitte, lass irgendwo dort draußen Land sein …“

Er konnte sich nicht mehr daran erinnern, wie es sich anfühlte, trocken zu sein. Sie hatten aufgewühlte Gewässer durchsegelt, was eine willkommene Abwechslung vom letzten Sturm darstellte, nur leider hatte ihr Glück sie nun nach nicht einmal einem Tag wieder im Stich gelassen, und vor ihnen ragte der nächste Wall tödlicher Wogen auf. Normalerweise würde er seine Ratlosigkeit auf den Alkohol schieben, aber selbst ein nüchterner Mann hätte erkannt, dass diese Stürme nicht natürlichen Ursprungs sein konnten. Der Regen fühlte sich weniger an wie ein Wolkenbruch, sondern eher so, als würde man ihnen eimerweise Wasser direkt auf den Kopf schütten. Die Winde zerrten brutal an den Segeln und bliesen sie so willkürlich in diese oder jene Richtung, dass nicht einmal der erfahrenste Steuermann dagegen ankämpfen konnte.

„Melli! Melli, falls du noch an Bord und lebendig bist, bring uns an Land!“

Finn stolperte über das Hauptdeck, wobei er jedes Stück der Takelage, jedes Fass und jede Reling benutzte, um sich auf dem Weg zum Heck abzustützen. Dort hoffte er, die Gezeitenweise zu finden – ihre einzige Hoffnung, den Sturm zu überleben. Die

Querwinde packten jedes Wort und trugen es davon, ehe es irgendjemand hören konnte. Eine Möwe sauste an seinem Kopf vorbei und raste wie eine krächzende Kanonenkugel weiter auf das Meer hinter ihnen hinaus. Finn schirmte die Augen mit der Hand ab, aber es war sinnlos. Alles, was er sehen konnte, war eine Wand aus Regen und Dunkelheit.

Eine Tür. Endlich. Er warf sich nach vorne und schlang die Arme verzweifelt um das Geländer der Stufen, die zum Achterdeck hinaufführten. Die Tür neben ihm schwang auf, aber der Wind griff danach und donnerte sie wieder zu, fest genug, dass Holzsplitter davonflogen.

„Shaw!"

Der Meisterspion versuchte ein zweites Mal, sich an Deck zu schieben. Er hatte seinen schwarzen, durchnässten Mantel über seinen Kopf hochgezogen, und er brüllte irgendetwas, das Finn aber nicht hören konnte. Sie standen beinahe Nasenspitze an Nasenspitze, und doch war es unmöglich, auch nur ein verfluchtes Wort zu verstehen …

„Was?" Finn packte ihn bei den Schultern. „Ich … Ich kann nicht von den Lippen lesen. Was sagst du?"

Unvermittelt änderte der Wind seine Richtung. Die Segel bauschten sich mit einem Klatschen auf, dann folgte ein kurzer, rauschender Moment der Stille.

„LAND!"

Eine Warnung? Ein Jubelruf? Finn spürte, wie die *Wackere Arva* zur Seite kippte, und er hörte das trommelfellmarternde Knirschen, das kein Kapitän hören wollte. Die Hülle war gegen eine Sandbank gestoßen – ziemlich heftig sogar.

Er und Shaw landeten auf dem Boden, doch glücklicherweise rutschten sie nur gegen das Achterdeck. Unglücklicherweise schlitterte einen Moment später auch der Rest der Mannschaft heran, und Finn und Shaw fanden sich unter einem halben Dutzend triefnasser, regloser Seeleute in einem Haufen ächzender Leiber wieder, direkt vor der Treppe, die zum Achterdeck hinaufführte.

„Land“, stöhnte Nalor, der unter dem massigen Körper eines kul-tiranischen Kanoniers eingeklemmt war.

„Ist uns auch schon aufgefallen.“ Finn wühlte sich zwischen Händen und Beinen hindurch und kletterte aus dem lebendigen Wollknäuel hervor. Sobald er wieder auf seinen eigenen, wackeligen Beinen stand, blinzelte er in den dichten Nebel hinaus, der sich nun, da sie Land erreicht hatten, allmählich lichtete. Der Sturm zog davon, was verdächtig aufmerksam von ihm war; Regen und Wind und drohende Wolken wichen weiter aufs Meer zurück, und sie blieben in dem stehenden, tropischen Schlamm zurück, den die Zandalari „Luft“ nannten.

Langsam versammelte sich die Mannschaft hinter Finn. Vom Heckkastell stolperte Melli herab, benommen und mit weiten Augen.

„Melli, du bist gefeuert. Warte, nein, wir brauchen dich noch, um wieder von dieser verfluchten Insel herunterzukommen. Also schön, du bist wieder angeheuert. Fürs Erste.“ Finn seufzte und wischte sich ein Stück Seetang von der Schulter. Der Meisterspion der Allianz, Mathias Shaw, gesellte sich zu ihm an die Reling.

„Dieser Sturm hatte es ganz gezielt auf uns abgesehen“, grollte er.

„Ich bin kein Experte, Shaw.“ Finn schenkte ihm ein müdes Lächeln. „Aber wir können wohl davon ausgehen, dass wir es hier nicht mit normalen Wetterphänomenen zu tun haben. Wir finden also besser einen Weg, die Magie aufzuhalten, die dahintersteckt. Andernfalls werden wir nämlich ewig hier festsitzen.“

„Das wird nicht passieren“, versicherte Shaw ihm. „Gehen wir jetzt erst einmal an Land und suchen wir einen geschützten Ort für ein Lager.“

„Was ist mit den Außenposten, die ihr hier habt? Die Siegesfeste und wie sie alle heißen?“

„Die sind verlassen. Nachdem die Waffenruhe unterzeichnet war, haben wir die Kontrolle über diese Außenposten aufgegeben.“ Da sie keine Ruderboote brauchten, um an Land zu gelangen, sprang Shaw kurzerhand über die Reling und kletterte mittels eines lose herabhängenden Taus an der Schiffshülle hinab. „Falls irgendjemand uns entdeckt, wird man unsere Gegenwart als Akt der Aggression werten."

„Oh, wundervoll! Dann bin ich ja froh, dass wir hier mit solch katzengleicher Verstohlenheit auf Grund gelaufen sind!" Finn verdrehte die Augen und winkte seiner Mannschaft zu. „Macht es euch nicht zu gemütlich, hört ihr? Nehmt nur so viel Proviant und Ausrüstung mit, wie ihr braucht. Danach segeln wir weiter und suchen einen Ort, wo wir mit der *Arva* vor Anker gehen können, ohne dass sie entdeckt wird."

Es wäre vermutlich klüger, einfach an Bord zu bleiben, aber er kannte den Ausdruck auf den Gesichtern seiner Männer und Frauen. Sie waren müde, ihre Moral war auf dem Tiefpunkt, und ein kurzer Ausflug an Land tat einem Matrosen immer gut.

Shaw hatte bereits begonnen, am Strand herumzuschnüffeln, wobei er eine regendurchnässte Karte und einen Kompass als Hilfsmittel benutzte.

„Im Norden liegen Marschen, im Westen der Fluss", verkündete der Meisterspion, mit einem Finger auf der Karte.

Finn nickte und blickte sich in alle Richtungen um, froh, dass sie endlich frei von der alles verhüllenden Masse des Sturms waren. Zwei Diemetradons mit großen Rückenkämmen beobachteten sie von ihrer Position ein Stück weiter landeinwärts, wobei sie desinteressiert auf ihrem Gras herumkauten. Hinter den Bestien erhoben sich grüne Berge steil in den Himmel, und weiter den Strand hinab zeichneten sich durch den Nebel die Spitzen von Hütten ab.

„Da ist ein Dorf im Süden", stellte Finn fest.

„Das muss Zeb'ahari sein. Verflucht. Wir sollten viel näher am Inland sein. Ich wollte der Trollstadt eigentlich nicht so nahe kommen."

„Nun, es tut mir wirklich leid." Finn stampfte auf die Überreste einer Feuerstelle zu. „Aber mir wurde gesagt, wir hätten bis zum Vollmond Zeit, um herzukommen."

„Sei nicht so gereizt. Es ist nicht weit. Sobald die Mannschaft ausgeruht ist, segeln wir nach Norden. Wenn wir uns nahe genug an der Küste halten, sollten wir vor den Stürmen sicher sein." Das geschwärzte Holz an der alten Feuerstelle rauchte noch, und Fußabdrücke führten davon fort – mindestens drei Paar, und sie waren frisch genug, dass sie sich noch tief im feuchten Sand abzeichneten. Ohne ein weiteres Wort inspizierte der Meisterspion die Spuren, dann folgte er ihnen.

Da ertönte hinter ihnen ein kurzer, hoher Pfiff. Finn blickte über die Schulter und sah, dass seine Mannschaft keinen Proviant von Bord gebracht hatte. Stattdessen stand Nalor über die Reling der *Wackeren Arva* gebeugt, ein Fernrohr in der einen Hand, während er mit der anderen auf die Mauer dichten Dschungels deutete ... wo die Verursacher der Fußabdrücke kauerten und sie aus den Schatten heraus beobachteten.

„Shaw! Achtung!"

Finn legte sofort mit seiner Donnerbüchse an und zielte, aber der Sturm hatte das Schießpulver feucht und unbrauchbar gemacht. Er würde sich also mit seinem Säbel begnügen müssen. Während er die Klinge zog, machte er einen ersten Schritt auf die Trolle zu, die sie vom Waldrand aus anstarrten. Doch Shaw streckte den Arm in seitlicher Richtung aus und hielt ihn zurück, bevor er in den Dschungel stürmen konnte.

„Sie haben uns gesehen", zischte Finn. „Worauf warten wir noch?"

„Wenn wir hier Blut vergießen, werden wir nur noch mehr Aufmerksamkeit erregen. Und schau, sie sind nicht in den königlichen Farben gekleidet", erklärte Shaw, während er Finn weiter in Schach hielt. „Sie ziehen sich zurück. Vermutlich wollten sie einfach nur Früchte sammeln."

Dennoch blieb die Stirn des Meisterspions gefurcht, und seine Brauen waren eng zusammengezogen.

„Weiß und schwarz", hörte Finn ihn murmeln.

„Seltsam. Hast du auf ihre Kleidung geachtet? Sie war weiß und schwarz, mit einer Art Muster."

Dies war Shaws Mission, und dass man sie beobachtet hatte, schien ihn nicht sonderlich zu stören, also entschied Finn, dass er sich auch keine Gedanken darüber zu machen brauchte. Außerdem hatte seine Mannschaft vom Schiff aus einen guten Überblick über den Strand.

„Es sah aus wie Augen und Beine“, brummte Finn, während er zurück zu dem Lagerfeuer stapfte. „Fast wie eine Spinne.“

„Nein, genau wie eine Spinne.“ Shaw hatte es irgendwie geschafft, sich direkt neben ihm in Schritt fallen zu lassen. Seine Landung auf Zandalar mochte unrühmlich gewesen sein, aber an Land konnte er sich offenbar vollkommen lautlos bewegen. „Sehen wir uns ihr Lager noch einmal genauer an. Vielleicht haben sie ja etwas zurückgelassen.“

Shaw zog einen Dolch, aber nur den kleinen aus seinem Stiefel, und benutzte ihn wie eine Schaufel, um im Sand rings um die Feuerstelle herum zu graben. Stück für Stück wurde der Rand einer Pergamentseite sichtbar, und dann die Fiederung von Pfeilen.

„Das“, sagte Shaw, während er den bunten Pfeil hochhielt, „ist nicht gut.“

„Warum? Ist doch nur ein Pfeil. Für mich sieht der vollkommen normal aus.“

„Diese Fiederung …“ Er hielt den Pfeil dicht vor seine Augen und drehte ihn hin und her. „Ich habe so eine modifizierte Fiederung schon einmal gesehen. Wir sind auf der richtigen Fährte.“ Er reichte Finn den Pfeil, dann hob er das Stück Pergament auf, das ebenfalls unter dem Sand verborgen gewesen war. „Hier. Steck das in deine Tasche.“

„Was? Warum? Warum ich?“

„Deine ist trockener als meine. Tu es einfach, Schönwind. Ich muss mich weiter umsehen. Bring die Sachen zurück an Bord, und sei vorsichtig. Ich möchte dieses Stück Pergament nachher noch genauer untersuchen.“

„Na schön, aber nur, weil du mich so nett darum gebeten hast.“ Fast hätte er den Pfeil fallen gelassen, als er ihn sich vorsichtig unter den Arm klemmte. Die Notiz war nicht so leicht zu transportieren; er musste sie erst behutsam falten, ehe er sie in die Ledertasche schieben konnte, die von seinem Gürtel hing.

Mit einem Schnauben wandte Finn sich von Shaw ab. Sollte er allein weiter im Sand spielen. Sein gesamter Körper schmerzte, nachdem der Sturm ihn wie eine Puppe über das Deck geschleudert hatte, und es war Tage her, seit er das letzte Mal mehr als drei Stunden am Stück geschlafen hatte. Wann immer sie geglaubt hatten, den magischen Stürmen entkommen zu sein, die sie über das Wasser verfolgt hatten, war von der Seite oder von vorne auch schon das nächste Wellengebirge in die Höhe gewachsen. Vielleicht könnte er ja ein paar Minuten seine Augen ausruhen, ehe sie nach Norden weiterreisten. Und ein Schluck Rum wäre auch nicht verkehrt – oder zwölf.

Nalor saß auf der Reling und ließ die Beine baumeln, während er mit seinem Fernrohr den Horizont absuchte. Melli, Grigsby und zwei der Kanoniere – Brüder namens Harmen und Siward – balancierten derweil Kisten mit gesalzenem Fisch auf den Strand hinab.

„Das würde ich lassen“, sagte Finn. Er kletterte die Strickleiter nach oben und nahm dann Nalors helfend ausgestreckte Hand, um sich das letzte Stück hochziehen zu lassen. „Unser fröhlicher Zeremonienmeister möchte, dass wir so schnell wie möglich weitersegeln.“

Ein Stöhnen ertönte aus den Reihen der Mannschaft. Finn hielt inne, dann entschied er, dass seine überfällige Verabredung mit einem Bett und einer Flasche noch einen Moment länger warten konnte. Dieses Murren war im Moment vielleicht nur ein Kratzer, aber es konnte ganz leicht zu einer entzündeten Wunde ausarten.

„Aber, aber“, sagte er darum und klopfte Nalor auf den Rücken. „Wir werden nicht weit von hier vor Anker gehen, dann könnt ihr so viel gesalzenen Dorsch essen und so viel Grog trinken, wie ihr wollt. Das Schlimmste haben wir hinter uns, Jungs und Mädels. Also schaut nicht so verdrossen drein und macht euch an die Arbeit. Melli? Kannst du uns mit deiner Gezeitenmagie … ich weiß auch nicht … irgendwie vom Strand ins Wasser zurückschieben?“

Melli kletterte mürrisch wieder die Strickleiter hinauf. Ihre Krone aus geflochtenen Zöpfen hatte unter dem Sturm gelitten, und rötliches Haar hing ihr schlaff über die Schultern. „Aye, Käpt'n. Die Flut geht zurück, und die Wellen sind schön klein und sanft.“

„Ausgezeichnet! Seht ihr, Leute? Gute Neuigkeiten! Das Glück ist nicht mit den Tapferen, sondern mit den Geduldigen!“

So, und jetzt zu meinem rumversüßten Nickerchen …

„Käpt'n! Bei den Bäumen! Mehr Trolle!“

Nalor wedelte mit den Armen und pfiff dreimal scharf. Finn rannte an die Seite des Mannes, riss ihm das Fernrohr aus der Hand und suchte den Rand des Dschungels ab. Es war genauso, wie der Matrose gesagt hatte: Ein ganzer Trupp gut bewaffneter Trolle wartete dicht hinter der Baumgrenze. Ein einzelner, goldener Stiefel hatte sich bereits auf den Sand gestellt und reflektierte das wolkenverwaschene Sonnenlicht.

„He!“, rief Nalor zu Shaw hinab. Der Meisterspion sprang auf, aber die Trolle begannen nun, mit blitzenden Schwertern aus dem Dschungel zu strömen, und hinter ihnen wurde eine Linie von Bogenschützen sichtbar, die gerade Pfeile auf ihre Sehnen legten. „Sie sind wieder da! Sie sind wieder da, und sie haben Freunde mitgebracht!“

„Macht die Kanonen feuerbereit und ladet die Büchsen!“, donnerte Finn. „Los, los, los!“

Der Großteil der Mannschaft war an Bord geblieben, und sie machten sich sofort an die Arbeit. Nalor, Grigsby und die kultiranischen Brüder schubsten Melli aus dem Weg, um die Gewehre aus den Kisten zu nehmen, die nahe dem Hauptmast übereinandergestapelt und festgezurrt waren. Auch Finn agierte mit der geübten Schnelligkeit eines langjährigen Seemanns, als er unter Deck hastete und ein frisches Fass Schwarzpulver für die Gewehre holte. Die Kanoniere waren damit beschäftigt, ihre Sechspfünder mit einem aufmunternden *Knarz-Knarz-Quieeetsch* an die Reling zu schieben und auszurichten, gefolgt vom rhythmischen Chor von Rufen, als sie die Kanonen luden: Erst stießen sie das Schwarzpulver in die Läufe hinab, dann legten sie Watte nach, und dann kamen schließlich die Kanonenkugeln an die Reihe.

„Käpt'n! Sollen wir feuern?"

Finn war nicht sicher, wer gefragt hatte, aber er blickte zum Strand hinüber, während er das Pulverfass aufbrach, und dann sah er, dass Mathias Shaw seine Dolche gezogen hatte. Der Mann war in einer hoffnungslosen Situation. Niemand konnte allein gegen so viele Soldaten und Bogenschützen bestehen, und schon gar nicht mit zwei erbärmlichen Dolchen. Die Trolle, die auf ihn zustürmten, trugen nicht die schwarz-weiße Kleidung wie das Trio von vorhin. Stattdessen gaben ihre goldenen Rüstungen und ihre Taktik sie als königliche Wachen zu erkennen. Und sie hatten Shaw gesehen. Und schlimmer noch, das Schiff.

Finn fluchte. Sie waren aufgeflogen.

Mit klopfendem Herzen beobachtete er, wie Shaw seine Dolche hob und sie dann langsam, demonstrativ auf den Sand legte.

„Er will sich ergeben?", hauchte Finn. Das konnte er vergessen! Der Spion stand unter seinem Schutz, und ihm war egal, wie viele Trolle er töten musste, um ihn zu retten. Also hob er die Hand, bereit, den Feuerbefehl zu geben … doch da drehte Mathias den herandonnernden Angreifern den Rücken zu. Ihre Kriegsschreie schienen ihn nicht im Geringsten zu beeindrucken.

„Flieht", rief er, laut und deutlich. „Verlasst Zandalar, Finn. Flieht."

„Sollen wir feuern?", fragte ein zitternder, zappelnder Nalor.

„Nein. Nicht feuern." Finn riss sich von dem Pulverfass los und sah sich nach Melli um. Wie sich herausstellte, war die Gezeitenweise bereits auf dem Weg zum Steuerrad. „Tu es", befahl er ihr eindringlich. „Bring uns von hier fort."

„Aber Shaw …"

„Er weiß, was er tut. Wir müssen ihm vertrauen.“ *So gern ich ihm auch den Hals umdrehen würde.* „Los!“

Die ersten Zandalari-Pfeile bohrten sich dicht neben Nalors Arm in die Reling, und kurz darauf folgte eine ganze Salve, die wie winterlicher Hagel auf das Deck herabprasselte. Melli stand hochaufgerichtet hinter dem Steuerrad, die Augen geschlossen, die Hände vor sich ausgestreckt, während sie die Wellen dirigierte, als wären sie Musiknoten und nicht Gischt und Wasser. Finn wagte es nicht, ihre Konzentration zu stören, und beschränkte sich lieber darauf, den Pfeilen auszuweichen, die rings um ihn niedergingen.

Es quälte ihn, einen Mann zurückzulassen. Sie hatten zahllose Stunden gemeinsam an Bord der *Wackeren Arva* verbracht und dabei nicht nur über Strategien gesprochen, sondern auch über ihr Leben. Zugegeben, während vieler dieser persönlichen Geständnisse war Finn betrunken gewesen, aber er konnte sich nicht entsinnen, wann er das letzte Mal mit jemandem über seine Mutter gesprochen hatte. Die Erinnerungen an sie waren ihm heilig, ein Schatz, den er niemals ausgrub, und es gab auch kein X, das seinen Standort markierte, weil er ihre Existenz in der Regel gar nicht erst erwähnte. Aber irgendwie hatte Shaw ihm die Zunge gelöst. Der Kerl war ein verdammt guter Zuhörer, stoisch, sein Gesicht bar jeglicher Emotion, bis Finn schließlich davon erzählt hatte, wie er eines Nachts auf die Rückkehr seiner Mutter gewartet hatte, versteckt unter dem Bett, das sie sich in ihrer winzigen Hütte teilten. Er hatte nur ihre Schuhe sehen können, abgetragen bis auf ihre nackten Fußsohlen, und ihren zerfransten Rocksaum, der Schlamm und Schmutz über den Boden zog. Seine Mutter hatte stets behauptet, dass sie nachts als Schankmaid arbeitete, aber nun sah er, wie sie Juwelen und Broschen und Manschettenknöpfe hinter einem lockeren Ziegel des Herdes versteckte und sich dabei verstohlen nach neugierigen Augen umblickte. Die arme Frau, sicher hatte sie geglaubt, dass ihr Sohn gerade draußen war, um sich zu erleichtern. Aber nein, er war da und beobachtete, wie sie die Diebesbeute in ihrem Versteck deponierte, auf dass sie sie am nächsten Tag verkaufen und ihm davon Essen und Kleider besorgen könnte.

Shaw war anfangs ganz ruhig gewesen, aber dann war er zu dem Teil gekommen, als man seine Mutter gehängt hatte. Eine Diebin und Schurkin – und die Frau, die er mehr bewunderte als sonst irgendjemanden auf der Welt. Lyra Schönwind. Eine Diebin? Sicher. Eine Schurkin? Vielleicht. Eine liebende Mutter? Ohne jede Frage.

Und nun ließ Finn die einzige Person zurück, die die Wahrheit über seine Mutter kannte. Die ihm zugehört und gewusst hatte, wann sie schweigen und wann sie ein wenig Solidarität zeigen musste. Dieser Mann … war nun fort.

Andererseits: Die Kanonen und Gewehre waren geladen. Sie *könnten* feuern – aber Shaw hatte die Waffen gestreckt. Und er hatte ihnen einen Befehl gegeben. Finn musste an die Worte des Meisterspions denken. *Ein Akt der Aggression.* Falls sie die Zandalari jetzt unter Beschuss nahmen, würde das die Sache nur noch schlimmer machen und Shaw noch größerer Gefahr aussetzen.

Finns Finger zuckten in dem verzweifelten Wunsch, seine Donnerbüchse zu nehmen und diesen Trollen zu zeigen, was passierte, wenn sie sich mit *seiner* Mannschaft anlegten.

Die *Wackere Arva* begann langsam aber sicher, rückwärts vom Strand zu rutschen. Dann erfasste sie die auslaufende Tide, genau wie Melli es beabsichtigt hatte, und der Bugspriet wandte sich gen Norden, während sie sich beständig vom Ufer entfernten und auf den Fluss zutrieben, der sich unweit ins Meer ergoss. Schon bald nahmen sie Fahrt auf, und Shaws Gestalt wurde kleiner und kleiner. Finn umklammerte die Reling. Es gab keine Jubelrufe von der Mannschaft; niemand sagte ein Wort.

Sie hatten Mathias Shaw verloren.

18

Der Tiragardesund

Jaina hatte schon so manches unbehagliche Abendessen veranstaltet, aber dieses hier entwickelte sich rasch zu einem der unbehaglichsten.

Der Speisesaal war klein und grenzte an die große Halle an, wo die Prachtmeers ihre ausufernde Sammlung von Karten, Seefahrtinstrumenten und nautischen Artefakten aufbewahrten. Die Wände dieser langen Galerie waren vom Boden bis zur Decke mit Gemälden der Prachtmeer-Familie geschmückt, einschließlich ferner Verwandter und geliebter Freunde – ein imposantes Porträt von König Anduin Wrynn war zum Beispiel auch unter ihnen. Die illustren Gäste dieses Abendessens waren jedoch nicht unter den Porträtierten.

Alleria Windläufer stocherte lustlos in ihrem Essen herum und verbrachte mehr Zeit damit, ihr Weinglas hin und her zu drehen, als tatsächlich daraus zu trinken. Dennoch brachte ein Heer von Bediensteten Gang um Gang herein. Konnten sie nicht einfach zum Nachtisch übergehen, um Jainas Drangsal ein Ende zu bereiten? Aber nein, stattdessen quälten sie, Alleria Windläufer, Hochexarch Turalyon und Jainas Mutter Katherine sich durch eine Vorspeise aus Blutwurst und gerösteten Paprika, gefolgt von einer köstlichen Pastete, ganz glänzend vor Honig, deren Kruste schier von der Masse duftenden Eberfleisches in ihrem Inneren gesprengt wurde.

Gegenwärtig beobachtete Jaina, wie der Hochexarch einen gewaltigen Haufen gegrillten Fisches hinunterschlang, während

Alleria es vorzog, überhaupt nichts zu essen. Turalyon versuchte indes, möglichst lange zu kauen, vielleicht, damit er sich nicht an der Unterhaltung beteiligen musste. Sie waren auf Anduins Wunsch zusammengekommen, um einen Alternativplan für den Fall zu entwickeln, dass Mathias Shaw an der Zandalari-Küste nichts finden würde.

„Ich höre, Drosch hat einen köstlichen Rabenbeerkuchen für den Nachtisch zubereitet“, bemerkte Katherine Prachtmeer mit säuselnder Stimme. Jaina musste die Beharrlichkeit ihrer Mutter bewundern; sie besaß ein geradezu unheimliches Talent, auch während des angespanntesten Essens nie die Contenance zu verlieren.

„Zu schade, dass ich schon voll bin“, murmelte Alleria. „Ich könnte unmöglich auch nur einen weiteren Bissen essen.“

Jaina ermahnte sich, keine zu tiefen Schlucke von dem ausgezeichneten Wein zu nehmen, aber die Versuchung war groß. Am liebsten wäre sie in den Planungsraum zurückgekehrt, um zwischen den Gemälden und Messingkompassen ihre stetig im Wandel begriffene Karte von Azeroth zu studieren. Wann immer sie einen Ort nach Sylvanas abgesucht hatten, bohrte sie dort eine blaue Stecknadel in das Leder. Und wenn sie sie endlich gefunden hätten, würde Jaina an dieser Stelle einen Dolch in die Karte rammen.

Doch ihre Mutter hatte darauf bestanden, dass sie gute Gastgeber sein müssten, und das bedeutete: Sie würde sich nicht vorzeitig von diesem üppigen, unendlichen Festmahl losreißen können. Wären Anduin oder Graumähne hier, könnte die Unterhaltung vielleicht sogar ganz angenehm sein. Turalyon und Alleria hingegen … Jaina verabscheute ihre Methoden – die Art, wie sie erst einen Apotheker und dann einen Schmuggler gefoltert hatten, um an Informationen zu gelangen –, und es war offensichtlich, dass sie das wussten.

Aber diese Informationen sind wichtig, Jaina. Überlebenswichtig. Soll deine Zimperlichkeit uns etwa den Erfolg kosten?

Sie merkte, dass sie Alleria Windläufer finster anstarrte. Einst hatte sie nichts als Bewunderung für die Waldläuferin empfunden, aber jetzt, wo die Leere von Alleria Besitz ergriffen hatte, war Jaina deutlich misstrauischer, was ihre Worte und Taten anging. Wie sollte sie schließlich wissen, dass es wirklich Alleria war, die gerade über ihren vollen Magen log, und nicht irgendeine bizarre Monstrosität der Leere?

„Nun denn!“, zwitscherte Katherine, die in ihrem tiefvioletten Kleid mit dem goldenen Admirals-Schulterstück einen wahrlich festlichen Anblick bot. Ihr eisengraues Haar war zu einer welligen Haube über ihrem Kopf frisiert. „Ich bin sicher, niemand hier würde ein weiteres Glas Wein ablehnen, oder? Ja, mehr Wein …“

„Mylady!“

Die Doppeltür des Speisesaales wurde aufgerissen, sodass man den Korridor und die Piken der beiden Prachtmeer-Wachen sehen konnte, die den Eingang flankierten. Eine dritte Wache trat schwer atmend in den Raum, den Helm schief auf dem Kopf, während der Mann nach Luft schnappte.

„Bei Wind und Meer, Cormery, sprecht“, befahl Katherine Prachtmeer auf ihre präzise, kühle Art; sie war eben eine ehemalige Admiralin durch und durch, selbst beim Essen. Jaina stand gemeinsam mit ihr auf, alarmiert durch das Hereinplatzen der Wache. „Was ist denn los?“

„Sie haben ihn gefangen genommen!“

Von all den Leuten, die in die Burg von Jainas Familie hätten stolpern können, war Finn Schönwind vermutlich der Letzte, den sie erwartet hätte. Doch hier war er, der Seebär, und obwohl er sich grob an Cormery vorbeidrängte, schaffte er es nur mit Müh und Not bis zum Essenstisch.

„Wen haben sie gefangen genommen?“, wollte Jaina wissen. Sie kehrte ihrem Wein und ihrem Teller den Rücken zu, um an Schönwinds Seite zu eilen.

Alleria und Turalyon folgten ihrem Beispiel, und schon bald standen sie alle vier um den Mann herum, der aussah, als wäre er monatelang ohne Nahrung auf See getrieben. Er hatte eine dünne, nun zerbröckelnde Kruste aus Salz auf der Stirn, seine dunkle Haut war sonnenverbrannt, und sein goldbraunes Haar fiel wirr unter dem Band hervor, das es eigentlich im Zaum halten sollte.

„Wir segelten …“ Er rang nach Atem. Einer der Bediensteten erschien und reichte ihm ein Glas Wasser. Schönwind leerte es in einem Zug und schnappte sich dann die Weinflasche vom Tisch. Es dauerte geschlagene zehn Sekunden, ehe er sie wieder absetzte. „Wir segelten durch den Sturm zurück, so schnell wir konnten … Melli hätte sich an den Rand des Zusammenbruchs getrieben … Aber sie kannte diese Route, und sie meinte, es wäre die beste Anlaufstelle für uns.“

„Geht es Melli gut? Was hat das alles zu bedeuten?“, drängte Katherine, wobei sie ihm die Flasche aus der Hand nahm.

„Hier, Finn, setzt Euch.“ Jaina führte ihn zu dem Stuhl, von dem Alleria aufgestanden war. „Versucht, Euch zu beruhigen, kommt zu Atem, und dann erzählt uns ganz genau, was vorgefallen ist. Wer wurde gefangen genommen?“

„Shaw. Sie haben ihn erwischt. Die … Die Zandalari-Trolle haben uns entdeckt. Sie sahen unser Schiff, und Shaw war noch immer an Land.“ Er nahm eine Tasche von seinem Gürtel, öffnete sie mit einem Ächzen und schüttete ihren Inhalt dann auf den Essenstisch hinab, quer über Droschs Fleischplatte und seine würzige Pilzsoße. Schönwind störte sich aber nicht weiter daran; stattdessen begann er, sich das Essen in den Mund zu schaufeln, mit deutlich mehr Begeisterung als die anderen zuvor an den Tag gelegt hatten. Er verschluckte sich sogar beinahe, so gierig kaute er.

„Dieser Pfeil.“ Turalyon hob einen der Gegenstände auf, der sich in Schönwinds Tasche befunden hatte. Das Gesicht des Hochexarchen verfinsterte sich, und seine Lippen wurden zu einer harten Linie. „Ich kenne diese Fiederung … Das sind die Pfeile, die wir in den Leichen von Shaws Spionen fanden.“

„Alles ist in Ordnung“, sagte Jaina, die noch immer versuchte, Schönwind zu beruhigen. Seine Augen waren weit und rot vor

Tränen, und er griff mit sonnenverbrannten Händen nach den Kartoffeln. „Mathias Shaw ist ein hochrangiges Mitglied der Allianztruppen. Falls sie ihn gefangen genommen haben, dann wird Königin Talanji ihn nicht einfach so hinrichten lassen."

„Lest", stieß er zwischen zwei Bissen hervor. „Lest das ..." Er schob ein Stück welligen, gebleichten Pergaments zu Alleria hinüber. „Ich kann's nämlich nicht entziffern."

Sie nahm den Zettel zwischen Daumen und Zeigefinger. „Das ist ein wertvolles Beweisstück, das er uns da gebracht hat. Es belegt, dass die Dunklen Waldläufer tatsächlich in Zandalar am Werke sind. Ich bezweifle nämlich, dass Trolle einander auf Thalassianisch schreiben würden."

„Dann stimmt es also", hauchte Jaina. Thalassianisch – die Sprache der Hoch- und Blutelfen ...

„Das sind Notizen über die Region", fuhr Alleria fort, während sie die Nachricht überflog. „Truppenbewegungen, Patrouillenrouten ... Nur nichts darüber, was sie eigentlich auf der Insel wollen ..."

„Aber es beweist trotzdem, dass die Dunklen Waldläufer dort sind", unterbrach Turalyon sie. Er seufzte und massierte sich dann irritiert den Nasenrücken. „Wir hätten eher reagieren müssen. Sylvanas könnte jetzt schon in Zuldazar sein. Jetzt, in diesem Moment, könnte sie mit den Trollen ein Komplott schmieden."

Jaina spürte, dass die Unterhaltung immer weiter ihrer Kontrolle entglitt. Natürlich wollte sie Sylvanas finden, und natürlich mussten sie diese Hinweise ernst nehmen, aber sie hörte bereits die dumpfen Trommeln des Krieges in Turalyons Tonfall. So gerechtfertigt seine Wut und Frustration auch waren, machte sie sich doch Sorgen darüber, was aus dieser Rechtfertigung erwachsen könnte. Anduin hatte im Geheimen bereits einen Boten zu dem einen Mitglied der Horde geschickt, dem er bedingungslos vertraute, Baine Bluthuf, um sich darüber zu erkundigen, ob sie Sylvanas womöglich im Territorium der Zandalari aufgespürt hätten. Es war eine vorsichtig formulierte Anfrage, in der Anduin lediglich erklärte, dass Dunkle Waldläufer die Östlichen Königreiche verlassen hatten und in diese Richtung davongesegelt waren.

Doch Baine Bluthufs Antwort war ebenso schnell wie eindeutig gewesen: Sie hatten keine Hinweise darauf, dass Sylvanas sich in Zandalar versteckte.

Vielleicht war es naiv von Anduin gewesen, ihm zu vertrauen, aber Jaina kannte Baine ebenfalls sehr gut. Er hatte keinen Grund, zu lügen, schließlich wollte er Sylvanas' Tod ebenso sehr wie sie alle.

„Ich werde diese Nachricht zum König bringen", erklärte Alleria, während sie das Stück Pergament bereits zusammenfaltete. „Er muss unverzüglich informiert werden und eine neue Strategie beschließen. Falls die Horde Sylvanas auf Zandalar Unterschlupf gewährt, dann müssen wir schnell und verstohlen zuschlagen, wie eine tödliche Klinge, die niemand sieht und deren Stich man erst später spürt."

„Nein."

Selbst Schönwind erstarrte, als dieses eine Wort über Jainas Lippen kam. Stille legte sich über den Raum. Alleria starrte mit kaum verhohlener Verärgerung in Jainas Augen. „Du musst doch einsehen, dass wir keine Zeit verlieren dürfen. Jetzt ist schnelles Handeln gefragt!"

Der Ton ihrer Stimme hatte sich schlagartig verändert. Jaina hörte, wie ihre Mutter den Atem einsog und zurückwich. Das fahle, blaue Licht in Allerias Augen loderte höher, und eine Aura aus violettem Dunst hüllte den Körper der Waldläuferin ein. Jaina hätte ebenfalls die Beherrschung verlieren können; ja, sie hätte Alleria anschreien und durch ein Portal auf die Spitze des Berges Nimmerlaya befördern können. Aber sie tat es nicht.

Stattdessen atmete sie tief ein. Dabei hatte sie das Gefühl, als würde Eis ihre Zunge überziehen. *Nein. Nein, das ist keine Magie. Atme einfach ruhig weiter.*

„Ich teile deine Schlussfolgerung nicht", erwiderte sie, ihre Stimme nur unmerklich lauter als ein Flüstern. „Denk nach,

Alleria. Denk gut nach. Die Zandalari haben Shaw und Schönwind gesehen. Wir müssen also davon ausgehen, dass sie die beiden identifiziert haben. Zandalar wird damit rechnen, dass noch mehr Allianzsoldaten auf ihrer Schwelle auftauchen. Belohne ihre Paranoia nicht. Gieße nicht noch mehr Öl auf ein ohnehin schon loderndes Feuer. Ich bitte dich: Gefährde nicht die Waffenruhe, die uns so viel Mühe gekostet hat."

„Was schlägst du denn vor?" Turalyon hielt noch immer den Zandalari-Pfeil mit der Waldläuferfiederung in der Hand, die Spitze auf Jaina gerichtet. Seine andere Hand schloss sich um die von Alleria, und Jaina sah, dass er sie fest drückte.

„Dass wir unser Vertrauen in diesen Vertrag setzen", murmelte Jaina. Eine Idee nahm in ihrem Kopf Gestalt an, während ihr Blick weiter auf Schönwind und seine verdutzte Miene gerichtet blieb, auf seine vom Wind aufgesprungenen, offen stehenden Lippen. „Alles, worum ich dich bitte, ist Zeit. Zeit, um einen letzten Versuch zu unternehmen. Falls er scheitert, dann hast du vielleicht wirklich recht, Alleria. Dann müssen wir vielleicht wirklich zu dieser tödlichen Klinge werden."

19

Orgrimmar

Thrall starrte in fassungsloser Stille die Nachricht an, die Ji Feuerpfote ihm gerade in die Hand gedrückt hatte.

„Ich war nur zwei Tage fort“, murmelte Thrall. „Offensichtlich habe ich etwas übersehen.“

Ji gab ein müdes Lachen von sich. „Verzeih mir, dass ich die Nachricht gelesen habe und dich unmittelbar nach deiner Rückkehr so überfalle, Thrall. Aber ich fand, diese Sache ist so dringlich, dass sie deiner sofortigen Aufmerksamkeit bedarf.“ Der Pandaren verbeugte sich, und als er sich wieder aufrichtete, hatte er ein weniger müdes, mehr schelmisches Lächeln im Gesicht. „Außerdem wollte ich deine Reaktion sehen.“

Gemeinsam stapften sie den langen Pfad entlang, der von den höchsten Höhen Orgrimmars zum Sitz des Rates in der Feste Grommash führte. Während sie auf den Aufzug warteten, der sie auf die Stadtebene hinabbringen würde, trommelte Ji ungeduldig mit den Fingern auf seinen Bauch, ein Auge seitlich zu Thrall verdreht.

„Und?“, hakte er nach. „Was hältst du davon?“

„Ich kann nicht behaupten, dass es mich überrascht“, Thrall überflog die Nachricht einmal mehr, obwohl sich die Kopfschmerzen der Erschöpfung dabei weiter in seinem Hinterkopf zusammenballten. Es war eine Einladung zu einem Treffen mit dem König von Sturmwind, aber der Brief war unverkennbar in Jainas Handschrift verfasst. Diese Tatsache entging ihm natürlich nicht, und er nahm sie als das, was sie zweifelsohne war:

ein unverfrorener Versuch, ihn durch ihre Freundschaft zu manipulieren. Nicht, dass er es den beiden übel nahm; falls er einen Gefallen von der Allianz bräuchte, würde er vermutlich exakt dasselbe tun.

Bitte, Thrall, falls Ihr unsere Freundschaft je geschätzt habt, dann trefft Euch mit König Anduin und mir. Im Folgenden will ich sensible Informationen der Allianz mit Euch teilen, und ich hoffe, dass Ihr darin nicht nur eine Geste meines guten Willens seht, sondern vielmehr eine Aufforderung zum Handeln.

„Ich hatte gehofft, die Unruhen in Zandalar aus der Welt zu schaffen, bevor die Allianz überhaupt erst davon erfährt“, erklärte er schließlich dem neugierig wartenden Pandaren.

Dunkle Waldläufer durchstreifen die Dschungel Zandalars, und unser Meisterspion ist nun im Gewahrsam von Königin Talanji. Einige in unseren Reihen glauben, dass die Zandalari-Königin sich mit Sylvanas zusammengetan hat. Sollte dem wirklich so sein, bin ich sicher, dass Ihr nichts davon wusstet. Kommt zu diesem Treffen, alter Freund, und helft mir, diese empfindliche Waffenruhe zu schützen. Es fühlt sich an, als könnte sie in Fetzen gerissen werden, noch ehe die Tinte auf diesem Blatt getrocknet ist.

„Wir können das nicht ignorieren.“ Thrall faltete die Nachricht zusammen und schob sie unter seinen Gürtel. Er hatte seine Entscheidung bereits getroffen und sah keinen Grund, sie ein weiteres Mal zu lesen.

„Darf ich an dem Treffen teilnehmen?“

Thrall zog eine Braue hoch. „Du willst mitkommen?“

„Wenn der Blitz in den falschen Baum einschlägt, steht der gesamte Wald in Flammen“, erwiderte Ji. Er folgte Thrall auf die Straße, als der Aufzug unten ankam. „Zandalar ist dieser Baum. Und diese unheilvollen Gerüchte sind der Blitz. Vielleicht könnte die Weisheit eines Mönches den Flammen Einhalt gebieten.“

„Diese Verhandlungen werden großes Fingerspitzengefühl erfordern, Ji, und deine Weisheiten drehen sich meist eher um schnelles Handeln“, entgegnete Thrall. „Andererseits, wie könnten wir hingehen und *nicht* handeln? Aber ich muss dich warnen. Du würdest dich beim Rest des Rates nicht gerade beliebt machen."

Der Mönch zupfte an seinem langen, schwarzen Bart, während der Vollmond den Weg vor ihnen ebenso hell erleuchtete wie eine Fackel. Es war sehr spät, und die Straßen von Orgrimmar schienen fast völlig verwaist. „Das ist wohl wahr", nickte Ji. „Aber Beliebtheit hin oder her, der frühere Kriegshäuptling der Horde hat mein Volk beinahe um die Seele ihres Heimatlandes gebracht. Ich hoffe also, du vergibst mir, wenn ich auf meiner Entscheidung beharre."

Höllschrei. Thrall hatte Garrosh Höllschrei in einem Mak'gora besiegt und ihn für die endlose Liste seiner Verbrechen zur Rechenschaft gezogen. In seinem Machthunger hatte der ehemalige Kriegshäuptling unter anderem das Herz eines Alten Gottes benutzt, um widernatürliche Kräfte zu erlangen; so war er nicht nur zu einem Feind der Pandaren und der Allianz geworden, sondern auch zu einem Feind der Horde.

„Das Tal der Ewigen Blüten ist fast wieder geheilt", fuhr Ji fort. „Aber die Pandaren werden die Narben von Höllschreis Grausamkeit für immer tragen."

Thrall blickte zu dem stämmigen Mönchslehrer hinab und entdeckte eine vertraute Beharrlichkeit in den Augen des Pandaren. Denselben Schmerz und dieselbe Entschlossenheit hatte er auch schon in den Augen von Tyrande Wisperwind gesehen. Der feurige Tod von Teldrassil, die Zerstörung des Tals der Ewigen Blüten ... Alles so sinnlos, so egoistisch, so herzlos.

„Die Schmerzen nehmen nie ein Ende", seufzte Thrall. „Und die Probleme ebenso wenig."

Der Pandaren machte nur ein leises, verwundertes Geräusch.

Ein paar Tagelöhner, die betrunken aus der Taverne nach Hause stolperten, kamen an der Feste Grommash vorbei, und ihr Gelächter hallte von den hohen, dornigen Türmen der Stadt wider. Vier orcische Wachen standen am Eingang, ihr Dienst erleichtert durch die Feuerschalen, die neben ihnen brannten.

„Die Berichte unseres Abgesandten in Zandalar sind alles andere als hoffnungsvoll, Ji."

„Ah, der junge Zekhan. Häuptling Rokhan ist gestern nach Zandalar aufgebrochen. Er hatte sich Sorgen wegen des Jungen gemacht."

Thrall ließ Ji vorangehen, als sie die Feste betraten. „Die Königin wird von Rebellen bedrängt, die sich ihrer Herrschaft widersetzen, der Zanchuli-Rat ist völlig festgefahren, und jetzt will die Allianz mit uns reden. Ich werde das Gefühl nicht los, dass all diese Dinge miteinander zu tun haben."

Der Pandaren hielt inne, den Bart zwischen zweien seiner Finger. Hinter dem Vorhang, der den Hauptraum der Feste vor neugierigen Augen abschirmte, waren laute Stimmen zu vernehmen. Thrall graute vor dem, was nun kommen würde.

Aber so ist es nun einmal, wenn man nur eine Stimme von vielen ist. Das waren die Bedingungen, die du selbst an deine Rückkehr in die Horde geknüpft hast. Die Kompromisse, die Diskussionen, die Aufgabenverteilung … das war alles deine Idee.

„Wir sollten vermutlich reingehen", murmelte Thrall.

„Wir sind den weiten Weg hierhergekommen, und jetzt zögerst du?"

Thrall hätte ihn mit einer stundenlangen Aufzählung von Gründen langweilen können, aber er begnügte sich mit einem schlichten: „Ich bin müde, Ji. Und ich fühle mich … schrecklich alt."

Der Pandaren schnaubte und warf sich den Bart über die Schulter. „Im Dorf Wu-Song, wo ich aufgewachsen bin, da gibt es ein Sprichwort: Je älter der Ingwer, desto stärker riecht er."

Thrall schob den ledernen Vorhang beiseite. „Was für eine interessante Art, mir zu sagen, dass ich stinke."

„Ah, da seid Ihr ja endlich." Lor'themar stand auf, als sie eintraten, ebenso wie die anderen, die sich gerade mit ihm unterhalten hatten. „Wo sind Baine und Calia? Nein, sagt uns lieber, was Ihr von dieser Bitte der Allianz haltet."

„Baine und Calia werden in Kürze hier sein, um von unserem Treffen mit den Nachtelfen zu berichten."

Thrall spürte, wie das Gewicht ihrer Erwartungen auf seine Schultern drückte, während er die Nachricht unter seinem Gürtel hervorzog. Es war gut, dass Ji Feuerpfote ihm ein Lachen abgerungen und so die Last ein wenig erleichtert hatte, die nun auf ihn wartete. Lor'themar, Thalyssra, Gazlowe und Lillian Voss scharten sich um ihn zusammen. Dank Ji wusste er ja bereits, dass Rokhan abgereist war, und Calia Menethil und Baine Bluthuf waren noch nicht in die Feste zurückgekehrt.

Bevor Thrall fortfahren konnte, hüstelte Ji Feuerpfote laut in seine pelzige Faust. „Was die Nachricht betrifft – wir werden die Einladung annehmen. Die Situation in Zandalar ist angespannt – das wissen wir ebenso gut wie die Allianz, und es ist unsere Pflicht, etwas zu unternehmen. Falls wir ihre Bitte einfach so ignorieren, warum haben wir dann überhaupt einen Vertrag unterzeichnet?"

Thrall war seinem Freund dankbar, dass er ihm diese undankbare Aufgabe abnahm. Das Letzte, was er wollte, war, mehr wie ein Kriegshäuptling zu erscheinen und nicht wie ein gleichberechtigtes Mitglied des Rates. Er unterstützte Jis Worte, indem er einfach an seiner Seite stehen blieb und hin und wieder zustimmend nickte.

Dennoch traf ihn der schmaläugige Blick der Ersten Arkanistin Thalyssra ebenso wie Ji. „Thrall, was denkt *Ihr*?"

„Ji hat recht. Ich hatte gehofft, wir könnten den Brand in Zandalar löschen, bevor die Allianz darauf aufmerksam wird. Aber offenbar ist der Konflikt zu offensichtlich geworden, um ihn noch verbergen zu können. Ich kenne Jaina Prachtmeer gut. Sie würde nicht grundlos solche Schritte ergreifen."

„Aber Dunkle Waldläufer?" Lor'themar verschränkte die Arme mit einem Schnauben über seinem roten, goldbestickten Waffenrock. „Das ist ziemlich weit hergeholt, findet Ihr nicht? Für mich klingt es eher so, als wäre ihr Spion beim Herumschnüffeln erwischt worden, und jetzt wollen sie unsere Hilfe, um ihn freizubekommen. Sie wollen unseren Anstand ausnutzen."

An diese Möglichkeit hatte Thrall überhaupt nicht gedacht. Er schüttelte den Kopf. „Ich habe nicht vor, ihren Spion zu befreien. Der einzige Grund, aus dem ich dorthin gehe, ist, Zandalar zu schützen. Falls die Allianz zu dem Schluss gelangt, Königin Talanji würde mit den Dunklen Waldläufern zusammenarbeiten, dann werden sie einen neuen Krieg beginnen, und ich könnte es ihnen nicht einmal verübeln."

„Wie sollten sie zu so einer Schlussfolgerung gelangen? Wir waren nicht gerade zimperlich mit Sylvanas' Loyalisten", schnappte Lor'themar.

„*Wir* wissen das", erklärte Thrall ruhig. „Aber die Allianz nicht. Wie muss dieses Chaos in unseren Reihen wohl für sie aussehen? Nein, ich werde ihre Befürchtungen beschwichtigen. Und vor allem werde ich mir anhören, was sie zu sagen haben."

„Ihnen zuhören? Klingt schrecklich langweilig. Wie wär's, wenn wir dieser rosahäutigen Bagage endlich klarmachen, dass sie sich von unserem Territorium fernhalten sollen? Nach meinem Verständnis besteht ein Vertrag nämlich aus mehr als ein paar vagen *Andeutungen*." Der Handelsprinz Gazlowe, dessen Kopf nur unwesentlich größer war als das Knie der Ersten Arkanistin, hielt mit seiner Meinung nicht hinter dem Berg. „Ich sage, ignorieren wir sie. Wenn sie ihren Spion zurückwollen, sollen sie uns erst einmal eine Gegenleistung anbieten."

Thrall sog scharf den Atem durch die Nase ein, aber Ji Feuerpfote kam ihm zuvor. Er machte einen winzigen Schritt nach vorne, um sich zwischen den Orc und den Rest des Rates zu stellen. „Wir werden etwas von ihnen bekommen, nämlich Informationen. Thrall hat recht – was immer wir von ihnen erfahren, wird uns helfen, Zandalar zu beschützen."

Lor'themar tippte mit dem Stiefel auf den Boden, während er über die Sache brütete. Schließlich warf er frustriert die Hände in die Höhe und deutete auf Thalyssra. „Öffnet ein Portal nach

Zandalar für sie. Sie sollen zu diesem Treffen gehen und herausfinden, was die Allianz weiß. Ich möchte mehr über diese Dunklen Waldläufer erfahren. Sollte Sylvanas nämlich tatsächlich in Zandalar sein, dann könnte sie morgen schon in unserer Schlinge zappeln."

„Ja." Lillian Voss, die noch immer nach ihrer Rolle bei diesen Besprechungen suchte, klang ungewöhnlich zuversichtlich. „Wir müssen jede Gelegenheit ergreifen, die uns zur Bansheekönigin führen könnte."

Thrall wusste diesen Optimismus zu schätzen, auch wenn er sich jeglichen Kommentars enthielt. Er hatte keine Ahnung, wo Sylvanas stecken mochte, und falls die Allianz Informationen hatte, die sie auf die richtige Fährte führen könnten, umso besser. Allein Gazlowe blieb skeptisch, aber sein „Nein" konnte nichts an der Entscheidung der Mehrheit ändern.

Dennoch war es Thrall wichtig, dass sie einstimmig entschieden. Er blickte den Goblin an, geduldig und doch auch ungeduldig, und der vertraute Knoten der Anspannung formte sich in seiner Magengrube.

Jeder Krieger, der so viele Schlachten, Katastrophen, erderschütternde Desaster und Invasionen überlebt hatte wie er, entwickelte einen rasiermesserscharfen Instinkt für Gefahr. Und jetzt gerade schrien seine Sinne ihm zu, dass jede Sekunde zählte. Aber Einigkeit war auch wichtig.

Der Rat war wichtig. Gazlowe war wichtig.

„Na schön, was soll's." Der Goblin verdrehte die Augen und winkte Thrall fort. „Schnapp einfach Sylvanas, damit wir nicht weiter über sie reden müssen und uns stattdessen wieder um die wirklich wichtigen Dinge kümmern können. Nämlich Geld und wie man es vermehrt."

Thalyssra versuchte, ein belustigtes Schmunzeln zu verbergen, aber Thrall bemerkte es dennoch. Sobald sie ihre Miene wieder unter Kontrolle hatte, öffnete die Erste Arkanistin ein Portal, dessen Schein auf Gazlowes gänzlich unbeeindruckte Grimasse fiel. Auf der anderen Seite wartete ein Schiff in der Mitte einer

Meeresenge – ein winziges Fleckchen der Ruhe im Zentrum eines brodelnden Sturms.

*

Thrall gefiel es nicht, wenn man ihn warten ließ, aber seinem Begleiter, Ji Feuerpfote, gefiel es noch viel weniger. Der Pandaren stand rastlos am Rand des Schiffes, einem Wrack ohne Segel, das in den Gewässern zwischen den Östlichen Königreichen und Zandalar auf den Wellen auf und ab hüpfte. Ohne Mannschaft oder Antriebsmöglichkeiten erinnerte es an das gewaltige Skelett eines lange toten Meeresungeheuers. Die Überreste der Takelage hingen von den Masten wie getrocknete Eingeweide, die in der Brise flatterten, und das Deck war so ausgebleicht wie eine Leiche in der Wüste.

„Was für ein Sturm …“ Ji deutete nach Westen, wo eine dunkle Sturmfront tief und drohend über dem Ozean hing. Die Wellen darunter wuchsen hoch genug an, um die Unterseite der Wolken zu kitzeln.

Thrall zog die Brauen zusammen. „Und doch bewegt er sich nicht.“

Ji blickte zu ihm hoch. „Hm?“

„Stürme bewegen sich. Das hier sieht mehr nach einer Barriere aus.“

„Vielleicht sollten wir froh sein. Dieses alte Wrack würde keinen Sonnenregen aushalten, ganz zu schweigen von … was immer *das da* ist.“ Der Pandaren schauderte. „Ein weiterer Punkt für die Liste.“

„Die Liste?“

„Von Vorkommnissen und Zufällen, für die sich erst noch eine Erklärung finden muss“, erwiderte Ji mit einem Brummen. „Diese Ereignisse formen eine Kette, aber ihr Ende ist noch nicht in Sicht.“

Daran ließ sich nicht rütteln. „Ich hatte gehofft, zumindest die Störung im Geisterreich besser verstehen zu lernen und wenigstens ein Glied aus dieser vermaledeiten Kette zu entfernen. Leider waren die Nachtelfen nicht bereit, uns auch nur eine einzige Priesterin zur Verfügung zu stellen oder auch nur über die Natur dieser Störungen zu sprechen.“

Ji schnalzte enttäuscht mit der Zunge, während er aus zusammengekniffenen Augen zu den Sturmwolken hinüberspähte. „Dann war deine Reise nach Nordrassil also umsonst.“

„So würde ich das nicht sagen.“

Das Portal der Magierin ließ die Luft um sie herumwirbeln, dann brach ein laut hallender Knall die Stille dieses verlassenen Meeresstreifens. Ji Feuerpfote wirbelte herum und ging mit erhobenen Händen in Kampfstellung. Thrall hingegen ließ sich Zeit und blickte noch einen weiteren Moment zu dem schattenverhangenen, violetten Wolkenband hinüber, das Zandalar einschloss wie eine blutunterlaufene Faust. Schritte drangen an seine Ohren, erst leise und samtig, dann ein zweites Paar, lauter und begleitet vom Klacken einer Rüstung. Die beiden waren also allein gekommen, genauso, wie Jaina es versprochen hatte. Mit einem schmalen Lächeln drehte Thrall sich zu ihnen herum.

„Kein Hinterhalt?“, fragte er anstelle einer Begrüßung. „Schade. Das hier wäre der perfekte Ort dafür.“

Jaina Prachtmeer, einmal mehr zum Stolz von Kul Tiras erblüht, hatte ihr blondes und weißes Haar in einem Zopf über die Schulter drapiert, und die kristallene Spitze ihres Stabes deutete harmlos auf das Deck. Sie hatte keine Mühe, auf dem leicht hin und her wankenden Schiffsdeck das Gleichgewicht zu wahren, andererseits waren ihr die Seemannsbeine ja auch mit in die Wiege gelegt worden.

„Ich stecke heute voller Überraschungen, Thrall“, erwiderte sie, ihre Miene ein Spiegelbild seiner eigenen, während sie eine Ledertasche vor sich auf den Boden warf. „Aber nicht diese Art von Überraschung.“

„Danke, dass Ihr gekommen seid.“ Im Vergleich zu Jaina schien sich der König von Sturmwind an Bord des Schiffes deutlich unwohler zu fühlen. Seine ersten Schritte aus dem Portal waren wackelig, bevor er schließlich beide Beine auf das Deck stemmte und eine Haltung einnahm, die der Würde eines Herrschers entsprach. Rings um die Augen wirkte seine Haut müde und blau, und dunkle Ringe der Erschöpfung lagen darunter.

Thrall kannte diesen Anblick, und er wusste aus eigener Erfahrung, wie es war, wenn die Mühen der Herrschaft einem den Schlaf raubten und die Farbe aus dem Gesicht saugten. Es war nur ein paar Monate her, dass er den König von Sturmwind das letzte Mal gesehen hatte, und doch schien es, als wäre Anduin um ein volles Jahr gealtert.

„Ji Feuerpfote ...“ Jaina zog eine Braue nach oben.

„Seid gegrüßt, Lordadmiralin. Euer Majestät.“ Der Pandaren verbeugte sich. „Es ist bedauerlich, dass wir uns unter so unglücklichen Umständen begegnen.“

„Unglücklich ist noch milde ausgedrückt“, murmelte der König.

Bevor er mehr sagen konnte, hob Thrall die Hand, um ihn zu unterbrechen. „Es gibt etwas, das Ihr wissen solltet. Falls es keine großen Geheimnisse zwischen uns geben soll, falls wir einander vertrauen sollen, dann solltet Ihr erfahren, dass ich mich mit Tyrande und Malfurion getroffen habe.“

Jaina und Anduin starrten ihn in fassungslosem Schweigen an.

„O-oh“, war alles, was Jaina hervorbrachte.

Thrall neigte den Kopf und strich sich frustriert durch das Haar an seinem Hinterkopf. „Es ... Es lief nicht allzu gut. Ich versuchte, sie im Namen der Horde um Verzeihung zu bitten, aber sie wollten nichts davon hören. Alles, was sie wollen, ist Rache an Windläufer.“

„Die wollen wir ebenfalls“, erwiderte Anduin ungeduldig. Seine Hand beschrieb eine schneidende Bewegung in der Luft zwischen ihnen. „Lasst uns zum eigentlichen Thema kommen, in Ordnung?“

Jaina griff in die Tasche, die sie auf den Boden geworfen hatte, und zog einen Pfeil daraus hervor, der in seiner Fertigung und Fiederung an die Waffen der Zandalari erinnerte. Nachdem sie außerdem ein Blatt Pergament zutage gefördert hatte, trat sie vor, um Ji den Pfeil und Thrall die Nachricht zu überreichen. Danach kehrte sie an Anduins Seite zurück.

„Wir haben Mitglieder der Horde abgefangen, die einer Dunklen Waldläuferin namens Visrynn halfen. Visrynn segelte von der Faldirbucht nach Zandalar und warnte einen Fischer vor den Stürmen, die wir nun am Horizont sehen. Das deutet auf eine organisierte Anstrengung hin. Einen Plan. Mein Meisterspion und Hochexarch Turalyon glauben außerdem, dass der Pfeil, den Ihr gerade in Händen haltet, von Dunklen Waldläufern befiedert worden ist", erklärte Anduin ohne lange Vorrede. Thrall begrüßte seine Direktheit. „Es gibt deutliche Unterschiede zur Fiederung eines normalen Zandalari-Pfeils. Von denen hatten wir nach dem Krieg noch mehr als genug übrig, um sie zu vergleichen."

Thrall hatte begonnen, die Nachricht zu überfliegen, aber bei diesen Worten wandte er seinen Blick wieder dem König zu.

„In der Nachricht steht ..."

„Ich kann sie lesen", unterbrach Thrall ihn grollend. Und was er da las, erfüllte sein Herz mit Grauen. Seine Kriegerinstinkte prickelten mit den Härchen in seinem Nacken um die Wette. Es sah ganz so aus, als müssten sie noch einige Glieder zu ihrer Kette von Problemen hinzufügen. Das war nicht gut. Nicht für die Horde und erst recht nicht für Talanji. Die Schriftart, die Sprache, der Inhalt ... Es gab keinen Zweifel daran, dass Dunkle Waldläufer diese Notizen verfasst hatten. Thrall kannte sich nicht wirklich mit der Fiederung aus, die diese Bogenschützen benutzten, aber die Nachricht allein war schon belastend genug, und er sah keinen Grund, an der Anschuldigung zu zweifeln.

„Versucht Ihr, uns zu hintergehen?" Anduins Worte donnerten mit dem Gewicht eines Ankers auf das Deck. Sie hingen in der Luft, und einen Moment lang heulten die Meereswinde zwischen ihnen hindurch, bis der König erneut das Schweigen brach. „Hat Sylvanas Windläufer auf Zandalar Zuflucht gefunden? Ich bin gekommen, um Antworten zu erhalten, und ich werde hier nicht ohne sie weggehen."

Ji Feuerpfote richtete sich neben Thrall auf und schnaufte empört.

„Alles, was die Horde noch für Sylvanas Windläufer übrighat, ist Hass. Es gibt keine Verschwörung, sie vor Euch zu verstecken. Baine Bluthuf würde so ein feiges Komplott nie unterstützen, ebenso wenig wie ich. In den Dschungeln außerhalb von Dazar'alor brennen Feuer." Thrall begann leise, aber seine Stimme wurde mit jedem Wort lauter. Erst jetzt, während er es aussprach, wurde ihm bewusst, wie tief die Schatten wirklich waren, die sich um Talanji zusammengezogen hatten. „Rebellen haben den Palast angegriffen und versucht, die Königin zu ermorden. Jetzt verbrennen sie Loa-Schreine überall in Zuldazar und Nazmir. Ihr Rat ist machtlos, aber die Königin weigert sich, alte Fehden zu vergessen und um Hilfe zu bitten."

Ganz kurz sah er ein Flackern von Erleichterung auf den Zügen des Königs. Thrall wusste, dass Wrynn unter den Menschen als gut aussehend galt, aber für einen Orc sah er einfach nur aus wie ein kleiner, rosafarbener Junge, der halb von seiner klobigen Rüstung verschluckt wurde. Aber zumindest hatte der kleine Junge den Anstand, seine Worte mit einem Nicken zu akzeptieren.

Jaina hingegen hielt all ihre Emotionen zurück. „Warum?", fragte sie.

„Warum was?"

„Warum will sie nicht um Hilfe bitten? Zu der Allianz mit Sylvanas hatte sie sich doch ganz schnell bereit erklärt."

Thrall seufzte und erwiderte Jainas Blick. Er gab ihr ein paar Sekunden, damit Erinnerung und Schmerz ihr selbst die Antwort aufzeigen konnten. „Du weißt, warum."

Jaina starrte auf ihre Füße hinab. „Ich verstehe."

„Sollen wir ihnen glauben?", fragte Anduin, nicht gerade leise.

„Ja", sagte sie. „Ja, ich glaube, das sollten wir. Was er sagt, stimmt: Baine Bluthuf würde eher sterben, als Sylvanas zu verstecken. Wir müssen diese Dunklen Waldläufer suchen und herausfinden, was sie auf Zandalar wollen. Welches Ziel sie auch verfolgen, es ist sicher nichts Gutes."

„Es scheint, als hätte der Blitz bereits eingeschlagen", murmelte Ji.

Ja, in der Tat. Thrall schloss die Augen, aber obwohl ihn eine Woge der Hoffnungslosigkeit überkam, ließ er die Schultern nicht hängen. Noch war nicht alles verloren. Sie hatten noch immer Zekhan, der bei der Königin war und sich ihr Vertrauen erarbeitete. Und sie hatten nun ein besseres Verständnis von der Gefahr, der sie sich gegenübersahen. Ein Bild nahm in Thralls Geist Gestalt an, verschwommen und wackelig, aber doch unverkennbar – ein Bild von Königin Talanji. Sie war jung und ungestüm, verwundbar wegen ihrer Unerfahrenheit und ihrer Isolation, gelähmt durch den Groll, den sie gegen Jaina hegte … das perfekte Ziel für jemanden, der eine Königin stürzen wollte.

Aber warum? Was hatte Talanji, woran die Dunklen Waldläufer oder Sylvanas interessiert sein könnten? Ohne erst zu fragen, stopfte Thrall die Beweismittel in seine eigene Tasche. Anduin zog die Brauen hoch, sagte aber nichts. Zweifelsohne hatten die Spione der Allianz Kopien der Nachricht angefertigt – genau das hätte Thrall nämlich an ihrer Stelle getan.

„Ich werde selbst nach Dazar'alor gehen." Er blickte Anduin an, dann Jaina. „Wir haben es mit Höflichkeit, Zurückhaltung und sanften Worten versucht." Er nickte, kurz und abgehackt. „Jetzt ist es wohl Zeit für Hammer und Faust."

„Und dann ist da noch die Sache mit unserem Spion", erklärte Anduin. Das Wrack wippte heftiger von einer Seite auf die andere, aber der König schaffte es, das Gleichgewicht zu wahren. „Es stimmt, dass er unerlaubt die Küste Zandalars aufgesucht hat, aber er war nicht grundlos dort. Seine Mission hat uns diese unleugbaren Beweise verschafft; dank ihm wissen wir, dass Sylvanas oder zumindest ihre Agenten auf dem Kontinent ihr Unwesen treiben. Natürlich sind wir bereit, alle diplomatischen Kanäle zu nutzen, um ihn zurückzubekommen. Wir verlangen nur, dass er nicht zu Schaden kommt, bis um den Thron von Zandalar wieder Ruhe einkehrt. Die Allianz erkennt an, dass dies nicht die richtige Methode war. Wir hätten uns mit unserem Verdacht direkt an Euch wenden sollen, anstatt unsere Spione auf Eurem Territorium einzusetzen."

Ji Feuerpfote brummte anerkennend. „Weise Worte, Euer Majestät. Und der Rat der Horde kann Euch versichern, dass wir unsere Gefangenen nicht ohne gerechten Prozess hinrichten."

Der König von Sturmwind kniff die Augen zusammen. „Wir möchten, dass er nach Hause zurückkehrt, und das möglichst bald."

Erneut neigte sich das Schiff auf die Seite, und Thrall wäre über Bord gegangen, hätte Ji Feuerpfote ihn nicht gestützt. Der Mönch nutzte seinen überlegenen Gleichgewichtssinn, um aufrecht stehen zu bleiben, und er packte den Orc, bevor er über die Reling kippen konnte. Ihnen gegenüber griff Jaina gleichsam nach Anduin, um ihm Halt zu geben.

„Gebt mir zwei Tage", sagte Thrall, während er versuchte, den immer stärker werdenden Wellen zu trotzen, die auf das Wrack einprügelten. „Ich werde sehen, was ich wegen Eurem Spion tun kann. Ich werde mit der Königin persönlich darüber sprechen. Und genauso, wie Ihr diesen Ort nicht ohne Antworten verlassen wolltet, König Anduin, werde ich Zandalar nicht ohne Antworten verlassen."

„Dann lasst uns hoffen, dass wir die nächsten beiden Tage überleben." Ji Feuerpfote hatte sich wieder herumgedreht, um Zandalar und den Ring aus Sturmwolken zu betrachten. Diese Stürme, oder zumindest ein Teil davon, hatten sich inzwischen ausgedehnt: Eine Masse wütender Wolken, die auf das Wrack zuraste und dabei einen grauen Nebel vor sich herschoben, der Regen verkündete.

Thrall konnte kaum glauben, wie hoch sich die Wogen auftürmten.

„Dieser Sturm hätte Schönwind beinahe das Leben gekostet", hörte er Jaina zischen. „Und das gleich dreimal."

„Ein Portal, Jaina, schnell!“, befahl der König.

Thrall wirbelte herum und machte zögerlich ein paar Schritte auf sie zu. „Zwei Tage. Greift vorher nicht an. Vertraut darauf, dass wir die Situation in Zandalar aufklären.“

Die Worte hatten beiden gegolten, aber er blickte Jaina an, während er sprach.

„Na schön!“, rief König Anduin. Der Sturm kam mit widernatürlicher Geschwindigkeit auf sie zu, und das Wrack wurde von den Wellen wie ein Stück Treibholz hin und her geschleudert. „Zwei Tage, Thrall. Aber wir dürfen die Spur der Bansheekönigin nicht wieder verlieren.“

„Thrall ...“ Ji deutete hektisch auf die donnernden Wogen, während der Regen wie ein Pfeilhagel auf das Meer hinabtrommelte. „Thrall! Wir sitzen hier fest!“

„Jaina!“

Sie hatte bereits begonnen, ihre Magie zu bündeln, und ein Portal geöffnet, das sie und den König in Sicherheit bringen würde. Doch sie hörte ihn über den Lärm des Sturms hinweg und drehte sich herum, sodass der tobende Westwind ihr das blonde Haar um den Kopf wirbelte. Ohne ein weiteres Wort eilte sie herüber. Das Portal, das sie für sich und Anduin beschworen hatte, löste sich zu einem einzigen blauen Funken auf.

„Wohin?“, schrie sie.

„Die Küste!“, donnerte Thrall, die Hände vor seinem Mund zu einem Trichter geformt. „Dazar'alor!“

Das Portal öffnete sich, erfüllt von einer schimmernden Fata Morgana der goldenen Stadt. Thrall packte Ji und schubste ihn hindurch. Er selbst blickte noch ein letztes Mal zu der Magierin hinüber, die sich an ihren König klammerte, dann musste auch er vor der mörderischen See fliehen, und das Wrack verschwand unter seinen Füßen, während er der Küste von Zandalar entgegenraste.

20

Zeb'ahari

Apari Ko'Runn spürte den Sturm in ihrem Inneren. Sie trug ihn in sich wie ein Kind, und genauso liebevoll dachte sie auch von ihm. Er trat um sich und wütete und saugte ihr die Lebensenergie aus, aber er war stark. Und er gehörte ihr.

Sie konnte keine Kinder bekommen, jedenfalls nicht auf die herkömmliche Weise. Das war unmöglich geworden, als die Säule auf ihren Unterleib gestürzt war und die Knochen in ihrem Bein pulverisiert hatte – aber es war in Ordnung so. Apari hatte nie Kinder gewollt, hatte auch nie verstanden, warum andere Nachwuchs wollten. Die Freundinnen aus ihrer Kindheit hatten diese Einstellung geteilt. Oft hatten sie frischgebackene Mütter dabei beobachtet, wie sie ihre Neugeborenen zu den Gärten des Großen Siegels brachten, um am Wasser zu sitzen – die Becken dort waren angeblich durch Rezans Tränen entstanden, und wer sie aufsuchte, wurde mit Gesundheit und einem langen Leben gesegnet.

„Alles was sie tun, ist, zu schrei'n und zu stinken", hatte die damals gerade achtjährige Talanji gesagt. „Aber Vadder sagt, es is' die Pflicht einer Königin, die Blutlinie fortzusetzen."

Die Trollmädchen kauerten hinter einer Vase, die breiter war als sie alle zusammen, und spähten verstohlen zu den Müttern hinüber, während diese ihre Babys liebkosten.

„Wenn du Königin bist", erklärte Apari feierlich, mit all der selbstsicheren Weisheit eines Kindes, „dann wirst du deine eigenen Regeln machen."

„Und du wirst mir dabei helfen.“ Talanji griff nach ihrer Hand und drückte sie. „Niemand wird uns Vorschriften machen.“

Damals hatte Apari ihr geglaubt. So, wie sie Talanji immer geglaubt hatte. Sie hatte ihr geglaubt, als sich Rastakhans eigene Berater gegen ihn wandten und Talanji Apari anflehte, ihm die Treue zu halten. Sie hatte ihr geglaubt, als sie behauptete, man könnte der Horde trauen. Und sie hatte ihr sogar mehr geglaubt als ihrer eigenen Mutter Yazma, die in Talanjis späterem Pakt mit Bwonsamdi das Ende der Zandalari sah.

„Der Tod wird sie beherrschen, und sie wird uns beherrschen“, hatte ihre Mutter ihr erklärt, ein verzweifelter Versuch, Apari die Augen zu öffnen. „Was für ein Land werden wir sein, wenn der Loa der Gräber unser Meister is'?“

Das war das letzte Mal gewesen, dass sie ihre Mutter gesehen hatte. Yazma hatte ihr Zimmer im Palast unter Tränen verlassen, und als sie wieder zum Großen Siegel zurückkehrte, tat sie dies als Rebellin, an der Spitze einer Gruppe von Zivilisten, die sich nicht Bwonsamdi unterwerfen wollten. Hätte Apari nur auf sie gehört. Wäre sie nur mit ihr gegangen ... Wären die Dinge für die Weiße Witwe dann anders verlaufen? Sie vermochte es nicht zu sagen, aber zumindest wäre sie an der Seite ihrer Mutter gestorben.

Dieses Bedauern eiterte ebenso in ihrer Seele wie die Wunde an ihrem Bein.

Apari saß auf den Klippen von Zeb'ahari, und Tayo stand hinter ihr. In dem Dorf unter ihnen gingen die Dinge ihren gewohnten Gang. Die Bewohner, die hier fernab vom Chaos der Stadt ein friedliches Dasein führten, ahnten nicht einmal, dass sich in den Hügeln und Bäumen rings um ihr Zuhause die Anhänger des Witwenbisses verbargen.

„Sie ... Sie sind verschwunden.“

„Wie?“, fragte Apari, dann schlug sie Tayo das Fernrohr aus der Hand. Es fiel wie ein Stein und zerbarst auf den Felsen in der Tiefe. „Wie?!“

Es war reiner Zufall gewesen, dass sie das aufgegebene Schiff in der Ferne entdeckt hatten. Jeden Tag trug Apari ihren Gefolgsleuten auf, den Horizont abzusuchen und sich zu vergewissern, dass keine Schiffe durch das Netz ihrer Stürme schlüpften. Und dann hatte Tayo in sicheren Gewässern, knapp jenseits der Sturmfront, das Wrack gesehen, und an Bord ... Jaina Prachtmeer.

Zuerst hatte Apari es nicht glauben wollen. Nicht glauben können. Jaina Prachtmeer? Die Frau, die das Große Siegel angegriffen, Rastakhan ermordet und den Palast in Trümmern zurückgelassen hatte? Die auch Aparis Leib und Leben in Trümmer gelegt hatte? Doch dann hatte sie durch das Fernrohr gespäht und es mit eigenen, weit aufgerissenen Augen gesehen. Rasch hatte sie Tayo das Fernrohr zurückgegeben und sich von ihr leiten lassen, während sie den Sturm anrief und ihm zu handeln gebot. Der Geist des Opfers, des toten Mädchens, fand neues Leben in Aparis Körper – eine Seele, die Bwonsamdi weggeschnappt worden war und deren widernatürliche Energie nun Aparis Magie befeuerte.

„Weise mir den Weg!", hatte sie Tayo zugerufen. „Führe mich zu ihr. Lass den Sturm ihr Ende sein und das Meer ihr Grab! Ich befehle dir, Himmel, beuge dich meinem Willen!"

Was für ein passendes Ende es doch wäre, überrumpelt und bezwungen von einer Trollfrau, die sie nie gekannt oder auch nur gesehen hatte, deren Leben aber nichtsdestotrotz von Jaina Prachtmeer zerstört worden war.

Du kennst mich nich', Mensch, hatte sie gedacht, während sie nach dem süßen Geschmack der Rache dürstete. *Aber ich kenn dich. Oh, bei den Ahn', und wie ich dich kenne.*

„Apari." Mit den zögerlichen Bewegungen eines Kindes, das eine Zurechtweisung erwartete, trat Tayo an ihre Seite. „Es sind noch einige Schreine übrig. Wir haben dem Fahl'n Reiter versichert, dass sie alle vor Sonnenuntergang niedergebrannt wär'n. Du kriegst bestimmt noch 'ne Gelegenheit, die Prachtmeer-Frau zu vernichten."

„Nein, Tayo, die werde ich nich' bekomm'." Daz flog in trägen Kreisen von der Küste auf, vollgesogen mit dem Blut einer unglückseligen Kreatur, die er dort unten gefunden hatte. Apari zuckte zusammen, als die Schreckenszecke auf ihrer Schulter landete. Ihr Körper wurde immer schwächer, und die Infektion an ihrem Bein raubte ihr mehr und mehr Energie. Allein ihr Geist und die Macht des Opfers hatten verhindert, dass sie gleich hier zusammengebrochen war. „Mir bleibt nich' mehr viel Zeit. Gerade genug, um den Fall der Verräterkönigin zu genießen."

„Diese Vulpera ... Sie könnte dir das Bein immer noch abnehm' und dich retten."

Apari starrte sie finster an und rang mit dem Drang, Tayo eine Ohrfeige zu verpassen. „Nein. Und wir werden nich' mehr darüber sprechen. Ein weiteres Wort, und ich werf dich von dieser Klippe."

Ein Schatten von Verärgerung und Widerwillen huschte über das Gesicht der anderen Trollfrau, und ihr rechter Nasenflügel zuckte, aber sie schwieg stumm, senkte nur den Kopf und verschwand zwischen den Bäumen, dort, wo die anderen Anhänger des Witwenbisses warteten und beobachteten.

Doch so sehr Tayo sie auch aufgebracht hatte, war Apari immer noch entschlossen, die Aufgabe zu Ende zu bringen, die der Fahle Reiter ihnen aufgetragen hatte. Zuletzt hatten die Flammen Schaulustige und einige Anhänger von Bwonsamdi zu den Schreinen geführt, und sie hatten versucht, die Feuer zu löschen. Es war zu gefährlich, dazubleiben und sie zu verscheuchen, trotzdem waren inzwischen nur noch drei Schreine übrig. Ein paar weitere Schläge, um den Loa zu schwächen, bevor sie zum tödlichen Hieb ausholten. Dafür würde sie selbst die bittere Enttäuschung hinunterschlucken, dass Prachtmeer ihrem nassen Grab entgangen war. Letztlich war es nur ein weiterer Mundvoll Bedauern, und sein ätzender Geschmack war ihr alles andere als neu.

Sie schlang die Hände um das Abzeichen, das von ihrem Hals hing, das verkratzte, goldene Schmuckstück, das Nathanos Pestrufer ihr als Opfer angeboten hatte. Es summte vor seltsamer, eisiger Macht.

„Witwenbiss! Hört mich an!“ Apari wandte sich dem Dschungel zu. Sie spürte, wie die verborgenen Augen dort sie anstarrten, wie ihr geheimes Publikum gebannt lauschte. „Der Abend naht – unsre schnellsten Läufer sollen sich auf den Weg in die Stadt machen. Gebt unsern Spionen Bescheid. Unsere besten Kämpfer komm’ mit mir zum nördlichen Schrein. Heute gibt es keine Rast und kein Zögern – heute laben wir uns an Bwonsamdis Schmerz. Er wird uns mehr nähren als Fisch, uns mehr berauschen als Wein. Also genießt es und esst euch dran satt!“

21

Dazar'alor

Unter dem großen Bogen, der den Hafen von Zandalar einrahmte, schnappte Thrall nach Atem. Die gewaltigen, gewölbten Säulen führten zu einem Gedränge von Leibern, wo Händler lautstark ihre Waren anpriesen, Träger unglaublich schwere Körbe auf ihren Köpfen balancierten und Straßenkinder durch die Menge huschten und nach ungeschützten Taschen suchten, die sie leeren könnten. Der Geruch der salzigen Seeluft blieb hinter ihnen zurück, stattdessen stürmten aus der Richtung des Marktes Hunderte widerstreitende Düfte auf Thrall ein: der Schweiß hart schuftender Arbeiter; Gewürze, die die Fantasie ebenso anregten wie die Statuen und Embleme, die der Stadt ihre einmalige Pracht verliehen; das Parfum von geröstetem Fleisch; das volle, erdige Aroma der Ranken und Blüten, die von den Terrassen herabhingen.

„Das wird ein langer Aufstieg", seufzte Ji Feuerpfote, als er sich in die Menge vor dem gewaltigen, trollköpfigen Brunnen schob, der in der Mitte des Hafens aufragte. „Wir verlieren besser keine Zeit."

Die große Stadt der Zandalari-Trolle ragte wie ein goldenes Versprechen über ihnen auf, so hoch, dass die Spitze der Pyramide hinter dünnen Nebelfetzen verborgen war.

„Sie hätte uns ein wenig näher absetzen können", grummelte Thrall. „Aber vielleicht ist es besser, die Sache langsam anzugehen, anstatt aus heiterem Himmel im Thronsaal zu erscheinen."

„Jede kompetente Königin hat Spione überall in ihrer Stadt“, fügte Ji hinzu, seine Stimme dem Thema entsprechend gesenkt. „Sie wird wissen, dass wir hier sind, bevor wir auch nur die Terrasse der Sprecher erreichen.“

„Sie wird vorgewarnt sein.“ Thrall hörte die Worte aus seinem Mund, aber er fühlte sie nicht in seinem Herzen. Warum hatte Talanji ihre Hilfe abgelehnt? Sah sie nicht, dass dies der zweckdienlichste Weg zum Erfolg war? Sie war zweifelsohne fähig, aber sie war auch stolz. Zu stolz. Jeder Anführer musste seine Grenzen kennen. Talanji hatte ihre offensichtlich erreicht, und jetzt blieb nur abzuwarten, ob sie ihren persönlichen Groll hintanstellen konnte, um die Sicherheit und das Wohl ihres Volkes zu sichern.

Persönlicher Groll. Unwillkürlich musste Thrall sich fragen, ob Jaina das Portal vielleicht deshalb so weit vom Palast entfernt geöffnet hatte – wegen Talanjis persönlichen Grolls. Wie hätte die Königin sie wohl in Empfang genommen, hätte sich das Portal ohne Vorankündigung mitten in ihrem Thronsaal aufgetan. Ihr argwöhnischer Geist wäre sofort vom schlimmstmöglichen Szenario ausgegangen – das in diesem Fall sogar das korrekte war.

Und Talanji hatte eindeutig schon genug Gründe, ihnen zu misstrauen.

Sie machten sich auf den langen, langen Weg zum Palast. Unzählige Stufen trennten sie von ihrem Ziel, und die feuchte Luft half weder Thralls Sorgen zu lindern noch seinen verknoteten Magen zu entspannen. Zum Glück stachen sie nicht gar so sehr aus der Menge hervor, wie er erwartet hatte. Der Hafen war ein beliebtes Ziel und zog eine bunt gemischte Schar von Besuchern an. Da waren reptilische Tortollaner und hünenhafte Vrykul von den Verheerten Inseln, und sogar ein paar abenteuerlustige Pandaren-Händler kreuzten ihren Weg. Viele der Seeleute und Kaufleute standen in kleinen Trauben zusammengedrängt und beschwerten sich bitterlich über die Stürme, die rings um die Insel tobten und den Strom des Handels zum Erliegen gebracht hatten. Und jeder einzelne von ihnen schien die Schuld für ihre finanziellen Nöte bei der Königin zu suchen.

„Wenn wir den Basar erreichen, können wir ein Reittier mieten, um die Reise zu verkürzen“, schlug Thrall vor, während er sich einen Weg durch die Menge bahnte.

„*Falls* wir den Basar erreichen.“

Thrall blickte zu Ji Feuerpfote hinab, seine Brauen beunruhigt nach oben gezogen.

„Jemand folgt uns“, wisperte Ji. „Sie sind an uns dran, seit wir den Hafen erreicht haben. Trolle, insgesamt sechs. Mit weißer Farbe im Gesicht.“

Der Orc nahm sich ein paar Sekunden, um die Situation und ihre Optionen abzuwägen – und auch, um sich nach den Trollen umzusehen, die Ji beschrieben hatte. Sie wirkten dürr, ausgezehrt, aber er sah ein Feuer in ihren Augen, und es gefiel ihm nicht im Geringsten. Manchmal waren die hungrigsten und verzweifeltsten Gegner auch die gefährlichsten.

„Locken wir sie aus der Reserve“, murmelte Thrall. „Komm mit.“

Sie stiegen zu einer Terrasse über dem Hafen hinauf. Der Große Basar war nicht so geschäftig, wie man vielleicht erwarten mochte; das lag vor allem daran, dass die Besitzer der Verkaufsstände alle fortscheuchten, die nicht willens waren, Geld bei ihnen auszugeben. Thrall stieg weitere Stufen empor, und die Menge, in der ihre Verfolger sich verbargen, lichtete sich noch weiter. Nur eine Handvoll Gestalten stieg hinter ihnen die gewaltige Treppe hinauf, über der ein titanisches, goldenes Pterrordax-Weibchen wachte. Die weißen Augen des Tieres schienen gleichzeitig alles und nichts zu sehen, und es raschelte mit den Flügeln, ehe es sich beruhigte und wieder auf seinen prächtigen, juwelengeschmückten Aussichtspunkt zurücksank. Ein paar der Gestalten versuchten, sich im Schatten des Pterrordax zu halten. Falls Thrall und Ji weiter auf freiem Gelände blieben, würden die Trolle es sicher nicht wagen, zuzuschlagen.

Doch er irrte sich.

Kurz bevor sein Fuß die letzte Stufe berührte, sprang ein schlaksiger, grünhäutiger Troll nach vorne. Thrall sah einen Speer auf sich zu sausen und wirbelte herum. Er packte die Waffe gerade, als sie an seiner rechten Flanke vorbeizischte, dann setzte er das Bewegungsmoment des angreifenden Trolls gegen ihn selbst ein, indem er sich blitzschnell drehte. Und schon flog der Troll in einem hohen Bogen zum Fuß der Säule hinab, auf der die Himmelskönigin es sich bequem gemacht hatte. Ji stellte sich derweil den anderen Angreifern entgegen, seine pelzigen Hände wie Krallen gekrümmt, während er das Gewicht von einer Seite auf die andere verlagerte.

„Tod der Verräterkönigin und ihr'n Verbündeten von der Horde!“

Ein Schrei erklang, und ein junger Mann, der einen Korb voll Brot auf dem Kopf trug, wurde grob zur Seite geschubst, als eine Trollfrau in einem schlichten, schwarzen Kleid ein Blasrohr an die Lippen hob. Der Junge stürzte die Stufen hinunter, und das Brot kullerte in alle Richtungen davon. Mehr und mehr Augen richteten sich auf sie.

Thrall hob den rechten Arm, und sein dicker Handschuh beschützte ihn von dem Pfeil. Mit einem Knurren warf er das Geschoss beiseite, dann zog er die Axt hinter seinem Rücken hervor. Ein weiter Schwung mit der Waffe verschaffte ihnen ein wenig Platz; das laute Surren der Klinge scheuchte ihre Angreifer nach hinten, sodass Thrall und Ji nun den Vorteil der höheren Position hatten. Ji ergriff die Initiative und katapultierte sich mit der Gewalt eines Wirbelsturms die Stufen hinunter. Ein Bein hatte er ausgestreckt, und sein Fuß traf den Hals eines geduckt dastehenden, maskierten Trolls. Das war mehr als genug, um den Angreifer ins Taumeln zu bringen, und der Troll purzelte hinter dem Jungen und seinem Brot her, während sein Dolch klappernd auf dem Stein landete.

Die Frau mit dem Blasrohr wollte noch nicht aufgeben. Sie hatte ihre Pfeile gegen ein gemein aussehendes, kurzes Jagdmesser eingetauscht und sprang mit einem schrillen Schrei auf Thrall zu. Wie besessen stach sie auf ihn ein, und ihr gelang sogar ein Treffer, aber es war kaum mehr als ein Kratzer. Thrall achtete kaum darauf, stattdessen packte er die Trollfrau am Hals und schüttelte sie heftig, bevor er sie mit einem rauen Brüllen gegen die Steinsäule am oberen Ende der Treppe schmetterte.

„Zur Seite! Zur Seite, sage ich!“

Thrall erkannte die Stimme. Rokhan, der Häuptling der Dunkelspeertrolle, stieß ein Paar tortollanischer Schaulustiger aus dem Weg. Hinter ihm tauchten zwei schwer bewaffnete und ebenso schwer gerüstete Rastari-Vollstrecker auf, um die Menge auf Abstand zu halten. Mit ihren quer vor der Brust erhobenen Stäben drückten sie die Zivilisten vom Ort des Tumults fort.

„Thrall!“ Halb rief Rokhan den Namen, halb lachte er, während er seine Dolche zog und sich Schulter an Schulter neben den Orc stellte. „Ich hatte nich’ erwartet, Euch hier zu seh’n. Und erst recht nich’, dass Ihr auf dem Großen Basar ’nen Kampf anzettelt!“

„Es war ein Hinterhalt“, informierte Thrall ihn knurrend. „Rebellen. Wir sind hier, um mit der Königin zu sprechen. Es ist dringend.“

„Nehmt den Pterrordax! Ich kümmer mich um das Geschmeiß! Vollstrecker, zu mir!“

Das Pterrordax-Weibchen, das über dem Ort des Überfalls hockte, breitete seine Schwingen aus und peitschte Thrall und die Menge mit einem unvermittelten Windstoß. Anschließend gab sie einen ohrenbetäubenden, wilden Schrei von sich und stieß von ihrem Aussichtspunkt herab. Ihre Landung war sanft, reichte aber immer noch, um die Fliesen unter Thralls Füßen erzittern zu lassen und Staub in die Luft hochzuwirbeln. Ji sprang mit einem Rückwärtssalto von den Stufen fort und landete auf dem Rücken des Tieres, dann beugte er sich nach unten und hielt Thrall die Hand hin.

„Geht!“, forderte Rokhan sie auf. Die Aussicht, seine Dolche tanzen zu lassen, schien ihn in Hochstimmung zu versetzen. „Geht zur Königin!“

Thrall nickte und griff nach Jis Hand, um sich auf den Rücken des Tieres hochziehen zu lassen. Anschließend klammerte er sich an dem mit Edelsteinen und Knochensplittern verzierten Geschirr fest, als das Geschöpf vom Boden emporstieg. Seine Kraft und seine Geschwindigkeit entlockten der Menge der Schaulustigen ehrfurchtsvolle Rufe.

In einer Spirale stiegen sie höher und höher über der Terrasse der Sprecher auf, bis das Große Siegel sich von einem fernen, formlosen Berg in ein Mosaik aus Türmen und Wasserfällen, aus gestutzten Palmen und Balkonen und Fenstern verwandelte – in den Sitz der zandalarischen Macht, wo die Königin ihren Thron hatte. Ein Thron, den sie vielleicht nicht mehr lange halten konnte, nun, da Rebellen in den Straßen offen gegen sie und ihre Verbündeten losschlugen.

*

„Was hat das zu bedeuten?"

Königin Talanji erwartete sie bereits. Kleine Augen, kleine Spione hatten die Kunde von dem Überfall und dem Blutvergießen in Windeseile vom Großen Basar hierhergetragen. Diese Spione waren mit ihren Pterrodaxen sofort zu Zolani geflogen, und Zolani war sofort zur Königin gegangen, und nun stand Talanji mit blitzenden Augen vor dem Goldenen Thron, die Fäuste in die Seiten gestemmt. Allein, aufrecht zu sitzen, war inzwischen zu einer Qual für sie geworden; mit jeder Sekunde wurde ihr Körper schwächer, aber sie weigerte sich, ihren angegriffenen Zustand ihren Untertanen zu offenbaren.

Obwohl sie vorgewarnt worden war, versetzte das Auftauchen der beiden ihr einen heftigen Stich. Talanji hatte die Anführer der Horde nicht eingeladen, und sie hatten ihr bereits Zekhan aufs Auge gedrückt, was mehr als genug war. Jetzt, wo Rokhan und Zekhan hier waren, hätten sie doch eigentlich mit dem Ausmaß ihrer Kooperation zufrieden sein müssen. Aber nein, offenbar reichte es ihnen nicht, und so waren sie einfach in ihrem Hafen aufgetaucht und hatten Ärger in ihrer Stadt gemacht. Und nun marschierten sie auf Talanji zu, als hätten sie irgendein Recht, hier zu sein.

Zekhan kam vom Ratssaal heraufgeeilt, rosafarbene Flecken auf seinen Wangen, weil er sich so beeilt hatte. Schwer keuchend verbeugte er sich mehrere Male vor Talanji, dann stellte er sich neben den Thron und versuchte, mit der Wand zu verschmelzen. Ihrem brennenden Blick konnte er trotzdem nicht entgehen.

„Wusstest du davon?"

„N…Nein, Euer Majestät! Sonst hätt ich's Euch gesagt!", stammelte Zekhan.

„Verzeiht die Störung." Thrall stampfte zum Thron hinauf und hielt nur inne, um ihr die gebührende Ehrerbietung zu erweisen. Er war sichtlich verschwitzt, außerdem mit Blut befleckt, und seine Stiefel waren so nass, als wäre er gerade aus der Brandung geschlurft. Der Pandaren Ji Feuerpfote verbeugte sich anmutig. Hinter ihm, eingerahmt vom violetten Glanz der Abenddämmerung, wartete die Himmelskönigin darauf, wieder abfliegen zu dürfen.

„Ihr werdet Euer Eindringen erklären", forderte Talanji. „Unverzüglich."

„Eine neue Bedrohung hat sich offenbart, Königin Talanji, und wir sind hier, um Euch Rat und Hilfe anzubieten", erwiderte Thrall.

Das ließ Zekhan aufhorchen, und er nickte energisch mit dem Kopf. „Die Rebellen, ja. Seht Ihr, es is' genau, wie ich sagte, Euer Majestät. Die Horde ist bereit, Euch zu helfen."

„Ich bin die Königin. Ich spreche für den Goldenen Thron, Zekhan, also schweig. Es is' nich' das erste Mal, dass ich mich mit diesen Aufständischen herumschlagen muss", schnappte Talanji, wobei sie erst den Spion anblickte und dann Thrall. Die Ehrengarde der Rastari, die den Saal bewachte, rückte näher an Thrall heran, als würde sie seine wachsende Verärgerung spüren. „Wie Zul der Verräter und Yazma nach ihm wird auch diese Rebellion zerschmettert, und in Zuldazar wird Ordnung einkehr'n.

Dies ist eine zandalarische Angelegenheit, und wir werden sie auf die zandalarische Weise bereinigen!"

Ji Feuerpfote zog einen Giftpfeil aus Thralls Schulterplatte. „Ja. Es ist offensichtlich, dass Ihr alles unter Kontrolle habt."

Talanji tat einen wackeligen Schritt die Stufen vor dem Thron hinab. Selbst ihre Fußsohlen schmerzten. „Wie könnt Ihr es wagen ..."

„Wir haben keine Zeit für dieses Geplänkel. Entweder wir arbeiten zusammen, oder diese Rebellen werden ihr Ziel erreichen und Euch stürzen, Euer Majestät." Thralls Stimme schwoll zu einem bedrohlichen Donnergrollen an. „Hört zu. Hört gut zu, Euer Majestät. Unsere Schamanen haben einen schrecklichen Aufruhr im Geisterreich gespürt, und die Rebellen, die Euch angreifen, werden immer stärker, unterstützt durch die Dunklen Waldläufer von Sylvanas Windläufer."

Der gesamte Saal verstummte. Talanjis Herz zog sich in ihrer Brust zusammen. Konnte das wahr sein? Die Klinge der Königin schluckte nervös, und jetzt schwitzte auch sie unter ihren stoßzahnverzierten Schulterplatten und ihrem Helm mit dem Büschel smaragdgrüner und blauer Federn. Talanji wechselte einen Blick mit Zolani, die mit einem winzigen, ratlosen Schulterzucken reagierte.

„Dunkle Waldläufer? Hier? Das is' unmöglich." Talanji spürte, wie sich Kälte in ihren Händen ausbreitete. „Ich ... Ich wüsste es, wenn dem wirklich so wäre."

„Nein, wüsstet Ihr nicht." Thrall seufzte und fuhr sich mit der Hand durch sein dunkles, krauses Haar. „Sylvanas ist in den Schatten zu Hause. Ihre Truppen sind ausgedünnt. Sie muss jedes Mittel einsetzen, dessen sie habhaft werden kann. Jeder Verbündete ist ihr recht."

Kurz drehte sich die Welt. Verbündete. Ja. Das würde erklären, wieso der Witwenbiss gleichzeitig überall und nirgendwo zu sein schien, wieso sie so viele Schreine angreifen und sich neue Waffen leisten konnten. Sie hatten diese Taktiken und Ausrüstung von einer ausländischen Quelle. Ein Übel war an ihren Gestaden gelandet, und es hatte bereits begonnen, die leichtgläubigsten ihrer Untertanen zu infizieren. Sylvanas Windläufer. Ein Name, der gleichbedeutend mit Chaos und Tod war. Und welche Ziele wählte der Witwenbiss für seine Angriffe? Schreine, die dem Loa der Gräber gewidmet waren – dem Schwachpunkt ihrer Herrschaft. Langsam begannen die Teile, sich zu einem Bild zusammenzusetzen. Alles ergab Sinn, auch wenn sich ihr dabei der Magen umdrehte.

„Oh", murmelte sie. „Könnt Ihr das auch beweisen?"

„Eure Reaktion ist Beweis genug", entgegnete Thrall ernst. Sie sah, dass er kurz zu Zekhan hinüberblickte. „Aber es gibt noch mehr. Meine … Quellen berichten mir, dass Ihr einen Spion der Allianz in Gewahrsam genommen habt. Er war hier, um genau diesem Verdacht nachzugehen. Die Rebellen benutzen Pfeile der Dunklen Waldläufer, und in einem von ihnen aufgegebenen Lager wurden Nachrichten in der Sprache der Elfen gefunden."

Talanji wünschte, sie könnte nach der Armlehne des Throns greifen, um sich abzustützen, aber sie zwang sich, ruhig stehen zu bleiben. Die Neuigkeiten spülten über sie hinweg wie eine mächtige Woge. Es stimmte, sie hatten einen Hund der Allianz beim Herumschnüffeln erwischt; ihre Kerkermeister berichteten, dass er unbedingt mit ihr sprechen wollte, aber bislang war sie zu sehr mit der Bedrohung durch den Witwenbiss beschäftigt gewesen, um ihn in seiner Zelle zu besuchen. In gewisser Weise war Talanji erleichtert. Jetzt hatte sie zumindest eine Erklärung, warum es ihr so lange nicht gelungen war, diesen Aufstand niederzuschlagen. Das hieß … eigentlich war es nur eine halbe Erklärung. Außerdem wunderte sie sich, von welchen „Quellen" Thrall seine Informationen wohl hatte. Falls es Zekhan war, dann hatte der Abgesandte gelogen und wichtige Informationen vor ihr geheim gehalten. Aber ihr Königreich litt, und es litt schon viel zu lange. Es war an der Zeit, ehrlich zu sein. Zeit, zuzugeben, dass sie sich in einer aussichtslosen Situation befand, denn anstatt mit einem hatte sie es nun mit zwei Schlangennestern zu tun.

Einen Moment blickte sie Thrall einfach nur an, dann biss sie sich auf die Zunge und traf eine Entscheidung.

„Das sind in der Tat schlechte Neuigkeiten. Diese Zeichen … ich hätte sie erkenn' soll'n."

„So ist es immer mit Sylvanas", sagte Thrall sanft. „Sicher haben sie sich ganz vorsichtig hier eingeschlichen. Und sie werden alle nur erdenklichen Mittel nutzen, um unbemerkt zu bleiben." Er kam ein paar Schritte näher und blickte zu ihr hinauf. „Niemand gibt Euch die Schuld daran, dass die Dunklen Waldläufer hier sind, Königin Talanji. Wir verlangen lediglich, dass Ihr die Sache ernst nehmt."

„Das werde ich", hauchte Talanji. „Das werde ich." Sie wandte sich an Zolani, die Klinge der Königin. „Wir könn' nich' länger warten. Entsende unsre Truppen zu den verbliebenen Schreinen. Der Witwenbiss hat sich mit einer bekannten Kriegsverbrecherin zusammengetan, einer Feindin Zandalars. Unser Volk kann uns nich' vorwerfen, gegen unsre eig'nen Leute zu kämpfen. Nicht, wenn die Rebellen eine so abstoßende Verräterin zu ihrer Verbündeten gemacht haben."

„Sofort, meine Königin." Zolani verbeugte sich und eilte davon, um den Willen der Königin auszuführen.

„Ich könnte mitgeh'n", schlug Zekhan vor. Er hob die Hand auf Schulterhöhe. „Ein paar Soldaten anführen, meine ich. Ich diene zwar der Horde, meine Königin, aber ich diene auch Euch."

„Ihr solltet warten, bis unsere Truppen die Euren unterstützen können", unterbrach Thrall ihn hastig. „Dunkle Waldläufer sind Furcht einflößende Gegner."

„Meine Soldaten sind auch Furcht einflößend", klärte Talanji ihn mit hocherhobenem Haupt auf. Dann fiel ihr Blick einmal mehr auf Zekhan, und er straffte voller Stolz die Schultern. „Ruft die Armeen der Horde, Thrall. Ruft sie hierher, um zu helfen. Aber Zandalar kann nich' länger warten. Zandalar wird *jetzt* zuschlagen."

22

Dazar'alor

Die Mauern des Gefängnisses mochten so verheißungsvoll schillern wie die Träume eines armen Mannes, aber auch ein goldener Käfig war immer noch ein Käfig. Trotzdem musste Shaw den Zandalari Respekt zollen: Selbst die Kerker wurden dem Ruf der goldenen Stadt gerecht. Wenn es um Prunk ging, machten diese Kerle keine halben Sachen.

Man hatte ihm seine Waffen abgenommen, sogar das Messer, das er – eigentlich ziemlich gerissen – in der falschen Sohle seines Stiefels versteckt hatte. So blieb Shaw nicht viel zu tun, außer auf der harten Bank zu liegen, die man ihm als Bett gegeben hatte, und zu den Rissen in der Decke hochzustarren. Eine Weile zählte er sie sogar in einem verzweifelten Versuch, seinem Verstand eine Beschäftigung zu geben. Aber natürlich begannen seine Gedanken schon bald abzuschweifen. Einer der Ziegel erinnerte in seiner Form ein wenig an einen Mond, vielleicht auch an ein Boot. Ja, definitiv die Hülle eines Bootes.

Schönwind und die Mannschaft waren entkommen. Das war Shaws einzige Hoffnung: dass ein für seine Unzuverlässigkeit berüchtigter Pirat eine zusammengewürfelte Mannschaft heil durch einen unpassierbaren, tödlichen Sturm geführt hatte. Tolle Aussichten. Natürlich hatten Shaws Chancen während seiner langen, langen Laufbahn als Meisterspion schon schlechter gestanden – aber nicht oft. Die gegenwärtige Situation rangierte in dieser Hinsicht nur knapp vor jenem einen Mal, als er auf ein lausiges Netzwerk von Spionen angewiesen gewesen war, die sich in einer Käserei eingeschleust hatten. Tja, irgendwann hatte jeder einmal eine schlechte Idee.

Aber um aus diesem Gefängnis herauszukommen und mit seiner Mission voranzukommen, würde er eine *brillante* Idee brauchen. Shaw stand von der Bank auf. Bislang hatten die Zandalari ihn ganz gut behandelt und ihm all die Annehmlichkeiten angedeihen lassen, die man als Kriegsgefangener erwarten konnte – eine Bank zum Ausruhen, eine Schale für den Gefängnisfraß und einen Eimer, damit er sich erleichtern konnte. Klug, wie sie waren, hatten sie ihm außerdem eine Zelle im hintersten Winkel des Gefängnisses zugewiesen. Insgesamt gab es vierundzwanzig Zellen, von denen nur ein paar besetzt waren, aber trotzdem hatten sie ihn möglichst weit von allen anderen untergebracht. Zudem ließ man ihn nie unbeaufsichtigt. Stets standen zwei Wachen vor seiner winzigen, goldenen Kammer, die jeweils bei Frühstück und Abendessen wechselten. Die Kerle wirkten aber unerfahren – vermutlich neue Rekruten. Das war seltsam. Shaw hatte erwartet, dass er zumindest ein paar ergraute Veteranen wert wäre.

„Steht ihr zum ersten Mal in einem Gefängnis Wache?“ So hatte er an seinem ersten Tag versucht, eine Konversation in Gang zu bringen. Die Wache links der Tür sah aus, als würde ihr jeden Moment die Rüstung vom Leib rutschen, waren die Schulterstücke doch augenscheinlich für einen viel größeren Troll geschmiedet. Der Bursche trat von einem Bein aufs andere und blickte hilfesuchend zu seinem Kameraden hinüber.

„Schau nicht ihn an. Schau mich an“, sagte Mathias. Die zweite Wache murmelte etwas, das der Meisterspion nicht verstehen konnte; sein Zandalari war gut, aber der Troll redete zu schnell.

„Seid ihr zwei denn gar nicht neugierig, warum ich hier bin?“, fragte er ein paar Stunden später, als die beiden sich nach seinem letzten Versuch wieder entspannt hatten. Der Junge in der zu groß geratenen Rüstung blickte ihn tatsächlich an. Dabei schimmerten seine hellblauen Augen, und er zog alarmiert die Brauen zusammen. „Ganz ruhig. Ich beiße nicht.“

„Wir soll'n nich' mit dir reden", stammelte der Troll. Er klammerte sich an seiner Hellebarde fest, als wäre sie ein Rettungsring.

„Wer sagt das?"

„Der Aufseher. Alle. Sei einfach still!"

Und das war es dann auch schon. Als Mathias sie das nächste Mal ansprach, erhielt er keine Antwort mehr. Es war Zeit, seine Strategie zu ändern. Einst hatte er sich während einer Kneipenschlägerei in Dalaran aus einem Schwitzkasten herausgeredet. Damals war es ein Gnoll gewesen, der ihm den Arm um den Hals gelegt und zugedrückt hatte, und wer einen Gnoll zur Einsicht bringen konnte, der konnte jeden zur Einsicht bringen.

„Ein wenig langweilig hier unten, findet ihr nicht?" Tag zwei. Shaw lehnte sich gegen die Gitterstangen der Tür und kratzte beiläufig den Schmutz unter seinen Fingernägeln hervor. Normalerweise schnitzte er Vogelfiguren, um seine Hände zu beschäftigen, aber hier fehlten ihm dazu leider ein paar essenzielle Werkzeuge. „Noch ein paar Wochen, und ich hätte Urlaub bekommen. Tja, ich schätze, das ist jetzt mein Urlaub. Nicht wirklich, was ich mir vorgestellt hatte ... Valeera hatte wohl recht."

Die Wachen ignorierten ihn. Ein Moskito hatte seinen Weg in die Zelle gefunden und summte um Shaws Ohr herum. Weil er eingesperrt war, beschloss er, es dem Insekt durchgehen zu lassen. Allein schon aus Prinzip.

„Ich dachte mir, ich könnte vielleicht ins Hochland verschwinden. Hatte da draußen mal eine Hütte. Klein. Gemütlich, könnte man sagen. Da konnte ich aufstehen, wann immer ich wollte, und mit dem Zubettgehen war's genauso. Und tagsüber hab ich mir einen Stuhl ins hohe Gras gestellt und die Stiefel ausgezogen, um zu schnitzen oder an meinen Vogelrufen zu feilen. Ich bin ziemlich gut, aber es gibt immer Raum für Verbesserung."

Mathias schloss die Augen und fuhr mit dem Daumennagel über seine Handfläche. Halte einfach nur deine Hände und Gedanken beschäftigt, sagte er sich. Schlag die Zeit tot. Verlier nicht die Nerven. Bleib wachsam. „Hm, klingt vermutlich ziemlich einsam, das Ganze, oder?“

Aus den Augenwinkeln sah er, wie der dünne Troll seine Befehle vergaß und nickte.

„Ja, du hast recht. Ich sollte mich nicht allein irgendwohin zurückziehen. Auch wenn ich ziemlich gut im Alleinsein bin. Ich war nie eine sonderlich gesellige Person, musst du wissen. Ich beobachte die Leute gerne, ja, aber wenn zu viele um mich sind, dann ... habe ich das Gefühl, als würde ich von der Menge verschluckt. Als könnte mich jeder sehen, nur ich sehe niemanden. Da ist es mir lieber, ich kann alles aus der Distanz betrachten, wie ein Vogel. Aber trotzdem – ich sollte mir einen Freund suchen.“

Mathias hielt inne. Da war ihm doch eine Wahrheit herausgerutscht, die er lieber nicht ausgeplaudert hätte. „Ja. Ich sollte mir einen Freund suchen.“

Er hatte geglaubt, einen solchen Freund zu haben, oder zumindest jemanden, der sein Freund werden könnte. Falls – wenn – er aus diesem Gefängnis herauskam, würde er den Mann einfach direkt fragen. Natürlich gäbe es Mittel und Wege, Informationen zu sammeln und eine direkte Diskussion zu vermeiden, aber in diesem Augenblick verspürte Mathias den verzweifelten Wunsch nach einer Unterhaltung.

Manchmal, wenn die See ruhig und die tägliche Arbeit auf der *Wackeren Arva* getan war, hatte die Mannschaft sich versammelt, um Geschichten zu erzählen und zu singen, aber Mathias war stets in der Kapitänskabine geblieben. Irgendwann hatte sich dann Finn zu ihm gesellt, natürlich angeheitert, aber an den meisten Abenden hatte er nur getrunken, um sich selbst die Zunge zu lösen. Anfangs hatte seine ständige Gesellschaft Mathias irritiert, aber dann hatte er getan, was ihm im Blut lag: Er hatte begonnen, ein Profil des seltsamen und faszinierenden Finn Schönwind anzufertigen.

„Meine Mutter war eine Diebin, weißt du“, hatte Schönwind eines Abends ganz unaufgefordert herausgeplaudert. Das Schiff, das sie umgab, hatte geknirscht – das Schlaflied eines jeden Seefahrers – und sie hin und her geschaukelt wie eine liebevolle Mutter. Vielleicht war Schönwind deswegen auf dieses Thema gekommen.

„Nein, das wusste ich nicht“, hatte Mathias erwidert, während er sich selbst das seltene Vergnügen eines Glases Weins gönnte.

„Doch, doch, das war sie.“ Schönwind seufzte und schüttelte den Kopf, dann fuhr er sich mit beiden Haaren durch das lange, goldbraune Haar und zupfte an dem Band, das es zusammenhielt. „Deswegen wurde sie auch gehängt. An diesem Tag habe ich aufgehört, ein dummer, kleiner Junge zu sein. Ich zwang mich, hinzugehen und zuzusehen, und ich weiß noch, ich war so klein, dass ich wegen des Menschenauflaufs kaum etwas erkennen konnte.“ Bei dieser Erinnerung lachte er schwach, dann starrte er durch das geschwungene Fenster hinter ihnen. Die Füße hatte er auf den Tisch hochgelegt, und seine Stiefel waren zerkratzt und salzverkrustet. „Aber an das Geräusch kann ich mich noch genau erinnern. Alle außer mir wussten, dass es kommt, und da war dieses kollektive Atemholen. Dann ...“ Er presste die Augen zu, und Mathias’ Hand mit dem Glas erstarrte auf halbem Weg zwischen dem Tisch und seinem Mund. Er war wie gebannt. Und dann? „Dann ertönte das Knacken, wie ein Hammer, der auf nassen Kies schlägt. Ich dachte, ich würde sie schreien hören, oder dass sie meinen Namen rufen würde, aber nein, da war nur dieses Atemholen und dann das Ende.“

Mathias stellte seinen Wein ab und drehte das Glas zwischen den Fingern. „Kein kleiner Junge sollte dieses Geräusch hören müssen.“

„Dann weißt du wohl, wie es klingt.“

„Ja, ich habe es schon oft gehört.“

„Und wird dir schlecht, wenn du es hörst?“, wollte Schönwind wissen.

„Jedes Mal.“ Mathias erkannte, dass sie diese Unterhaltung – wenn auch unbewusst – an einen Punkt geführt hatten, an dem sie nicht weitergehen konnte. Aber er wollte sie nicht beenden. „Meine Eltern halten mich für tot.“

Schönwind verschluckte sich an seinem Rum. „Wie bitte?“

„Meine Arbeit – was ich weiß, was ich tue …“ Mathias zog die Schultern hoch. Die Enttäuschung war schon vor langer Zeit abgestumpft, glatt geschliffen von Händen, die immer in Bewegung waren, die immer einen Weg fanden, alles geradezurücken. „Es war besser so, verstehst du? Meinen Namen zu ändern, jeglichen Kontakt abzubrechen. Damit sie sicher sind.“

„Bei den Gezeiten“, platzte es aus Schönwind heraus. „Wann war das?“

„Als ich die Leitung des SI:7 übernahm“, antwortete Mathias. „Ein paar lose Enden gab es natürlich trotzdem, aber alles in allem war es ein sauberer Neuanfang. Es ist besser so für sie.“

Schönwind starrte ihn weiter an.

„Doch, das ist es.“

Am vierten Tag schob der dürre Troll in der übergroßen Rüstung neben seinem Haferschleim noch etwas anderes unter der Tür hindurch. Es war ein langer, breiter Grashalm, in perfektem Zustand und steif genug, dass man sich daran scheiden konnte. Wie ein Fingernagel. Verwirrt nahm Mathias den Halm in die Hand und studierte ihn von allen Seiten. Er taugte weder zum Graben noch als Messer. Aber dann fiel ihm wieder ein, was er den Wachen vor der Tür alles erzählt hatte, und er lächelte auf den Grashalm hinab.

Er war für seinen Urlaub. Für seine Vogelrufe. Er faltete die Hände um den Halm, als würde er beten, und vielleicht tat er das sogar wirklich. Falls er in dieser Welt einen Freund hatte – einen echten Freund, nicht nur einen Verbündeten oder einen Bekannten oder eine Quelle –, dann holte dieser Freund hoffentlich Hilfe. Hoffentlich war er nicht unterwegs gekentert. Hoffentlich trieb er nicht irgendwo leblos am Grund des Ozeans.

Denn sollte Mathias je hier herauskommen, hätte er diesem Freund einiges zu erzählen.

23

Nazmir

Kleine Inseln aus orangenem Licht schimmerten oberhalb der Teergruben. Es war genauso, wie sie befürchtet und erwartet hatten: Die Rebellen waren bereits am Schrein. Zekhan hob die Hand, ebenso wie der Leutnant an seiner Seite, und die Soldaten verstummten zur Lautlosigkeit, während sie sich im Gestrüpp zusammenkauerten. Das Gebüsch wurde immer lichter, je weiter der sandige Hügel anstieg, und unterhalb der Gruben machte es schließlich harter Erde Platz. Juho, der Leutnant, brummte wortlos und legte seinen Speer kurz auf dem Boden ab.

Die Pterrordaxe hatten sie eine Meile entfernt auf dem hügeligen Pfad nach Shoaljai abgesetzt, nahe den spitzen Gipfeln, wo die vogelartigen Kreaturen ihre Nester hatten. Es war ein riskantes Manöver geworden, aber sie hatten es wagen müssen, um ihr Ziel schnell und unbemerkt zu erreichen. Und sie waren auch nicht bemerkt worden – nur machte das jetzt keinen Unterschied mehr.

„Es sind zu viele“, sagte Juho. Durch seine Unterlippe war ein viereckiges Stück Metall gestoßen, über das er nervös mit der Zunge strich. „Das Feuer ... Mit ihren Fackeln könnten sie die Gruben entzünden. Wir dürfen nich' näher ran.“

„Wir müssen es versuchen“, entgegnete Zekhan. „Die Königin braucht uns, Juho. Zandalar braucht uns.“

Der Troll zog die Nase kraus. „Hier geht's doch nur um Bwonsamdi.“

„Nein, Juho, es geht um mehr“, beharrte er. Ihnen lief die Zeit davon, und dieses Zögern war alles andere als hilfreich. „Die Rebellen entführ'n Trolle aus ihren Betten und opfern sie für ihre dunkle Magie. Willst du dem denn nich' ein Ende setzen? Willst du nich' deine Stadt verteidigen?"

Juho zog sich ein Stück zurück und blickte voraus. Der Schein der Fackeln, die in der Nähe der Gruben loderten, spiegelte sich in seinen Augen. „Dann nähern wir uns von Westen. Auf der Seite sind weniger Rebellen."

Zekhan grinste, als sich die Soldaten nach einem weiteren Handzeichen wieder in Bewegung setzten. Er sah, dass Juho sich vorbeugte und eine Handvoll klebrigen Matschs aufhob, den er anschließend auf seine goldene Rüstung rieb, um ihren Glanz zu dämpfen. Die anderen folgten seinem Beispiel, während Zekhan, der bereits in dunkles Leder gekleidet war, die Führung übernahm.

Die Soldaten begannen, nach links auszuscheren, an der nächstgelegenen Grube vorbei, damit sie auf der anderen Seite einen Überraschungsangriff starten konnten. Zekhan stellte fest, dass die Rebellen sich an gegenüberliegenden Rändern der Teerseen versammelt hatten. Unter ihnen waren auch Dunkle Waldläufer, zu erkennen an ihren Augen, die schwach in der Finsternis glühten. Und dann war da noch ein Mann, dessen eigene Augen in rotem Licht pulsierten, so hell wie die Feuerschalen zu seinen Füßen. Der Schrein des Loa erhob sich in der Mitte der schwarzen, glatten Teergrube hinter Nathanos Pestrufer, und er, die Rebellen und die Dunklen Waldläufer legten gerade ihre Pfeile auf und feuerten sie ab.

Etwas auf dem Schrein krümmte sich. Etwas *Lebendiges*.

„Ahnen, erbarmt Euch", wisperte Zekhan, während er auf den Rand der Teergrube zueilte. *„Kinder."*

„Zandalari! Los!" Auf Juhos Befehl hin stürmten die Trolle mit erhobenen Speeren los.

Zekhan wählte seinen eigenen Weg, wobei er zu den Pfeilen hinaufblickte, die über dem Schrein und den Kindern hinwegsegelten, um sich dann auf seiner Seite der schwarzen Teergrube in den Boden zu bohren – nur wenige Schritte von ihm entfernt. Die Zandalari-Soldaten durchbrachen die Reihen der Rebellen ohne große Mühe, aber die Dunklen Waldläufer leisteten mehr Widerstand und zwangen sie zum Rückzug. Ein perfekt gezielter Windstoß könnte die Kinder vielleicht in Sicherheit tragen oder sie zumindest in den Teer hinabwehen. Zekhan presste die Augenlider fest zusammen; er konnte nicht zulassen, dass die Kinder ermordet wurden, aber er wusste auch, dass sie nur ein Köder waren.

Nur, was blieb ihm anderes übrig, als diesen Köder zu schlucken? Eine Woge der Energie stieg von seinen Zehen bis in seine Hände hinauf. Er musste es mit dem Zauber versuchen. Er musste irgendetwas *tun*. Wie könnte er mit dem Wissen weiterleben, dass er diese Kinder ihrem Schicksal überlassen hatte?

Luft strömte zwischen seine Hände und sammelte sich zu einem großen, tosenden Wirbel, auf den er all seine Energie konzentrierte. Da landete zischend ein weiterer Pfeil im Boden vor seinen Füßen. Zekhan riss gerade noch rechtzeitig den Kopf hoch, um zu sehen, wie Nathanos Pestrufer seinen Bogen senkte. Er war zu weit entfernt, um seinen Gesichtsausdruck zu erkennen, aber Zekhan wusste dennoch, dass er grinste.

Aus den baumlosen Schatten rings um ihn traten zwei Dunkle Waldläufer hervor, ihre Dolche gezückt, und selbst das Surren, mit dem die Klingen durch die Luft schnitten, war lauter als ihre Schritte. Mit einem Schrei wich Zekhan vor ihnen zurück, nur um festzustellen, dass er mit dem Rücken zur Teergrube stand. Kurz wankte er am Rand, und dann, als der vorderste Waldläufer erneut nach ihm stach, stürzte er in das Becken.

Während seine Angreifer die Dolche wegsteckten und ihre Bogen in die Hände nahmen, schob Zekhan sich von ihnen fort, tiefer und tiefer in die Teergrube hinein. Nicht, dass ihm ein anderer Weg offenstünde. Die Kinder hinter ihm lebten noch, und sie wanden sich hilflos auf dem Schrein. Die Zandalari hatten sich inzwischen neu gesammelt und griffen nun die beiden Waldläufer an, vor denen Zekhan in die Grube geflohen war.

Es wurde zunehmend schwierig, voranzukommen, und schon bald konnte Zekhan sich kaum noch bewegen. Der Tod hing wie ein dunkles Gespinst über seinem Kopf – nicht Bwonsamdi, nicht der Loa der Gräber, sondern ein kaltes, gefühlloses Ende. Der Teer saugte ihn nach unten, verschlang seine Füße, sodass allein der Versuch eines Schrittes schon schmerzte. Auf der anderen Seite der Grube sah er, wie die Fackeln näher kamen, die tödlichen Flammen, die den Teer entzünden und sie alle zu Asche verbrennen würden.

„Komm zurück!“, schrie Juho.

Hinter ihm, am südlichen Ufer, riefen Talanjis Soldaten ihm ebenfalls zu, aber er schob sich weiter. Direkt vor ihm, auf den Ruinen von Bwonsamdis Schrein, konnte er die beiden Trollkinder sehen, gefesselt und vor Angst zitternd. Jemand – ein Monster – hatte sie Rücken an Rücken zusammengebunden und sie dann auf dem Schrein zurückgelassen. Eine Schießübung für die Herzlosen.

Während die Dunklen Waldläufer weiter auf die Kinder feuerten, hatte sich Nathanos Pestrufer bereits abgewandt. Er ging auf die Straße zu, die östlich tiefer ins nazmirische Inland führte, und er bewegte sich mit den gemessenen Schritten eines Mannes, der rein gar nichts zu befürchten hatte.

„Vergiss die Kinder!“, hörte er einen der Soldaten rufen. „Für sie isses zu spät!“

Nein. Das konnte Zekhan nicht akzeptieren. Er hatte sich freiwillig gemeldet, diese Einheit von Talanjis Truppen anzuführen, und er wollte lieber sterben, als vor den Augen dieser Soldaten unschuldige Dorfbewohner sterben zu lassen. Außerdem war er inzwischen schon ganz nah. So nah, dass er das verängstigte Schimmern in ihren Augen sehen konnte, als sie ebenfalls die Fackelträger entdeckten. Sie wandten sich zum Rand des Schreins, einer umgekippten Säule, inzwischen jeglicher magischen Energie beraubt, in deren Oberseite ein Totenschädel hineingehauen war. Die Kinder waren ebenfalls erschöpft, und falls sie in den klebrigen Teer fielen, würden sie zweifelsohne ertrinken. Zekhan kämpfte sich durch die schlammige Schwärze vorwärts, zwang sich, den Blick allein auf die Kinder gerichtet zu lassen.

Von der anderen Seite sausten Pfeile über die Grube, und Talanjis Truppen, die ohnehin schon in der Unterzahl waren, blieb nichts anderes übrig als ein weiterer Rückzug. Es war ihnen gelungen, die beiden Dunklen Waldläufer zu überwältigen, aber nun nahm sie ein ganzes Dutzend von Bogenschützen ins Visier.

Zekhan blieb stehen, bis zur Brust im stinkenden Teer steckend. Er konnte nur hoffen, dass er nahe genug war. Ringsum fiel schwarze Asche wie Schnee vom Himmel, und darüber kreisten die Geier – vermutlich spürten sie, dass es hier bald ein Festmahl für sie geben würde. Fleckige, weiße Dornen ragten aus dem Teer wie kantige Berggipfel, aber es waren die Überreste mächtiger, lange toter Tiere.

Einmal mehr schloss Zekhan die Augen, um die Macht des Windes in seinen Händen zu bündeln. Falls die Bö stark genug wäre, sollte sie die Kinder in Sicherheit tragen können. Die beiden kleinen Trolle kreischten, aber alles, was Zekhan hörte, war der Wind, der aus seinen Händen hervorheulte. Er formte ihn, krümmte ihn, gab ihm eine Richtung, dann hob er vorsichtig die Arme, bis der Sturm die Gefangenen in eine kühle Umarmung schloss und sie über den Teer hinweg auf Zekhan zutrug. Im selben Moment, als er die Augen öffnete und die Kinder auffing, erstarb der Wind wieder. Unbeholfen warf er sich die beiden über seine Schultern.

„Hört auf, zu zappeln!“, ächzte er. „Ich bring euch jetzt von hier weg.“

Die Fackeln hatten den Beckenrand erreicht. Über den Teer hinweg war das Knistern der Flammen zu hören, ein Geräusch wie ein Felsrutsch. Die Kinder klammerten sich an Zekhans Rücken fest, während er einmal mehr den Wind beschwor, um sich davon durch die Grube ziehen zu lassen. Nichts geschah. Die rettende Bö, die ihn rasend schnell in Sicherheit ziehen sollte, kam nicht. Dafür brandete eine Wand aus Hitze auf sie zu, und der Nachthimmel wurde plötzlich taghell. Talanjis Soldaten schrien. Die Trolle des Witwenbisses schrien. Sie waren zu weit vom Ufer entfernt ... Die Flammen würden sie verschlingen, lange bevor sie die Grube verlassen konnten.

Was jetzt, Ahn'? Was jetzt?

Eine Stimme antwortete ihm, aber es war keiner seiner Vorfahren.

Du weißt, was du zu tun hast.

Saurfang. Ja, Zekhan wusste es. Er verlangsamte seine Bewegungen und blieb dann ganz stehen. Die Kinder schlugen ihm mit ihren Fäustchen den Rücken grün und blau und drängten ihn, weiterzugehen. Aber er konzentrierte sich und fand einmal mehr die Macht der Winde. Diesmal setzte er sie weniger vorsichtig, dafür umso verzweifelter ein. Die Kinder sausten über seinem Kopf in die Luft, davongetragen von dem letzten bisschen Magie, das er aufbringen konnte. Sie landeten mit einem dumpfen Laut auf dem Boden, aber zumindest waren sie in Sicherheit. Talanjis Soldaten eilten zu den Jünglingen hinüber, nur zwei blieben zurück; sie hatten einen langen Dinosaurierknochen gefunden und schoben ihn durch den Teer auf Zekhan zu – eine Rettungsleine. Gleichzeitig mussten sie aber auch einem Hagelsturm von Pfeilen ausweichen.

Jeder Schritt war schwerer als der vorige, und der Teer behinderte ihn, wo er nur konnte. Die Flammen hatten ihn bereits fast völlig eingeschlossen, als er die Spitze des Knochens erreichte und sich darauf stürzte. Er konnte die Reflexion des Feuers in den Augen der Trolle sehen, die ihm helfen wollten; er sah, wie ihre Münder vor Entsetzen aufklappten. Und dann spürte er den ersten, peinvollen Kuss der Flammen.

Sein Körper krümmte sich unter den Schmerzen, und er sog den Atem ein. Seine Hände standen in Flammen, aber er klammerte sich an seiner Rettungsleine fest, und die Trolle zogen ihn zu sich hin.

Geht, wollte er ihnen zurufen, aber in seiner Qual war er nicht mehr in der Lage, Worte zu formen. *Ihr könnt mich nich' retten. Es is' sinnlos. Ich bin schon tot.*

*

Der Tod war nicht so, wie er ihn sich vorgestellt hatte. Er hatte mit etwas Langsamerem gerechnet, etwas Gütigerem. Mehr so, als würde man sich von einem Sonnenuntergang abwenden und in die Nacht davonschreiten. Stattdessen kam der Tod wie eine seiner beschworenen Windböen. Zekhan beobachtete, wie die Welt um ihn verschwand, als eine unsichtbare Hand ihn aus seinem Körper riss und auf einen Wirbel zuschleuderte, der sich in der Tiefe unter ihm verlor, so als würde er ins Bodenlose hinabführen. Es war wie ein endloser Sturz über einem Wasserfall aus bleichen Seelen. Andere stürzten gemeinsam mit ihm in die Tiefe, geisterhafte, schwache Erscheinungen, und er fragte sich, ob er wohl genauso entsetzt und verängstigt aussah wie sie.

Zeit verlor jegliche Bedeutung. Er konnte nicht sagen, wie lange er und die anderen fielen. Die Leere unter ihm knurrte und zitterte und bebte wie der Magen einer hungrigen Welt. Was immer da unten lag, Zekhan wollte nicht dorthin. Jedes bisschen Bewusstsein, das seiner Seele noch innewohnte, protestierte gegen sein Schicksal. Die anderen Geister, die der Leere entgegenstürzten, begannen zu schreien und zu heulen und zu schluchzen, ein anschwellender Chor der Verzweiflung, der alle Gedanken, alle Wünsche auslöschte. Übrig blieb allein Angst. Und dann, eine Erkenntnis, die sich ihm offenbarte, als er dem Sumpf aus Schwarz und Violett am Ende seines langen Falls näher kam. Da war etwas hinter dem Schleier dieser trüben Grube, und es regte sich. Es beobachtete ihn. Es sah ihn – nur ihn. Ein Übel, zu schrecklich, um ihm einen Namen zu geben. Und es wartete auf Zekhan, bereit, ihn zu verschlingen. Das war also der Tod. Kein sonnenbeschienenes Wiedersehen, wie er es durch Saurfangs Augen erlebt hatte, keine Freude, kein Paradies. Nur endloses Leid. Eine Dunkelheit, die alles Leben auslöschte, das ihr ausgesetzt wurde.

„Ruft die Heiler!! Seine Verbrennungen müssen sofort behandelt werden!“

Die Stimme waberte von den Rändern seines Bewusstseins heran. Im Gegensatz zum trauervollen Geheul der Geister war sie klarer, geradezu herrlich ... Zekhan wedelte mit den Armen und versuchte, sich darauf zuzubewegen.

„Was ist passiert?“, fragte eine andere, eine vertraute Stimme.

„W...Wir wurden bereits von den Dunklen Waldläufern erwartet, meine Königin. Sie stellten uns ’ne Falle bei den Gruben. Es war ein Blutbad.“

Eine Königin ... Er hatte Mühe, sich an Namen zu erinnern. Sie rannen ihm zwischen den Fingern hindurch wie Wasser.

Sie sprach erneut, lauter, energischer, und kleine Blitze zuckten im Rhythmus ihrer Worte durch die Wände des Wirbels.

„Wo bleiben die Heiler?“

„Du kannst nix für ihn tun, Kindchen. Aber ich schon.“

Eine neue Stimme, kräftiger als die der Königin. Die Seelen, die mit Zekhan in die Tiefe trudelten, verstummten schlagartig, als wollten sie dieser Stimme und nur dieser Stimme allein lauschen. Er spürte, wie sich eine Hand um seinen Knöchel schloss und daran zerrte, sodass er noch schneller auf das namenlose Böse in der brodelnden, schwarz-violetten Grube zustürzte. Er krallte die Finger in die Luft, konnte aber nicht gegen seinen Fall ankämpfen.

„Noch nich’, Junge. Noch nich’. Ich werde deine Dienste noch ein wenig länger brauchen ...“

Jetzt wurde er in beide Richtungen gleichzeitig gezogen. Da war eine zweite Hand, die sich herrisch um seinen rechten Arm geschlossen hatte und ihn nach oben hievte. Keine der beiden Kräfte wollte nachlassen, und einen Moment lang war Zekhan überzeugt, dass sie ihn entzweireißen würden. Doch dann war er plötzlich frei und segelte nach oben, mit schwindelerregender Geschwindigkeit von dem Glühen in der Tiefe fort. Sein Schein wurde schwächer und schwächer ...

Aber das Ding, das in den Schatten lauerte, hatte ihn gesehen. Er konnte es nicht hören, aber er fühlte es, ein Gefühl wie eine grausame Idee, die sich in seinem Inneren entfaltete, ein Schatten, der in seinen Geist hineingeboren wurde.

Zekhan flog schneller und schneller, einem winzigen Punkt aus Licht entgegen, der ihm bislang noch gar nicht aufgefallen war. War er schon immer dort gewesen? Der Lichtpunkt sprang ihm förmlich entgegen, und er wusste nicht, ob er hindurchpassen würde, aber es war nicht so, als könnte er abbremsen … Er schloss die Augen, machte sich auf das Schlimmste gefasst, und dann traf ihn einer Ohrfeige gleich die Erkenntnis, dass er wieder die Luft von Azeroth atmete.

Hektisch blinzelnd stellte er fest, dass er auf der Seite lag, zusammengerollt auf einem Bett in einem kleinen Haus. Jeder Teil seines Körpers schmerzte und zitterte fiebrig, aber man hatte eine kalte Substanz auf seine vielen, vielen Brandwunden geschmiert. Zekhan wollte erst nicht hinsehen, tat es dann aber doch, und er schauderte, als er seine verkohlten, geschwärzten Hände erblickte, deren Haut sich in grässlichen, roten Blasen von seinem Fleisch abschälte. Sein Schaudern ließ ihn vor Qualen das Gesicht verziehen, und selbst diese Grimasse tat weh.

„Au!“

„Er lebt!“ Talanji starrte auf ihn herab, die Hände vor den Mund gehoben. „Ihr habt es wirklich geschafft.“

Eine blaugraue, maskierte Gestalt schwebte hinter der Königin, ihre Augen erfüllt von türkisfarbenem Feuer. Zekhan wimmerte. Er wollte nie wieder Flammen sehen oder hören oder riechen.

„Ich … Ich habe etwas geseh’n … Aber nicht das, was ich erwartet hatte! Es war … schrecklich. Ihr habt gelogen, Bwonsamdi. Ihr habt gelogen!“

„Was haste denn geseh’n?“, wollte Bwonsamdi wissen.

„Schon deine Kräfte“, tadelte Talanji sanft. Neben ihren Knien standen sechs Tontöpfe, und in ihnen entdeckte Zekhan Überreste der Kräutersalbe, mit der seine Verbrennungen behandelt worden waren. „Die Heiler komm' gleich wieder. Bwonsamdi wollte sie nich' dabeihaben."

Der Loa wirkte kraftlos. Er war so durchsichtig, dass Zekhan die Bewegungen seiner Hände und Füße kaum erkennen konnte. Es war, als würde er von innen heraus in sich zusammenfallen. „Is' nich' einfach, die Seele eines Trolls wieder in sein' Körper zu stopfen. Hab dich grade noch so erwischt."

„Ich ... Ich sah eine Grube oder ein Portal. Sie war violett und schwarz und erfüllt vom Bösen."

Bwonsamdi sog zwischen den Zähnen den Atem ein. „Der Schlund. Was haste sonst noch geseh'n, Junge?"

Es war zu viel. Die Welt vor Zekhans Augen wollte nicht aufhören, sich zu drehen. „Da ... Da war'n Geister, Dunkelheit, ein seltsamer Wirbel ... Warum bin ich in den Schlund gestürzt?" Er hustete. Obwohl er voll und ganz damit beschäftigt war, sich am Leben festzuklammern, brach ihm die Vorstellung das Herz, und ihm war gleichzeitig schrecklich heiß und bitterkalt. „W...Was hab ich getan, um so ein Schicksal zu verdien'?"

Talanji beugte sich über ihn und schüttelte den Kopf. „Du hast die Kinder gerettet, Zekhan. Sie nennen dich bereits das Licht von Shoaljai."

Bwonsamdi lachte gackernd. „Dann sind sie wohl alt genug, um zu wissen, was Ironie is'."

Zekhan lachte nicht, und die Königin ebenso wenig. Stattdessen funkelte sie den Loa an und hob einen anklagenden Finger. „Warum *ist* er denn in den Schlund gestürzt, oh weiser Loa der Gräber?"

Bwonsamdi senkte den Kopf und blickte seitlich weg. Einmal mehr fiel Zekhan auf, wie schwach seine Erscheinung war, fast als hätten sie nur eine Wolke alten Rauchs vor sich. Dann breitete der Loa mit einem schweren Seufzen die Arme aus, seine Handflächen nach oben gerichtet, als wollte er ihnen etwas präsentieren.

„Du bist in den Schlund gestürzt, weil da jetzt jeder endet. Du bist nur nich' unten angekomm', weil ich meine Anhänger nich' dort leiden lasse. In den Schattenlanden is' nichts mehr, wie es sein sollte, versteht ihr? Jeder landet im Schlund. Jeder. Ich rette so viele Trolle von dort, wie ich kann, aber sie zu beschützen, verlangt mir alle Energie ab." Er hob die durchsichtigen Hände und schnitt eine Grimasse. „Und darum müsst ihr diese Rebellen und Pestrufer aufhalten. Falls sie ihr Ziel erreichen, kann nix mehr verhindern, dass alle Seel'n im Schlund verschwinden. Für imma."

Talanjis Rock streifte einen der Töpfe, als sie aufstand, und er kippte um. „Wie lang?", fragte sie. „Wie lang geht das schon so?"

„Ich hab dein' Vadder vor diesem Schicksal bewahrt", grollte Bwonsamdi. „Falls es das is', was du wissen willst."

„Das Geisterreich ...", brachte Zekhan hervor. Er wollte nichts mehr, als einfach nur die Augen zu schließen und zu schlafen, aber er hatte Angst vor den dunklen Träumen über den Schlund, die ihn erwarten mochten. Seine Zähne wollten einfach nicht aufhören, zu klappern. Der *Schmerz*. Er brauchte etwas gegen den Schmerz ... „Thrall wusste es. D...Die Schamanen haben ihm von dem Aufruhr berichtet."

„Ja, er erwähnte so etwas im Thronsaal", nickte Talanji. Sie hielt Bwonsamdi noch immer den Finger unter die Nase. „Du bist der Loa der Gräber. Du musst doch wissen, wie es dazu gekomm' is'. Sylvanas und die Verlass'nen sind deinetwegen hier, Bwonsamdi. Jetzt sag mir, warum."

Der Blick des Loa schweifte an ihr vorbei zu Zekhan.

„Sie arbeiten mit Kräften, die ich nich' seh'n kann. Aber wer immer ihnen gebietet, ich bin ein Hindernis für ihn, und er is' entschlossen, dieses Hindernis aus dem Weg zu räum'. Ich werde dir alles erzähl'n, Talanji, aber nich' hier, nich' so. Der Junge muss sich erst mal erhol'n. Deine Priester soll'n alles für ihn tun, was sie nur können. Das hat er sich verdient."

24

Sturmwind

Anduins Haar fühlte sich an wie alte, nasse Lederriemen. Es war mit Schuhcreme geschwärzt und nach hinten gestrichen, sodass es ölig und schlaff über seine rechte Schulter herabhing. Die Kapuze, die über seiner Stirn hing, war zerschlissen und von Flicken überzogen; einer der frischgebackenen Rekruten hatte den Mantel weggeworfen, als er den Rängen der Allianz beigetreten war, und Anduin hatte ihn aus dem Müll gefischt. Viele Rekruten trennten sich von ihrer Zivilkleidung und tauschten alles gegen das stolze Gold und Blau ein; es war wie eine Art Wiedergeburt, fand Anduin. Eine Wiedergeburt in eine Familie, die sie selbst erwählt hatten.

Was würden diese aufrechten Rekruten wohl denken, wenn sie ihn jetzt sehen könnten – von Schatten zu Schatten huschend, gehüllt in einen ausgemusterten Mantel, der noch immer nach seinem vorigen Besitzer roch? Die Kleider unter dem Mantel waren seine eigenen: ein schlichtes, dunkles Hemd, weite Hosen und ein unscheinbarer Gürtel. Seine Stiefel sahen zu teuer aus, deswegen hatte er sie mit Schlamm verschmiert, ähnlich der Art, auf die er sein unverkennbares, goldenes Haar verborgen hatte. Er mochte fragwürdig riechen und noch schlimmer aussehen, aber er war doch aufgeregt, als er erst seine Gemächer, dann das Schloss und schließlich sogar die Stadtmauern hinter sich ließ. Die kühle Nachtluft genießend, folgte er dem gewundenen Pfad hinab zum Gasthaus von Goldhain.

Manchmal fühlte er sich wie ein Münzbeutel, und jede Sorge,

jedes Problem, jeder Fehler, jede Krise war ein weiteres dickes, schweres Geldstück, das in diesen Beutel fiel. Er wurde schwerer und schwerer, und was zunächst noch erträglich erschien, begann schon bald, den Stoff zu strapazieren. Wenn er nicht wollte, dass der Beutel riss und sich das gesamte Geld über den Boden ergoss, würde er ein paar Münzen loswerden müssen. Doch stattdessen schienen mit jedem Atemzug, mit jeder Sekunde weitere Geldstücke hinzuzukommen: Sylvanas, die sich ihm entzog. *Klirr.* Allianzsoldaten, die an der Küste angeschwemmt wurden. *Klirr.* Alleria und Turalyon. *Klirr.* Jaina, die seine Entscheidungen infrage stellte. *Klirr.* Tyrande. *Klirr.* Teldrassil. *Klirr.* Die Verlassenen im Hochland. *Klirr.* Der Meisterspion, der in Gefangenschaft geraten war. *Klirr, klirr, klirr.*

Und unmittelbar, bevor er sich in seine Gemächer zurückgezogen hatte, um diese Verkleidung anzulegen, war eine weitere Münze in den Beutel gefallen. Die Gefangenen, die Alleria und Turalyon während ihrer Suche gemacht hatten, waren in Sturmwind eingetroffen, und man hatte Anduin gerufen, sie in Augenschein zu nehmen, ehe sie zu ihren Zellen geführt wurden. Er hatte angeordnet, dass man sie gerecht behandeln und nach einem gründlichen Verhör wieder freilassen sollte. Doch dann war ihm ein alter Verlassener in einer Robe aufgefallen, dessen Rücken auf schmerzhafte Weise gekrümmt war, mit einem wahnsinnigen, gequälten Schimmer in den Augen.

Diese Münze hatte den Beutel schier gesprengt, und Anduin hatte lange vor dem großen, verzierten Kamin in seinem Schlafzimmer auf dem Boden gesessen, die Knie unter das Kinn geschoben, unfähig, sich zu bewegen oder die Augen zu schließen oder klar zu denken. Die Flammen waren nur eine Handbreit von ihm entfernt, und sie brannten sich in seine Netzhaut, während die Tränen über seine Wangen strömten.

Jetzt spürte er das Gewicht der Münzen deutlicher denn je, und er hatte beschlossen, diese Last ein wenig zu erleichtern. Natürlich wusste er, dass sein Handeln impulsiv und leichtsinnig war, aber er brauchte das einfach. Ein Priester war nie ohne seine Macht, außerdem hatte er einen Dolch dabei, den er aber hinter dem Rücken verborgen am Gürtel trug; er wollte schließlich keinen Kampf provozieren, nur auf einen vorbereitet sein.

Zwei Mädchen eilten an ihm vorbei, zurück in Richtung Sturmwind, wo vermutlich ihre besorgten Eltern warteten. Beide hatten langes, fahlblondes Haar, das in kunstvollen Zöpfen auf ihren Köpfen hochdrapiert war. Eine von ihnen blickte im Vorbeihasten auf, ihre Züge zierlich und weich, und kurz sah es so aus, als hätte sie ihn erkannt. Sie runzelte die Stirn, die Augen zusammengekniffen, und ihre Miene erinnerte Anduin so sehr an Jaina, dass er beinahe gestolpert und den Hang hinabgerollt wäre.

Er zog sich die Kapuze tiefer ins Gesicht und marschierte weiter. Jaina. Er wollte nicht über ihre kritischen Worte nachdenken, über ihre Fragen – das waren nur weitere Münzen für seinen Beutel. Und die würde er nicht einfach mit so einer nächtlichen Aktion loswerden. Nein, diese Münzen würde er immer mit sich herumtragen.

Sie hatte allen Grund, sich Sorgen zu machen, aber die Leidenschaft in ihrer Stimme und die Furcht in ihren Augen hatten ihn tief getroffen. Vor dem Gasthaus stritten sich zwei Männer, was einige Schaulustige angelockt hatte. Gut. Anduin nutzte die Ablenkung, um nach drinnen zu huschen. Er setzte sich an den Tisch, der der Tür am nächsten war, platzierte sich aber mit dem Rücken zum Eingang. Die Schankmaid kam herüber, rundlich und hübsch, mit dunkler Haut und einem breiten Lächeln, das eine Zahnlücke preisgab und einem anderen jungen Mann vermutlich die Röte in die Wangen getrieben hätte. Anduin schob eine normale Summe Geld zu ihr hinüber und bestellte ein Bier.

Dann fiel ihm ein, dass er nicht als Anduin hier war. Folglich sollte er vermutlich bewundernd zu ihr hochblicken und unter ihrem Lächeln erröten – also tat er genau das.

Es war ein rauschhaftes Vergnügen, in der Anonymität zu versinken. Als die Schankmaid an seinem Tisch stehen blieb und ihn augenklimpernd nach seinem Namen fragte, zwinkerte er, noch immer mit der Kapuze über dem Kopf, und antwortete: „Jerek. Und wie soll ich dich nennen?“

„Amalia.“

„Ein hübscher Name“, befand der König von Sturmwind, woraufhin Amalia einen Knicks machte und sich dann dem nächsten Tisch widmete. Anduin fühlte sich unglaublich frei. Aber natürlich dauerte es nicht lange, bis sich sein schlechtes Gewissen zu Wort meldete. Eine Münze war aus seinem Beutel gerutscht, aber sofort war eine andere hineingefallen. Er beugte sich über sein Bier und ließ den Schaum über seine Oberlippe schwappen. Um möglichst ungehobelt und widerlich zu wirken, rülpste er außerdem und trank in viel zu großen Schlucken. Und rülpste dann noch ein wenig mehr.

Schließlich wischte er sich die Überreste des Bierschaums von den Lippen und leerte das einzige Getränk, das er sich heute Abend gönnen würde. Erneut stiegen Schuldgefühle in ihm auf. Doch dann spürte er brennende Blicke auf sich, und diesmal waren es nicht nur die tausend Paar toter, verfluchter, anklagender Augen, die ihm zu folgen schienen, wohin er auch ging. Nein, diesmal waren es echte Augen.

Anduin sah sich in dem Gasthaus um. Sein Blick wanderte über ein Dutzend fremder Gesichter, bis ihm zuletzt eine gepflegte Frau in der Ecke neben der Treppe auffiel. Sie trug eine weiße Robe, und die ebenso weißen Brauen in ihrem offen sichtbaren Gesicht hatte sie verwirrt nach unten gezogen. Ihre Lippen waren leicht geteilt, zweifelsohne zu einer lautlosen Verwünschung.

Jaina.

Sie riss die Augen auf. Anduin klatschte eine weitere Münze auf den Tisch, dann stemmte er sich von seinem Stuhl hoch und marschierte durch die Tür. Die warme, körperfeuchte Luft machte schlagartig der nächtlichen Kälte Platz, und er sog wie unter einem Schlag den Atem ein.

Aber Anduin wusste, dass es gleich noch viel frostiger werden würde. Er drehte den Kopf, um zurück ins Innere zu spähen. Dabei vergaß er ganz, wie feucht und schlammig es hier draußen war, und er stöhnte, als seine Stiefel beinahe im Boden stecken blieben. Einen Moment später wurde der Grund unter ihm schlagartig hart und rutschig. Er ruderte mit den Armen und schaffte es gerade so, einen demütigenden Sturz abzuwenden.

„Hallo, *Jerek*."

„Ich kann alles erklären ..."

„Ihr seid der König, Ihr müsst nichts erklären." Jainas Stimme wurde zu einem harten Flüstern, während sie ihn beim Arm nahm und von der Eisplatte fortdrehte, die sie auf den Boden gezaubert hatte. Anschließend zogen sie sich unter den schmalen Überhang des Daches zurück, wo nur die Grillen und Frösche sie sehen konnten, und denen war zum Glück egal, wer ihren Gesang gestört hatte.

„Was habt Ihr mit Eurem Haar gemacht?" Sie trat von ihm zurück und lachte.

„Schuhcreme", murmelte er, nachdem er seine Kapuze tief in die Stirn gezogen und die Augen niedergeschlagen hatte. „Ich nehme an, Jerek ist auch kein sonderlich guter Name."

„Nein, ich finde ihn großartig. Passt zu Euch." Jaina erbarmte sich dazu, ihr nächstes Lachen hinter den Fingerspitzen zu verbergen. „Keine Angst, Anduin. Euer Geheimnis ist bei mir sicher."

Er riss die Augen auf. „Jaina, hört zu ... Ich weiß, wir sind uns nicht immer einig, wir haben unsere Meinungsverschiedenheiten ... Aber gewiss könnt Ihr mich verstehen." Seufzend lehnte er sich gegen die Wand des Gasthauses. „Manchmal brauche ich das hier. Das Gefühl, wieder ein Junge zu sein. Ich denke an all die Soldaten in meinem Alter, die schon ihr Leben für die Allianz gegeben haben, und ich denke: Wie kann das nur sein? Wie ist es möglich, dass sie so jung gestorben sind? Es ist nicht gerecht. Wir ... Wir sollten so etwas nicht zulassen. Die ganze Welt sollte innehalten und darüber nachdenken, aber das tut sie nicht. Alles geht einfach weiter seinen Gang. Die Welt vergisst, und ich muss so tun, als wäre das Opfer dieser Männer und Frauen nicht nur ein schrecklicher, herzzerreißender Schmerz."

Er vergrub das Gesicht in den Händen, aber Jaina griff nach seinen Armen und drückte sie sanft nach unten. Ihre Augen glänzten feucht, das hämische Lächeln war verschwunden, und sie hatte sich leicht vorgebeugt, sodass sie auf gleicher Augenhöhe waren.

„Ihr seid noch immer ein Junge, Anduin, und falls Ihr Jerek braucht, um Euch daran zu erinnern, dann verstehe ich das durchaus." Sie ließ ihn los und machte einen kleinen Schritt nach hinten. „Außerdem war ich heute Nacht ja auch hier. Ihr habt mich also ebenso ertappt wie ich Euch."

„Aber Ihr könnt immerhin Euer Gesicht zeigen", erwiderte Anduin. „Ich … nicht. Wahrscheinlich brauche ich auch deswegen solche Abende. Damit ich für eine Weile nicht ich selbst sein muss. Damit ich einfach nur der dumme, schlampige Jerek sein kann, der vermutlich Mist schaufelt, um sein Brot zu verdienen."

Jaina nickte und deutete auf die hintere Hausecke, wo der Stall an das Gasthaus anschloss. „Ich werde mir einen anderen Ort suchen, wo ich Leuten die Stimmung vermiesen kann. Geh du wieder rein, Jerek. Du hattest einen langen Tag."

25

Dazar'alor

Sie ließen Zekhan im Zocalo, bei Talanjis Leibärzten, Priestern und Schamanen, die sich sonst nur um die Mitglieder ihrer Familie und des Zanchuli-Rates kümmerten. Bwonsamdi hatte seine eigenen Mittel, den Palast zu erreichen, aber Talanji war auf ihren Raptor Tze'na angewiesen, und sie trieb ihn zu größter Eile an. Das Tier nahm mit jedem Schritt vier Stufen, und nicht einmal Gonk hätte die Königin schneller zu ihren Gemächern tragen können.

Die Nacht würde schon bald dem Morgen weichen, aber Talanji fühlte sich dem Erfolg kein Stück näher. Falls sie sich überhaupt etwas näher fühlte, dann dem Tod – und somit dem Schlund. Bwonsamdi hatte erklärt, dass es ihn große Mühe kostete, Seelen vor dem Schlund zu retten; sie kostete es schon große Mühe, einfach nur zu gehen. Jeder Schritt wurde zur Qual, und ihr schweres Herz half nicht gerade, den Schmerz zu lindern, der ihren Körper erfüllte. Ihr Versuch, die letzten Schreine zu schützen, hatte sie zu viele gute Leute gekostet. Und ihre alte, liebe Freundin war bei den Anhängern des Witwenbisses gesichtet worden ... Nein, nicht nur bei ihnen; sie hatte die Rebellen sogar *angeführt*.

„Wir sah'n eine Hexe bei den Verlassenen", hatte eine der überlebenden Rastari-Wachen gemeldet, während die Heiler den armen, verkohlten Zekhan mit Salben einrieben. „Sie trug 'ne Maske und ein seltsames Gewand, aber ich hab ihr Gesicht zuvor schon zahllose Male im Palast geseh'n. Meine Königin, es war Apari. Ich würde sie überall erkenn'."

Apari.

Talanji erreichte ihr Gemach und sagte den Wachen, dass sie keine Besucher empfangen würde. Einer würde sie natürlich trotzdem aufsuchen, aber der brauchte keine Tür.

Während sie auf Bwonsamdi wartete, ging Talanji zu ihrem Bett hinüber. Oh, könnte sie doch einfach nur schlafen und träumen und die Schrecken vergessen, die sich mit jeder Stunde zu vervielfachen schienen. Einst hatte sie in Sylvanas eine Verbündete gesehen, und nun unterstützten die Truppen der Bansheekönigin Rebellen, die Talanjis Herrschaft beenden wollten. Das tat weh. Aber Aparis Verrat … Mit einem schweren Seufzen setzte sie sich auf die Matratze und nahm ihre Krone ab, dann rieb sie sich mit beiden Händen die pochende Stirn.

Als Mädchen waren sie und Apari kleine Unruhestifterinnen gewesen, die durch die Korridore des Goldenen Siegels rannten und Ärger machten, wo und wann immer sie wollten. Talanjis Status als Prinzessin hatte ihr mehr Macht verliehen, als irgendein Kind haben konnte, und folglich hatte niemand sie zur Ordnung rufen können. Sie hatten in den Gärten gespielt, in den Becken geplanscht und bis spätnachts auf dem Rücken gelegen und zu den Sternen hochgeblickt, um einander die Zukunft vorauszusagen. Selbst als sie zu Frauen herangewachsen waren, hatte nichts Aparis Loyalität erschüttern können, und das, obwohl sie jedes Recht gehabt hätte, auf Talanjis Status und Reichtum eifersüchtig zu sein.

„Selbst nach Yazma", murmelte Talanji. „Selbst nach allem, was passiert is' …"

Aparis Mutter hatte zu ihrer Zeit ebenfalls eine Rebellion angezettelt. Sie war die Hohepriesterin der Loa Shadra gewesen, außerdem die Meisterspionin von Talanjis Vater, und sie hatte sich mit Zul verschworen, um Rastakhan zu stürzen und seiner Blutlinie ein Ende zu setzen. Doch Apari hatte zu Talanji gehalten. Sie hatte sich von ihrer eigenen Mutter losgesagt und für die Seite der Krone gekämpft. Was hatte sich seitdem verändert? Was hatte sie zu diesem Wahnsinn getrieben?

Ihre jüngste Erinnerung an Apari wurde von lähmendem Schmerz begleitet. Es war an dem Tag gewesen, als König Rastakhan durch die Hand der Allianz den Tod gefunden hatte. Gnomische Belagerungswaffen hatten das Goldene Siegel beharkt; Wände waren zerbröckelt, Decken eingestürzt ... Und dann hatte sie den Bericht erhalten, dass ihr Vater sich der Allianz persönlich gegenübergestellt hatte, obwohl er allein gegen eine Übermacht stand. Talanji war losgerannt, um ihm zu helfen, war durch die Korridore gestürmt und Trümmern und Gefahren ausgewichen, um ihren Vater zu retten.

Und da hatte sie Apari das letzte Mal gesehen. Ihre Freundin war unter einer umgestürzten Säule eingeklemmt gewesen, Blut auf ihren Lippen, die Augen aus den Höhlen quellend, während sie verzweifelt versuchte, die Trümmer von ihrem Unterkörper zu schieben.

„Hilf mir, Tali! Hilfe! Ich ... Ich kann mich nich' bewegen!"

Talanji war nur einen Moment lang stehen geblieben, konfrontiert mit einer unmöglichen Wahl: ihre beste Freundin oder ihr Vater. *Ich bin eine Prinzessin*, hatte sie gedacht. *Meine oberste Verantwortung gilt meiner Familie und unserer Krone.*

Also hatte sie Rastakhan gewählt und Apari zurückgelassen.

„Ich werde jemand herschicken!", hatte sie gerufen, während sie davonrannte. „Apari! Halt durch!"

Dann fiel die Erinnerung in sich zusammen, die Zeit krümmte sich, und alles, was davor und danach geschehen war, verblasste angesichts des Anblicks ihres sterbenden Vaters. Sie wusste noch, sie hatte geschrien und eine königliche Wache herbeigewinkt, aber hatte sie den Krieger zu Apari geschickt? Oder hatte sie in all dem Chaos vergessen, ihrer schwer verletzten Freundin zu helfen?

„Ich hab' so viele Leute enttäuscht", flüsterte sie.

„Aber, aber meine Königin. Noch is' Zeit, mich und dein Königreich zu retten."

Bwonsamdi. Talanji hob das schwere Haupt und sah ihn an der Tür stehen, kaum mehr als ein Phantom. Sie konnte die goldenen Säulen hinter ihm in allen Details erkennen. Aber allein aufzublicken war eine monumentale Kraftanstrengung, so als bestünde ihr Schädel aus Blei. Ihr Nacken schmerzte, ihr Rücken schien vor Qualen an mindestens vier Stellen auseinanderzubrechen. Ihre Macht schwand, weil sie ihre Truppen überhastet und planlos zu den Schreinen entsandt hatte.

Und ihre Kräfte schwanden ebenfalls, weil ihr Leben ohne ihr Zutun, ohne ihr Einverständnis, an das des Loa gebunden war. Sie hatte nicht einmal mehr genug Energie, um ihn zu hassen.

„Bitte“, murmelte sie. „Ich … Ich fühle mich verlor’n. Bitte, lasst mich meinen Vadder seh’n. Er würde wissen, was in so einer Situation zu tun is’. Ich hab versprochen, Euch zu beschützen, aber … allein schaff ich es nich’. Ruft sein’ Geist herbei, Bwonsamdi.“

Er schwebte näher heran, seine grimmige Miene wie in seinen Schädel gemeißelt, und Talanji erkannte, dass er ihr nicht helfen würde. Sie schlurfte zum Balkon hinüber, um auf ihr zerbröckelndes Königreich hinabzublicken. Würde Thrall überhaupt zurückkehren? Vielleicht würde er ihr die Hilfe ebenfalls verweigern, wenn er hörte, dass sein Abgesandter beim Überfall auf den Schrein um ein Haar gestorben wäre. In dem Fall wäre sie wahrlich verloren. Talanji griff nach dem Geländer und bohrte die Fingernägel in das weiche Gold, bis der Nagel ihres Mittelfingers zersplitterte und Blut darunter hervorrann.

Bwonsamdi war ihr natürlich gefolgt; er hing hinter ihr und hüllte sie in seine trostlose Aura des Verfalls.

„Du musst deine eigne Stärke finden“, krächzte er, seine Stimme ebenso schwach wie sein Abbild. „Dein’ eignen Weg.“

„Den Weg der Zandalari?“ Talanji schnaubte. „Der hat versagt. *Ich* hab versagt.“

Und mein’ Vadder hab ich auch enttäuscht. Genauso wie Apari. Wie Zekhan …

„Es klingt wahrscheinlich komisch, das vom Loa der Gräber zu hör'n, aber es gibt immer Hoffnung, Euer Majestät." Bwonsamdi stellte sich neben sie, und die Augen hinter seiner Knochenmaske glühten schwach. „Tod gebiert Leben. Das große Rad dreht sich immer weiter. Vielleicht nur langsam, über Äon' hinweg, aber es dreht sich. Leichen verfall'n und neues Leben erwächst daraus. Alles, was ewig erscheint, endet, und dann erhebt sich an seiner Stelle was Neues …"

Talanjis Herzschlag beschleunigte sich, als sie zu ihm hochblickte. „Heißt das, mein Vadder …"

„Schhh-schhh-schhh. Du hörst nich' zu, Kind. Du hörst nur, was du hör'n willst. Es gibt eine natürliche Harmonie. Alles is' im Fluss. Die Ahn', die Geister, die Loa … Irgendwann muss jeder sein Ende akzeptier'n – den lang', tief'n Schlaf. Und wenn wir fort sind? Dann finden unsere Anhänger andre Dinge, aus den' sie Stärke zieh'n könn', andre Dinge, an die sie glauben könn'. Sie trauern, sie wachsen – genauso wie du. Und wenn sich der Schleier der Träume teilt, dann klettern die zeitlosen, großen Wesen einmal mehr in das Rad und fang' wieder an, es langsam, ganz langsam zu dreh'n." Er wartete, bis Talanji seinem Blick begegnete. „Auf diese Weise sind die alten und mächtigen Elemente unsrer Welt unsterblich, Euer Majestät."

„Zandalar", hauchte sie. In den Dschungeln brannten Feuer. Rauch stieg über den Bäumen hoch. Irgendwo dort draußen, verborgen in den Schatten, planten die Dunklen Waldläufer, Apari und ihre Fanatiker vom Witwenbiss ihre nächsten Schritte. „Es is' nich' verlor'n."

Es ist niemals wirklich verloren.

Der Loa nickte, und dann wich sein grimmiges Stirnrunzeln einem vertrauten Grinsen. „Ich bin schwach, aber noch bin ich hier. Sie werden als Nächstes versuchen, die Nekropole zu stürm', den Sitz meiner Macht. Halte sie auf, und ich werde dir helfen, dieses Land wieder aufzubau'n."

„Aber allein schaffe ich es nich'", wisperte Talanji kraftlos. Wie sehr sie sich wünschte, mit ihrem Vater zu sprechen, und sei es nur für einen Moment. Andererseits hatte Rastakhan selbst Fehler gemacht und Niederlagen erlitten. Durch seine Nachlässigkeit und Selbstgefälligkeit hatte er die dunkelste Zeit in der Herrschaft ihrer Familie eingeläutet. Es gefiel ihr nicht, so von ihrem Vater zu denken, also beschloss sie, ihre Gedanken einem anderen Thema zuzuwenden.

Die alten, mächtigen Elemente dieser Welt sind unsterblich.

So wie die Hoffnung.

„Die Horde wird komm'", murmelte Talanji. Sie wandte sich von Bwonsamdi ab und betrachtete einmal mehr ihr Reich. Es brannte, es kämpfte, und sie würde jeden Moment in Sorge verbringen, bis es endlich wieder sicher wäre – aber es war immer noch *ihr* Reich. Und sie war die Königin, die es beschützen, die es ehren musste.

„Einst", sagte sie leise, „hab ich meine Heimat verlassen, um diesen Ort zu retten. Ich setzte mein' Stolz und mein Leben aufs Spiel, indem ich mich an die Horde wandte, aber sie folgte meinem Ruf. Sie ließ Zandalar in der Stunde seiner Not nich' allein. Heute Abend hat der Abgesandte der Horde meine Leute auch nich' alleingelassen. Er hat alles riskiert, um unsere Kinder zu retten. Da ist es nur gerecht, dass ich der Horde glaube. Sie wird zu uns steh'n. Sie wird diese Dunkelheit mit uns bekämpfen. Und gemeinsam werden wir ein Licht entzünden und die Schatten für alle Zeit aus Zuldazar verbann'."

26

Nazmir

„Und, hattest du deinen Spaß?“

Sira Mondhüter stieß sich von dem feuchten, krummen Baumstamm ab und schnaubte. Spaß? Dieses Wort hatte jegliche Bedeutung für sie verloren, als sie im Tod wiederauferstanden war. Auf der kleinen Lichtung abseits der Straße sprach die Anführerin des Witwenbisses gerade zu ihren Anhängern. Die Schreine waren gefallen, und sie waren in Hochstimmung. Seit Beginn ihrer Überfälle hatten sich ihnen mehr und mehr Bürger angeschlossen. Neben den zwanzig Dunklen Waldläufern zählte ihre Gruppe inzwischen mehr als vierzig Trolle. Apari Ko'Runn hatte nicht einmal genug Waffen für all diese Leute, darum hatten die Dunklen Waldläufer ihr mit Dolchen und Bogen aushelfen müssen. Nun hatten sie also scharfe Klingen, und es gab keinen Zweifel an ihrer Entschlossenheit. Alles, was jetzt noch blieb, war der finale Angriff auf die Nekropole. Danach wäre ihre Mission erfüllt, und sie könnten endlich zu Sylvanas Windläufer zurückkehren.

Beseelt von dem nahen Sieg ignorierte sie Nathanos' Frage.

„Dieses Theater mit den Kindern“, verdeutlichte Pestrufer, wobei er vortrat und ihr den Weg versperrte. „Ich hoffe das hat deinen Blutdurst fürs Erste gestillt.“

Hinter ihm erwachte tiefrot der Morgen, und sein Licht badete die Nekropole in blutfarbener Helligkeit. Schwärme von Fliegen, groß und dicht genug, um einen Menschen binnen Sekunden aufzufressen, hingen über dem sumpfigen Wasser – dem einzigen Hindernis zwischen ihnen und den Ruinen von Zo'bal. Es gab eine direkte Straße, aber die vereinten Truppen der Dunklen Waldläufer und des Witwenbisses mieden sie, um die verbliebenen Rastari-Vollstrecker nicht vorzeitig zu warnen.

„Ich hätte dich nicht für so dünnhäutig gehalten, Pestrufer."

Nathanos verdrehte die Augen. Eine Hand hatte er auf den Dolch an seinem Gürtel gelegt, die andere zupfte an der Fiederung eines Pfeils, der aus dem Köcher an seiner Hüfte ragte. „Wenn du so weitermachst, stellen sich die Zandalari wieder hinter ihre Königin. Unsere Pläne schreiten nur so schnell voran, weil Talanji isoliert ist. Aber wenn sie ein paar Orc-Bataillone im Rücken hat, kann sich das ganz schnell wieder ändern."

„Sie haben verloren", entgegnete sie barsch. „Die Stürme verhindern, dass Verstärkung über das Meer kommt, und unsere Fallen werden die Soldaten, die über Land kommen, abbremsen." Um ihr Argument zu unterstreichen, nahm sie ihren Helm ab, und der Duft des Verfalls wallte unter der feuchten Metallhaube hervor.

„Hmm." Nathanos machte ein paar Schritte in Richtung des staubigen Pfades, der zu den Ruinen von Zo'bal führte. Sie hatten bereits Späher vorausgeschickt und warteten nur noch auf ihre Rückkehr.

„Ist das nicht die Hölle, die unsere Königin korrigieren will? Ist das nicht die Hölle, von der sie uns erlösen will? Teldrassil ist niedergebrannt. Die Dunkelküste ist niedergebrannt. Ich versichere dir, dass weit mehr als nur ein Paar heulender Gören ihr Leben verloren haben."

„Schön, Sira, du hast deinen Standpunkt klargemacht. Ah, da kommt ja Visrynn."

Ihre Vorhut kehrte zurück, und an ihrer Spitze traten Visrynn und Lelyias aus den Schatten, die Kapuzen auf ihren Köpfen weit nach hinten geschoben. Visrynns Handgelenk wurde von einem straffen Verband gestützt. Sie deutete in die Richtung, aus der sie gekommen waren; Nebel hing dort dicht über dem Boden und verbarg Teile des Sumpfes und die kleinen Steinsplitter, die den Pfad zur Nekropole säumten. Es gab nur einen sicheren Weg zu den Ruinen von Zo'bal – sie mussten die Brücke benutzen, die über das trübe Wasser zum Tempel führte. Inmitten der Nebelschwaden erblickte Sira etwas, das wie fahle Geister oder Gespenster aussah, Echos von Bwonsamdis Anhängern, die zur Quelle seiner Macht hingezogen wurden.

„Es gibt ein kleines Kontingent von Kriegern", berichtete Visrynn. Ihre Augen hoben sich hell strahlend von den roten Blumen ab, die auf ihr Gesicht tätowiert waren. „Die Königin muss sie geschickt haben, aber wir sind ihnen zahlenmäßig überlegen."

„Sie haben keine Chance, Sir", pflichtete Lelyias ihr zu. „Die meisten im Lager sind Pilger. Ich denke, wir könnten sie gefangen nehmen und Blutvergießen vermeiden."

Sira drehte ungehalten den Helm zwischen den Fingern.

„Hast du etwas dazu zu sagen, Sira?", fragte Nathanos gedehnt. Es war offensichtlich, dass er sie provozieren wollte.

„Sie sollten genauso leiden, wie wir gelitten haben", erklärte Sira. Ihr Blick wanderte hoch zu dem großen, runden Mond über ihnen, und sie spuckte aus. „Es ist eine der großen Freuden des Lebens, in Elunes Schein Blut zu vergießen. Die Göttin hat mich nicht gerettet, und ich bezweifle, dass irgendjemand diesen Loa retten wird."

„Schade, dass du hier nur eine Handvoll Soldaten und Pilger niedermetzeln kannst."

Nathanos nahm seinen rechten Handschuh ab und pfiff. Die Feierlichkeiten auf der Lichtung verstummten, und die Rebellen des Witwenbisses kamen langsam von der Lichtung herüber. Apari Ko'Runn konnte kaum laufen, trotzdem hielt sie den Kopf hocherhoben. Wie üblich hockte die widerliche, kleine Zecke auf ihrer Schulter, und der unverkennbare Geruch entzündeten Fleischs, der von ihr ausging, ließ Sira die Nase rümpfen.

„Die Ruinen gehören schon so gut wie uns", verkündete Nathanos. „Macht euch bereit. Sobald wir Zo'bal gesichert haben, können wir ein Lager aufschlagen und vor dem finalen Angriff noch einmal eine Rast einlegen."

Die Trolle schwärmten nach Norden, hinter Visrynn und Lelyias her, die den Angriff anführen würden. Nur Apari blieb bei Sira und Nathanos stehen. Ihr Gesicht und ihr Haar waren feucht vom Schweiß hinter ihrer unheimlichen Maske, und sie bot einen jämmerlichen Anblick, trotzdem lächelte die Trollfrau glückselig, während sie den Vormarsch ihrer Truppen zu den Ruinen unter dem Blutmond verfolgte.

„Du siehst nicht gut aus", bemerkte Sira. „Lelyias ist eine geschickte Heilerin. Sie kann den Schmerz in deinem Bein lindern, wenn du möchtest."

Apari zitterte, ihre grüne Haut war fleckig und blass. Es sah aus, als würde jeder Atemzug ihr neue Schmerzen bereiten. „Nein, das is' nich' nötig."

Ihre Leibwächterin Tayo verzog das Gesicht.

„Der Witwenbiss ist dir ergeben – dir allein", fuhr Sira ungeduldig fort. Der Stolz der Trollfrau irritierte sie; dieser Leichtsinn würde sie geradewegs in ein frühes Grab führen. „Wir brauchen dich, bis der Loa vernichtet ist."

Aparis Augen glänzten hell hinter ihrer Maske. „Das is' alles, wofür ich noch lebe", erwiderte sie. „Bwonsamdis Untergang und der Fall der Verräterkönigin."

Von den Ruinen ertönten erschrockene Rufe, als der Überfall begann und die Rebellen das kleine Lager stürmten. Die Dunklen Waldläufer sicherten die Umgebung und erledigten mit ihren Bogen alle, die zu fliehen versuchten. Aber da waren mehr Zivilisten in den Ruinen, als sie erwartet hatten. Ein junger Troll in einem Fellmantel tauchte hinter einem Riss in der Mauer auf. Er wand sich durch die Lücke hindurch, dann sprintete er geradewegs auf ihre Position zu. Sein orangenes Haar war noch vom Schlaf zerzaust, und Blutspritzer besprenkelten sein Gesicht und seine Hauer.

Sira setzte den Helm wieder auf und zückte ihr rundes Chakram. Der Troll hatte sich ihrem Versteck neben der Straße so weit genähert, dass sie seine panischen Atemzüge hören konnten, während er vor dem Gemetzel floh.

„Noch ein Opfer für dich“, sagte Nathanos. Er bückte sich, um seine Tasche aufzuheben und den anderen zu den Ruinen zu folgen. „Warum lässt du ihn sich nicht ein letztes Mal in Ruhe erleichtern, bevor du zuschlägst?“

„Eine weitere Seele für den Schlund.“

Siras geschwungene Waffe surrte mit gnadenloser Präzision durch die Luft, und der Kopf des Trolls landete auf dem Boden, erstarrt in einem Ausdruck völligen Entsetzens. Ein paar Sekunden später brach auch der Rest von ihm in den Büschen zusammen. Während sein Kopf weiter davonkullerte, stieg Sira über den Leib des Toten hinweg und folgte Nathanos auf die Straße. Es war Zeit, einen weiteren kleinen Erfolg einzufordern.

„Das ist kein Sieg, der unsere Herrin mit Stolz erfüllen würde“, murmelte sie, als sie die zerbrochenen Säulen und rankenüberwucherten Mauern von Zo’bal betrachtete. Die Schreie aus dem Inneren der Ruinen waren inzwischen verstummt, und kurz herrschte Stille. Dann begannen die Trolle des Witwenbisses, zu singen, und sie entzündeten ein Feuer, dessen Rauch hoch über den zersplitterten Säulen in den Himmel stieg. „Er ist genauso erbärmlich wie alles andere in diesem Dschungel. Wir tun der Welt einen Gefallen, wenn wir diesen Ort zerstören.“

Nathanos schüttelte den Kopf, als er am Eingang des Lagers stehen blieb. Der Boden vor ihnen war mit Leichen gepflastert. Ihre eigenen Truppen hatten keine Verluste erlitten, aber ein paar Mitglieder des Witwenbisses hatten Wunden davongetragen, die sie nun in der Nähe des Feuers versorgten. Apari und Tayo gingen hinüber und mischten sich unter ihre singenden und tanzenden Anhänger.

„Jeder Kampf, den wir in ihrem Namen gewinnen, ist wichtig“, erklärte Nathanos schroff. Die Flammen spiegelten sich in seinen Augen, flackernd und heiß. „Ich fordere diesen Sieg hier mit ebenso viel Stolz ein, wie ich den Sieg über Bwonsamdi einfordern werde. Schon bald wird er keine Bedrohung mehr für

Sylvanas darstellen. Es gibt nicht mehr viel, was ihr noch im Weg steht. Auf Dauer kann sich nichts ihrer Macht widersetzen."

*

Nathanos Pestrufer brauchte keinen Schlaf, die anfälligen, lebendigen Leiber der Witwenbiss-Trolle hingegen schon. Selbst die Hexe Apari Ko'Runn und ihre getreue Leibwächterin suchten sich eine Ecke, wo sie sich im Schatten der Mauer ausstreckten konnten. Das verblasste Abzeichen, das Nathanos Apari für ihre Magie gegeben hatte, glänzte um ihren Hals, und mehr als einmal überlegte er, ob er es sich zurückholen sollte, entweder verstohlen oder mit Gewalt. Aber jedes Mal hörte er das samtene Wispern seiner Königin, die ihn drängte, solche Gedanken zu unterdrücken.

Das ist nur ein unbedeutendes Kinkerlitzchen, erinnerte ihre Stimme ihn. *Ein unbeständiges, unbedeutendes Relikt des Lebens.*

Seine Loyalität gegenüber Sylvanas ging weit über solche Symbole hinaus. Er brauchte keine materielle Erinnerung an ihren Bund. Für Nathanos war diese Verbindung ebenso fassbar, ebenso real wie die Steine unter seinen Füßen oder das schleimige Wasser, das um seine Füße schwappte, oder die Grillen, deren Gesang den Sumpf erfüllte. Er klopfte auf seine Manteltasche und spürte das kleine Fläschchen in ihrem Inneren. Jetzt, wo er sich von dem Abzeichen getrennt hatte, war dies das einzige Geschenk von Sylvanas, das er noch in seinem Besitz hatte.

Dunkle Waldläufer hielten an den Ecken der Ruinen Wache, die Kapuzen tief in ihre Gesichter gezogen, sodass sie fast völlig mit den Schatten verschmolzen. Sie brauchten ebenso wenig Schlaf wie Nathanos, und sie standen ebenso starr und lautlos auf ihren Posten wie die Statuen, die in die Steinsäulen von Zo'bal hineingehauen waren.

Im Norden erhob sich die Nekropole auf ihrer kleinen Insel. Ihr zentraler, gezackter Turm stach vor dem Blutmond nach oben wie ein flehentlich erhobener Arm. Nathanos ging zum Rand der zerstörten Brücke hinüber, die die Ruinen von Zo'bal einst mit der Nekropole und ihrem großen, offenen Hof verbunden hatte. Das Wasser war nur knöcheltief, man konnte also noch immer problemlos auf die andere Seite gelangen, trotzdem hielt ihn etwas davon ab, sich über die zerschmetterte Brücke hinaus vorzuwagen.

Am Abend vor einer Schlacht überkam ihn stets ein Gefühl der Rastlosigkeit, aber das hier war etwas anderes. Er spürte die Bluthunde der Erinnerung nach den Fersen seines Bewusstseins schnappen – etwas Unsichtbares und Gefährliches, das ihn verfolgte. Einmal mehr war er froh, dass er nicht schlafen musste, denn er war sicher, dass ihn quälende Albträume heimgesucht hätten.

Der Wind heulte, als würde er Qualen leiden. Eigentlich musste Nathanos noch einen Brief schreiben, eine Nachricht an Sylvanas, um sie über ihre Fortschritte und den bevorstehenden Sieg zu informieren, aber etwas in dem wabernden Nebel rief nach ihm. Ein bogenförmiger Durchgang klaffte im Tempel der Nekropole, und die blauen Flammen, die links und rechts davon brannten, sahen aus wie Augen. Augen, die ihn beobachteten, die ihn kannten. Ihr Blick jagte ihm einen Schauer über den Rücken.

„Hallo Nathanos."

Vor seinen Füßen fiel eine Münze ins Wasser. Nathanos bückte sich und streckte den Arm aus, um das Goldstück aus dem Schlamm zu fischen. Als er die Vorderseite mit dem Daumen sauber strich, erblickte er eine vertraute Prägung.

„Du bist nicht real", sagte er, sowohl zu der Münze als auch zu der Stimme. Aber als er wieder aufstand und sich herumdrehte, sah er dennoch seinen Vetter Stephon Marris vor sich. „Du bist schon lange tot."

Es war, als würde er in einen gnädigen Spiegel blicken. Stephon war von ihnen beiden schon immer der Ansehnlichere gewesen, mit einem Schopf dichten, dunklen Haares, das sich an den Rändern rotbraun färbte, und glänzenden, haselnussfarbenen Augen. Er hatte Lippen, die gerne lächelten, und Grübchen an den Seiten seines Mundes, die aber unter seinem Bart verborgen lagen. Seine Haut war noch immer vom gesunden Rosa eines lebendigen Mannes – ein weiterer Beweis dafür, dass es sich nur um eine Art Halluzination handeln konnte.

Stephon Marris war schon vor langer Zeit zu einem schmierigen Fleck auf einem Tisch geworden. Sein Körper war der Rohstoff gewesen, aus dem Nathanos von Neuem erschaffen wurde. Deswegen sahen sie sich auch so ähnlich.

Meine einzige Reue.

„Warum hast du es zugelassen?", fragte Stephon sanft. „Ich war dein Vetter, Nathanos. Ich habe zu dir aufgesehen. Ich wollte sein wie du. Aber nicht *so*."

Das Gold in seiner Hand hatte das Gewicht einer echten Münze. Nathanos seufzte und schloss die Finger darum. Sein Vetter war noch ein junger Bursche gewesen, damals, als Sylvanas ihm diese Münze gegeben hatte, ein Geschenk, damit er sich seine erste Klinge leisten konnte. Stephon hatte schon immer davon geträumt, ein Paladin zu werden und der Silbernen Hand zu dienen. Und dieser Wunsch war tatsächlich in Erfüllung gegangen, nur leider hatte sein Glück nicht lange gewährt, ehe er zu dem Lehm wurde, aus dem der neue Nathanos entstand. Nathanos' Körper war von einer Monstrosität in Fetzen gerissen worden und dann als Sklave der Geißel wiederauferstanden, als geistloser Ghul – bis Sylvanas ihn von diesem Schicksal befreit hatte.

Aber um das zu tun, hatte sie Stephon opfern müssen.

„Ich hatte keine Wahl", sagte Nathanos nun, unfähig, seinem Vetter in die Augen zu blicken. „Ich hatte keine Kontrolle über mich, als es geschah …"

„Als du mir mein Fleisch stahlst."

Er zuckte zusammen. „Es war Sylvanas' Entscheidung. Ohne das Opfer eines Familienmitglieds hätte ich nicht wieder ich selbst werden können."

Stephon schüttelte traurig den Kopf. Da war kein Zorn in seinen Zügen, als er Nathanos musterte, keine Abscheu. Nur

Mitleid. „Und dennoch dienst du ihr weiter – nach allem, was sie mir angetan hat. Nach allem, was sie unserer Familie angetan hat. Ich bin der Geist, der dich verfolgt, aber wie viele andere werden deinetwegen von ihren eigenen Geistern verfolgt? Wie viele Männer und Frauen quält die Erinnerung an jene, die du in den Diensten deiner bösartigen Königin ermordet hast?"

Seine Schuldgefühle über Stephons Tod ebbten jäh ab. Mit einem Mal aufgebracht begegnete er dem Blick seines Vetters.

„Wusstest du es schon?", stichelte Stephon weiter. Seine Miene hatte sich auf subtile Weise verändert; er wirkte jetzt nicht mehr freundlich, auch nicht gut aussehend, und ein seltsames, blaues Leuchten ging von seiner Haut aus. „Deine Königin hat auf der andren Seite ein paar üble Freundschaften geschlossen. Aber die Macht, die ihr gewährt wurde, kann ihr auch wieder weggenomm' werden. Mueh'zala wird sie niemals gewinn' lassen. Er is' der Vadder des Schlafs. Der Sohn der Zeit. Gegen ihn hat sie keine Chance, und gegen die andern auch nich'. Denn ebenso, wie sie an den Untod gebunden is', is' sie auch an die Mächte der Schattenlande gebunden."

„Was weißt du schon?", zischte Nathanos. „Du kennst sie nicht so wie ich."

Er presste die Faust zusammen und zerdrückte die Münze, die Magie und Täuschung in seiner Hand platziert hatten. Bwonsamdi. Natürlich. Stephons Gesicht zerschmolz zu einem grässlichen, grinsenden Schädel – eine weiße Knochenmaske, die dort in der Luft schwebte, wo eben noch sein Vetter gewesen war.

„Du bist hier in meiner Welt, Junge", höhnte Bwonsamdi. „Das is' mein Spiel, und wir spielen es nach mein' Regeln. Viel Glück. Du wirst es brauchen."

„Du bist erledigt", entgegnete Nathanos kühl.

„Wir werden seh'n."

Begleitet von spöttischem Gelächter verschwand der Loa – oder die Vision, die er geschickt hatte. Nathanos schnaubte und ging zu den Ruinen zurück, seine Hand noch immer fest zur Faust geballt. Er hatte einen Brief zu schreiben. Die Dunkle

Waldläuferin, die am Eingang postiert war, schreckte hoch, als er näher kam. Ihre roten Augen waren der einzige Teil von ihr, der aus der Dunkelheit hervorstach.

„Du musst eine Nachricht für mich überbringen, also mach dich bereit. In einer Stunde brichst du zur *Klagelied* auf", instruierte Nathanos sie. *Und eine weitere Vorsichtsmaßnahme noch*, dachte er. *Ob es dir gefällt oder nicht, du bist hier in Bwonsamdis Territorium.* „Gib außerdem Bescheid, dass unsere Reittiere aufbruchsbereit gemacht werden sollen. Ich habe nicht vor, in diesem Sumpf mein Ende zu finden."

27

Dazar'alor

„Sie haben Zo'bal eingenomm', meine Königin. Jetzt soll'n Pestrufer und seine Waldläufer auf dem Weg zur Nekropole sein. Wie lauten Eure Befehle?"

Talanji stand vollkommen reglos, die Augen starr auf die Straße voraus gerichtet – die schattige Allee, die durch den Zocalo zur alten Handelsstraße führte und dann weiter, tief in den grünen Dschungel hinein, über Brücken und an Wasserfällen vorbei, steile Hänge hinab und in die Flussmarschen, bis hin zu den Ruinen von Zul'jan. Am Ende dieser Straße, einen Marsch von vielen, vielen Meilen entfernt, wartete das Schicksal ihres Volkes.

Zolani verlagerte das Gewicht. „Euer Majestät?"

„Dann bleibt keine Zeit mehr", erwiderte Talanji schließlich. *Ein letzter Kampf*, sagte sie sich. *Nimm dich zusamm', mobilisier dein letztes bisschen Kraft. Halt den Kopf oben, damit dein Volk es auch sieht. Und dann los.* „Wir marschieren zur Nekropole."

Allein.

Sie hatte Mühe, ihre Stimme zu finden. Die ganze letzte Nacht hatte sie schlaflos neben Zekhans Bett gekniet und gelauscht, wie Rastari-Vollstrecker, Reservisten und freiwillige Milizen zusammengerufen wurden, um ihre Truppen aufzustocken. Zekhan hatte sich im Schlaf hin und her gerollt und etwas von Geistern und Schatten gemurmelt, sein Körper eingehüllt in die dicken Verbände ihrer Priester. Einmal während der Nacht war sie selbst kurz eingedöst, einen Arm auf dem Bett, ihr Kopf auf die Matratze gesunken, und sie hatte von den mächtigen Bataillonen der Horde geträumt, die am Morgen draußen auf sie warten würden.

Doch leider war es nur ein Traum gewesen. Thrall war nicht zurückgekehrt. Also hatte Talanji sich in Vorbereitung auf die Schlacht gewaschen und angekleidet und eine ausdruckslose Miene einstudiert; sie wusste, dass sie ein enttäuschender Anblick erwartete, wenn sie vor ihre Truppen im Zocalo treten würde.

„Sind das alle?“, hatte sie Rokhan und Zolani gefragt, als es schließlich so weit war. Vierzig Krieger. Wohl kaum genug, um einen Sieg gegen Sylvanas’ durchtriebene, gut ausgebildete Waldläufer zu garantieren. „So wenige …“

„Viele haben sich geweigert, zu komm’“, berichtete Rokhan grimmig. „Der Witwenbiss hat Geiseln genomm’ und den Leuten gedroht. Dazar’alor zittert. Alle haben Angst vor ihrem Zorn …“

„Das wird sich heut’ ändern“, sagte Talanji. Und sie meinte es ernst. Entweder sie schafften es, die Waldläufer von ihren Gestaden zu verscheuchen und den Witwenbiss zu zerschlagen … oder die Rebellen würden gewinnen und das Goldene Siegel ihrer chaotischen Herrschaft unterwerfen, bis die Horde eintraf, um Talanji zu rächen.

Zumindest hoffte sie, dass die Horde irgendwann kommen würde. Aber vielleicht würden sie ihr sogar das schuldig bleiben.

Ich hab zu lang gewartet. Das is’ der Preis für meinen Stolz.

„Wir sollten jetzt aufbrechen“, riet Zolani. „Bevor es zu heiß zum Marschier’n wird.“

„Gebt das Signal“, nickte Talanji. Es war Zeit, in den Krieg zu ziehen. Auch, wenn sie sich wie ein lebender Leichnam fühlte – es war Zeit. Den anderen war ihr Zustand natürlich nicht entgangen, aber niemand hatte es gewagt, anzudeuten, dass sie vielleicht zu schwach war, um sie anzuführen.

Die Dolche an Rokhans Gürtel glänzten, als er sich auf seinen gepanzerten Raptor schwang. Angesichts des Anlasses hatte er zudem mit Dornen besetzte Lederstreifen um seine Hauer gebunden. Hinter ihm schimmerte im Morgenlicht die große Pyramide, wo verschlafene Händler und Adelige den neuen Tag in Angriff nahmen, nichts ahnend, wie schicksalhaft dieser Moment war. Rokhan stieß in sein Kriegshorn, Talanjis Krieger brüllten zur Antwort, und dann zog die Armee der Zandalari hinter ihrer Königin in den Krieg.

Ich werde mein Versprechen halten, Bwonsamdi. Auch, wenn es unser beider Ende sein könnte.

Sie passierten den prächtigen, goldenen Bogen des Zocalo, als in der Ferne unvermittelt ein zweites, leiseres Kriegshorn ertönte.

„Habt Ihr das gehört?" Zolani zügelte ihren Raptor und drehte sich zur Stadt herum.

Talanji gab ihrem Reittier, Tze'na, die Sporen und trieb es an der Reihe der zandalarischen Soldaten entlang, bis sie Zolani und Rokhan hinter sich gelassen hatte. Sie überquerte die Brücke, die zurück in die Stadt führte, und als sie die andere Seite erreichte, vernahm sie einmal mehr einen Hörnerstoß, deutlich näher diesmal. Dann wurden die Spitzen von Bannern sichtbar, und der Boden unter ihr begann rhythmisch zu vibrieren. Vom Zickzack der Rampen bei der Pyramide rannte die Kriegsdruidin Loti herbei, so schnell, dass ihr grünes Haar hinter ihr her wehte. Dementsprechend atemlos war sie, als sie neben Talanjis Raptor zum Stehen kam. Im selben Moment erhoben sich die ersten Banner vollends über die Stufen, die vom Hafen und dem Basar heraufführten.

„Die Horde! Sie is' gekomm', Euer Majestät!"

„Ich seh's, Loti." Talanji versuchte nicht, ihre Freude zu verbergen.

„Das is' nich' alles." Endlich war die Kriegsdruidin Loti wieder zu Atem gekommen. „Die Leute auf den Märkten sind ganz panisch. Sie glauben, es wär' 'ne Invasion."

Das hatte Talanji bereits befürchtet. Da Zandalar noch immer von den tobenden Stürmen umringt wurde, konnte man den

Kontinent nur auf magischem Wege erreichen. Vermutlich hatte Thrall Portale benutzt, um seine Truppen hierherzuführen.

„Such Lashk und geh mit ihm zum Basar. Beruhigt die Leute, und dann folgt uns zur Nekropole."

Ohne ein weiteres Wort hastete Loti davon. Talanji erkannte, dass herausfordernde Zeiten vor ihr lagen, selbst falls sie es schaffen sollten, die Nekropole zu verteidigen. Die Überfälle, Drohungen und falschen Gerüchte des Witwenbisses hatten tiefe Spuren in ihrer Stadt hinterlassen. Doch bevor sie sich darum kümmerte, musste sie erst einmal Bwonsamdi schützen und Sylvanas und Apari einen Strich durch die Rechnung machen.

Hastig ritt sie der Vorhut entgegen, bis sie Thrall auf einem gepanzerten grauen Wolf erblickte. Hinter ihm ragten die rot-weißen Banner der Horde vom Rücken des Tieres empor. Die Erste Arkanistin Thalyssra ritt ebenfalls mit den Soldaten, gekleidet in strahlendes Violett und Blau, ihre Schulterstücke verziert mit silbernen Federn. Eine kleine Einheit nachtgeborener Elfen marschierte hinter ihrem Manasäbler her. Ihre Anwesenheit erklärte die Portale und die plötzliche Ankunft der Horde.

Und zuletzt, aber deswegen nicht weniger willkommen, war da noch der Tauren-Häuptling Baine Bluthuf, der mehrere Schamanen mit kunstvollem Kopfputz mitgebracht hatte. Totems, groß wie Baumstümpfe, waren auf ihre Rücken geschnallt.

Alles in allem waren es auch nicht mehr Krieger, als Talanji selbst mobilisiert hatte, aber immerhin standen ihre Chancen nun doppelt so gut.

„Ihr seid gekomm'!" Sie begrüßte Thrall mit einem strahlenden Lächeln. „Ich dachte schon …"

„Verzeiht die Verspätung", erwiderte der Orc. Er trug einen Kriegsharnisch, dessen Riemen sich vor seiner Brust kreuzten, dazu seine üblichen Lederhandschuhe und Beinschienen und in der rechten Hand eine Streitaxt. Mit der Linken kraulte er das Fell auf der Stirn seines Wolfes, als das Tier den Kopf schüttelte und leise heulte. „Ruhig, Mondpfote. Das sind alle Krieger, die wir entsenden konnten, ohne den Schutz von Orgrimmar zu gefährden. Ich habe Thalyssra überredet, uns hierher zu teleportieren. Werden unsere Truppen reichen?"

Talanji neigte respektvoll den Kopf. „Sie müssen reichen. Dank Euch sind wir jetzt doppelt so viele wie zuvor. Zandalar wird Euern Beitrag nich' vergessen."

Baine hob das Kriegshorn, das er mitgebracht hatte, an die Lippen und stieß zweimal hinein. Die Orc-Krieger, taurischen Schamanen und nachtgeborenen Bogenschützen zogen daraufhin das Marschtempo an, und Talanji führte sie gemeinsam mit Thrall, Baine und Thalyssra auf den Zocalo zu, wo sich die Horde-Soldaten mit der zandalarischen Armee zusammentun würden.

„Haben wir berittene Truppen?", kam Baine direkt zur Sache.

„Nur uns, Rokhan und Zolani. Die Kriegsdruidin Loti wird zur Nekropole reiten, sobald sie meinem Volk klargemacht hat, dass dies keine Invasion is'", erklärte Talanji.

Thrall nickte, während er im Sattel seines Wolfes auf und ab wippte. „Vielleicht sollten wir unsere Truppen aufteilen und von beiden Seiten angreifen lassen, während die Kavallerie frontal vorstößt. So können wir Pestrufer vielleicht in der Mitte festnageln."

„Das wird nich' leicht", warnte ihn Talanji. „Die Nekropole is' von Sumpf umgeben. Der sicherste Weg führt durch die Ruinen von Zo'bal, aber die hat Pestrufer unter seine Kontrolle gebracht."

„Mit unseren Schamanen sollte das kein Problem sein", warf Baine ein. „Sie können uns über das Wasser führen."

„Und sobald ich mich ein wenig erholt habe, kann ich einen Teil der Truppen zu einer günstigen Position teleportieren", sagte Thalyssra auf ihre sanfte und doch direkte Art. „Das sollte uns das Überraschungsmoment verschaffen."

„Wohl kaum", entgegnete Talanji. „Von der Nekropole aus hat man freien Rundumblick. Überraschen werden wir da niemanden."

„Dann müssen wir eben auf Schnelligkeit setzen", erklärte Thrall. Er krümmte seinen Oberkörper, um zu Thalyssra hinüberzublicken. Sie wirkte ausgezehrt, ihre Schultern waren nach vorne gesunken, die Hände nur lose um die Zügel ihres katzenartigen Reittiers geschlossen. „Wie lange braucht Ihr? Könntet Ihr vielleicht ein paar unserer Krieger vorausschicken?“

Thalyssra richtete sich auf und zog einen Mundwinkel hoch. „Ich werde es auf jeden Fall versuchen.“

Sie überquerten die Brücke jenseits der Pyramide, im Westen der Terrassen. Vor ihnen waren die Zandalari-Truppen bereits zu sehen; Rokhan hatte sie weitermarschieren lassen, und die bunten Spitzen ihrer federverzierten Helme tanzten bei jedem Schritt. Eine Million Gedanken und Ideen brandeten auf Talanjis Gehirn ein. Thralls Ankunft hatte alles verändert. Sie hätte ihm schon viel früher glauben und vertrauen sollen.

Nun, besser spät als nie, und dass ihr Vertrauen sich derart bezahlt gemacht hatte, erfüllte sie mit Hoffnung. Vielleicht hatte Bwonsamdi doch recht. Vielleicht konnten all die verletzten Herzen und Seelen und Überzeugungen in ihrem Königreich wieder erstarken, wenn sie sich nur genug Mühe gab. Wenn sie Freundschaften und Bündnisse einging. Wenn sie Versprechen und Verträge erfüllte. Die Horde war gekommen, um ihr und ihrem Volk in der Stunde ihrer größten Not beizustehen. Sie war gekommen, obwohl Talanji all ihre gut gemeinten Angebote abgewiesen und ihrem Abgesandten die kalte Schulter gezeigt hatte …

Der Abgesandte.

„Zekhan wurde schwer verletzt“, platzte es aus ihr heraus. „Er zog mit mein’ Soldaten aus, um einen Schrein des Loa zu beschützen. Dabei wurde er bei den Teergruben von einem Feuer eingeschlossen. Aber meine Heiler kümmern sich um ihn, und sie sagen, dass er durchkomm’ wird.“

„Er ist ein starker Junge“, erwiderte Thrall nur. „Und falls er sich freiwillig gemeldet hat, Eure Soldaten zu begleiten, dann kannte er das Risiko.“

Talanji nickte. Trotzdem … Ihre Gedanken wollten nicht aufhören, zu rasen. Wie sollten sie die Nekropole rechtzeitig erreichen? Wie sollten sie einen effektiven Angriff planen, wenn jede Minute über Gedeih oder Verderb entscheiden konnte? Wie sollte sie auch nur ihren Stab heben, wenn ihr Körper sich so geschunden anfühlte?

„Thalyssra, wie viele von uns könnt Ihr sicher in die Nekropole transportieren?“, erkundigte sich Baine. Er ritt auf einem mächtigen, zotteligen Tier, einer Art Hirsch, dessen fahles Geweih nicht weniger imposant aussah als Baines eigene Hörner. Erst jetzt fiel Talanji auf, was für eine buntgemischte Ansammlung von Wesen und Reittieren sie doch waren. Was für einen bizarren Anblick sie doch abgeben mussten – diese Gruppe von ungleichen Verbündeten, vereint durch ein gemeinsames Ziel.

„Warum habe ich den Eindruck, dass Ihr wütend auf mich seid, Bluthuf?“, fragte Thalyssra in melodischem Tonfall.

„Eure hübschen Federn werden schlaff herabhängen, lange bevor wir unser Ziel erreichen. Es ist ein weiter Weg“, schnaubte der Tauren.

„Na schön.“ Die Erste Arkanistin nahm ein Fläschchen aus der Tasche ihres kunstvollen, mit Runen verzierten Sattels, zog den Korken heraus und genehmigte sich einen tiefen Schluck. „Gebt mir nur einen Moment, dann will ich versuchen, die gesamte Streitmacht zu teleportieren.“

Thrall schlug mit der Faust auf den Zwiesel seines eigenen Sattels, woraufhin der Wolf unter ihm ein langes, Furcht einflößendes Geheul ausstieß. „Dann ist es entschieden. Wir teilen uns in drei Gruppen auf und geben dem Feind keine Chance zum Rückzug.“

„Das Meer …“ Talanji zog die Brauen zusammen. „Die Nekropole liegt an unsrer nördlichen Grenze. Sie könnten über das Meer flieh’n. Die Stürme rings um mein Reich sind schließlich unter ihrer Kontrolle.“

„Genau darum werden wir zuerst ihre Magier ausschalten“, erklärte Thalyssra.

„Außerdem segeln Lor’themar und Gazlowe bereits mit voller Kraft hierher“, fügte Thrall hinzu. Seine Augen blieben weiter auf die Straße nach Norden gerichtet. „Falls die Stürme nachlassen, werden sie bereitstehen, um dem Feind diesen Fluchtweg zu versperren."

Talanji konnte nicht anders, als ihre Begleiter voller Bewunderung anzustarren. Offenbar hatten sie alles bedacht. Vielleicht waren sie deshalb erst so spät eingetroffen. Thrall beugte sich von seinem Sattel herab und wies einen Krieger an, vorauszurennen und Rokhan Bericht zu erstatten, damit die zandalarischen Truppen stehen blieben und Thalyssra sie alle gemeinsam mit ihrer Magie hinfort tragen könnte.

„Dann is' es entschieden", wiederholte Talanji Thralls Worte. „Demonstrier'n wir ihnen die Macht der Horde."

„Für Zandalar", nickte Thrall, seine Axt erhoben. „Und für Zekhan."

„Für die Sicherheit meines Volkes", stimmte Talanji mit ein. „Und für die Horde."

28

Die Nekropole

„Wo ist er?“, schnappte Sira Mondhüter, während sie in kleinen Kreisen um den Altar vor dem Tempel der Nekropole herumging. Der Blutmond begann gerade, im Licht des Morgengrauens zu verblassen, aber ihr Temperament ließ sie immer noch rotsehen. „Warum zeigt er sich nicht?“

Nathanos bewahrte Ruhe, während er die Bildnisse und Trommeln betrachtete, die an und auf dem Altar verteilt waren. Vielleicht hatten sie etwas übersehen. Alle Schreine Bwonsamdis waren entweiht worden – eigentlich sollte das doch reichen, um den Loa zu erzürnen und ihn zu einem Gegenschlag zu provozieren. Aber stattdessen hing eine unheimliche Stille über der Nekropole, unterbrochen allein von dem wispernden, höhnischen Wind, der auf widernatürlichen Bahnen um sie herumwehte. Und von den Trugbildern von Geistern, die er manchmal aus den Augenwinkeln zu sehen glaubte.

Er würde sich diesen Sieg – den Sieg der Bansheekönigin – nicht nehmen lassen. Dafür waren sie ihm schon viel zu nah.

„Wisst ihr denn nich’, dass Bwonsamdi ein Meister der List is’?“ Die Zecke auf Apari Ko’Runns Schulter pulsierte wie ein Geschwür, als die Hexe zu ihnen herüberkam. Sie strich den öligen, weißen Zopf ihres Haares über ihre andere Schulter und deutete auf die Grube, die jenseits des Altars prangte. Sie formte eine Art Amphitheater – oder einen Hof –, angefüllt mit dunklen Geheimnissen. Selbst Nathanos fühlte sich in ihrer Nähe unbehaglich.

„Wo steckt er, Hexe?“, fragte Sira ungeduldig.

„Ich enttäusche meine Freunde nich’“, versicherte Apari ihr mit einem Lächeln. „Keine Sorge, ich werde mein’ Teil der Abmachung erfüll’n.“

„Pah! Wir sind keine Freunde. Dies ist eine Zweckgemeinschaft, du Närrin. Wir wollen nur den Loa, danach sind wir fertig mit deiner kleinen Gruppe von Aufständischen! Wie kann man ihn beschwören?“ Sira trat drohend auf die Hexe zu, und ihre Augen blitzten hinter ihrem eigentümlichen, gehörnten Helm.

Apari wich nicht vor ihr zurück, aber ihre Leibwächterin Tayo fletschte die spitz zugeschliffenen Zähne – ein Furcht einflößender Anblick. „So.“

Nathanos war davon ausgegangen, dass Apari ihre Rebellen ins Innere des Tempels geschickt hatte, damit sie dort nach Opfergaben und Schätzen suchten. Doch als er sie nun in kleinen Gruppen nach draußen zurückkehren sah, hatten sie stattdessen gefesselte, sich windende Geiseln dabei.

„Bittsteller“, murmelte Nathanos. „Ja, das sollte klappen.“

„Das sind Bwonsamdis treue Anhänger“, erklärte Apari. Insgesamt hatten die Fanatiker des Witwenbisses sechs Gläubige gefangen genommen: zwei alte Trollfrauen, drei alte Trollmänner und ein junges Trollmädchen, das unmöglich älter als neun Jahre sein konnte.

Das Kind würde zuletzt sterben, und nur, falls Bwonsamdi sich bis dahin nicht gezeigt hatte.

„Den da zuerst.“ Nathanos deutete auf einen alten Troll mit schneeweißem Haar, dessen Ohren unter dem Gewicht der Jahre und seines schweren Knochenschmucks nach unten gesunken waren. Er war der Kräftigste der Gruppe, alt zwar, aber noch immer im Vollbesitz seiner Zähne und beider Augen. Die anderen Greise sahen aus, als stünden sie schon mit einem Fuß im Grab.

Zwei Rebellen in der schwarz-weißen Kleidung des Witwenbisses hoben den alten Troll auf ihre Schultern und trugen ihn nach vorne. Er wehrte sich nicht. „Guten Morgen, mein Herr.“

Der Alte spuckte ihn an. „Die Dunkelheit soll dich hol'n!"

Mit einem Seufzen wischte Nathanos sich den Speichel vom Kinn. „Ich verstehe. In dem Fall werde auch ich auf Höflichkeiten verzichten. Es gibt keinen Grund, dich zu foltern und das Kind zu töten. Du bist Bwonsamdi treu ergeben, richtig? Beweise die Stärke deines Glaubens und beschwöre den Loa, dann lassen wir euch alle am Leben."

Über die Schulter des Trolls hinweg sah er Sira das Gesicht verziehen. Nathanos schüttelte unmerklich den Kopf. *Sei nicht naiv. Natürlich werden wir sie nicht am Leben lassen.*

Laut fragte er: „Wie heißt du?"

Die Hexe Apari schob sich näher heran und griff in die Kräutertasche, die sie um die Mitte trug. Als sie die Hand wieder zurückzog, hielt sie einen kleinen Beutel.

„Tezi."

„Also schön, Tezi. Lass uns vernünftig sein. Hilf uns, Bwonsamdi zu rufen, und ihr könnt alle gehen."

Tezi seufzte mit bebenden Schultern und blickte Nathanos in die Augen. „Wir verehr'n den Loa des Todes, Fremda. Wir komm' jeden Tag an diesen Ort. Du machst uns keine Angst. Nix macht uns Angst."

„Bleib stark, Tezi. Sie sind Abschaum! Bwonsamdi wird uns retten!", rief das kleine Mädchen. Eine der Waldläuferinnen brachte sie mit einer Ohrfeige zum Schweigen.

Apari wählte diesen Moment, um sich einzuschalten. „Bring dein Opfer dar, alter Mann, oder ich stecke dem Mädchen das hier in den Mund." Sie öffnete den Beutel und nahm eine Prise schwarzen Pulvers heraus. Das gefesselte Trollmädchen wimmerte. „Würgekraut und Flussknospenwurzeln. Die Innereien werden ihr aus den Augenhöhlen quell'n. Willst du das?"

Tezi schreckte zurück. Aus den Augenwinkeln sah Nathanos, wie jemand auf die Hexe zustürmte.

„Sie is' nur ein Kind!" Tayo griff nach Aparis Hand – der Hand mit dem Pulver. Sie schüttelte und zerrte daran, und die schwache, kranke Apari hatte keine andere Wahl, als den Beutel loszulassen. Tayo schleuderte ihn in einem hohen Bogen davon, direkt ins sumpfige Wasser.

Apari schlug ihr ins Gesicht. Sie hatte nicht mehr viel Kraft, aber die Ohrfeige ließ Tayo dennoch benommen taumeln. „Ich stehe an der Schwelle des Todes, *Zagota*. Aber ich werde noch erleb'n, wie Bwonsamdi und Talanji untergeh'n."

Was immer „Zagota" bedeutete, Nathanos bezweifelte, dass es ein freundlicher Ausdruck war. Tayo marschierte davon, zurück zu den Ruinen von Zo'bal. Die Dunkle Waldläuferin Visrynn folgte ihr.

„Lasst sie geh'n", murmelte Apari. „Sie wird schon wieder angekrochen komm'. Das tut sie immer."

„Eine wahre Freundin", kommentierte Nathanos. „So, wo waren wir? Ah, natürlich. Tezi, mein neuer Freund, du wirst uns helfen, ansonsten müssen wir dem Mädchen nämlich wehtun. Das geht nämlich auch ohne die Pulver und Tränke einer Hexe."

„Tu's nich'!", schrie das Mädchen furchtlos. Nathanos war nahe dran, ihren Mut zu bewundern.

Er zog den Dolch aus seinem Gürtel. „Zum Beispiel könnte ich ihr die kleine, vorlaute Zunge herausschneiden."

„Ich werde tun, was ihr verlangt", grollte Tezi. „Aber ich habe ebenso wenig Macht über den Loa wie 'ne Maus über eine Schlange."

„Dann komm mal mit zum Altar, Maus. Hopphopp."

Nathanos packte den Troll an dem Knochentalisman um seinen Hals und zerrte ihn grob auf die Trommeln und Relikte zu, die über die Plattform verstreut waren. In der Grube unter ihnen wogte und wallte der Nebel mitsamt seinen Geistern. Bildete Nathanos sich das nur ein, oder war der Dunst noch dichter geworden? War dies Bwonsamdis Zorn? Sicher könnte nicht einmal ein Loa ruhig bleiben, wenn ein so frommes „Mäuschen" wie Tezi schikaniert wurde.

Der alte Troll fiel auf die Knie. Das Mädchen hatte zu schluchzen begonnen, aber auf eine Ohrfeige von Apari hin vergoss sie ihre Tränen im Stillen. Tezi hob eine der alten Trommeln auf und begann, mit dem Handballen darauf zu pochen, begleitet von einem eindringlichen, kratzigen Singsang. Sein Lied wurde lauter und übertönte schließlich das endlose Summen der Insekten draußen im Sumpf.

So ging das eine ganze Weile, bis Tezis Stimme heiser wurde.

Sira tigerte schneller im Kreis. Nathanos konnte nicht anders, als ebenfalls hin und her zu gehen.

„Wir wissen, dass du uns beobachtest, Bwonsamdi", rief er. Nichts. „Zeige dich, Loa, oder deine Anhänger werden dir bald im Geisterreich begegnen!"

Nichts.

„Das Mädchen", knurrte Nathanos. „Fangt mit ihren Fingern an. Häutet sie, ganz langsam. Danach sind ihre Ohren dran."

Die anderen gefangenen Gläubigen fielen auf die Knie und schlossen sich Tezi in seinem Gesang an, nur das Mädchen blieb stehen, nun wieder laut weinend, während es den Kopf von einer Seite auf die andere warf.

Nathanos fand kein Vergnügen an all dem, aber es war nun einmal nötig. Die Bansheekönigin wollte Bwonsamdi aus dem Weg räumen, und sie konnten ihn nicht vernichten, solange er sich versteckt hielt.

„Wartet." Sira war stehen geblieben und blickte über den Rand des Altars hinweg in den Hof hinab. Der trübe Dunst aus Nebeln und Geistern war in Bewegung geraten. Er wirbelte und formte einen Trichter, der in die Luft emporwuchs und sich dort mit einem Kräuseln ausweitete. Die Säulen der Nekropole erzitterten, unsichtbare Krypten tief unter dem Boden grummelten und bebten, und die Skelette, die über die Ruinen verstreut waren, klapperten, bis sie auseinanderbrachen. Staub stieg von den alten Steinplatten unter ihren Füßen auf. Das Beben ließ Nathanos mehrere Schritte nach hinten taumeln, und seine Ohren klingelten angesichts der Urgewalt, die um ihn herum tobte.

„Ihr habt den alten Bwonsamdi gerufen, hier bin ich. Was soll denn nun der ganze Aufruhr?"

Der Loa schwebte hoch über dem Hof, die Füße gelassen überkreuzt, den Kopf zur Seite geneigt. Das Knochengeflecht, das hinter seinem Rücken aufragte, schwankte leicht hin und her, und die Rippen, die auf seine Brust gemalt waren, leuchteten wie Sterne. Von den Schlitzen in seiner Knochenmaske stieg blauer Dunst auf. Seine Anhänger keuchten bei seinem Anblick und warfen sich flach auf den Boden.

„Dunkle Waldläufer, legt an!“, brüllte Sira.

„Endlich.“ Nathanos schlenderte zum Rand des Altars hinüber und starrte zu dem überlebensgroßen Loa hoch.

Er mochte einen imposanten Anblick abgeben, aber er war umzingelt, und der Verlust seiner Schreine musste ihn stark geschwächt haben. Der grubenartige Hof glänzte und summte einmal mehr vor weißem Nebel – die Seelen von Trollen, die aus ihren Gräbern kamen und zu ihrem Meister strömten.

„Ich hab meine eigne Armee, du kleines, totes Dummerchen“, lachte Bwonsamdi. „Und schon bald wird auch meine Königin hier sein. Bislang wart ihr ziemlich gerissen, das muss ich euch lassen, aber gegen ihre Armeen seid ihr chancenlos.“

„Armeen?“, wisperte Sira. Sie suchte Nathanos’ Augen.

„Er blufft doch nur“, erwiderte Pestrufer ruhig. „Wir werden ihn vernichtet haben, lange bevor sie hier eintrifft. Sira, gib den Befehl.“

„Feuer!“

„Witwenbiss! Meine Anhänger! Meine Freunde! Der Loa des Todes wird uns nich’ länger beherrschen und unseren Thron beschmutzen!“ Zwei Dutzend Kriegsschreie antworteten auf Aparis Worte, und dann begannen die Pfeile zu fliegen. Von den Bogen der Dunklen Waldläufer rings um den Hof surrten sie zu Bwonsamdi empor.

„Ihr seid hier in meiner Welt! In meinem Haus!“, donnerte der Loa. Seine Arme flackerten wie eine erlöschende Kerzenflamme, als er die Skeletthände in die Höhe riss. Die Masse der Geister, die sich um ihn herum zusammengezogen hatte, brandete wie eine Lawine in alle Richtungen los. Sie walzte über die flachen Stufen aus der Grube hoch, eine Welle des Widerstands, mit der Nathanos nicht gerechnet hatte.

Auf der Ostseite des Hofs sah er Visrynn und Lelyias auf flinken Füßen zurückspringen, während sie in den Wall der Geister hineinfeuerten. Die Rebellen des Witwenbisses unterstützten sie mit ihren Schleudern, Bogen und Blasrohren. Apari ließ den Kopf auf ihrem kraftlosen Hals nach hinten fallen und reckte die zitternden Arme zu den Wolken hinauf. Ihre Beschwörung ließ einen Blitz auf die Steinplatten zwischen den Waldläufern und den Geistern hinabzucken.

„Vernichtet ihn!“, brüllte Nathanos. Er griff nach seinem eigenen Langbogen. „Für Sylvanas!“

29

Nazmir

Die Anführer der Horde tauchten zuerst vor den Ruinen von Zo'bal auf, ihre Tiere ganz aufgebracht von der ungewöhnlichen Reise.

„Ho!" Talanji tätschelte Tze'nas raue Schuppen, um den Raptor zu beruhigen. Sie wusste, wenn sie jetzt aus dem Sattel fiel, würde sie vielleicht nicht mehr aufstehen. „Ganz ruhig. Wir haben noch ein' Krieg zu gewinn'."

Auf diese Worte hin stieß der Raptor ein schrilles Brüllen aus. Thralls Wolf stimmte in den Ruf mit ein.

Die Erste Arkanistin war von ihrem Manasäbler gestiegen und schlug nun mit einer feingliedrigen Hand nach einer Wolke lästiger Mücken. „Geht zu den Ruinen. Unsere Armeen werden Euch folgen."

„Seid Ihr sicher, dass Ihr allein zurechtkommt?", fragte Baine aus dem Sattel seines bemalten und perlengeschmückten Donnerhuf.

„Natürlich." Thalyssra seufzte. „Nun geht schon!"

Wie um zu unterstreichen, dass sie keine Zeit zu verlieren hatten, zuckte ein Blitz vom Himmel herab. Er schlug irgendwo innerhalb der Nekropole ein.

„Sie greifen ihn bereits an!", entfuhr es Talanji. Sie drängte Tze'na, in Richtung von Zo'bal loszustürmen. „Wir müssen uns beeil'n!"

Thrall und Baine galoppierten mit ihr auf die Nekropole zu. Der Boden erzitterte, diesmal aber nicht unter einem Blitzschlag, sondern unter dem Gewicht von zwanzig schwer bewaffneten, kampfhungrigen Orc-Kriegern, die auf der Straße erschienen. Direkt danach tauchte Rokhan mit den Rastari-Vollstreckern und der zivilen Miliz auf, wie Talanji bei einem Blick über die Schulter feststellte. Die Trolle setzten sich sofort in Bewegung und folgten der Kavallerie auf dem direkten Weg nach Zo'bal, und dann weiter, durch die Ruinen hindurch und über die zerstörte Brücke zur Nekropole.

Baines Schamanen und die Orc-Truppen würden auf der Hauptstraße weiter nach Osten marschieren, um dann nach Norden auszuscheren; dank ihrer Fähigkeit, über das Wasser zu gehen, sollte der Sumpf auf dieser Seite kein Hindernis für sie darstellen. Und Thalyssras Nachtgeborenen-Bogenschützen würden von Westen angreifen; die Erste Arkanistin würde sie direkt in die Schlacht teleportieren, sobald die erste Welle brüllender Orcs und zauberwirkender Schamanen den Feind überrascht hätte.

„Halt! Ihr müsst anhalten!"

Um ein Haar hätte Thrall die Trollfrau niedergetrampelt, die auf dem offenen Platz von Zo'bal unvermittelt hinter einem Steinhaufen hervorsprang. Der Orc zückte seine Axt, und Talanji beschwor sofort ein knisterndes Geschoss aus Schatten in ihren Händen, als sie das hässliche schwarz-weiße Spinnenmuster auf dem Hemd der Frau erblickte.

Der Witwenbiss.

Sie war hochgewachsen, dünn, aber muskulös, und in den Lederriemen über ihren Schultern steckten Dutzende Giftpfeile. Ihr langes Haar hatte sie zu einem Zopf nach hinten gebunden und mit Schlamm oder Farbe schwarz gefärbt. Sie riss die Hände hoch und sank auf die Knie.

„Gib mir einen Grund, warum ich mir nicht deinen Kopf holen sollte", brummte Thrall.

„Mein Name is' Tayo." Die Trollfrau sprach schnell und deutlich, ohne jede Spur von Furcht. „Ich hab der Hexe Apari Ko'Runn gedient."

„Du *hast*?"

„Ich kann ihr nich' länger dien'." Die Trollfrau Tayo seufzte. „Sie is' nich' mehr die Anführerin, die ich mal kannte. Die ich bewunderte. Die Gier nach Rache hat sie in etwas verwandelt, was ich nich' wiedererkenne. Alles, was sie noch antreibt, is' der Hass auf Euch, Euer Majestät."

„Dann kämpfe mit uns", forderte Baine sie auf. „Hilf uns, sie aufzuhalten."

Tayo stand langsam auf, den Blick misstrauisch auf Thralls Axt gerichtet. „Gut. Ich bitte Euch nur um eins. Sie steht bereits an der Schwelle des Todes – macht Ihr ein schnelles, gnädiges Ende."

„Einverstanden", sagte Thrall, und Talanji biss sich auf die Zunge.

„Die Brücke is' mit Fall'n und Minen präpariert." Tayo drehte sich um und deutete auf die Nekropole. „Mehr, als ich zähl'n kann. Sie wussten, dass Ihr komm' würdet. Nehmt nich' diesen Weg."

„Das klingt ganz nach Pestrufer." Thrall steckte die Axt weg und sprang vom Rücken seines Wolfs herab. Aus seiner Tasche förderte er ein paar kleine, silberne Kugeln zutage. „Ein kleines Geschenk unseres verschlagenen Handelsprinzen."

„Was is' das?", wollte Talanji wissen. Von Tze'nas Sattel aus beobachtete sie, wie Thrall die Kugeln auf den Boden legte und an ihnen drehte. Sofort begannen sie, zu klicken und zu surren, dann rollten sie auf die Brücke zu, und das so schnell, dass sie sich in drei verschwommene Silberschweife verwandelten.

„Gnomische Sucherbots", erklärte Thrall. „Macht euch bereit, loszustürmen."

Die Kugeln waren bereits über die halbe Brücke gerollt, als sie unvermittelt aufklappten und sechs winzige Gebilde aus ihnen herauspurzelten. Sie sahen beinahe aus wie winzige Menschen, und sie hüpften in alle Richtungen davon. Jeder Bot hatte ein rotes Licht an seiner Oberseite, das hektisch blinkte. Einen Moment später explodierte die erste Falle.

Rauch und Gesteinsbrocken stoben in die Luft hoch, dann wurde auch schon die nächste Mine ausgelöst, und noch eine, und noch eine, bis eine Wolke aus Trümmern und Feuer ihr gesamtes Blickfeld ausfüllte. Doch Thrall schob den Fuß wieder ins Steigeisen und ritt ohne Zögern auf das Chaos zu. Talanji folgte ihm mit zusammengekniffenen Augen. Baine setzte sich links vor sie, und Tayo rannte zu Fuß hinter ihnen her.

Talanji hatte keine Ahnung, was sie erwarten würde, als sie durch diese Mauer aus Rauch stürmte, die ihren Vormarsch tarnte. Wie sich herausstellte, war es Bwonsamdi. Er ragte über der Nekropole auf, die Zähne gefletscht, während er Geist um Geist beschwor und sie seinen Feinden entgegenschleuderte. Die Rebellen waren ebenfalls leicht zu erkennen; die weißen Muster auf ihrer Kleidung hoben sich scharf vom Durcheinander ringsum ab. Offenbar hatten sie bereits einige Kämpfer verloren, denn tote Trolle lagen auf dem Boden verstreut.

Nathanos, eine Waldläuferin in dunkler Rüstung und Apari standen gemeinsam am Altar vor dem Hof der Seelen, wobei Nathanos auf Bwonsamdi feuerte und Sira mit ihren Zwillings-Chakrams die Geister abwehrte, die bis zu ihnen vordrangen. Was Apari anging: Die Hexe entfesselte den Zorn der Stürme auf die Wogen von Geistern, die der Loa beschworen hatte.

Natürlich war ihnen die Explosion der Fallen und Minen nicht entgangen, und Nathanos wirbelte herum, als Talanji, Thrall, Baine und Tayo aus dem Schreckenssumpf heranpreschten.

„Nathanos Pestrufer und Sira Mondhüter“, grollte Baine. „Die Trollfrau ist mir fremd.“

„Eine alte Freundin von mir“, klärte Talanji ihn auf. „Aber sie muss ebenso sterben wie die andern.“

„Ha!“, schmetterte ihnen die Waldläuferin Sira Mondhüter entgegen. „Ist das alles, was ihr zu bieten habt? Erbärmlich!“

„Sie dürfen den Loa nicht erreichen“, befahl Nathanos. Er wandte sich von seinen Mitstreitern ab und verschwand hinter der Reihe schwarz gekleideter Rebellen, die auf die Neuankömmlinge zu rannten. Sira zog den Kopf zwischen die Schultern, eingerahmt von vorgestreckten Waffen, und übernahm das Kommando über die Verteidiger.

„Unterschätzt sie nicht“, warnte Thrall. „Sie ist eine hervorragende Kämpferin.“

Er schwang seine Axt in wilden Bogen und fegte die Trolle beiseite, die sie zu überwältigen drohten. Vermutlich war es gut, dass der Feind glaubte, sie wären nur zu viert gekommen, um Bwonsamdi zu beschützen. Es bedeutete aber auch, dass sie Gefahr liefen, überrannt und niedergemetzelt zu werden, bevor ihre Verstärkung überhaupt auftauchte.

Wo stecken sie denn?

Talanji blickte verzweifelt nach Osten, wo eigentlich jeden Moment Schamanen und Orcs auftauchen sollten. Oder war der Sumpf vielleicht auch mit Fallen bestückt? Was könnte sie aufgehalten haben?

Zumindest ihre eigene Armee ließ nicht länger auf sich warten. Die Zandalari stürmten mit erhobenen Speeren aus dem Rauch, der noch immer über der Brücke hing. Der Anblick ihrer Federn und goldenen Rüstungen ließ Talanjis Herz anschwellen.

Gemeinsam mit Thrall und Baine stellten sich die Zandalari der Hauptgruppe der Rebellen entgegen. Talanji unterstützte sie mit sorgsam gezielten Blitzen und schillernden Barrieren, die die heransurrenden Pfeile der Dunklen Waldläufer abhielten. Die glitzernden Ströme, die aus ihrem Stab hervorwallten, zogen schattenhafte Schweife hinter sich her, als die Macht von Bwonsamdis Nekropole ihren Zaubern die Macht der Dunkelheit hinzufügte. Die Hälfte der rotäugigen Verlassenen-Elfen hatten sie inzwischen ins Visier genommen, die andere Hälfte setzte ihren Angriff auf Bwonsamdi fort.

Der Loa. *Ihr* Loa. Obwohl die Nekropole ihm Energie spendete, lichtete sich die Masse der von ihm beschworenen Geister zusehends. Würde er noch ein wenig länger durchhalten können? Wo blieben nur diese verfluchten Orcs …?

Sie wurde aus ihren Gedanken gerissen, als sich ein Blitz wie ein blendend greller Speer in die Barriere bohrte, die sie um

Baine beschworen hatte. Der Schild flackerte, aber Talanji konzentrierte sich von Neuem und mobilisierte Energiereserven, von denen sie nicht einmal gewusst hatte, dass sie in ihr schlummerten. Einen Moment später entdeckte sie den Ursprung des Sturms.

Apari.

Sie schleppte sich langsam durch die Reihen der Rebellen und versuchte – bislang erfolglos –, Thrall und Baine von ihren Reittieren zu schleudern. Vor ihr tänzelte Sira Windhüter hin und her. Sie parierte Thralls Axt, konnte aber selbst keinen Treffer landen, weil sich ständig kämpfende Leiber zwischen sie und den Orc schoben. Das Chaos auf dem Schlachtfeld gereichte ihr zum Nachteil, und schließlich sah sie ein, dass sie Thrall und Baine so nicht besiegen würde. Also richtete sie ihre Aufmerksamkeit stattdessen auf die Zandalari-Soldaten und streckte sie einen nach dem anderen nieder.

Talanji schreckte nicht vor Aparis brennendem Blick zurück. Es war genauso, wie die Trollfrau Tayo erklärt hatte: Apari erinnerte mehr an eine Leiche als an ein lebendiges Wesen. Ihre Haut hatte einen gräulichen Ton angenommen, Schweiß ihr Haar getränkt. Jeder Zentimeter ihres Körpers war schwach und schmerzgemartert, und Talanji konnte nicht anders, als Mitleid mit ihr zu empfinden. Einst waren sie wie Schwestern gewesen, aber jetzt humpelte Apari auf einem verfärbten, entzündeten, geschwollenen Bein auf sie zu. Sie hob die Hand, zog die grausige Knochenmaske von ihrem Gesicht und warf sie beiseite.

Talanji wusste, all das diente nur dazu, sie abzulenken, aber sie konnte nicht zulassen, dass Apari weiter Blitze auf die Kämpfer hinabschleuderte – nicht, solange Bwonsamdi so verwundbar war. Da raste plötzlich ein kleiner, weißer Schemen auf sie zu. Er war irgendwo über Aparis Schulter aufgetaucht und traf Talanji mitten ins Gesicht. Doch anstatt zu Boden zu fallen, saugte das Ding sich an ihrer Haut fest.

Sie versuchte zu schreien, aber der Leib der Kreatur erstickte den Laut. Ihre Barrieren lösten sich auf, als sie wild mit den Händen um sich schlug. Dann bäumte Tze'na sich auf, und Talanji verlor das Gleichgewicht. Sie stürzte auf den Boden hinab. Blut hatte die Steine glitschig gemacht, und sie rutschte sofort wieder aus, als sie versuchte, sich aufzurichten. Aber zumindest hatte der Sturz die Kreatur von ihrem Gesicht losgerissen. Nun hüpfte sie hastig davon – eine widerliche Schreckenszecke.

Baine hatte gesehen, dass sie zu Boden gegangen war, und nun stieß er mit seinem Totem auf die Zecke herab. Das Biest zerplatzte, aber Talanji hatte keine Zeit, dem Tauren zu danken. Denn kaum, dass sie sich von den Knien hochgestemmt hatte, wurde sie von dem Gewirr von Rebellen hierhin und dorthin geschubst, während die Fanatiker versuchten, Baine zu überwältigen. Die Kämpfer des Witwenbisses brandeten wie eine Woge auf ihn und Thrall ein, aber jedes Mal wurden sie wieder zurückgedrängt, und jedes Mal war ihre Zahl ein wenig kleiner geworden.

Einmal mehr teilte sich der Himmel. Talanji sah das Flackern des Blitzes in den Wolken, zuerst nur eine Andeutung, dann ein vollgeformter, gezackter, brennend heißer Keil, der auf sie herabzuckte. Sie hörte Aparis siegessicheren Schrei, sah das Lachen ihrer alten Freundin, während sie die Gewalt des Sturmes über der Königin entfesselte.

„Nein!“

Talanji breitete die Arme aus, und eine glänzende magische Barriere lenkte den Blitz ab, gerade, als die Haare auf ihrem Kopf sich aufzustellen begannen. Der Zauber bewirkte jedoch mehr, als sie nur zu schützen. Er schickte den Blitz quer über das Schlachtfeld, wo er sich in Aparis Brust bohrte. Ihr Triumphschrei endete abrupt, als sie nach hinten gegen eine schädelverzierte Säule geschleudert wurde.

„Geht!“, brüllte Baine. „Bringt es zu Ende!“

„Hier.“ Tayo hielt ihr die Hand hin, und Talanji zögerte nicht, danach zu greifen. „Wir könn' ihr gemeinsam den Gnadentod schenken.“

Hatte sie denn einen Gnadentod verdient? Gemeinsam schoben sie sich durch die Reihen der Rebellen, wobei Tayo mit ihrem Kampfhandschuh jeden zur Seite stieß, der ihnen den Weg versperrte. Apari hatte versucht, sie zu vergiften. Sie hatte den Palast angegriffen, hatte Unschuldige entführt und Bürger Zandalars geopfert. Alles im Namen der Rache.

Ich hätte ihr helfen soll'n, als wir von der Allianz angegriffen wurden. Damals hab ich's nich' getan – aber jetzt kann ich es.

Apari saß gegen die Säule gelehnt, die Beine vor sich ausgestreckt, während ein Blutstropfen an ihrer Wange hinabrann. Dort, wo ihr Schädel gegen die Säule geprallt war, war der Stein zersplittert. Was noch von ihr übrig war, war nicht schön anzuschauen, trotzdem kniete Talanji sich neben ihre Kindheitsfreundin, dann schob sie die Hand hinter ihren Nacken und versuchte, zu lächeln.

„Es tut mir leid, Apari", murmelte Talanji. „Die Belagerung … mein Vadder lag im Sterben. Ich wollt' ihm helfen, aber ich hätte bleiben und dir auch helfen soll'n."

„Jetzt könnt Ihr in Frieden ruh'n, es ist vorbei", fügte Tayo an, nachdem sie einen kleinen Dolch hervorgezogen hatte.

„Es is' nich' vorbei", wisperte Apari, ihre Worte vermischt mit blutigen Luftbläschen. „Nich' vorbei … Du solltest für das sterben, was du mir angetan hast, und meiner Mutter. Du sollst sterben, g…genauso wie Bwonsamdi und P…Prachtmeer."

Talanji zuckte zusammen. Es war kein Wunder, dass Apari Jaina Prachtmeer ebenfalls hasste. Schließlich war sie das Gesicht des Angriffs auf Dazar'alor gewesen – das Oberhaupt der Allianz, das den Palast gestürmt und den König ermordet hatte.

„Rache allein bringt ein' nich' weit", sagte Talanji leise. Sie wischte Apari das matte Haar aus dem Gesicht. „Man braucht mehr zum Überleben. Ich hab dir damals nich' geholfen, meine Freundin. Lass mich dir jetzt helfen."

Sie hielt Aparis Hand und blickte in ihre traurigen, verängstigten Augen. Obwohl sie zitterte, obwohl ihr Geist so schwach war, beschwor sie einen Zauber der Beruhigung für ihre alte

Freundin, in der Hoffnung, dass er ihre Schmerzen und ihre Furcht zumindest ein wenig lindern mochte. Das Leben war nicht gut zu dem Mädchen gewesen – zu keinem von ihnen beiden –, aber wenn ihre Seele fort war, würde ihr Körper den Boden nähren, und Bwonsamdi würde ihren Geist vor dem Schlund bewahren. Es war schon seltsam, dass sie den Tod des Loa gewünscht hatte, obwohl er doch das Einzige war, was zwischen ihr und ewiger Dunkelheit stand. Talanji drückte Aparis Hand, und Tayo stieß mit der Klinge zu.

Die Kriegerin gönnte sich keine Zeit zum Trauern, als es vollbracht war. Stattdessen stürzte sie sich sofort wieder in den Kampf, und Talanji folgte ihr, auch wenn ihr Herz nun noch ein wenig schwerer schlug als zuvor.

Thrall und Baine hatten es geschafft, die Linie der Rebellen zu durchbrechen und sie auseinanderzutreiben. Die Überlebenden ergriffen die Flucht, wobei die meisten kurzerhand in den Sumpf sprangen und davonschwammen.

Sira Mondhüter hingegen zog sich nicht zurück.

Mit schier übermenschlicher Schnelligkeit stürmte sie auf die beiden zu, ein Wirbelwind aus blitzenden Klingen. Sie stach nach Thrall und wirbelte wieder zurück, um dem schweren, aber langsamen Hieb von Baines Totem auszuweichen.

„Nathanos!“, hörte Talanji die dunkle Wächterin rufen. „Die Waldläufer! Schicke sie zu mir!“

Doch Pestrufer konnte sie nicht hören; er war tiefer in die Nekropole vorgedrungen und verschwand gerade im wirbelnden Nebel unter Bwonsamdis Füßen.

Mehrere Waldläufer vernahmen jedoch den Ruf, und Talanji musste sich beeilen, um ihre Verbündeten vor einem tödlichen Pfeilhagel abzuschirmen. Ein Kriegshorn hallte durch den Dunst, der über dem Schreckenssumpf emporwaberte. Talanji lernte allmählich, diesen Laut zu lieben.

Im Osten, auf der anderen Seite des Hofs der Seelen, erbebte der Boden, als orcische Berserker und taurische Schamanen auf die kleine Gruppe von Dunklen Waldläufern einstürmten, welche noch immer auf Bwonsamdi schossen. Die Waldläufer wirbelten herum und versuchten, die Woge aus Äxten und magischen Blitzen abzuwehren, aber sie reagierten zu spät und gingen in rascher Folge zu Boden. Nur leider nicht rasch genug.

Sira Mondhüter kämpfte verbissener denn je, durch den Tod ihrer Kameraden offenbar in blinde Rage versetzt. Sie warf sich auf die Knie, schlitterte über den seichten See aus Rebellenblut und hackte nach Baines rechtem Unterarm, bevor er sie überhaupt näher kommen sah. Der Tauren schüttelte seine Mähne und seine Hörner, und ganz gleich, was ihn nun antrieb – sein Schmerz oder sein Zorn –, er reagierte gerade schnell genug. So war es Sira, die den nächsten Treffer einstecken musste: Das flache Ende von Baines Totem, an dem noch immer die Überreste von Aparis Schreckenszecke herabtropften, bohrte sich ihr in den Bauch.

Als die Dunklen Waldläufer, die sich in der Nähe des Altars zusammengezogen hatten, ihren Leutnant zu Boden gehen sahen, gaben sie ihre Formation auf, um in den Hof zurückzuweichen. Offenbar glaubten sie, dass sie dort unten im Geisternebel bessere Chancen hatten, und feuerten wahllos durch den silbrigen Dunst.

Die wenigen Überlebenden der zandalarischen Truppen umringten Sira und schnitten ihr den Fluchtweg ab. Aber so unglaublich es schien, die dunkle Wächterin stemmte sich wieder auf die Füße hoch. Sie mochte schwer angeschlagen sein, aber sie weigerte sich, aufzugeben. Gerade, als sie ihre Klingen hob, erschien jedoch die Erste Arkanistin Thalyssra mit ihren Nachtgeborenen auf dem Schlachtfeld. Sira erstarrte, ihre roten Augen glühend vor Zorn über die nun sichere Niederlage.

„Leg deine Waffen nieder“, warnte Thalyssra, wobei sie ihren Kristallstab vorstreckte. „Oder meine Bogenschützen werden dich durchbohren.“

„Niemals!“, zischte Sira. Während sie ihre Dolche in den Händen drehte und Thalyssra anstarrte, trat Thrall langsam hinter die Zandalari-Truppen, die Windhüter eingekreist hatten. Auf sein unauffälliges Nicken hin stieß Thalyssra einen Pfiff aus, und ihre Bogenschützen formten eine Linie, die schnellen Schrittes zum Hof der Seelen davonmarschierte.

Sira deutete mit ihren Dolchen auf die Nachtgeborene. „Starr mich nicht mit diesen schadenfrohen Augen an!“, schrie sie. „Nathanos! Nathanos? Nein ... Nein, ich stehe nicht allein. Nicht schon wieder. Meine Göttin ... mein General! Nein! Ich werde nicht aufgeben! Ihr habt nichts erreicht! Hört ihr? Nichts ...“

Das stumpfe Ende von Thralls Axt donnerte gegen ihren Helm und brachte sie zum Schweigen. Sira brach auf dem Boden zusammen, ihre Dolche klapperten auf den Steinplatten, und ihr Helm, der ihr vom Kopf gerutscht war, rollte davon. Thrall schob sich durch den Ring der Zandalari und hielt den Helm mit der Stiefelspitze auf.

„Fesselt sie“, wies er die Trolle an. „So fest ihr nur könnt. Ich brauche sie noch für etwas.“

Ein widernatürliches Lachen hallte aus dem Mittelpunkt der Nekropole. Bwonsamdi. Talanji rannte zum Rand des Hofs und sah den Loa ganz außer sich vor Schadenfreude, als Pestrufers Waldläufer einer nach dem anderen fielen. Die einen wurden von den Orcs niedergestreckt, die anderen von den Blitzen der Schamanen verbrannt, und ein paar wenige wurden von den Pfeilen der Nachtgeborenen an die Mauern genagelt.

Im Zentrum des Blutvergießens stand Nathanos Pestrufer, der noch immer stur mit seinem Bogen um sich schoss und Bwonsamdi dabei lautstark verfluchte.

„Ich hab’s dir doch gesagt, Toter. Meiner Königin bist du nich’ gewachsen.“

Talanji nickte. Sie hielt sich die linke Schulter, während sie um den steinernen Hof herumging und dann die Stufen zu dem Loa hinabstieg. Der letzte Rest Kraft hatte längst ihren Körper verlassen, und ihr Herz fühlte sich taub an, trotzdem schleppte sie sich weiter. Bwonsamdi würde sich Pestrufer nicht allein gegenüberstellen. Sie und der Loa waren miteinander verbunden, durch Blut und durch das Schicksal, und ganz gleich, ob dieser Tag mit ihrem Sieg oder ihrer Niederlage endete, sie würde den Kampf nicht aussitzen.

Pestrufer sah sich allein einer Übermacht gegenüber, und die Leichen seiner gefallenen Kameraden umgaben ihn wie eine morbide Barrikade aus kaltem Fleisch. Talanji kam nicht näher an ihn heran, aber das war unwichtig. Sie sank auf die Knie, schloss die Augen und hob die Hände, dann atmete sie den kühlen, prickelnden Nebel ein, der am Grund des Hofes wogte.

„Mächtiger Bwonsamdi, Loa der Gräber, deine Kraft gehört mir, und meine Kraft gehört dir.“ Ihre Stimme wurde lauter – unnatürlich laut, bis sie wie das Dröhnen einer Göttin durch die Nekropole hallte. Bwonsamdi sprach durch sie, und ihr war, als würde Eis um sie herumwirbeln. Die Schwäche drohte, sie niederzuringen, aber sie kämpfte verbissen dagegen an. „Deine Feinde liegen erschlagen vor dir – der Tod ist ihre Belohnung dafür, dass sie an dir gezweifelt haben.“

Entweder sie lachte, oder es war Bwonsamdi, ein Geräusch wie klappernde Zähne und knackende Knöchel.

Nathanos war nicht dumm. Er gab den Kampf verloren und starrte zu dem Loa hinauf, seine Hände und sein Mantel blutverschmiert, sein Haar ganz untypisch zerzaust. Seine Pläne lagen in Scherben.

„Sein Kopf gehört mir.“ Talanjis Stimme erfüllte einmal mehr die Nekropole, aber sie drang aus dem Mund des titanischen Loa über ihr. „Für das, was er meinem Volk angetan hat.“

„Viele wünschen seinen Tod“, rief Baine vom Rand des Hofs herab, eine Hand auf seinen blutenden Arm gepresst.

Die vereinten Truppen der Horde zogen sich um Pestrufer zusammen. Seinen letzten Moment in Freiheit verbrachte er in stummem Zorn. Im Gegensatz zu Sira versuchte er nicht, seine Feinde zu verhöhnen oder herauszufordern. Er hängte sich lediglich den Bogen über die Schulter, dann zog er ein Fläschchen aus seinem Mantel, hob es an die Lippen und warf den Kopf nach hinten.

Schwarzer Rauch wallte zwischen den Fingern hervor, die das Fläschchen hielten, als er schließlich doch noch sein Schweigen brach.

„Meine Königin“, sagte er, deutlich genug, dass sie es alle hören konnten. „Meine Herrin!“

Es war kein Blitz, der ihn traf, sondern eine flüssige Ranke aus Violett und Schwarz, die vom Himmel herabzuckte. Sie hüllte ihn ein, verschluckte seine zuckende Gestalt ...

„Nein!“, hörten sie Thrall brüllen. „NEIN!“

Der Orc-Häuptling rannte zu den Stufen, die Axt in der Hand, aber es war zu spät. Die Ranke stieg wieder in den Himmel empor und ließ nur ein paar dunkle Schatten zurück, wo eben noch Pestrufer gestanden hatte.

„Diese Magie ...“, grollte Baine. Talanji kauerte noch immer wie erstarrt auf den Knien, beide Hände vor den Mund gepresst. Nathanos war *fort*? Wie konnte das sein? Nach einer Weile hatte sie das Gefühl, als würde endlich ein Teil ihrer Kraft zurückkehren, und sie kämpfte sich auf die Füße hoch. „Etwas ganz Ähnliches hat Sylvanas beim Mak'gora eingesetzt. Ahnen, beschützt uns! Ihre Macht wächst ...“

„Oh, der Tote is' uns entwischt ...“ Bwonsamdi zuckte gleichgültig mit den Schultern. „Er is' ein verschlagenes Bürschchen, genau wie eua alter Freund, Bwonsamdi. Nur, dass ich vorhabe, ein Weilchen länger zu leben als er.“

Talanji beobachtete die Krieger, Schamanen und Bogenschützen der Horde, denen langsam dämmerte, dass die Schlacht gewonnen war. Der Himmel über dem Horizont hatte sich geklärt, der Sturm war verraucht. Sira Mondhüter wand sich in ihren Fesseln auf dem Boden. Die Verwundeten wurden nach oben getragen, die Toten lagen bereits an einem Ort, wo es vor Gräbern nur so wimmelte. Talanji wandte sich von der grausigen Szenerie ab und stieg die Stufen zu ihrer Linken hinauf, um einmal mehr zu ihren Verbündeten zu stoßen.

„Schau nich' so bedrückt drein“, tadelte Bwonsamdi Thrall mit erhobenem Zeigefinger. „Ihr seid gekomm', um mir zu helfen, und ich bin noch hier. Was immer die Bansheekönigin geplant hatte, ihr habt ihr ’nen Strich durch die Rechnung gemacht.“

„Er hat recht.“ Die Erste Arkanistin Thalyssra stieg die Treppe hinab zu der rasch größer werdenden Menge unten im Hof der Seelen. „Die Horde stand heute vereint hinter unserer Verbündeten.“

Thrall hielt Talanji den heilen Arm hin, und sie ließ sich von ihm stützen, während sie zu den anderen gingen. „Nicht nur eine Verbündete“, sagte sie, als sie schließlich alle zusammenstanden. Die Krieger waren geeint in ungläubigem Stolz, und die unter ihnen, die befreundet waren, schüttelten einander die Hände.

„Ich möchte, dass die Zandalari ein’ Sitz im Rat der Horde bekomm’“, verkündete Talanji, was der Menge einen volltönenden Kriegsschrei entlockte. „Ich werde sie gerne in Eurer Runde vertreten. Unsre Armeen müssen wiederaufgebaut, unsre Städte gesichert werden, und wir müssen das Vertrauen unsres Volkes zurückgewinn’. Aber wir werden stärker denn je aus dieser Krise hervorkomm’.“

„Es wäre uns eine Ehre.“ Baine Bluthuf neigte den Kopf, und auch Thrall hatte sich inzwischen so weit von der Enttäuschung über Nathanos’ Flucht erholt, dass er ein feierliches Nicken zustande brachte.

„Wie rührend.“ Bwonsamdi tat so, als würde er eine Träne von der Wange wischen. Seine blauen Augen funkelten schelmisch, aber Talanji sah, dass da noch mehr war – echte Erleichterung.

„So.“ Sie drehte sich wieder gen Süden, wo jenseits der Sümpfe, Dschungel und Berge von Nazmir die goldene Stadt Dazar’alor auf sie wartete. „Ich glaub, ich bin euch ein Festessen schuldig. Aber diesmal ohne Attentäter.“ Sie lächelte. „Darauf habt ihr mein Wort.“

30

Sturmwind

Mathias Shaw war noch nie auf einem zandalarischen Schiff gesegelt, aber er fand sich schnell zurecht. Er war auch noch nie so glücklich gewesen, wieder auf See zu sein, und das wollte etwas heißen. Aber Sturmwind brauchte die Informationen, die er in Erfahrung gebracht hatte – so schnell wie möglich.

Mit vollem Magen und Freude im Herzen beobachtete er, wie die Stadt am Horizont in Sicht kam, ein weißes Leuchtfeuer und ein höchst willkommener Anblick. Die Anführer der Horde hatten ihn nicht nur freigelassen, ohne irgendwelche Bedingungen zu stellen, sie hatten ihn außerdem zu einer Mannschaft von Kaufleuten gebracht, die bereit waren, ihn schnell auf heimisches Territorium zu schmuggeln. Zunächst hatte Shaw mit Misstrauen reagiert; ein Meisterspion nahm nichts für bare Münze. Er hatte das Schiff überprüft und den Frachtraum und sein Gepäck nach Fallen, Sprengstoff oder sonst etwas Ungewöhnlichem durchsucht. Doch zu seiner selbst jetzt noch anhaltenden Überraschung hatte die Horde ihr Wort gehalten.

Als Entschuldigung für seine Gefangennahme – oder auch als Dank – hatte Königin Talanji das Schiff mit frischen Speisen von ihrem Festmahl beladen lassen: gewürztes Fleisch und andere Delikatessen, mannshoch im Frachtraum gestapelt. Mathias war so hungrig gewesen, dass er gierig von allem probiert hatte – Gefangene wurden nicht gerade mit Speisen überschüttet.

„Habt Ihr Eure Papiere?“, fragte Mathias den Kapitän, Halfkan, einen Vrykul mit säuerlichem Gesicht und grellrotem Haar.

„Papiere?“, schnaubte Halfkan. „Ich habe *dich*.“

Der Meisterspion grinste. Touché.

Die See war während der Überfahrt unglaublich ruhig gewesen. Keine Spur mehr von den magischen Stürmen, die seine Reise nach Zandalar verdunkelt hatten. Vier Tage, nachdem sie ausgelaufen waren, fuhren sie in den Hafen von Sturmwind ein. Das Festessen war zu dem Zeitpunkt ebenso aufgebraucht wie Mathias' Geduld. Er marschierte vor der Brigg auf und ab und überprüfte jede Stunde, ob sein Mitbringsel noch da war.

War es.

Ein weiteres unerwartetes und großzügiges Geschenk von der Horde. Und es gab nur einen Haken, wie ihm der hünenhafte Orc-Häuptling Thrall erklärt hatte: Mathias hatte strikte Anweisungen, wie er das Geschenk zu überbringen hatte. Davon abgesehen hatte Thrall ihm noch einen versiegelten Brief mitgegeben.

Der Orc war niemand, mit dem man sich anlegen wollte, also hatte Shaw allen Punkten zugestimmt – angesichts der Umstände hätte er auch kaum ablehnen können –, um anschließend rasch an Bord des Schiffes zu steigen und gen Osten aufzubrechen.

Ein Schwarm flaumiger Möwen segelte auf den Winden neben dem Schiff her und lotste sie in den Hafen. Mathias stellte einen Fuß auf die Reling, die Hand um ein Tau geschlungen und blickte dem Empfangskomitee entgegen, das, eingerahmt von sechs Wachen, am Ende des Piers auf ihn wartete.

Jaina Prachtmeer, Finn Schönwind – der ein wenig mitgenommener aussah als üblich – und König Anduin Wrynn waren gekommen, um ihn willkommen zu heißen.

Das Schiff stieß sanft gegen das Dock, und während es noch hin und her schaukelte, vollführte Mathias eine lange, dankbare Verbeugung vor seinem König. Es war schön, wieder zu Hause zu sein.

„Hat man Euch schlecht behandelt?“, fragte Anduin, die Brauen sorgenvoll nach unten gezogen.

„Sie hatten größere Probleme.“ Mathias ging nicht von Bord; stattdessen bedeutete er den anderen, das Schiff zu besteigen.

„Ich kann Euch später davon erzählen, aber es gibt etwas, was Ihr sehen müsst."

Anduin lächelte, aber Finn Schönwind schubste den König förmlich aus dem Weg, um sich Mathias entgegenzuwerfen und in eine enge, herzliche Umarmung zu ziehen. Es war eine unerwartete, aber nicht unerwünschte Begrüßung, und Mathias erwiderte sie, obwohl er wusste, dass er erbärmlich stinken musste.

„Ich bin wie ein Wahnsinniger gesegelt." Finn drückte seine sonnenverbrannte Wange fester gegen Shaws Schulter. Er fühlte sich seltsam schmal in Mathias' Armen an, als hätte er Gewicht verloren. Der verrückte Pirat hatte sein Leben riskiert, um schnellstmöglich zurückzusegeln und Hilfe zu rufen – und alles nur um Shaws willen. Während er in seiner zandalarischen Gefängniszelle dahinvegetiert und seiner vertanen Chance auf Frieden und Ruhe nachgetrauert hatte, hatte Schönwind alles getan, um eben diese Chance am Leben zu erhalten. Mathias war niemand, der so etwas vergaß oder als selbstverständlich hinnahm. „Ich … Ich bin noch nie so gesegelt. Aber wir mussten dich da rausholen."

„Und hier bin ich", murmelte Mathias.

„Hier bist du."

„Was ist denn so dringend?" Anduin war an Bord gesprungen, und mit viel Mühe schaffte er es, Finn von Shaw fortzuziehen.

„Es ist einfacher, wenn ich es Euch zeige. Kommt."

Mathias führte sie unter Deck und scheuchte die Mannschaft aus dem Frachtraum. Als sie allein waren, öffnete er die Tür zur Brigg. Die kleine, niedrige Kabine wurde allein durch zwei mickrige Kerzen erhellt, deren Licht kaum ausreichte, um etwas zu erkennen. So konnte man die gefesselte Gestalt nur erahnen, die in den Schatten kauerte.

Jaina Prachtmeer kniff die Augen zusammen und entzündete eine Flamme in ihrer Hand, während sie sich vorbeugte. Der Schein der Flammen tanzte über das ramponierte, geknebelte Gesicht von Sira Mondhüter.

„Sira“, wisperte Jaina. Ihr Blick huschte zu Mathias. „Die Horde hat sie Euch überlassen?“

„Ohne irgendwelche Bedingungen zu stellen“, erklärte er.

Anduin trat behutsam an Jaina vorbei und baute sich vor der Gefangenen auf. Der Hass in Mondhüters Augen war so intensiv, dass Mathias fast befürchtete, er könnte Anduin in Flammen aufgehen lassen.

„Es gibt immer irgendeinen Haken“, sagte der König. „Auch wenn man ihn noch nicht sehen kann.“

„Thrall wollte, dass sie Tyrande Wisperwind und Malfurion Sturmgrimm ausgeliefert wird – und dieser Brief ist auch für sie.“ Mathias zog die versiegelte Botschaft unter seinem Mantel hervor und reichte sie dem König.

Anduin blinzelte verwirrt. „Das ist … ungewöhnlich großzügig von ihm.“ „Ich weiß“, nickte Mathias.

„Wir werden seinem Wunsch Folge leisten.“ Anduin klemmte sich die Nachricht unter den Arm, dann richtete er seine Aufmerksamkeit wieder auf Sira. „Aber zunächst möchte ich mich mit der Gefangenen unterhalten. Nehmt ihr den Knebel ab.“

Bei der Erwähnung von Tyrande und Malfurion hatte sich etwas in Mondhüters Gesicht verändert. Aus ihren Augen sprach noch immer wilder Zorn, aber nun war da noch etwas anderes. Vielleicht Furcht. Vielleicht auch Vorfreude.

„Wo ist sie?“ Anduin kam sofort zur Sache. „Wo ist Sylvanas Windläufer?“

Sira Mondhüter verdrehte die Augen und wandte das Gesicht ab. „Dort, wo ihr sie nicht finden werdet. Und selbst wenn ihr sie doch aufspürt – es ist längst zu spät. Ihr habt bereits verloren.“

„Meine Spione berichten das genaue Gegenteil“, informierte der König sie. „Sie sagen, es ist euch nicht gelungen, Bwonsamdi zu vernichten. Sie sagen, eure Dunklen Waldläufer wurden ausgelöscht. Und sie sagen, dass Nathanos Pestrufer nur durch das Eingreifen eurer Herrin entkommen konnte.“

Mondhüter erwiderte nichts darauf, aber sie biss sich auf die Lippe, als sie Pestrufers Namen hörte.

„Hast du eine Ahnung, wie viele Leben ihr ausgelöscht habt? Wie viel Leid ihr über mein Königreich gebracht habt?" Anduin ging in die Hocke und beugte sich vor, sodass sie ihm nicht länger ausweichen konnte. „Weißt du das? Hast du auch nur irgendeine Vorstellung?"

Sira lächelte.

„Lächele ruhig, du Monster. Es gibt keine Hoffnung mehr für dich. Deine Artgenossen werden sich mit dir unterhalten wollen. Sie werden wissen wollen, wie du Sylvanas dienen konntest. Das ist dir doch bewusst, oder?"

Die dunkle Kaldorei schien kurz darüber nachzudenken, während Jainas magische Flamme über ihr fahles Gesicht tanzte. „Ja, ich weiß. Aber ich fühle nichts dabei, und ich werde ihnen auch nichts sagen. Also hört auf, eure wertvolle Zeit zu vergeuden."

Anduin stieß ein leises, angewidertes Brummen aus und stand auf. Einen langen, angespannten Moment blickte er noch auf sie hinab, dann wanderte ein Funke violetter Energie an seinem Arm entlang in seine Handfläche. Es geschah ganz schnell, und bevor Mathias sehen konnte, was der König getan hatte, war es auch schon wieder vorbei.

Doch was immer es gewesen sein mochte, es war anstrengend genug, um Anduin nach hinten taumeln zu lassen. Shaw spürte Jainas Blick auf sich und drehte den Kopf. Bislang war er nur beunruhigt gewesen, aber der verängstigte Ausdruck auf Jainas Zügen erschütterte ihn bis ins Mark. Anduin atmete keuchend und schüttelte seine Hand aus, während er sich gegen die Wand lehnte. Shaw war klug genug, ihn nicht anzustarren, als der König sich umblickte und auf den Gesichtern seiner Begleiter nach einer Reaktion suchte.

Sira warf den Kopf zurück und lachte, bis sie heiser war. „Sag mir, wie fühlt es sich an, deinen Glauben verloren zu haben?", spottete sie in melodiösem Ton. „Du weißt, dass ich die Wahrheit sage. Aber verzage nicht, gestürzter Löwe. Du wirst einen guten Diener abgeben. Einen guten, treuen Diener."

31

Sturmwind

„Sie ist hier drinnen. Niemand wird Euch stören."

Tyrande Wisperwind durchquerte lautlos das Portal und fand sich in der feuchten, unerbittlichen Kälte des Militärgefängnisses von Sturmwind wieder. Sie blickte nach links zu der Kaldorei-Magierin, die das Portal von Nordrassil zu den Östlichen Königreichen für sie geöffnet hatte. Anduins Einladung war erst kurz zuvor bei ihnen eingetroffen, gemeinsam mit einem versiegelten Brief von Thrall.

Kommt auf schnellstem Wege nach Sturmwind, hatte Anduin geschrieben. *Ich habe hier ein Geschenk der Horde, aber es ist allein für Euch bestimmt.*

Das hatte Tyrandes Neugier geweckt, und sie hatte beschlossen, noch am selben Tag die magische Reise vom Weltenbaum und seiner stillen Schönheit zum feuchten Tröpfeln von Sturmwinds Kerkern anzutreten, wo der Abschaum von Azeroth vor sich hin vegetierte. Tyrande hielt sich nicht die Nase zu, aber sie atmete flach durch den Mund. Links von ihr erschien Shandris Mondfeder und rechts von ihr Maiev Schattensang. Die beiden hatten darauf bestanden, sie zu begleiten; vermutlich, weil sie Angst hatten, was Tyrande tun könnte, wenn sie allein herkam.

Die Magierin ging davon und ließ sie auf dem äußeren Korridor im Westflügel des Gefängnisses allein. Es war ein Ort vollgesogen mit schmerzhaften Erinnerungen, überquellend vor Trauer und Bedauern, als wären die Jahre vergeudeten Lebens in den Stein dieser Zellen eingesickert. Eine Verzweiflung, die alle Hoffnung auffraß, sickerte aus den Ritzen und Rissen in den Wänden. Aber jetzt war nicht der Moment, um sich damit zu befassen.

Tyrande duckte sich durch den schmalen, menschengroßen Bogen vor der Zelle und öffnete die eiserne Tür, deren Schloss sich seltsamerweise nicht schließen ließ.

Zumindest dafür danke ich dir, junger König.

Maiev und Shandris folgten ihr wortlos. Tyrande konnte noch nicht sagen, ob die Gegenwart der beiden sie ärgerte oder beruhigte. Die gewundenen, leeren Gänge des Gefängnisses schienen ganz bewusst so konzipiert, dass die Schreie einsamer Gefangener von einem Flügel in den nächsten hallten. Die Geräusche erinnerten sie an eine andere Art von Geheul – an das Kreischen der Verbrennenden, das vom heißen, aschegeschwängerten Wind an ihre Ohren getragen wurde … Tyrande schauderte.

Die Gefangene hob den Kopf, als die Eisentür quietschend aufschwang.

Sira Mondhüters rote Augen brannten wie Feuer in der Düsternis. Tyrandes Blick barg kein solches Leuchten, aber hätten die geschwärzten Gruben ihrer Augen vor Überraschung funkeln können, hätten sie es in diesem Moment getan. Das war also Thralls Geschenk.

Es ist nicht, was wir Euch schuldig sind, hatte er geschrieben. *Aber ich hoffe, es ist ein Anfang.*

„Es ist ein Anfang“, murmelte Tyrande.

„Du.“

„Sira.“

„D…Du … Wie bist du hierhergekommen?“ Sira blickte zur weit offen stehenden Zellentür, dann wieder zu den drei Nachtelfen, die hindurchgeschritten waren. Man hatte ihr die Rüstung abgenommen und sie in einen zerschlissenen Leinenkittel und eine abgewetzte, grob gewebte Hose gesteckt. Ihre Wangen waren eingefallen, und die untote Blässe ihrer Haut ließ sie hässlicher erscheinen, als Tyrande sie in Erinnerung hatte.

„Ich bin die Nachtkriegerin“, erklärte sie. „Kein Weg ist mir verschlossen.“

„Ach ja?“ Sira ballte die Hände zu Fäusten. „Ist das so? Und was ist mit dem Pfad von Mitgefühl und Loyalität?“

Tyrande beobachtete, wie ihr Schrecken in Wut umschlug und anschließend zu Zorn hochkochte. „Bist du fertig?“

„Nein!“, schnappte Sira. „Aber … es macht vermutlich keinen Unterschied. Du bist hier, um mich zu töten, richtig?“ Sie schnaubte, lachte, als wäre sie verrückt oder zumindest nicht sie selbst. Rotz rann aus ihrer Nase über ihre Lippen und ihr Kinn. „Elune hat mich im Stich gelassen. *Du* hast mich im Stich gelassen. Mein eigener General … Du hast nichts getan, um mich zu retten …“ Das schien eine neuere, noch schmerzhaftere Erinnerung in ihr wachzurufen, und sie drückte sich die Knöchel in die Augen. „Es gibt nichts, was ich noch fürchten könnte.“

Tyrande machte einen Schritt nach vorne. „Doch. Mich.“

„Dich fürchten?“ Sira ließ die Hände sinken. Dort, wo sie die Knöchel in ihr Fleisch gedrückt hatte, umgaben bläuliche Flecken ihre Augen. „Mach dich nicht lächerlich. Du, mit all dem Zorn des dunklen Mondes … Pah! Du hast nichts getan, um dein Volk zu rächen? Dein Name passt zu dir. Du bist *Wind*, Tyrande. Machtlos, wertlos, feige. Ein laues Lüftchen!“

„Ich wünschte, ich hätte mehr tun können, um euch zu beschützen“, sagte Tyrande eisig. „Aber der Kern mancher Wesen ist zu verdorben, als dass man sie bekehren könnte. Zu ehrgeizig, um sie zu zügeln. Sylvanas ist ein solches Wesen, und das werde ich nicht vergessen. Ebenso wenig, wie ich vergessen werde, dass du jetzt ihre Dienerin bist, Sira.“

Sie zog das lange, geschwungene Schwert, das von ihrer Seite hing, und hielt es so, dass Sira es sehen konnte.

„Tyrande.“ Shandris’ Stimme war weich wie Samt. Als könnte ein schärferer Ton Tyrande anstacheln und zu etwas hinreißen, das sie alle bedauern würden. „Denk nach. Sieh sie dir an.“

„Alles, was ich sehe, ist ein erbärmliches, bezwungenes Ding, das seinen Weg gewählt hat“, erwiderte Tyrande.

„Nichts habe ich gewählt!“, schrillte Sira. Maiev schob sich näher heran – nahe genug, dass sie Tyrandes Schulter streifte. „Ich … Ich musste es tun. Ich musste dienen. Ich musste töten. Alles, was noch in mir ist, ist Hässlichkeit und Zorn. Nur indem ich morde, kann ich die Schreie in meinem Kopf zum Schweigen bringen. Ich werde dieser verfluchten Welt hundertfach heimzahlen, was mir angetan wurde!“

Maievs Hand legte sich auf Tyrandes Unterarm, aber die Nachtkriegerin schüttelte sie ab. Ihr Handgelenk zuckte, die Klinge blitzte …

„Ich weiß noch, wie du einst ein Rehkitz mit zwei gebrochenen Beinen fandest“, flüsterte Maiev. „Alle sagten, das Tier wäre nicht mehr zu retten, viele boten an, es von seinem Leid zu erlösen. Aber du sahst den Funken des Lebens in ihm. Ein verborgenes Licht.“

„Es starb“, murmelte Tyrande. Aus schmalen Augen blickte sie zu Sira hinab. „Ich konnte es nicht retten.“

„Aber wie lange hast du es versucht?“, beharrte Maiev. „Und würdest du es nicht wieder versuchen?“

Tyrande hob die Klinge, während sie darüber nachdachte.

Die verdorbene, untote Wächterin presste sich flach gegen die Wand, dann zischte sie. „Du wirst es nicht tun. Du hast nicht den nötigen Mu…“

Ein Hieb, schnell und zielgenau, teilte die Haut an Siras Kehle, aber der Schnitt reichte nicht tiefer als ein Fingernagel. Natürlich floss kein Blut; Sira hatte keines mehr zu vergießen. Dennoch presste sie die Hände an ihren Hals, überzeugt, dass dies der Todesstoß gewesen wäre.

Ein Schauder rann durch Tyrandes Körper, als sie erneut die Waffe hob. Sie hatte versucht, an nichts zu denken und nichts zu fühlen außer dem vollkommenen Zorn, der in ihr war. Sie war die Nachtkriegerin, die Inkarnation der Rache, aber jetzt, nach nur einem Hieb, der eigentlich kaum mehr als ein Kratzer war, fühlte sie sich plötzlich wieder schrecklich lebendig.

„Gnade“, murmelte Shandris, während sie Tyrande geschickt

das Schwert aus der Hand nahm. „Gnade für dieses kleine, verborgene Licht."

„Gnade", schloss sich Maiev an. „Gnade für ein erbärmliches, bezwungenes Ding."

Die nunmehr unbewaffnete Tyrande nickte nur. Shandris und Maiev hatten noch Fragen, aber die Nachtkriegerin war hier fertig. Sie hatte gesehen, weswegen sie gekommen war, also wandte sie sich zum Gehen. An der Tür blieb sie aber noch einmal stehen, wobei sie die Finger immer wieder öffnete und um einen Schwertgriff schloss, der nicht länger in ihrer Hand war. „Leider habe ich den nötigen Mut, Sira", sagte sie. „Und es macht mir Angst. Es sollte uns allen Angst machen."

32

Dazar'alor

„Nach diesem Festmahl würde ich am liebsten hierbleiben. Eine Stadt ganz aus Gold – das klingt nach einem perfekten Ort für mich." Mit gestrafften Schultern breitete Thalyssra die Arme aus, und ein Spalt tat sich in der Welt vor ihnen auf. Magie knisterte in hypnotischen, blauen Strömen aus seinem Zentrum hervor. Nachdem die Erste Arkanistin das Portal beschworen hatte, trat sie zurück und winkte die Bogenschützen hindurch.

Der Hafen von Zandalar wirkte geschäftiger denn je, nun, da auf den Meeresrouten wieder sicher Handel betrieben werden konnte. Bwonsamdis Schreine wurden bereits wiederaufgebaut, und die Kunde von seinem heroischen Kampf in der Nekropole verbreitete sich wie Lauffeuer, was immer mehr Pilger an die Stätten seiner Macht und seiner Verehrung führte. Seine alte Kraft hatte er noch nicht ganz wiedererlangt, aber Talanji wusste, dass es nur eine Frage der Zeit war. Und was sie selbst anging: Sie fühlte sich wieder geheilt. Oder zumindest fast. Die Wunden, die Jainas Angriff auf die Stadt gerissen hatte, pochten noch immer, und sie wusste, eines Tages würde die Prachtmeer-Hexe für ihre Verbrechen bezahlen müssen. Aber diesen Krieg würde sie nur mit Geduld gewinnen, und in den Kriegen bis dahin hätte sie zumindest neue Verbündete an ihrer Seite.

„Danke für Eure Gastfreundschaft, meine Liebe." Thalyssra nahm Talanjis Hand, ganz zart, nur mit den Fingerspitzen, und schüttelte sie. „Kommt uns bald in Orgrimmar besuchen, ja? Der Rat möchte einiges mit Euch besprechen."

Talanji neigte respektvoll den Kopf. „Ihr habt meine Stadt gerettet, Erste Arkanistin. Wir werden das Wunder Eurer Magie nie vergessen."

„Schön."

Sie trat beiseite, damit die anderen sich verabschieden konnten. Ein in Verbände gehüllter, aber ansonsten wieder quicklebendiger Zekhan humpelte als Nächster vor, auf einer Seite von Thrall gestützt. Der Orc hatte während des Festmahls zwar mit strahlenden Worten ihres Sieges gedacht, aber Talanji spürte dennoch ein stilles Bedauern in ihm. Dass Nathanos Pestrufer entkommen war, hatte ihn spürbar aufgewühlt, aber er tat sein Bestes, diese Emotionen zu verbergen.

„Tapfrer, ehrwürdiger Abgesandter", lächelte Talanji Zekhan an. „Wie kann ich dir nur für dein' Einsatz danken?"

„Mit einem Kuss?" Er lachte und verzog das Gesicht. „Das heißt, lieber nich'. Meine Lippen sind noch immer ganz kross gebraten. Es war mir eine Ehre, Euch dien' zu dürfen, Euer Majestät. Ich hoffe, wir seh'n uns wieder."

„Hast du deine Salben eingepackt? Und die Umschläge? Sag einfach ja. Eine Königin sollte nich' öffentlich so viel Aufhebens um ein' Fremden machen." Sie seufzte, die Brauen zusammengezogen, während sie seine Vielzahl von Verbänden betrachtete. „Ich muss mich erst um mein Volk kümmern. Wir müssen unsre eignen Wunden heilen und lern', einander wieder zu vertrau'n. Aber wenn Zandalar erstarkt is', dann wirst du mich auch wieder in Orgrimmar seh'n, Zekhan. Und ich werde meine Hofärzte mitbringen, nur für den Fall, dass du noch mehr solche Heldentaten versuchst!"

Thrall schloss seine Hand um ihr Handgelenk, eine Respektsbezeugung unter Kriegern. „Die Horde ist vereint, unser Ziel klar. Wenn Ihr Euch bereit fühlt, schließt Euch der Jagd an."

Die Jagd. Sylvanas Windläufer war noch immer auf freiem Fuß. Ganz Azeroth nach ihr abzusuchen, erschien wie eine unmögliche Aufgabe, und die Größenordnung dieser Herausforderung ermüdete Talanji bereits jetzt. Ebenso, wie es sie ermüdete, so verbissen um die Sicherheit ihres Volkes kämpfen zu müssen. Aber sie hatte einen Schwur geleistet. Sie hatte sich der Horde angeschlossen. Und jetzt brauchten die anderen nun einmal ihre Hilfe – genauso wie Talanji die ihre brauchte.

„Oh! Ich hoffe, es stört Euch nich', jemanden mitzunehm'."
Talanji drehte sich herum und suchte die Menge hinter ihr nach einem bestimmten Gesicht ab. Ah, da war sie ja: Tayo. Ihr Haar wurde nicht länger von schwarzer Farbe und Schlamm verklebt, stattdessen schimmerte es nun, lang und ebenholzfarben. Die glänzende Kleidung der Zandalari stand ihr gut, obwohl sie noch immer darauf bestand, ihren alten Knochenschmuck und die Gurte mit den Giftpfeilen zu tragen.

„Tayo hat sich gemeldet, meine Abgesandte zu sein", erklärte Talanji. „Sie wird mir Augen und Ohr'n sein und mir genauso dienen, wie Zekhan Euch gedient hat."

Das breite Lächeln der Trollfrau war einnehmend in seiner Furchtlosigkeit.

„Ohne sie hätten Pestrufers Fallen uns in Stücke gerissen", lachte Thrall. „Sie ist mehr als willkommen bei uns."

„Ich bin Zekhan." Der Troll versuchte, sich unter all den steifen Verbänden aufzurichten. „Ich versichere dir, unter all dem Zeug hier seh' ich gar nich' übel aus."

Sie reihten sich in die lange Kolonne von Kriegern ein, die Zandalar durch das Portal der Nachtgeborenen verließen. Zu Talanjis eigener Überraschung bedauerte sie es, sie gehen zu sehen. Die Stadt würde sich ohne sie viel leerer anfühlen.

Doch die Arbeit einer Königin war nie getan. Begleitet von zwei Rastari-Vollstreckern machte sie sich auf den langen Rückweg zum Goldenen Siegel. Sie hatte beschlossen, den Weg zu Fuß zurückzulegen, einmal mehr umgeben von ihrem Volk. Als sie sich den Stufen näherten, die vom Hafen hinaufführten, hüpfte ein kleines Mädchen an den Wachen vorbei auf die Königin zu. Die Vollstrecker wollten es schon aufhalten, aber Talanji schüttelte den Kopf.

„Lasst sie durch“, befahl sie, dann kniete sie sich hin.

Das Mädchen drückte ihr eine zerquetschte, violette Blume in die Hand. „Für dich.“

„Das ist aber sehr nett von dir, vielen Dank“, erwiderte Talanji. „Ich weiß nicht, ob ich dieses Geschenk verdient hab, aber ich werde versuchen, mich dessen würdig zu erweisen.“

„Mudda sagt, du bis’ nich’ würdig. Sie sagt, du wirst uns zwingen, Bwonsamdi anzubeten.“ Das Mädchen runzelte die Stirn, während es die Hände hinter dem Rücken verschränkte und auf den Fußballen auf und ab wippte. „Bitte, mach nich’, dass wir ihn anbeten müssen. Ich mag Gonk!“

„Natürlich.“ Talanji berührte das Mädchen zart am Kinn. „Er is’ der Loa der Jagd, was gibt’s da nich’ zu mögen? Du solltest ihm viele Opfer darbringen und jeden Tag Lieder für ihn singen. Wir brauchen all unsre Loa, Kleines, damit unsre Soldaten groß und stark werden, damit die Felder und Meere uns reichlich zu essen geben, damit das Volk der Zandalari gesund bleibt. Und Bwonsamdi is’ gar nich’ so übel! Er hat uns schließlich geholfen, die Rebellen zu vertreiben. Und er beschützt unsre Seel’n. Er passt auf uns auf, wenn unsre Zeit gekomm’ is’, diese Welt zu verlassen.“

„Dann … Dann irrt Mudda sich?“ Das Mädchen zog die Nase kraus.

„Sie macht sich Sorgen, und das is’ in Ordnung. Aber sag ihr, dass mir alle Loa ins Ohr flüstern und dass sie mir alle Rat erteilen“, erklärte Talanji ernst. „Das is’ mein Versprechen an sie und auch an dich.“

„Fein!“ Das Kind quiekte vor Freude und verschwand wieder in der Menge.

Auf dem Weg durch den Hafen und über den Basar musste Talanji noch viele weitere Fragen beantworten. Als sie schließlich den Palast erreichte, wurde es bereits dunkel. Der Himmel hatte einen indigoblauen bis türkisenen Farbton angenommen, und die Sonne sah aus wie eine Orange. Auf dem Korridor vor dem Ratssaal kam Talanji an einer Dienerin vorbei, die gerade eine Girlande aus Blumen von der Wand nahm und dabei leise vor sich hin summte. Lieder und das dumpfe Pochen von Trommeln hallten durch die Gänge.

Sobald sie ihre Gemächer betreten hatte, nahm Talanji ihre Krone ab und platzierte sie vorsichtig in dem mit Samt ausgelegten Kästchen in ihrer Garderobe. Sie wollte gerade zu ihrem Becken hinübergehen, um sich das Gesicht mit Wasser zu benetzen, aber da wurde sie von Bwonsamdi erschreckt, der im purpurnen Licht des Abendrots auf ihrem Balkon schwebte.

„Das war'n ja ganz schön große Worte vor diesem klein' Mädchen auf dem Markt."

„Hast du etwas an ihn' auszusetzen?" Talanji verschränkte die Arme.

Der Loa zog die Schultern hoch und tippte nachdenklich mit dem Finger gegen seine Wange. „Wir hatten 'ne Abmachung. Du beschützt mich, und das Band zwischen uns is' durchtrennt, unser Pakt aufgehoben. Ich halte meine Versprechen, Mädchen."

Mit diesem Worten schwebte Bwonsamdi von ihr fort. Er schaufelte Luft in seine Hände, die sich erst blau, dann schwarz verfärbte. Ranken aus Energie kräuselten sich an seinen Unterarmen hoch, um anschließend wirbelnd vor ihm zusammenzuströmen. Während diese Energie langsam die geisterhafte Form eines Messers annahm, wurde es unerträglich kalt in dem Raum. Flüsternde Stimmen hallten ebenso unverständlich wie unheilvoll um die Klinge.

„Komm her", forderte Bwonsamdi sie auf. „Dies Messer wird unser Band durchschneiden."

Fast war sie versucht, nach dem Messer zu greifen, aber dann wich sie zu ihrem Bett zurück, den Ansatz eines Lächelns auf den Lippen.

„Ich habe drüber nachgedacht", erklärte Talanji. Sie nahm ihre Sandalen ab und massierte ihre schmerzenden Füße. „Was ich dem Mädchen gesagt hab, is' wahr – du musst einen Teil deines Einflusses abgeben. Wenn die Dinge so weitergeh'n wie bisher, wird es bald keine Krone mehr geben, die du noch beschützen könntest. Du bist immer noch der Loa der Könige, aber um zu überleben, brauchen wir Gonk, Pa'ku, Akunda und all die andern."

Der Loa grinste breit. „Hm. Zugegeben, ich bin nich' der größte Experte, was Ernten und solche Sachen angeht. Das klingt nach einem gerechten Angebot – es sei denn, es gibt 'nen Haken, den ich nich' seh …"

Talanji seufzte erschöpft. „Nein. Keine Tricks mehr, Bwonsamdi. Davon hab ich genug."

„Und jetzt?" Er deutete auf das unheimliche Messer.

„Wir können einander stärker machen, Bwonsamdi. Ich bin nich' naiv genug, zu glauben, dass ich nie wieder Probleme haben werde, dass mein Königreich nie wieder in Gefahr schweben wird. Ich brauch deine Macht. Aber diesmal gelten meine Bedingungen."

„Ich wär also immer noch der Loa der Könige?" Er setzte ein übertriebenes Lächeln auf, das Messer verschwand, und mit einem Mal wurde es wieder warm in dem Gemach.

„Du wärst immer noch der Loa der Könige, Bwonsamdi."

„Dann akzeptiere ich diese Änderungen an unserm Arrangement." Der Loa verbeugte sich, und als er den Kopf wieder hob, war das blaue Feuer in seinen Augen dunkler geworden. „Aber ich warn dich, Talanji. Sei dir nich' zu sicher. Die Schlacht is' gewonn', aber der Krieg noch lange nich'. Der Tag wird komm', da wirst du auf die Probe gestellt werden – und es könnte früher sein, als dir lieb is'."

Sie schauderte und schlang die Arme um sich. „Ich mag es nich', wenn du so redest. Es macht mir Angst."

„Gut." Bwonsamdi strich mit zitternder Hand über seine Maske. „Das sollte es auch. Eines hab ich noch zu sagen, bevor ich geh."

Talanji stöhnte. „Ich bin müde, Bwonsamdi. Ich fühle mich wie ein Sack voll Knochen."

„Es wird dir gefall'n, glaub mir." Der Loa zwinkerte, dann

trat er beiseite, und hinter ihm wurde eine vertraute Gestalt auf dem Balkon sichtbar.

Der Troll schimmerte im abendlichen Licht wie Silber, seine Augen glänzend vor Tränen, die ebenso geisterhaft waren wie er selbst.

„Talanji, mein Mädchen."

König Rastakhan breitete die Arme aus, und Talanji hielt den Atem an. Sie mochte eine Kriegerin und Königin sein, aber sie empfand keinerlei Scham, zu ihrem Vater hinüberzurennen und ihm zu zeigen, wie viel seine Gegenwart ihr bedeutete. Sie schlang die Arme um leere Luft, und sein Geist kühlte ihre Haut, als sie versuchte, ihn an sich zu drücken.

„Trockne deine Augen, meine Tochter", tadelte er, wobei er mit einem gestaltlosen Finger über ihre Wange strich.

„Du zuerst!"

„Du bist weiser und stärker geworden – aber ich hab auch nichts andres von dir erwartet." Rastakhan beugte sich zurück, um sie von Kopf bis Fuß zu mustern. „Ich bin stolz auf die Königin, die du geworden bist."

„I…Ich habe so viele Fehler gemacht, Vadder. Ich bin nich' sicher, ob das Volk mir je wieder vertrau'n wird." Talanji schüttelte den Kopf, aber ihr Vater unterbrach sie mit einem leisen Lachen.

Sein Geist erzitterte, als könnte er den Gedanken nicht ertragen, schon wieder von ihr getrennt zu werden. Das Licht in ihm erlosch, als eine Dunkelheit ihren Schatten über ihn warf wie eine vorüberziehende Wolke.

„Was ist los?", fragte Talanji. „Bwonsamdi …"

Rastakhans Abbild schien wieder zu erstarken. Er hob die Hand über sein Herz. „Etwas Widernatürliches … Ich fühlte das Nichts. Es ist ganz nah."

„Dann komm besser zum Thema", warnte der Loa. „Ich fürchte, Mueh'zala führt irgendwas im Schilde. Er erfährt besser nich', dass ich Seelen vor ihm verberge."

Rastakhan nickte. Seine Hand schwebte tröstlich über Talanjis Schulter. „Zeig mir eine perfekte Königin, Tochter, und ich zeig dir 'n Monument aus Stein. Perfekte Herrscher gibt es nur in der Erinnerung. Deine Fehler werden in Vergessenheit geraten, wenn du Siege und Triumphe erringst. Bereits jetzt hast du so viel durchgestanden. So viel … Oh, ich wünschte, ich könnte da sein und dir helfen."

„Du hilfst mir", murmelte Talanji. „Jeden Tag weist du mir den Weg."

„Zeit, zu geh'n."

Bwonsamdi hatte sie wortlos von der Ecke des Balkons beobachtet, aber jetzt deutete er auf die untergehende Sonne. „Die Königin braucht ihren Schlaf, und für dich is' es Zeit, wieder in meine Obhut zurückzukehr'n, Rastakhan."

Der König nickte und bedachte sie mit einem langen letzten Blick. „Vergiss nie, Talanji, du bist mehr als meine Tochter, mehr als dein Blut. Du bist die Königin, die Zandalar verdient hat. Du wirst deine Ahn' stolz machen, genauso, wie du mich stolz gemacht hast."

Talanji nickte und wappnete sich für den Abschied. „Leb wohl, Vadder."

„Leb wohl, mein süßer, kleiner Saurid. Verlier nie den Mut, meine Tochter."

„Werd ich nich'." Sein Geist löste sich in der kühlen Abendbrise auf wie eine Wolke aus Pollenstaub, vom Wind hinfort getragen und über den Dschungel verstreut. Bwonsamdi war bereits verschwunden, sodass Talanji allein mit ihren Gedanken und ihrem Königreich zurückblieb. Die Feuer waren erloschen. Morgen würde sie zu ihrem Volk sprechen. Außerdem musste der Zanchuli-Rat wieder zusammenkommen; neue Bittsteller warteten auf ihr Urteil.

Die Arbeit einer Königin war nie getan.

Ich werde nich' den Mut verlieren, Vadder, dachte Talanji. *Niemals.*

EPILOG

Endlich. *Endlich.* Sylvanas Windläufers Hände schlossen sich fester um den Helm, bis sie die Schwachstellen gefunden hatte, dann grub sie die Finger hinein und genoss einen letzten Atemzug, bevor sie zur Tat schritt. Alles hatte zu diesem Moment hingeführt – all die Macht, die sie errungen, all die Pakte, die sie geschlossen, all die Versprechungen, die sie gemacht hatte. Ein geisterhaftes Netz aus Eis formte sich um sie, während die Berge ihren Atem auf sie herab hauchten. Die Eiskronenzitadelle war gefallen, ihr Meister besiegt.

Macht durchströmte sie. Unvergleichliche *Macht*. Der Zwilling der Ekstase. Der Helm der Herrschaft wurde weich unter ihren Fingern, und das Gefängnis Ner'zhuls brach entzwei. Es verflüssigte sich, als wollte es in seinen ungeschmiedeten Zustand zurückkehren, und es brannte heiß und immer heißer unter Sylvanas' Händen. Die Barriere zwischen ihrer Welt und den Schattenlanden war hier so zerbrechlich und dünn, dass sie das Reich auf der anderen Seite förmlich pulsieren spürte – als würde es begierig auf ihre Ankunft warten.

Der Helm versengte ihre Hände, wollte ihr trotzen, aber Sylvanas hatte sich gut vorbereitet. Er konnte nicht dem Unwiderstehlichen widerstehen, der Macht des Todes und der Nicht-Existenz.

Sie spürte einen Schrei in ihrer Kehle anschwellen, kurz bevor er aus ihr hervorbrach, und im selben Augenblick gab der Helm der Herrschaft nach. Er barst in einer Explosion auseinander, die zum Himmel hinaufdröhnte und sich mit ihrem eigenen Schrei vereinte.

Dann war es vorbei. Der Helm fiel nunmehr nutzlos vor ihre Füße, nichts weiter als Abfall, der entsorgt werden wollte. Eine neue Welt tat sich vor ihr auf, und während sie sich entfaltete, klaffte der Himmel ebenso auseinander wie der Helm auf dem Boden. Die Winde heulten und ließen den Umhang gegen ihre Knie peitschen. Die Hitze des Helms pulsierte noch immer durch ihre Handflächen. Sylvanas blickte zu dem Turm hinüber, der über ihr aufragte, dunkel und schlank wie ein auffordernder Finger.

Sie folgte seinem Ruf.

Kurz schien ihre Welt auf dem Kopf zu stehen, als sie ins Reich des Todes trat, aber nur kurz, dann begrüßte sie ein Chor von Schreien, so hoch und schneidend wie die Böen, die heulend von den Bergen der Eiskrone herabbrandeten. Auf der anderen Seite zerrte der Wind nicht weniger unnachgiebig an ihr, aber ihr Blick hing wie gebannt auf dem Weg vor ihr. In der Tiefe formte sich der Schlund, abwartend und hungrig, erfüllt von seinem endlosen, dunklen Trauergesang.

Eine Gestalt schälte sich aus den gezackten Wehrgängen des Turms heraus – wie ein Blutstropfen, der aus einer Wunde rann. Ihr Wiedersehen würde jedoch warten müssen, denn der Boden unter Sylvanas erbebte unvermittelt. Schwarze Wirbel zogen sich vor ihr zusammen, dann heulten sie zum grauen, miasmatischen Himmel hinauf. Als die Dunkelheit sich wieder lichtete, kniete Nathanos vor ihr, die Hände noch immer um sein leeres Fläschchen geschlossen.

„Mein Champion“, schnurrte Sylvanas. „Du kommst gerade recht. Erzähl mir von deinem Sieg, während wir gemeinsam das letzte Stück des Weges zurücklegen.“

Nathanos erhob sich langsam, und sie sah, dass seine Hände zitterten. Noch bevor er die Orientierung wiedergefunden hatte, wollte sie ihm bereits einen Schlag versetzen, so deutlich stand ihm der Ausgang der Geschichte ins Gesicht geschrieben.

„I…Ich habe versagt, meine Königin. Bwonsamdi ist am Leben. Sira Mondhüter wurde gefangen genommen. Ich konnte Euren Befehl nicht ausführen.“

Sylvanas richtete ihren Blick von seinen bebenden Lippen zu dem Turm, der vor ihnen emporragte. Sein Versagen würde ihre Pläne stark verkomplizieren, und es dämpfte das Triumphgefühl, das sich vor wenigen Sekunden noch so unerschütterlich angefühlt hatte. Sie legte den Kopf noch weiter in den Nacken und schloss kurz die Augen. Es war Zeit, ihn hinter sich zurückzulassen.

„Ich muss dich fortschicken.“

Nathanos schluckte hart und zerdrückte das Fläschchen in seiner Hand. Es knirschte wie Knochen, und schimmernder Staub rieselte Sand gleich zwischen seinen Fingern hervor. „Ich werde zu Marris’ Siedlung zurückkehren und auf weitere Befehle warten.“

Sie hörte den Anflug von Hoffnung in seiner Stimme, so zerbrechlich wie ein Küken, das aus seinem Nest stürzt.

„Du kannst gehen, wohin immer du willst, Nathanos, es kümmert mich nicht.“ Sylvanas machte eine Handbewegung, als würde sie ein Staubkorn fortwischen. „Unsere Wege trennen sich hier.“

Und so kam es. Sylvanas ging weiter, denn Macht strebte stets nach mehr Macht, und sie würde mehr bekommen. Sie würde *alle* Macht bekommen. Genauso, wie der Turm ihr zugewunken hatte, winkte ihr nun der Kerkermeister, und sie zögerte nicht. Sie schritt voran, um ihrem Meister gegenüberzutreten. Sylvanas wusste nicht, ob oder wann Nathanos davonging. Es interessierte sie nicht länger. Sie war bereits voll und ganz mit den Schatten dieser Welt verschmolzen. Endlich war sie ein Teil der Dunkelheit.

ÜBER DIE AUTORIN

Madeleine Roux ist die *New York Times*-Bestsellerautorin der *Asylum*-Reihe, die international in elf Ländern verlegt wurde. Zu ihren Werken gehören zudem die *House of Furies*-Serie, *Salvaged, Traveler: Das Leuchtende Schwert* und die *Allison Hewitt Is Trapped*-Reihe. Weiterhin hat sie Geschichten zu Anthologien wie *Resist, Scary Out There* und *Star Wars: From A Certain Point of View* beigesteuert.